FISCHER SAUERLÄNDER

Sein Vater war ein Assassine. Sein Schicksal ist vorherbestimmt. Seine große Liebe ist unerreichbar.

Als Takeos Familie ermordet wird, rettet ihm Otori Shigeru selbst das Leben – der Anführer des Clans der Otori. Von ihm lernt Takeo Schwertkampf und Etikette. Doch Takeo wendet sich noch dunkleren Künsten zu, wie seine Fähigkeit, sich unsichtbar zu machen. Ohne diese Künste würde Takeo nicht überleben – mit ihnen aber gerät er in eine Welt der Lügen und Intrigen. Als er sich in Kaede verliebt, deren Schönheit die Menschen verstummen lässt, gerät er in höchste Gefahr …

Alle Bände der Reihe ›Der Clan der Otori‹ von Lian Hearn:

Band 1: ›Das Schwert in der Stille‹
Band 2: ›Der Pfad im Schnee‹
Band 3: ›Der Glanz des Mondes‹
Band 4: ›Der Ruf des Reihers‹
Band 5: ›Die Weite des Himmels‹

Lian Hearn wurde 1942 geboren und wuchs in Nigeria und Großbritannien auf. Sie arbeitete als Filmkritikerin und Redakteurin und ist die Autorin zahlreicher Kinder- und Jugendbücher, für die sie mehrfach ausgezeichnet wurde. Ein lebenslanges Interesse an Japan und seiner Kultur führte dazu, dass sie Japanisch lernte und das Land unzählige Male bereiste.

Weitere Informationen zum Kinder- und Jugendbuchprogramm von Fischer Sauerländer auf *www.fischer-sauerlaender.de*

Lian Hearn

Der Clan der Otori

Das Schwert in der Stille

Aus dem Englischen
von Irmela Brender

FISCHER SAUERLÄNDER

Neuausgabe
Erschienen bei Fischer Sauerländer Taschenbuch
Frankfurt am Main 2025

Die australische Originalausgabe erschien 2002 unter dem Titel
»Tales of the Otori 1 – Across the Nightingale Floor
bei Hodder Headline Australia Pty Limited, Sydney.

Für die deutschsprachige Erstausgabe:
Carlsen Verlag GmbH, Hamburg 2003
Für die vorliegende Ausgabe:

Hedderichstraße 114, 60596 Frankfurt am Main
Umschlaggestaltung und -abbildung: Giessel Design
unter Verwendung von Motiven von Shutterstock
Satz: Dörlemann Satz, Lemförde
Druck und Bindung: GGP Media GmbH, Pößneck
ISBN 978-3-7335-0906-4

Kontaktadresse nach EU-Produktsicherheitsverordnung:
produktsicherheit@fischer-sauerlaender.de

Der Hirsch vereint mit
Dem herbstlichen Klee
Hat wie es heißt
Ein einziges Kitz gezeugt
Dieses mein Kitz
Der einsame Junge
Geht auf die Reise
Gras ist sein Kissen

(Gedichtanthologie Manyoshu Bd. 9 Nr. 1790)

Nach: Hiroaki Sato und Burton Watson,
The Country of the Eight Islands

DIE DREI LÄNDER

Personen

DIE CLANS

Die Otori

(Mittleres Land; Sitz des Schlosses: Hagi)

Otori Shigeru	rechtmäßiger Erbe des Clans (1)
Otori Takeshi	sein jüngerer Bruder, von den Tohan ermordet (g.)
Otori Takeo	(Geburtsname: Tomasu), sein Adoptivsohn (1)
Otori Shigemori	Shigerus Vater, gefallen in der Schlacht von Yaegahara (g.)
Otori Ichiro	ein entfernter Verwandter, Shigerus und Takeos Lehrer (1)
Chiyo, Haruka	Dienerinnen in Shigerus Haus (1)
Shiro	ein Zimmermannsmeister aus Hagi (1)
Otori Shoichi	Shigerus Onkel, Oberhaupt des Clans (1)
Otori Masahiro	sein jüngerer Bruder (1)
Otori Yoshitomi	Masahiros Sohn (1)
Miyoshi Kahei, Miyoshi Gemba	Brüder, Freunde von Takeo (1)
Miyoshi Satoru	ihr Vater, Hauptmann der Wachen im Schloss von Hagi (3)

Endo Chikara	ein alter Gefolgsmann (3)
Terada Fumifusa	ein Pirat (3)
Terada Fumio	sein Sohn, Freund von Takeo (1)
Ryoma	ein Fischer, Masahiros unehelicher Sohn (3)

Die Tohan

(Der Osten; Sitz des Schlosses: Inuyama)

Iida Sadamu	Oberhaupt des Clans (1)
Iida Nariaki	sein Cousin (3)
Ando, Abe	Iidas Gefolgsleute (1)
Lord Noguchi	ein Verbündeter (1)
Lady Noguchi	seine Frau (1)
Junko	Dienerin im Schloss Noguchi (1)

Die Seishuu

(Eine Allianz mehrerer alteingesessener Familien.
Der Westen; Sitz der Schlösser: Kumamoto und Maruyama)

Arai Daiichi	ein Kriegsherr (1)
Niwa Satoru, Akita Tsutomu	Arais Gefolgsleute (2)
Sonoda Mitsuru	Akitas Neffe (2)
Maruyama Naomi	Oberhaupt der Domäne Maruyama, Shigerus Geliebte (1)
Mariko	ihre Tochter (1)
Sachie	ihre Dienerin (1)
Sugita Haruki	oberster Gefolgsmann der Domäne Maruyama (1)
Sugita Hiroshi	sein Neffe (3)
Sakai Masaki	Hiroshis Cousin (3)

Lord Shirakawa	Oberhaupt der Domäne Shirakawa (1)
Kaede	seine älteste Tochter (1)
Ai, Hana	seine jüngeren Töchter (2)

Ayame	(2)
Manami	(2)
Ayako	Dienerinnen im Haus der Shirakawa (3)

Amano Tenzo	ein Gefolgsmann (1)
Shoji Kiyoshi	der älteste Gefolgsmann von Lord Shirakawa (1)

DER STAMM

Die Familie der Muto

Muto Kenji	Takeos Lehrer, Mutomeister (1)
Muto Shizuka	Kenjis Nichte, Arais Geliebte und Kaedes Dienerin und Gefährtin (1)
Zenko, Taku	ihre beiden Söhne (3)
Muto Seiko	Kenjis Frau (2)
Muto Yuki	die Tochter der beiden (1)
Muto Yuzuru	ein Verwandter von Kenji (2)
Sadako	Dienerin in Kenjis Haus (2)

Kana, Miyabi	Mägde im Haus von Shizukas Großeltern (3)

Die Familie der Kikuta

Kikuta Isamu	Takeos leiblicher Vater (g.)
Kikuta Kotaro	sein Cousin, Kikutameister (1)
Kikuta Gosaburo	Kotaros jüngster Bruder (2)
Kikuta Akio	deren Neffe (1)
Kikuta Hajime	ein Ringer (2)

Die Familie der Kuroda

Kuroda Shintaro	ein berühmter Attentäter (1)
Kondo Kiichi	Sohn von Kuroda Tetsuo, Gefolgsmann von Arai und Kaede (2)

Weitere Stammesangehörige

Kudo Keiko	(1)
Imai Kazuo	(2)

ANDERE

Lord Fujiwara	ein Adeliger aus der Hauptstadt, ins Exil verbannt (2)
Mamoru	sein Günstling und Gefährte (2)
Ono Rieko	eine Verwandte (3)
Murita	ein Gefolgsmann (2)
Ishida	Fujiwaras Arzt (2)
Yumi, Kumiko	Dienerinnen in Fujiwaras Haus (3)
Matsuda Shingen	der Abt von Terayama (1)
Kubo Makoto	ein Mönch, Takeos bester Freund (1)
Jin-emon	ein Bandit (3)
Jiro	ein Bauernsohn (3)
Jo-An	ein Ausgestoßener (1)

fett = Hauptpersonen

(1, 2, 3) = erster Auftritt in Band 1, 2 oder 3

(g.) = vor Einsetzen der Handlung von Band 1 gestorben

Vorwort

Der Clan der Otori umfasst drei Bücher, die von einem imaginären Land in einer feudalen Epoche erzählen. Weder der Schauplatz noch das Zeitalter sollen mit einer wahren historischen Epoche übereinstimmen, obwohl Anklänge an viele japanische Sitten und Traditionen zu finden sind und Landschaft und Jahreszeiten den japanischen entsprechen. Nachtigallenböden *(uguisubari)* sind wirkliche Erfindungen und wurden auf dem Gelände vieler Herrenhäuser und Tempel gebaut; die berühmtesten Beispiele sind in Kyoto bei Schloss Nijo und Chion'In zu sehen. Ich habe den Orten japanische Namen gegeben, doch sie stehen selten im Zusammenhang mit tatsächlichen Orten; Ausnahmen sind Hagi und Matsue, die mehr oder weniger in ihrer realen geographischen Lage angesiedelt sind. Die Romangestalten sind alle erfunden bis auf den Künstler Sesshu, der sich unmöglich nachbilden lässt.

Puristen vergeben mir hoffentlich die Freiheiten, die ich mir genommen habe. Meine einzige Entschuldigung ist, dass es sich hier um ein Werk der Phantasie handelt.

Lian Hearn

Kapitel 1

Meine Mutter drohte oft, mich in acht Stücke zu reißen, wenn ich den Wassereimer umstieß oder vorgab, ihren Ruf nicht zu hören, während die Dämmerung dichter wurde und die Zikaden lauter schrillten. Dann hörte ich ihre Stimme, die rau und heftig durch das einsame Tal schallte. »Wo ist dieser schreckliche Junge? Den zerreiße ich, wenn er zurückkommt.«

Aber wenn ich dann zurückkam, schmutzig vom Hangrutschen, grün und blau geschlagen von Raufereien und einmal mit einer stark blutenden Kopfwunde von einem Stein (ich habe immer noch die Narbe, wie ein versilberter Daumennagel), dann warteten auf mich das Feuer, der Duft der Suppe und die Arme meiner Mutter. Sie zerriss mich keineswegs, sondern versuchte, mich festzuhalten, mir das Gesicht abzuwaschen oder das Haar zu ordnen, während ich mich wand wie eine Eidechse, um von ihr loszukommen. Meine Mutter war kräftig durch endlose harte Arbeit und nicht alt: Sie hatte mich geboren, bevor sie siebzehn war, und wenn sie mich festhielt, sah ich, dass wir die gleiche Haut hatten, auch wenn wir uns sonst nicht sehr ähnlich waren; sie hatte flächige, sanfte Züge, während meine, wie man mir sagte (denn wir hatten keine Spiegel in dem abgelegenen Bergdorf Mino), feiner waren, wie die eines Falken. Der Ringkampf endete meistens mit ihrem Sieg, und ihr Preis war die Umarmung, der ich nicht entfliehen konnte. Und ihre Stimme flüsterte mir die Segensworte der Verborgenen ins Ohr, während mein Stiefvater nachsichtig murrte, dass sie mich verwöhne, und die kleinen Mädchen, meine Halbschwestern, um uns herumsprangen und ihren Anteil an der Umarmung und den Segensworten verlangten.

Deshalb hielt ich es für eine Redensart. Mino war ein friedlicher Ort, zu abgeschieden, als dass er mit den wilden Schlachten der Clans in Berührung gekommen wäre. Nie hatte ich mir vorgestellt, dass Männer und Frauen tatsächlich in acht Stücke zerrissen werden könnten, dass man ihre starken, honigfarbenen Glieder aus den Gelenken zerrte und den wartenden Hunden vorwarf. Aufgewachsen unter den Verborgenen, wusste ich nicht, dass Menschen einander so etwas antaten.

Ich wurde fünfzehn, und meine Mutter begann, unsere Ringkämpfe zu verlieren. Ich wuchs in einem Jahr zwölf Zentimeter und war mit sechzehn größer als mein Stiefvater. Er murrte öfter, ich solle zur Ruhe kommen, aufhören, wie ein wilder Affe über den Berg zu streifen, und in eine der Dorffamilien einheiraten. Ich hatte nichts gegen den Vorschlag, eines der Mädchen zu heiraten, mit denen ich aufgewachsen war, und in diesem Sommer arbeitete ich fleißiger neben ihm, bereit, meinen Platz unter den Männern des Dorfs einzunehmen. Aber hin und wieder konnte ich dem Ruf des Bergs nicht widerstehen und stahl mich am

Ende des Tages durchs Bambusgehölz mit seinen hohen, glatten Stämmen und dem schrägen grünen Lichteinfall davon, folgte dem steinigen Pfad hinauf am Schrein des Berggotts vorbei, wo die Dorfbewohner Hirse und Orangen als Opfergaben hinterließen, in den Birken- und Zedernwald, wo der Kuckuck und die Nachtigall lockend riefen, wo ich Füchse und Hirsche beobachtete und den melancholischen Ruf der Milane über mir hörte.

An diesem Abend war ich über den Berg gegangen, zu einem Platz, wo die besten Pilze wuchsen. Mein Tuch war voll von den kleinen, fadenartigen weißen und den dunklen, fächerförmigen orangefarbenen. Ich stellte mir vor, wie sich meine Mutter freuen würde und wie die Pilze meinen Stiefvater vom Schimpfen abhielten. Schon konnte ich sie auf der Zunge kosten. Während ich durch den Bambus lief und hinaus in die Reisfelder, wo die roten Herbstlilien schon blühten, glaubte ich, Essensgeruch im Wind zu riechen.

Die Dorfhunde bellten wie so oft am Ende des Tages. Der Geruch wurde stärker und beißend. Ich hatte keine Angst, noch nicht, aber irgendeine Vorahnung ließ mein Herz schneller schlagen. Vor mir war ein Feuer.

Im Dorf brachen oft Feuer aus; fast alles, was wir besaßen, war aus Holz oder Stroh. Doch ich konnte kein Rufen hören, kein Geräusch von Eimern, die von Hand zu Hand gereicht wurden, keine der üblichen Schreie und Flüche. Die Zikaden schrillten so laut wie immer; Frösche quakten im Reis. In der Ferne grollte Donner um die Berge. Die Luft war drückend und feucht.

Ich schwitzte, aber der Schweiß wurde kalt auf meiner

Stirn. Ich sprang über den Graben des letzten Terrassenfelds und schaute hinunter auf die Stelle, wo mein Zuhause immer gewesen war. Das Haus war weg.

Ich ging näher. Flammen züngelten immer noch und leckten an den geschwärzten Balken. Von meiner Mutter oder meinen Schwestern war nichts zu sehen. Ich wollte rufen, aber meine Zunge war plötzlich zu groß für meinen Mund, und der Rauch nahm mir den Atem und ließ meine Augen tränen. Das ganze Dorf brannte. Aber wo waren alle?

Dann hörte ich die Schreie.

Sie kamen aus der Richtung des Schreins, um den sich die meisten Häuser drängten. Sie klangen wie das Schmerzgeheul eines Hundes, nur dass der Hund menschliche Worte sprechen, sie unter Höllenqualen brüllen konnte. Ich glaubte, die Gebete der Verborgenen zu erkennen, und im Nacken und auf den Armen standen mir alle Haare zu Berge. Wie ein Geist glitt ich zwischen den brennenden Häusern auf die Schreie zu.

Das Dorf war verlassen. Ich konnte mir nicht vorstellen, wo alle hingegangen waren. Ich sagte mir, sie seien weggelaufen: Meine Mutter habe meine Schwestern in die Sicherheit des Waldes gebracht. Ich würde ihnen nachgehen und sie finden, sobald ich festgestellt hätte, wer schrie. Doch als ich aus der Gasse auf die Hauptstraße kam, sah ich zwei Männer am Boden liegen. Ein leichter Regen fiel, und die Männer sahen überrascht aus, als hätten sie keine Ahnung, warum sie da im Regen lagen. Sie würden nie wieder aufstehen, und es machte nichts, dass ihre Kleidung nass wurde.

Einer von ihnen war mein Stiefvater.

In diesem Moment veränderte sich die Welt für mich. Eine Art Nebel stieg vor meinen Augen auf, und als er sich auflöste, schien nichts mehr wirklich. Ich hatte das Gefühl, in die andere Welt hinübergegangen zu sein, die neben unserer eigenen liegt, und die wir in Träumen besuchen. Mein Stiefvater trug seine besten Sachen. Das indigoblaue Tuch war dunkel vom Regen und vom Blut. Es tat mir leid, dass sie ruiniert waren: Er war so stolz darauf gewesen.

Ich ging an den Leichen vorbei, durch die Tore und in den Schrein. Der Regen war kühl auf meinem Gesicht. Die Schreie hörten plötzlich auf.

Auf dem Gelände waren Männer, die ich nicht kannte. Sie sahen aus, als würden sie irgendein Ritual für ein Fest durchführen. Sie hatten Tücher um die Köpfe gebunden; ihre Jacken hatten sie ausgezogen, die Arme glänzten von Schweiß und Regen. Sie keuchten und ächzten und fletschten die weißen Zähne, als wäre Töten eine ebenso harte Arbeit wie das Einbringen der Reisernte.

Wasser rieselte aus dem Brunnen, wo man sich Hände und Mund wusch, um sich beim Eintritt in den Schrein zu reinigen. Früher, als die Welt normal gewesen war, musste jemand Weihrauch im großen Kessel angezündet haben. Die letzten Schwaden wehten über den Hof und überdeckten den bitteren Geruch von Blut und Tod.

Der Mann, der zerrissen worden war, lag auf den nassen Steinen. Die Gesichtszüge des abgetrennten Kopfes waren gerade noch zu erkennen. Es war Isao, der Anführer der Verborgenen. Sein Mund war noch offen, in einer letzten Schmerzverzerrung erstarrt.

Die Mörder hatten ihre Jacken ordentlich neben einer Säule gestapelt. Ich sah deutlich das Wappen mit dem dreifachen Eichenblatt. Das waren Tohanmänner aus der Clanhauptstadt Inuyama. Ich erinnerte mich an einen Reisenden, der am Ende des siebten Monats durch das Dorf gekommen war. Er hatte die Nacht in unserem Haus verbracht, und als meine Mutter vor der Mahlzeit betete, hatte er versucht, sie zum Schweigen zu bringen.

»Weißt du nicht, dass die Tohan die Verborgenen hassen und planen, uns anzugreifen? Lord Iida hat geschworen, uns auszulöschen«, flüsterte er. Meine Eltern waren am nächsten Tag zu Isao gegangen und hatten es ihm erzählt, aber niemand hatte ihnen geglaubt. Wir waren weit von der Hauptstadt entfernt, und die Machtkämpfe der Clans hatten uns nie interessiert. In unserem Dorf lebten die Verborgenen neben allen anderen, sie sahen genauso aus, verhielten sich genauso bis auf die Gebete. Warum sollte jemand uns etwas antun wollen? Es schien undenkbar.

Und so schien es mir immer noch, als ich wie angewurzelt am Brunnen stand. Das Wasser rieselte immer weiter und weiter, und ich wollte damit das Blut von Isaos Gesicht waschen und sanft seinen Mund schließen, aber ich konnte mich nicht rühren. Ich wusste, dass die Männer des Tohanclans sich jeden Augenblick umdrehen und mich sehen könnten, und dann würden sie mich in Stücke reißen. Sie würden weder Mitleid noch Gnade kennen. Sie waren bereits vom Tod besudelt, nachdem sie einen Mann innerhalb des Schreins getötet hatten.

Aus der Ferne hörte ich mit schärfster Klarheit das trommelnde Geräusch eines galoppierenden Pferds. Als die Hufschläge näher kamen, überkam mich ein Gefühl der Vorauserinnerung, wie man es aus Träumen kennt. Ich wusste, wen ich eingerahmt zwischen den Toren des Schreins sehen würde. Noch nie im Leben hatte ich ihn gesehen, doch meine Mutter hatte ihn uns als eine Art menschenfressendes Ungeheuer dargestellt, damit wir gehorchten: *Strolcht nicht auf dem Berg herum, spielt nicht am Fluss, sonst erwischt euch Iida!* Ich erkannte ihn sofort: Iida Sadamu, Lord des Tohanclans.

Das Pferd bäumte sich auf und wieherte, als es Blut roch. Iida saß so still, als wäre er aus Eisen gegossen. Er war von Kopf bis Fuß in einen schwarzen Panzer gekleidet, sein Helm trug ein Geweih. Unter seinem grausamen Mund hatte er einen kurzen schwarzen Bart. Seine Augen glänzten wie bei einem Mann auf der Jagd.

Diese glänzenden Augen waren auf mich gerichtet. Sofort wusste ich zwei Dinge über ihn: erstens, dass er nichts im Himmel oder auf Erden fürchtete; zweitens, dass er das Töten um des Tötens willen liebte. Jetzt, da er mich gesehen hatte, gab es keine Hoffnung.

Er hielt das Schwert in der Hand. Das Einzige, was mich rettete, war der Widerwille des Pferdes vor dem Tor. Es bäumte sich erneut auf und tänzelte zurück. Iida rief. Die Männer im Schrein drehten sich um, sahen mich und schrien in ihrem rauen Tohandialekt auf. Ich schnappte den Rest Weihrauch, bemerkte dabei kaum, dass ich mir die Hand verbrannte, und rannte durch das Tor. Als sich das scheuende Pferd mir näherte, warf ich ihm den Weihrauch in die Flanke. Es bäumte sich über mir auf, die riesigen Füße schlugen an meinen Wangen vorbei. Ich hörte, wie das Schwert durch die Luft sauste, und wusste, dass die Tohan alle um mich herum waren. Es schien unmöglich, dass sie mich verfehlten, aber es kam mir vor, als hätte ich mich in zwei Personen gespalten. Ich stürzte mich wieder auf das Pferd. Es schnaubte vor Schmerz und bockte. Iida war durch den Schwertschlag, der irgendwie sein Ziel verfehlt hatte, aus dem Gleichgewicht gekommen, jetzt fiel er über den Pferdehals nach vorne und rutschte schwer zu Boden.

Entsetzen packte mich, danach Panik. Ich hatte den Lord der Tohan vom Pferd gestürzt. Eine solche Tat konnte nur durch endlose Folter und Qual gesühnt werden. Ich hätte mich zu Boden werfen und den Tod verlangen müssen. Aber ich wollte nicht sterben. Etwas regte sich in meinem Blut und sagte mir, dass ich nicht vor Iida sterben würde. Zuerst würde ich ihn tot sehen.

Ich wusste nichts über den Krieg der Clans, nichts über ihre starren Regeln und ihre Fehden. Ich hatte mein ganzes Leben unter den Verborgenen verbracht, die nicht töten dürfen und die man lehrt, einander zu vergeben. Aber in diesem Moment machte mich die Rache zu ihrem Schüler. Ich erkannte sie sofort und lernte auf der Stelle ihre Lektionen. Sie war das, was ich ersehnte; sie würde mich vor dem Gefühl retten, ein lebender Geist zu sein. In diesem Bruchteil einer Sekunde nahm ich sie in meinem Herzen auf. Ich trat gegen den Mann, der mir am nächsten war, traf ihn zwischen den Beinen, grub meine Zähne in eine Hand, die mein Handgelenk gepackt hatte, riss mich los und lief auf den Wald zu.

Drei kamen mir nach. Sie waren größer als ich und konnten schneller rennen, aber ich kannte mich hier aus, und die Dunkelheit brach herein. Der Regen war jetzt stärker und machte die steilen Bergpfade schlüpfrig und tückisch. Zwei der Männer riefen mir dauernd zu, was sie mir mit dem größten Vergnügen antun würden, sie verfluchten mich in Worten, deren Bedeutung ich nur erraten konnte, aber der Dritte lief schweigend, und vor ihm hatte ich Angst. Die beiden anderen würden wohl nach einer Weile umkehren zu ihrem Maisschnaps oder sonstigem Fusel, mit dem sich die Tohan betranken, und behaupten, sie hätten mich auf dem Berg verloren, aber dieser würde nie aufgeben. Er würde mich unaufhörlich verfolgen, bis er mich getötet hätte.

Als der Pfad in der Nähe des Wasserfalls steiler wurde, blieben die beiden Lärmenden ein wenig zurück, doch der Dritte beschleunigte sein Tempo wie ein Tier, das bergauf läuft. Wir kamen am Schrein vorbei; ein Vogel pickte in der Hirse und flog mit einem Aufblitzen von Grün und Weiß in den Flügeln davon. Der Pfad bog um den Stamm einer riesigen Zeder, und während ich mit schweren Beinen und keuchendem Atem an dem Baum vorbeirannte, tauchte jemand aus seinem Schatten auf und stellte sich mir in den Weg.

Ich lief direkt in ihn hinein. Er ächzte, als hätte ich ihm den Atem genommen, aber er hielt mich sofort fest. Er schaute mir ins Gesicht, und ich sah etwas in seinen Augen aufblitzen: Überraschung, Erkennen. Was immer es sein mochte, er verstärkte seinen Griff. Diesmal konnte ich nicht fliehen. Ich hörte, wie der Tohan anhielt, dann die schweren Schritte der beiden anderen, die ihm nachkamen.

»Entschuldigen Sie, Sir«, sagte der Mann, den ich fürchtete, mit ruhiger Stimme. »Sie haben den Verbrecher gefasst, den wir verfolgt haben. Danke.«

Der Mann, der mich festhielt, drehte mich um, so dass ich im Angesicht meiner Häscher stand. Ich wollte um Hilfe schreien, ihn anflehen, aber ich wusste, dass es keinen Sinn hatte. Ich fühlte das weiche Tuch seiner Kleidung, seine glatten Hände. Er war zweifellos irgendein Lord, genau wie Iida. Sie waren alle vom gleichen Schlag. Er würde nichts tun, um mir zu helfen. Ich schwieg und dachte an die Gebete, die meine Mutter mir beigebracht hatte, dachte kurz an den Vogel beim Schrein.

»Was hat dieser Verbrecher getan?«, fragte der Lord. Der Mann vor mir hatte ein langes Wolfsgesicht.

»Entschuldigen Sie«, sagte er wieder, jetzt weniger höflich. »Das geht Sie nichts an. Diese Sache betrifft nur Iida Sadamu und den Tohanclan.«

»Oh!«, sagte der Lord. »Wirklich? Und wer könnten Sie sein, dass Sie glauben, mir sagen zu können, was mich betrifft und was nicht?«

»Überlassen Sie ihn einfach uns!«, knurrte der Wolfsmann grob. Er trat einen Schritt vor, und ich wusste plötzlich, dass der Lord mich ihm nicht aushändigen würde. Mit einer geschmeidigen Bewegung schob er mich hinter seinen Rücken und ließ mich los. Zum zweiten Mal hörte ich das Zischen eines Kriegerschwerts, das zum Leben erweckt wird. Der Wolfsmann zog ein Messer hervor. Die beiden anderen hatten Stangen. Der Lord hob das Schwert mit beiden Händen, machte einen Schritt unter eine der Stangen, schlug dem Mann, der sie hielt, den Kopf ab, wandte sich wieder dem Wolfsmann zu und hieb ihm den rechten Arm mit dem Messer ab. Das alles geschah in einem Augenblick, doch es dauerte eine Ewigkeit. Es geschah im letzten Tageslicht, im Regen, aber wenn ich jetzt die Augen schließe, sehe ich immer noch jede Einzelheit.

Die kopflose Leiche fiel mit einem dumpfen Aufschlag und einem Blutschwall, der Kopf rollte den Hang hinunter. Der dritte Mann ließ seinen Stock fallen, lief rückwärts und rief um Hilfe. Der Wolfsmann lag auf den Knien und versuchte, das Blut aus dem Stumpf am Ellbogen zu stillen. Weder stöhnte noch redete er.

Der Lord wischte das Schwert ab und steckte es wieder in die Scheide an seinem Gürtel. »Komm«, sagte er zu mir.

Ich stand zitternd da und konnte mich nicht rühren. Dieser Mann war aus dem Nichts aufgetaucht. Er hatte vor meinen Augen getötet, um mein Leben zu retten. Ich fiel vor ihm auf den Boden und suchte nach Worten, ihm zu danken.

»Steh auf«, sagte er. »Der Rest von ihnen wird gleich hinter uns her sein.«

»Ich kann nicht weggehen«, brachte ich heraus. »Ich muss meine Mutter finden.«

»Nicht jetzt. Jetzt ist es für uns Zeit zu laufen!« Er zog mich auf die Füße und drängte mich den Hang hinauf. »Was ist dort unten geschehen?«

»Sie haben das Dorf angezündet und getötet …« Die Erinnerung an meinen Stiefvater kehrte zurück, und ich konnte nicht weitersprechen.

»Verborgene?«

»Ja«, flüsterte ich.

»Das geschieht in der gesamten Provinz. Iida schürt überall den Hass gegen sie. Ich nehme an, du bist einer von ihnen?«

»Ja.« Ich schauderte. Obwohl noch Spätsommer war und der Regen warm, hatte ich noch nie so gefroren.

»Aber nicht nur deshalb waren sie hinter mir her. Ich war schuld daran, dass Lord Iida vom Pferd gefallen ist.«

Zu meiner Überraschung prustete der Lord lachend los. »Das hätte ich gern gesehen! Aber dadurch bist du zweifellos doppelt in Gefahr. Es ist eine Beleidigung, die er tilgen muss. Doch du stehst jetzt unter meinem Schutz. Iida darf dich mir nicht wegnehmen.«

»Sie haben mein Leben gerettet. Von diesem Tag an gehört es Ihnen.«

Aus irgendeinem Grund brachte ihn das wieder zum Lachen. »Wir haben mit leerem Magen und nassen Kleidern einen langen Weg vor uns. Vor Tagesanbruch müssen wir über der Bergkette sein, wenn sie uns verfolgen.« Er schritt schnell voraus, und ich lief ihm nach, meine Beine durften nicht zittern, meine Zähne nicht klappern. Ich kannte noch nicht einmal seinen Namen, aber ich wollte, dass er stolz auf mich war und nie bereute, mir das Leben gerettet zu haben.

»Ich bin Otori Shigeru«, sagte er, als wir zum Joch hinaufstiegen. »Vom Clan der Otori aus Hagi. Aber unterwegs benutze ich diesen Namen nicht, also gebrauche du ihn auch nicht.«

Hagi war für mich so fern wie der Mond, und obwohl ich von den Otori gehört hatte, wusste ich über sie nur, dass sie vor zehn Jahren von den Tohan bei einer großen Schlacht in der Ebene von Yaegahara besiegt worden waren.

»Wie heißt du, Junge?«

»Tomasu.«

»Das ist ein häufiger Name unter den Verborgenen. Leg ihn besser ab.« Er schwieg eine Weile, dann sagte er kurz aus der Dunkelheit: »Du kannst Takeo heißen.«

Und so verlor ich zwischen dem Wasserfall und dem Berggipfel meinen Namen, wurde ein Neuer und vereinigte mein Schicksal mit dem der Otori.

Die Morgenröte fand uns frierend und hungrig im Dorf Hinode, berühmt für seine heißen Quellen. Ich war schon weiter von meinem eigenen Haus entfernt als je zuvor in meinem Leben. Von Hinode wusste ich nur, was die Jungen in meinem Dorf sagten: dass die Männer Betrüger waren und die Frauen so heiß wie die Quellen, bereit, sich für den Preis eines Bechers Wein mit einem hinzulegen. Ich hatte keine Gelegenheit festzustellen, ob etwas davon der Wahrheit entsprach. Keiner wagte es, Lord Otori zu betrügen, und die einzige Frau, die ich sah, war die Frau des Wirts, die unsere Mahlzeiten brachte.

Ich schämte mich, weil ich schmutzig und blutbefleckt war in den alten Kleidern, die meine Mutter so oft geflickt hatte, dass man unmöglich sagen konnte, welche Farbe sie ursprünglich hatten. Ich konnte nicht glauben, dass der Lord annahm, ich würde bei ihm in der Herberge schlafen. Ich dachte, ich würde im Stall bleiben. Aber offenbar wollte er mich nicht zu oft aus den Augen lassen. Er sagte der Frau, sie solle meine Kleider waschen, und schickte mich zum Baden in die heiße Quelle. Als ich zurückkam, schlaftrunken von der Wirkung des heißen Wassers nach der schlaflosen Nacht, war das Frühstück im Zimmer serviert, und er aß bereits. Er winkte mir, ihm Gesellschaft zu leisten. Ich kniete mich auf den Boden und sprach die Gebete, die wir immer vor der ersten Mahlzeit des Tages sagten.

»Das kannst du nicht machen«, sagte Lord Otori, den Mund voller Reis und eingelegtem Gemüse. »Noch nicht einmal, wenn du allein bist. Wenn du weiterleben willst, musst du diesen Teil deines Lebens vergessen. Er ist für immer vorbei.« Er schluckte und nahm einen weiteren Bissen. »Man kann für Besseres sterben.«

Ein wahrer Gläubiger hätte wahrscheinlich trotzdem auf den Gebeten bestanden. Ob das wohl die toten Männer meines Dorfs getan hätten? Ich erinnerte mich an ihre Augen, die leer und überrascht zugleich ausgesehen hatten, und hörte auf zu beten. Ich hatte keinen Appetit mehr.

»Iss«, sagte der Lord nicht unfreundlich. »Ich will dich nicht den ganzen Weg bis Hagi tragen.«

Ich zwang mich, ein wenig zu essen, damit er mich nicht verspottete. Dann wies er mich an, der Frau zu sagen, sie solle die Betten ausbreiten. Es war mir unangenehm, ihr Befehle zu erteilen; zum einen fürchtete ich, sie würde mich auslachen und fragen, ob ich die Hände nicht mehr gebrauchen könne, zum anderen geschah etwas mit meiner Stimme. Ich spürte, wie sie mir versagte, als wären Worte zu schwach, um auszudrücken, was meine Augen gesehen hatten. Doch sobald die Frau begriffen hatte, was ich meinte, verbeugte sie sich fast so tief wie vor Lord Otori und beeilte sich zu gehorchen.

Lord Otori legte sich nieder und schloss die Augen.

Er schien sofort einzuschlafen.

Ich dachte, auch ich würde sofort einschlafen, aber meine Gedanken sprangen entsetzt und erschöpft hin und her. Die verbrannte Hand schmerzte, und ich hörte alles um mich herum mit ungewöhnlicher und leicht beängstigender Klarheit – jedes Wort, das in der Küche gesprochen wurde, jedes Geräusch aus dem Ort. Immer wieder dachte ich an meine Mutter und die kleinen Mädchen. Ich sagte mir, dass ich sie nicht tot gesehen hatte. Vielleicht waren sie weggelaufen und in Sicherheit. Jeder in unserem Dorf mochte meine Mutter. Sie hätte nicht den Tod gewählt. Obwohl sie als Verborgene geboren worden war, gehörte sie nicht zu den Fanatikern. Sie entzündete Weihrauch im Schrein und brachte dem Gott des Berges Opfergaben. Meine Mutter mit dem breiten Gesicht, den rauen Händen und der honigfarbenen Haut konnte nicht tot sein, konnte nicht irgendwo neben ihren Töchtern unter dem Himmel liegen, die scharfen Augen jetzt leer und überrascht!

Meine Augen waren nicht leer. Sie waren beschämend voll von Tränen. Ich vergrub mein Gesicht in der Matratze und versuchte, die Tränen zu unterdrücken. Doch trotz aller Willenskraft konnte ich nichts daran ändern, dass meine Schultern zuckten und mein Atem in rauen Schluchzern kam. Nach einigen Augenblicken spürte ich eine Hand auf meiner Schulter, und Lord Otori sagte leise: »Der Tod kommt plötzlich, und das Leben ist zerbrechlich und kurz. Niemand kann das ändern, weder durch Gebete noch durch Zaubersprüche. Kinder weinen deshalb, aber Männer und Frauen weinen nicht. Sie müssen es ertragen.«

Seine Stimme brach beim letzten Wort. Lord Otori war ebenso traurig wie ich. Sein Gesicht war angespannt, doch die Tränen liefen ihm immer noch aus den Augen. Ich wusste, um wen ich weinte, doch ich wagte es nicht, ihn zu befragen.

Ich musste eingeschlafen sein, denn ich träumte, dass ich zu Hause war und das Abendessen aus einer Schüssel aß, die mir so vertraut war wie die eigenen Hände. In der Suppe war eine schwarze Krabbe, sie sprang aus der Schüssel und lief in den Wald. Ich lief ihr nach und wusste bald nicht mehr, wo ich war. Ich wollte rufen: »Ich habe mich verirrt!«, aber die Krabbe hatte mir die Stimme gestohlen.

Ich wachte auf, Lord Otori schüttelte mich.

»Steh auf!«

Ich hörte, dass es nicht mehr regnete. Das Licht sagte mir, dass es mitten am Tag war. Der Raum wirkte eng und stickig, die Luft war drückend und still. Die Strohmatten rochen säuerlich.

»Ich will nicht, dass Iida mich mit hundert Kriegern verfolgt, nur weil er wegen eines Jungen vom Pferd gefallen ist«, brummte Lord Otori gutgelaunt. »Wir müssen schnell weiter.«

Ich sagte nichts. Meine Kleider lagen gewaschen und trocken auf dem Boden. Ich zog sie schweigend an.

»Aber wie du es gewagt hast, Sadamu so mutig gegenüberzutreten, wenn du zu ängstlich bist, zu mir ein Wort zu sagen …«

Ich war ihm gegenüber eigentlich nicht ängstlich – eher voller Ehrfurcht. Es kam mir vor, als wäre mir plötzlich einer von Gottes Engeln erschienen oder einer der Waldgeister oder ein Held aus vergangenen Zeiten und hätte mich unter seinen Schutz genommen. Ich hätte kaum sagen können, wie er aussah, denn ich wagte es nicht, ihn direkt anzuschauen. Wenn ich einen scheuen Seitenblick auf ihn warf, war sein Gesicht normalerweise ruhig – nicht gerade streng, aber ausdruckslos. Ich wusste noch nicht, wie sein Lächeln es veränderte. Er war vielleicht dreißig Jahre alt oder etwas jünger, weit über mittelgroß, breitschultrig. Seine Hände waren hellhäutig, fast weiß, gut geformt und mit langen, nervösen Fingern, die dazu gemacht schienen, sich um den Schwertgriff zu legen. Das taten sie jetzt, als er das Schwert von der Matte aufhob. Der Anblick ließ mich schaudern. Ich stellte mir vor, dass es das Fleisch, das Lebensblut vieler Menschen gekannt, ihre Todesschreie gehört hatte. Es erschreckte und faszinierte mich.

»Jato.« Lord Otori war meinem Blick gefolgt. Er lachte und klopfte auf die abgenutzte schwarze Scheide. »In Reisekleidung wie ich. Zu Hause tragen wir beide etwas Eleganteres!«

Jato, wiederholte ich leise vor mich hin. Das Schlangenschwert, das mein Leben gerettet hatte, indem es Leben nahm.

Wir verließen die Herberge und wanderten weiter, an den nach Schwefel riechenden Quellen von Hinode vorbei und einen anderen Berg hinauf. Die Reisfelder machten Bambusgehölzen Platz, wie denen um mein Dorf; dann gingen wir an Kastanien, Ahornbäumen und Zedern vorbei. Der Wald dampfte von der Sonnenwärme, obwohl er so dicht war, dass wenig Sonnenlicht bis zu uns durchdrang. Zweimal glitten uns Schlangen aus dem Weg, die eine war eine kleine schwarze Viper, die andere, größere hatte die Farbe von Tee. Sie schien zu rollen wie ein Reifen und sprang ins Dickicht, als wüsste sie, dass Jato ihr den Kopf abschlagen könnte. Zikaden sangen schrill, und die Min-min stöhnten mit nervtötender Monotonie.

Wir gingen rasch trotz der Hitze. Manchmal war Lord Otori nicht einzuholen, und ich erklomm mühsam den Pfad, als wäre ich völlig allein, hörte nur seine Schritte vor mir und traf ihn dann auf dem Gipfel, wo er über die Berge schaute, hinter denen sich weitere Berge hinzogen, ringsum lag undurchdringlicher Wald.

Er schien sich in diesem wilden Land auszukennen. Wir gingen lange am Tag und schliefen nur wenige Stunden in der Nacht, manchmal in einem abgelegenen Bauernhaus, manchmal in einer verlassenen Berghütte. Außerhalb der Orte, an denen wir anhielten, trafen wir nur wenige Menschen auf dieser einsamen Straße: einen Holzfäller, zwei Mädchen, die Pilze sammelten und bei unserem Anblick davonliefen, einen Mönch auf dem Weg zu einem fernen Tempel. Nach einigen Tagen überquerten wir den Gebirgskamm des Landes. Wir hatten immer noch steile Hügel zu ersteigen, doch häufiger gingen wir bergab. Das Meer wurde sichtbar, zuerst ein fernes Glitzern, dann eine breite, seidige Fläche mit Inseln, die aufragten wie ertrunkene Berge. Das war für mich etwas Neues, und ich konnte mich daran nicht sattsehen. Manchmal glich es einer hohen Wand, die gleich über das Land stürzen würde.

Meine Hand heilte langsam, eine silbrige Narbe blieb auf der rechten Handfläche zurück.

Die Dörfer wurden größer, und schließlich suchten wir ein Nachtquartier in einem Ort, der nur als Stadt bezeichnet werden konnte. Er lag an der Hauptstraße zwischen Inuyama und der Küste und hatte viele Herbergen und Gaststätten. Wir waren immer noch im Tohangebiet, und überall war das dreifache Eichenblatt angebracht, das mir Angst machte, auf die Straßen zu gehen, doch ich spürte, dass die Menschen in der Herberge Lord Otori irgendwie erkannten. Der übliche Respekt, den ihm die Leute zollten, hatte eine andere Qualität, als gäbe es eine alte Treue, die verborgen bleiben musste. Sie behandelten mich freundlich, obwohl ich nicht mit ihnen redete. Ich hatte seit Tagen nicht gesprochen, noch nicht einmal mit Lord Otori. Es schien ihm nicht viel auszumachen. Er war selbst ein schweigsamer Mann, in seine eigenen Gedanken vertieft, aber hin und wieder sah ich ihn verstohlen an und stellte fest, dass er mich mit einer Miene betrachtete, die vielleicht Mitleid ausdrückte. Er schien etwas sagen zu wollen; dann seufzte er und murmelte:

»Macht nichts, macht nichts, da lässt sich nichts ändern.« Die Dienstboten schwatzten ausgiebig, und ich hörte ihnen gern zu. Sie waren sehr an einer Frau interessiert, die in der vergangenen Nacht angekommen war und eine weitere Nacht bleiben würde. Sie reiste allein nach Inuyama, natürlich mit

Dienstboten, aber ohne Ehemann oder Bruder oder Vater, und wollte offenbar Lord Iida treffen. Sie war sehr schön, obwohl ziemlich alt, mindestens dreißig, sehr nett, gütig und höflich zu allen. Aber – allein zu reisen! Wie geheimnisvoll! Der Koch wollte wissen, dass sie kürzlich Witwe geworden war und zu ihrem Sohn in die Hauptstadt fuhr, doch die Hausdame sagte, das sei Unsinn, die Frau habe nie Kinder gehabt und sei nie verheiratet gewesen; und dann sagte der Pferdeknecht, der gerade sein Abendessen verschlang, er habe von den Sänftenträgern gehört, dass sie zwei Kinder habe, einen Jungen, der gestorben sei, und ein Mädchen, das als Geisel in Inuyama lebte.

Die Zimmermädchen seufzten und murmelten, dass selbst Wohlstand und hohe Geburt einen nicht vor dem Schicksal beschützten, und der Pferdeknecht sagte:

»Wenigstens lebt das Mädchen, denn sie sind Maruyama und erben in der weiblichen Linie.«

Diese Neuigkeit wurde überrascht und verständnisvoll kommentiert und verstärkte die Neugier auf Lady Maruyama, die selbst über ihr Land bestimmte, den einzigen Besitz, der an Töchter weitergegeben wurde, nicht an Söhne.

»Kein Wunder, dass sie es wagt, allein zu reisen«, sagte der Koch.

Von seinem Erfolg beflügelt, fuhr der Pferdeknecht fort: »Aber Lord Iida hält das für ungehörig. Er will ihren Besitz übernehmen, entweder durch Gewalt oder, wie es heißt, durch Heirat.«

Der Koch gab ihm einen Klaps aufs Ohr. »Gib acht, was du sagst! Du weißt nie, wer zuhört!«

»Wir waren einmal Otori und werden es wieder sein«, murmelte der Junge.

Die Hausdame sah mich am Eingang stehen und bat mich hereinzukommen. »Wohin reist du? Ihr müsst von weit her gekommen sein!«

Ich lächelte und schüttelte den Kopf. Eins der Zimmermädchen tätschelte mir auf dem Weg zu den Gästezimmern den Arm und sagte: »Er redet nicht. Schade, nicht wahr?«

»Was ist passiert?«, fragte der Koch. »Hat dir jemand Staub in den Mund geworfen wie dem Ainuhund?«

Sie neckten mich nicht unfreundlich, dann kam das Zimmermädchen zurück, gefolgt von einem Mann, der wohl einer der Maruyamadiener war, denn er trug auf seiner Jacke das Wappen des Bergs in einem Kreis. Zu meiner Überraschung sprach er mich höflich an. »Meine Herrin wünscht, mit dir zu reden.«

Ich war mir nicht sicher, ob ich mit ihm gehen sollte, doch er sah aus wie ein redlicher Mann, und ich war neugierig auf die geheimnisvolle Frau. Ich folgte ihm durch den Gang und den Hof. Er trat auf die Veranda und kniete sich an die Tür eines Raums, sagte kurz etwas und winkte mir dann heraufzukommen.

Ich warf der Dame einen kurzen Blick zu, fiel auf die Knie und senkte tief den Kopf. Ich war davon überzeugt, eine Prinzessin vor mir zu haben. Ihr Haar fiel wie schwarze Seide bis auf den Boden. Ihre Haut war weiß wie Schnee. Sie trug Gewänder in dunkler werdenden Schattierungen von Creme, Elfenbein und Taubengrau, die mit roten und rosa Pfingstrosen bestickt waren. Um sie herum war eine Stille, die mich zuerst an tiefe Bergteiche denken ließ, dann aber plötzlich an den gehärteten Stahl von Jato, dem Schlangenschwert.

»Sie sagten mir, dass du nicht sprichst.« Ihre Stimme war so ruhig und klar wie Wasser.

Ich spürte das Mitgefühl in ihrem Blick, und das Blut schoss mir ins Gesicht.

»Mit mir kannst du reden«, fuhr sie fort. Sie nahm meine Hand und zeichnete mir mit dem Finger das Zeichen der Verborgenen auf die Handfläche. Ein Schreck durchfuhr mich wie das Brennen einer Nessel. Instinktiv zog ich die Hand zurück.

»Erzähl mir, was du gesehen hast.« Ihr Ton war nicht weniger freundlich, dabei aber drängend. »Es war Iida Sadamu, nicht wahr?«

Fast wider Willen schaute ich sie an. Sie lächelte, doch ohne Heiterkeit.

»Und du bist von den Verborgenen«, fügte sie hinzu. Lord Otori hatte mich davor gewarnt, mich zu verraten. Ich hatte geglaubt, ich hätte mein altes Selbst mit dem Namen Tomasu beerdigt. Doch vor dieser Frau war ich hilflos. Ich wollte gerade nicken, da hörte ich Lord Otoris Schritte im Hof. Mir wurde klar, dass ich ihn am Schritt erkannte, und ich wusste, dass eine Frau ihm folgte und der Mann, der mit mir gesprochen hatte. Ich hörte, wie der Stallknecht aufstand und die Küche verließ. Ich hörte den Klatsch der Zimmermädchen und erkannte jedes an seiner Stimme. Diese Hellhörigkeit, die langsam zugenommen hatte, seit ich nicht mehr sprach, überwältigte mich jetzt mit einer Flut von Geräuschen. Es war fast unerträglich, als hätte ich schlimmstes Fieber. Ich fragte mich, ob die Frau vor mir eine Zauberin war, die mich behext hatte. Ich wagte nicht, sie anzulügen, doch ich konnte nicht sprechen.

Die Frau, die ins Zimmer kam, rettete mich. Sie kniete sich vor Lady Maruyama und sagte leise: »Seine Lordschaft sucht den Jungen.«

»Bitte ihn herein«, entgegnete die Dame. »Und, Sachie, würdest du bitte das Teezubehör bringen?«

Lord Otori trat in den Raum, und er und Lady Maruyama tauschten tiefe, respektvolle Verbeugungen. Sie sprachen höflich miteinander wie Fremde, und sie redete ihn nicht mit seinem Namen an, doch ich hatte das Gefühl, dass sie sich gut kannten. Zwischen ihnen war eine Spannung, die ich erst später verstand; damals machte sie mich nur noch befangener.

»Die Zimmermädchen haben mir von dem Jungen erzählt, der mit Ihnen reist«, sagte sie. »Ich wollte ihn selbst sehen.«

»Ja, ich bringe ihn nach Hagi. Er ist der einzige Überlebende eines Massakers. Ich wollte ihn nicht Sadamu überlassen.« Mehr schien er nicht sagen zu wollen, doch nach einer Weile setzte er hinzu: »Ich habe ihm den Namen Takeo gegeben.«

Jetzt lächelte sie – ein echtes Lächeln. »Ich bin froh. Er hat etwas Gewisses an sich.«

»Finden Sie? Ich fand das auch.«

Die Frau kam mit einem Tablett, einem Teekessel und einer Schale in den Raum. Sie stellte die Gegenstände in meiner Augenhöhe auf die Matten, wo ich sie deutlich sehen konnte. In der Glasur der Schale waren das Grün des Waldes, das Blau des Himmels.

»Eines Tages werden Sie nach Maruyama ins Teehaus meiner Großmutter kommen«, sagte die Dame. »Dort können wir die Zeremonie vollziehen, wie es sich gehört. Aber jetzt müssen wir uns so gut wie möglich behelfen.«

Sie goss das heiße Wasser ein, und ein bittersüßer Geruch stieg aus der Schale.

»Setz dich auf, Takeo«, sagte sie.

Mit dem Teebesen schlug sie den Tee zu grünem Schaum. Dann reichte sie die Schale Lord Otori. Er nahm sie in beide Hände, drehte sie dreimal, trank daraus, wischte mit dem Daumen den Rand ab und gab die Schale mit einer Verbeugung zurück.

Lady Maruyama füllte sie wieder und reichte sie mir. Ich machte sorgsam alles, was der Lord gemacht hatte, hob die Schale an die Lippen und trank die schaumige Flüssigkeit.

Sie schmeckte bitter, doch sie machte mir den Kopf klar und beruhigte mich. So etwas hatten wir in Mino nie: Unser Tee wurde aus Zweigen und Bergkräutern gemacht.

Ich wischte die Stelle ab, von der ich getrunken hatte, und gab die Schale mit einer linkischen Verbeugung Lady Maruyama zurück. Ich fürchtete, Lord Otori würde mein Ungeschick bemerken und sich meiner schämen, aber als ich ihn rasch anschaute, galt sein Blick nur der Dame.

Sie trank dann selbst. Wir drei saßen schweigend da. Im Raum war ein Gefühl von etwas Heiligem, als hätten wir gerade am rituellen Mahl der Verborgenen teilgenommen. Mich überkam eine Welle der Sehnsucht nach meinem Heim, meiner Familie, meiner alten Umgebung, aber obwohl mir die Augen brannten, erlaubte ich mir nicht zu weinen. Ich würde lernen zu ertragen.

In meiner Handfläche spürte ich noch den Druck von Lady Maruyamas Finger.

Die Herberge war viel größer und luxuriöser als alle anderen, in denen wir bei unserer schnellen Reise durch die Berge übernachtet hatten, und was wir an diesem Abend aßen, war anders als alles, was ich je gekostet hatte. Es gab Aal in einer würzigen Soße und süßen Fisch aus den Bächen der Gegend, viele Portionen Reis, der weißer war als alles in Mino, wo wir nur dreimal im Jahr Reis aßen, wenn wir Glück hatten. Zum ersten Mal trank ich Reiswein. Lord Otori war in gehobener Stimmung – »schwebend«, wie meine Mutter zu sagen pflegte –, sein Schweigen, seine Trauer waren von ihm gewichen, und der Wein übte seinen fröhlichen Zauber auch auf mich aus.

Als wir gegessen hatten, schickte mich Lord Otori zu Bett: Er wollte noch einen Spaziergang machen, um einen klaren Kopf zu bekommen. Die Zimmermädchen kamen und breiteten die Betten aus. Ich legte mich nieder und horchte auf die Geräusche der Nacht. Der Aal oder der Wein hatten mich unruhig gemacht, und ich konnte zu viel hören. Jeder ferne Lärm schreckte mich wieder auf. Von Zeit zu Zeit konnte ich die Hunde der Stadt bellen hören, einer fing an, die anderen stimmten ein. Nach einer Weile war mir, als würde ich die Stimme eines jeden erkennen. Ich dachte über Hunde nach, wie sie mit zuckenden Ohren schlafen und nur von gewissen Geräuschen gestört werden. Ich würde lernen müssen, wie sie zu sein, oder ich würde nie mehr schlafen können.

Als ich die Tempelglocken um Mitternacht läuten hörte, stand ich auf und ging zum Abort. Das Geräusch meiner Pisse war wie ein Wasserfall. Ich goss mir am Brunnen im Hof Wasser über die Hände und blieb einen Augenblick horchend stehen.

Es war eine stille, milde Nacht vor dem Vollmond des achten Monats. In der Herberge war es ruhig: Jeder lag im Bett und schlief. Frösche quakten am Fluss und in den Reisfeldern, ein- oder zweimal hörte ich eine Eule rufen. Als ich leise auf die Veranda trat, hörte ich Lord Otoris Stimme. Einen Augenblick dachte ich, er sei in unser Zimmer zurückgekehrt und rede mit mir, doch eine Frauenstimme antwortete ihm. Es war Lady Maruyama. Ich wusste, dass ich nicht lauschen sollte. Es war ein geflüstertes Gespräch, das niemand hören konnte außer mir. Ich ging ins Zimmer zurück, schob die Tür zu, legte mich auf die Matratze und entschloss mich einzuschlafen. Doch meine Ohren lauschten mit einer unbestreitbaren Sehnsucht, und jedes Wort fiel deutlich in sie hinein.

Die beiden sprachen von ihrer Liebe zueinander, ihren wenigen Begegnungen, ihren Plänen für die Zukunft. Vieles von dem, was sie sagten, war vorsichtig und kurz, und vieles verstand ich nicht. Ich erfuhr, dass Lady Maruyama auf dem Weg in die Hauptstadt war, um ihre Tochter zu besuchen, und dass sie fürchtete, Iida würde wieder auf einer Heirat bestehen. Seine eigene Frau war krank, man rechnete mit ihrem Tod. Der einzige Sohn, den sie ihm geboren hatte, auch er leidend, war eine Enttäuschung für Iida.

»Du wirst keinen anderen als mich heiraten«, flüsterte er, und sie antwortete: »Das ist mein einziger Wunsch. Das weißt du.« Dann schwor er ihr, nie eine andere Frau zu nehmen als sie und bei keiner anderen zu liegen, und er sprach von einer Strategie, die er hatte, aber nicht erklärte. Ich hörte meinen Namen und verstand, dass ich irgendwie damit zu tun haben sollte. Ich erkannte, dass es eine lange Feindschaft zwischen ihm und Iida gab, die bis zur Schlacht von Yaegahara zurückreichte.

»Wir werden am selben Tag sterben«, sagte Lord Otori. »Ich kann nicht in einer Welt leben, in der du nicht bist.«

Dann wurden aus dem Flüstern andere Geräusche, solche der Leidenschaft zwischen einem Mann und einer Frau. Ich steckte die Finger in die Ohren. Ich wusste Bescheid über Begierde, hatte meine eigene mit den anderen Jungen in meinem Dorf oder mit Mädchen im Bordell befriedigt, aber von Liebe wusste ich nichts. Ich schwor mir, nie von dem zu reden, was ich gehört hatte. Ich würde diese Geheimnisse so bewahren wie die Verborgenen die ihren. Ich war dankbar dafür, dass ich keine Stimme hatte.

Ich sah die Dame nicht mehr. Wir verließen die Herberge früh am nächsten Morgen, etwa eine Stunde nach Sonnenaufgang. Es war schon warm; in den Tempelklöstern sprengten Mönche Wasser, und die Luft roch nach Staub. Die Zimmermädchen in der Herberge hatten uns Tee, Reis und Suppe gebracht, bevor wir gingen, eine von ihnen unterdrückte ein Gähnen, als sie die Teller vor mich hinstellte, und entschuldigte sich dann lachend. Sie hatte mir am Vortag den Arm getätschelt, und als wir uns auf den Weg machten, kam sie heraus und rief: »Viel Glück, kleiner Lord! Gute Reise! Vergiss uns hier nicht!«

Ich wünschte, ich könnte noch eine Nacht bleiben. Der Lord lachte darüber, neckte mich und sagte, er würde mich vor den Mädchen in Hagi beschützen müssen. Er konnte in der vergangenen Nacht kaum geschlafen haben, doch hatte er offensichtlich immer noch gute Laune. Energischer als sonst ging er die große Straße entlang. Ich dachte, wir würden Yamagata auf der Poststraße passieren, doch wir gingen durch die Stadt und folgten einem kleineren Fluss als dem breiten neben der Hauptstraße, überquerten ihn dort, wo er sich schnell und schmal zwischen Felsen zwängte, und erklommen wieder einen Berghang.

Wir hatten Proviant für den Tag aus der Herberge mitgenommen, denn sobald wir die kleinen Dörfer am Fluss hinter uns hatten, begegneten wir niemandem mehr. Es war ein enger, einsamer Pfad und ein steiler Aufstieg. Als wir den Gipfel erreicht hatten, machten wir Rast und aßen. Es war später Nachmittag, und die Sonne schickte schräge Schatten über die Ebene unter uns. Die Bergketten dahinter im Osten wurden indigoblau und stahlgrau.

»Dort ist die Hauptstadt.« Lord Otori war meinem Blick gefolgt.

Ich dachte, er meine Inuyama, und war verwirrt.

Er sah es und fuhr fort: »Nein, die richtige Hauptstadt des ganzen Landes – in der der Kaiser lebt. Weit hinter den fernsten Bergen. Inuyama liegt im Südosten.« Er deutete zurück in die Richtung, aus der wir gekommen waren. »Weil wir so weit von der Hauptstadt entfernt sind und der Kaiser so schwach ist, können Kriegsherren wie Iida tun, was sie wollen.« Seine gute Stimmung schlug um, wurde düster. »Und unter uns ist der Schauplatz der schlimmsten Niederlage der Otori, dort wurde mein Vater getötet. Das ist Yaegahara. Die Otori wurden von den Noguchi verraten, die ins Lager von Iida überwechselten. Mehr als zehntausend starben.« Er schaute mich an und sagte: »Ich weiß, wie es ist, wenn man die Liebsten erschlagen sieht. Ich war nicht viel älter, als du jetzt bist.«

Ich starrte hinaus auf die leere Ebene. Eine Schlacht konnte ich mir nicht vorstellen. Ich dachte an das Blut von zehntausend Männern, das in die Erde von Yaegahara sickerte. In dem feuchten Dunst wurde die Sonne rot, als hätte sie Blut aus dem Land gesogen. Milane flogen über uns und stießen traurige Schreie aus.

»Ich wollte nicht nach Yamagata«, sagte Lord Otori, als wir den Abstieg begannen. »Zum Teil, weil mich dort jeder kennt, zum Teil aus anderen Gründen. Eines Tages werde ich dir davon erzählen. Aber das bedeutet, dass wir heute Nacht draußen schlafen müssen, Gras wird unser Kissen sein, denn keine Stadt ist nahe genug, um dort zu übernachten. Wir werden die Lehnsgrenze auf einem geheimen Weg überqueren, den ich kenne, und dann sind wir auf dem Gebiet der Otori, außer Reichweite und sicher vor Sadamu.«

Ich wollte die Nacht nicht auf der einsamen Ebene verbringen. Ich hatte Angst vor zehntausend Geistern und vor den Ungeheuern und Kobolden, die im Wald ringsum wohnten. Das Murmeln eines Bachs klang für mich wie die Stimme des Wassergeistes, und jedes Mal, wenn ein Fuchs bellte oder eine

Eule rief, wachte ich mit rasendem Puls auf. Einmal bebte die Erde leicht, so dass die Bäume rauschten und irgendwo in der Ferne Steine polterten. Ich glaubte, die Stimmen der Toten zu hören, die nach Rache riefen, und ich versuchte zu beten, fühlte aber nichts als eine ungeheure Leere. Der Geheime Gott, den die Verborgenen verehren, war mit meiner Familie verschwunden. Ohne sie hatte ich keine Verbindung zu ihm.

Neben mir schlief Lord Otori so friedlich wie im Gästezimmer der Herberge. Doch noch mehr als ich musste er sich der Forderungen bewusst sein, die von den Toten gestellt wurden. Beklommen dachte ich an die Welt, die ich betreten würde – eine Welt, von der ich nichts wusste, die Welt der Clans mit ihren strengen Regeln und ihren harten Gesetzen. Was mich hineinführte, war die Laune dieses Lords, der sozusagen mein Besitzer war; vor meinen Augen hatte sein Schwert einen Mann geköpft. Ich schauderte in der feuchten Nachtluft.

Vor dem Morgengrauen standen wir auf, und als sich der Himmel grau färbte, überquerten wir den Fluss, der die Grenze zur Domäne der Otori war.

Nach der Schlacht von Yaegahara waren die Otori, die zuvor das ganze Mittlere Land regiert hatten, von den Tohan in einen schmalen Landstreifen zwischen der letzten Bergkette und dem Meer im Norden abgedrängt worden. Auf der wichtigen Poststraße wurde die Grenze von Iidas Männern bewacht, aber in diesem wilden, abgelegenen Land gab es viele Stellen, an denen man über die Grenze schlüpfen konnte; die meisten Tagelöhner und Bauern betrachteten sich immer noch als Otori und waren nicht gut auf die Tohan zu sprechen. Lord Otori erklärte mir das alles an diesem Tag auf unserer Wanderung; das Meer lag jetzt immer rechts von uns. Er erzählte mir auch von der Landschaft, machte mich auf die angewandten landwirtschaftlichen Methoden aufmerksam, auf die Kanäle, die zur Bewässerung angelegt worden waren, die selbstgewebten Netze der Fischer, die Salzgewinnung aus dem Meer. Er interessierte sich für alles und wusste über alles Bescheid. Allmählich wurde der Weg zu einer belebten Straße. Bauern gingen zum Markt ins nächste Dorf, sie brachten Süßkartoffeln und Gemüse, Eier und getrocknete Pilze, Lotuswurzeln und Bambus. Am Markt machten wir halt und kauften neue Strohsandalen, weil unsere zerfielen.

Als wir an diesem Abend zur Herberge kamen, kannte dort jeder Lord Otori. Sie liefen heraus, um ihn mit Freudenrufen zu begrüßen, und warfen sich vor ihm nieder. Die besten Zimmer wurden vorbereitet, und zur Abendmahlzeit gab es einen Gang nach dem anderen mit köstlichen Gerichten. Der Lord schien sich vor meinen Augen zu verwandeln. Natürlich hatte ich gewusst, dass er von hoher Geburt war und der Kriegerklasse angehörte, aber ich hatte immer noch keine Ahnung, wer er war oder welche Rolle er in der Hierarchie seines Clans spielte. Doch jetzt dämmerte es mir, dass er einen hohen Rang einnahm. In seiner Gegenwart wurde ich noch schüchterner. Ich spürte, dass jeder mich von der Seite ansah und beobachtete, was ich machte, und mich am liebsten mit einem Klaps aufs Ohr davongeschickt hätte.

Am nächsten Morgen trug der Lord Kleider, die seiner

Stellung entsprachen; Pferde warteten auf uns und vier oder fünf Gefolgsleute. Sie grinsten einander zu, als sie sahen, dass ich nichts von Pferden verstand, und schienen überrascht, als Lord Otori einem von ihnen befahl, mich hinter sich auf sein Pferd zu nehmen, obwohl natürlich keiner etwas zu sagen wagte. Auf der Reise versuchten sie, mit mir zu reden – sie fragten mich, woher ich kam und wie ich hieß –, doch als sie merkten, dass ich stumm war, hielten sie mich auch noch für dumm und taub. Sie redeten mich laut mit einfachen Worten an und benutzten die Zeichensprache.

Mir lag nicht viel daran, auf dem Pferderücken durchgerüttelt zu werden. Bisher war ich nur Iidas Pferd nahe gekommen und dachte, alle Pferde könnten mir böse sein, weil ich diesem so viel Schmerz zugefügt hatte. Und ich fragte mich, was ich tun würde, wenn wir nach Hagi kämen. Ich stellte mir vor, eine Art Knecht im Garten oder im Stall zu sein. Aber es stellte sich heraus, dass Lord Otori andere Pläne mit mir hatte.

Am Nachmittag des dritten Tages nach der Nacht, die wir am Rand von Yaegahara verbracht hatten, kamen wir zu der Stadt Hagi, der Residenz der Otori. Ihr Schloss stand auf einer Insel zwischen zwei Flüssen und dem Meer. Von einer Landzunge zur Stadt führte die längste Steinbrücke, die ich je gesehen hatte. Durch ihre vier Bögen strömte das zurückflutende Wasser, und die Wände waren aus perfekt zusammengefügten Steinblöcken. Ich glaubte, die Brücke müsse durch Zauberei entstanden sein, und als die Pferde sie betraten, musste ich die Augen schließen. Das Rauschen des Flusses klang in meinen Ohren wie Donner, doch darunter konnte ich etwas anderes hören – eine Art leises Wehklagen, das mich schaudern ließ.

Mitten auf der Brücke rief mich Lord Otori. Ich rutschte vom Pferderücken und ging zu ihm. Ein großer Findling mit eingemeißelten Schriftzeichen war ins Geländer gesetzt worden.

»Kannst du lesen, Takeo?« Ich schüttelte den Kopf.

»Dein Pech. Du wirst es lernen müssen!« Er lachte.

»Und ich glaube, dein Lehrer wird dich leiden lassen! Du wirst es bedauern, dass du dein wildes Leben in den Bergen hinter dir gelassen hast.«

Er las mir laut vor: »Der Clan der Otori heißt die Gerechten und die Treuen willkommen. Die Ungerechten und die Untreuen sollen sich in Acht nehmen.« Unter den Schriftzeichen war das Wappen mit dem Reiher.

Ich ging neben seinem Pferd bis zum Ende der Brücke. »Sie haben den Steinmetz lebend unter dem Findling begraben«, bemerkte Lord Otori beiläufig, »damit er nie eine andere, gleichwertige Brücke baut und sein Werk für immer bewacht. Bei Nacht kannst du hören, wie sein Geist mit dem Fluss spricht.«

Nicht nur bei Nacht. Der Gedanke an den traurigen Geist, der in seinem wunderschönen Werk gefangen war, ließ mich frösteln, aber dann waren wir in der Stadt, und die Geräusche der Lebenden übertönten die der Toten.

Hagi war die erste große Stadt, in der ich je gewesen war, und sie kam mir riesig und ungeheuer verwirrend vor. Mein Kopf dröhnte von den Geräuschen: den Rufen der Straßenverkäufer, dem Klappern der Webstühle in den schmalen

Häusern, den harten Schlägen der Steinmetze, dem kreischenden Schnappen der Sägen und vielen anderen Geräuschen, die ich nie zuvor gehört hatte und nicht identifizieren konnte. Eine Straße war voller Töpfer, und der Geruch des Tons und der Brennöfen schlug mir in die Nasenlöcher. Ich hatte nie zuvor eine Töpferscheibe oder das Prasseln in einem Ofen gehört. Und unter all den anderen Geräuschen lagen das Geplapper, das Gelächter, die Rufe und Flüche von Menschen, genau wie unter den Gerüchen der immer vorhandene Gestank ihrer Ausscheidungen lag.

Über den Häusern ragte das Schloss auf; es war mit dem Rücken zum Meer erbaut. Einen Augenblick lang glaubte ich, wir würden dorthin gehen, und das Herz wurde mir schwer, weil das Gebäude so finster und bedrohlich aussah, doch wir wandten uns nach Osten und folgten dem Nishigawa zu dem Punkt, wo er mit dem Higashigawa zusammenfloss. Links von uns lag ein Gebiet mit gewundenen Straßen und Kanälen, wo ziegelgedeckte Mauern viele große Häuser umgaben, die zwischen den Bäumen gerade noch sichtbar waren.

Die Sonne verbarg sich hinter dunklen Wolken, und die Luft roch nach Regen. Die Pferde schritten schneller aus, sie wussten, dass sie fast zu Hause waren. Am Ende der Straße stand ein Tor weit offen. Die Wächter waren aus dem Wachhaus daneben gekommen und fielen mit gebeugten Köpfen auf die Knie, als wir vorüberkamen.

Lord Otoris Pferd senkte den Kopf und rieb ihn an mir. Es wieherte, und ein anderes Pferd antwortete aus dem Stall. Ich hielt die Zügel, und der Lord stieg ab. Die Männer aus dem Gefolge führten die Pferde weg.

Lord Otori ging durch den Garten zum Haus. Ich stand einen Moment zögernd da und wusste nicht, ob ich ihm folgen oder mit den Männern gehen sollte, doch er wandte sich um, rief meinen Namen und winkte mir.

Der Garten war voller Bäume und Büsche, die sich nicht wie die wilden Bäume auf dem Berg dicht aneinanderdrängten; hier war alles an seinem Platz, gesetzt und wohlerzogen. Und doch glaubte ich hin und wieder, den Berg vor mir zu haben, als wäre er in einer Miniaturausgabe hierhergebracht worden.

Voller Geräusche war er auch – Wasser floss über Steine und rieselte aus Rohren. Wir wuschen uns die Hände am Brunnen, und das Wasser floss klingend, wie eine Glocke, als wäre es verzaubert.

Die Hausbediensteten warteten schon auf der Veranda, um ihren Herrn zu begrüßen. Überrascht sah ich, dass es nur wenige waren, doch später erfuhr ich, dass Lord Otori sehr einfach lebte. Es waren drei junge Mädchen, eine ältere Frau und ein Mann um die fünfzig. Nach den Verbeugungen zogen sich die Mädchen zurück, und die beiden Älteren schauten mich mit kaum verhülltem Erstaunen an.

»Er gleicht so …!«, flüsterte die Frau.

»Unheimlich!« Der Mann schüttelte den Kopf.

Lord Otori lächelte, als er aus seinen Sandalen schlüpfte und ins Haus ging. »Ich traf ihn im Dunkeln! Ich hatte keine Ahnung bis zum nächsten Morgen. Es ist nur eine flüchtige Ähnlichkeit.«

»Nein, viel mehr als das«, sagte die Alte und führte mich hinein. »Er ist ihm wie aus dem Gesicht geschnitten.« Der

Mann folgte, er starrte mich an und presste dabei die Lippen zusammen, als hätte er gerade auf eine eingelegte Pflaume gebissen – als ahnte er, dass meinem Eintritt in dieses Haus nichts als Ärger folgen würde.

»Jedenfalls habe ich ihn Takeo genannt«, sagte der Lord über die Schulter. »Heizt das Bad und sucht Kleidung für ihn.«

Der alte Mann stöhnte überrascht auf.

»Takeo!«, rief die Frau. »Aber wie heißt du wirklich?«

Als ich nichts sagte, nur die Schultern zuckte und lächelte, schnauzte der Mann: »Er ist ein Schwachkopf!«

»Nein, er spricht sehr wohl«, gab Lord Otori ungeduldig zurück. »Ich habe ihn sprechen hören. Aber er hat schreckliche Dinge gesehen, seither ist er verstummt. Wenn der Schock nachgelassen hat, wird er wieder reden.«

»Natürlich wird er das.« Die Alte lächelte und nickte mir zu. »Komm mit Chiyo. Ich werde mich um dich kümmern.«

»Vergeben Sie mir, Lord Shigeru«, sagte der Alte stur – ich nahm an, dass diese beiden den Lord seit seiner Kindheit kannten und ihn großgezogen hatten –, »aber was sind Ihre Pläne für den Jungen? Soll für ihn Arbeit in der Küche oder im Garten gefunden werden? Soll er eine Lehre machen? Hat er irgendwelche Fähigkeiten?«

»Ich habe vor, ihn zu adoptieren«, antwortete Lord Otori. »Du kannst morgen das Verfahren einleiten, Ichiro.«

Ein langes Schweigen folgte. Ichiro sah überrascht aus, aber er konnte nicht verblüffter sein als ich. Chiyo versuchte offenbar, nicht zu lächeln. Dann sprachen beide gleichzeitig.

Sie murmelte eine Entschuldigung und ließ den Alten zuerst zu Wort kommen.

»Das ist höchst unerwartet«, sagte er verärgert. »Hatten Sie das geplant, bevor Sie Ihre Reise angetreten haben?«

»Nein, es hat sich zufällig so ergeben. Du weißt, wie traurig ich nach dem Tod meines Bruders war und wie ich auf Reisen Trost suchte. Ich habe diesen Jungen gefunden, und seither erscheint mir mein Kummer mit jedem Tag erträglicher.«

Chiyo faltete die Hände. »Das Schicksal hat ihn gesandt. Sowie ich Sie sah, wusste ich, dass Sie verändert sind – geheilt in gewisser Weise. Natürlich kann keiner je Lord Takeshi ersetzen …«

Takeshi! Lord Otori hatte mir also einen Namen wie den seines toten Bruders gegeben. Und er würde mich durch die Adoption in seine Familie aufnehmen. Die Verborgenen sprechen von der Wiedergeburt durch Wasser. Ich war durch das Schwert wiedergeboren worden.

»Lord Shigeru, Sie machen einen schrecklichen Fehler«, sagte Ichiro barsch. »Der Junge ist ein Niemand, von niedriger Geburt … Was wird der Clan davon halten? Ihre Onkel werden es nie erlauben. Selbst darum zu ersuchen ist eine Beleidigung.«

»Schau ihn an«, sagte Lord Otori. »Wer immer seine Eltern waren, jemand in seiner Vergangenheit war nicht von niedriger Geburt. Jedenfalls habe ich ihn vor den Tohan beschützt. Iida wollte, dass sie ihn töten. Nachdem ich sein Leben gerettet habe, gehört er mir, also muss ich ihn adoptieren. Um vor den Tohan sicher zu sein, braucht er den Schutz des

Clans. Ich habe für ihn einen Mann getötet, möglicherweise zwei.«

»Ein hoher Preis. Hoffen wir, dass er nicht noch höher wird«, murrte Ichiro. »Was hatte er getan, dass Iida auf ihn aufmerksam wurde?«

»Er war zur falschen Zeit am falschen Ort, sonst nichts. Es ist nicht nötig, seine Geschichte zu erwähnen. Er kann ein ferner Verwandter meiner Mutter sein. Denk dir etwas aus.«

»Die Tohan haben die Verborgenen verfolgt«, sagte Ichiro scharfsinnig. »Sagen Sie mir, dass er nicht einer von ihnen ist.«

»Wenn er es war, ist er es nicht mehr«, antwortete Lord Otori seufzend. »Das alles ist Vergangenheit. Es hat keinen Sinn zu streiten, Ichiro. Ich habe mein Wort gegeben, diesen Jungen zu beschützen, und nichts wird mich von meinem Entschluss abbringen. Außerdem habe ich ihn liebgewonnen.«

»Das bringt nichts Gutes«, sagte Ichiro.

Der alte Mann und der jüngere sahen einander einen Moment lang an. Lord Otori machte eine ungeduldige Handbewegung, und Ichiro senkte die Augen und verbeugte sich widerwillig.

Ich überlegte, wie nützlich es sein würde, ein Lord zu sein – zu wissen, dass man letzten Endes immer seinen Willen durchsetzt.

Ein plötzlicher Windstoß erhob sich, die Läden knarrten, und mit dem Geräusch wurde die Welt für mich wieder unwirklich. Es war, als würde eine Stimme in meinem Kopf sagen: *Das ist es, was aus dir werden wird.* Ich wollte verzweifelt die Zeit zurückdrehen bis zu dem Tag, bevor ich auf dem Berg Pilze sammelte – zurück zu meinem alten Leben mit meiner Mutter und meinem Volk.

Aber ich wusste, dass meine Kindheit hinter mir lag, erledigt war, für immer unerreichbar. Ich musste ein Mann werden und ertragen, was auf mich zukam.

Mit diesem edlen Gedanken folgte ich Chiyo zum Badehaus. Sie hatte offensichtlich keine Ahnung, zu welcher Entscheidung ich gekommen war: Sie behandelte mich wie ein Kind, wies mich an, meine Kleider abzulegen, und schrubbte mich von Kopf bis Fuß, bevor sie ging und mich dem kochend heißen Wasser überließ, in dem ich mich aalte.

Später kam sie mit einem leichten Baumwollgewand zurück, das ich anziehen sollte. Ich tat, was sie sagte. Was konnte ich sonst tun? Sie rieb mir die Haare mit einem Handtuch trocken, kämmte sie zurück und band sie zu einem Knoten.

»Wir lassen sie schneiden«, murmelte sie und fuhr mir mit der Hand übers Gesicht. »Du hast noch nicht viel Bart. Wie alt bist du? Sechzehn?«

Ich nickte. Sie schüttelte den Kopf und seufzte.

»Lord Shigeru will, dass du mit ihm isst«, sagte sie und fügte leise hinzu: »Ich hoffe, du bringst ihm nicht noch mehr Leid.«

Ich nahm an, dass Ichiro seine Zweifel mit ihr geteilt hatte.

Ich folgte ihr zurück ins Haus und versuchte alles, was ich dort sah, in mich aufzunehmen. Es war inzwischen fast dunkel; Lampen in eisernen Ständern warfen einen orangefarbenen Schein in die Ecken der Räume, gaben aber zu wenig Licht, als dass man viel hätte sehen können. Chiyo führte mich zu einer Treppe in der Ecke des großen Wohnzimmers. So etwas hatte ich noch nie zuvor gesehen: In Mino hatten wir Leitern, aber niemand besaß eine richtige Treppe wie diese hier. Das Holz war dunkel und glänzend poliert – Eiche, nahm ich an –, und jede Stufe hatte ihren eigenen kleinen Klang, als ich darauf trat. Wieder kam mir das wie Zauberei vor, und ich glaubte, die Stimme des Erbauers darin zu hören.

Der Raum war leer, die Schiebefenster zum Garten weit geöffnet. Es fing gerade an zu regnen. Chiyo verbeugte sich vor mir – nicht sehr tief, stellte ich fest – und ging wieder die Treppe hinunter. Ich horchte auf ihre Schritte und hörte sie in der Küche mit den Dienstmädchen sprechen.

Es war der schönste Raum, in dem ich je gewesen war. Seit damals habe ich meinen Teil an Schlössern, Palästen, Adelsresidenzen gesehen, aber nichts ist zu vergleichen mit dem oberen Raum in Lord Otoris Haus an jenem Abend spät im achten Monat, als der Regen draußen sanft auf den Garten fiel. Im Hintergrund des Zimmers streckte sich eine große Säule, der Stamm einer einzelnen Zeder, vom Boden bis zur Decke; er war poliert, damit man Astlöcher und Maserung des Holzes sah. Auch die Balken waren aus Zedernholz, ihr zartes Rotbraun hob sich von den cremeweißen Wänden ab. Die Matten verblassten schon zu leichtem Gold, die Kanten waren mit breiten Streifen indigoblauen Tuchs gesäumt, in die der Otorireiher weiß eingewebt war.

Ein Rollbild hing in der Nische, das Gemälde eines kleinen Vogels. Er sah aus wie der Fliegenschnäpper mit den grünweißen Flügeln aus meinem Wald. Er wirkte so lebendig, als würde er gleich wegfliegen. Ich war erstaunt, dass ein großer Maler die einfachen Vögel der Berge so gut kannte.

Von unten hörte ich Schritte und setzte mich schnell auf den Fußboden, die Beine ordentlich untergeschlagen. Durch die offenen Fenster konnte ich einen großen grauweißen Reiher in einem der Gartenteiche stehen sehen. Sein Schnabel stieß ins Wasser und kam mit einem zappelnden kleinen Geschöpf heraus. Der Reiher hob sich elegant in die Luft und flog über die Mauer davon. Lord Otori kam herein, gefolgt von zwei Dienstmädchen mit dem Abendessen auf Tabletts. Er schaute mich an und nickte. Ich verbeugte mich bis zum Boden. Der Gedanke kam mir, dass er, Otori Shigeru, der Reiher war und ich das zappelnde kleine Ding, das er geschnappt hatte, als er den Berg herab in meine Welt gekommen und wieder aufgestiegen war.

Der Regen rauschte stärker, und in Haus und Garten fing das Wasser an zu singen. Es stieg aus den Abflüssen und lief durch die Rohre und in den Bach, der von Teich zu Teich sprang, wobei jeder Wasserfall einen anderen Klang hatte. Das Haus sang für mich, und ich verliebte mich in das Haus. Ich wollte zu ihm gehören. Alles würde ich für das Haus tun und alles, was sein Besitzer von mir verlangte.

Als wir die Mahlzeit beendet hatten und die Tabletts weggeräumt waren, setzten wir uns ans offene Fenster, während die Nacht hereinbrach. Im letzten Licht deutete Lord Otori auf den hinteren Teil des Gartens. Der Bach fiel in Kaskaden herab und floss unter einer niedrigen Öffnung in der ziegelgedeckten Mauer in den Fluss darunter. Der Fluss gab ein tiefes, dauerndes Rauschen von sich, und seine graugrünen Wasser füllten die Öffnung wie ein bemalter Schirm.

»Es ist gut, nach Hause zu kommen«, sagte Lord Otori leise. »Aber wie der Fluss immer vor der Tür ist, so ist die Welt immer draußen. Und in der Welt müssen wir leben.«

Kapitel 2

Im selben Jahr, in dem in Mino Otori Shigeru den Jungen rettete, der Otori Takeo werden sollte, fanden gewisse Ereignisse in einem Schloss weit im Süden statt. Iida Sadamu hatte das Schloss Noguchi Masayoshi zum Dank für dessen Unterstützung in der Schlacht von Yaegahara geschenkt. Nachdem Iida seine Erbfeinde, die Otori, besiegt und ihre Kapitulation zu günstigen Bedingungen für sich erzwungen hatte, wandte er seine Aufmerksamkeit dem dritten großen Clan in den Drei Ländern zu, den Seishuu, deren Domänen den größten Teil des Südens und des Westens einnahmen. Die Seishuu sicherten den Frieden lieber durch Bündnisse als durch Krieg, und diese Bündnisse wurden mit Geiseln besiegelt, die von großen Domänen kamen wie die Maruyama und von kleineren wie die Shirakawa, ihre engen Verwandten.

Als Lord Shirakawas älteste Tochter, Kaede, gerade die Schärpe der Kindheit mit der eines Mädchens vertauscht hatte, kam sie als Geisel ins Schloss Noguchi. Inzwischen hatte sie dort ihr halbes Leben verbracht – Zeit genug, um tausend Dinge ihres Zwangsaufenthalts zu hassen. Nachts, wenn sie zu müde zum Schlafen war und noch nicht einmal wagte, sich hin und her zu wälzen, weil eines der älteren Mädchen herüberlangen und sie schlagen könnte, machte sie im Kopf Listen dieser Abscheulichkeiten. Sie hatte früh gelernt, ihre Gedanken für sich zu behalten. Wenigstens konnte niemand in ihr Inneres langen und ihre Gedanken schlagen, auch wenn sie wusste, dass manche das gern getan hätten. Deshalb wurde sie auch so oft auf den Körper oder ins Gesicht geschlagen. Beharrlich wie ein Kind klammerte sie sich an die schwachen Erinnerungen an ihr Zuhause, das sie mit sieben verlassen hatte. Seit ihr Vater sie damals zu diesem Schloss begleitete, hatte sie ihre Mutter und ihre jüngeren Schwestern nicht mehr gesehen.

Ihr Vater war seither dreimal zurückgekehrt und hatte feststellen müssen, dass sie bei den Dienstboten untergebracht war, nicht bei den Noguchikindern, wie es sich für die Tochter einer Kriegerfamilie gehört hätte. Seine Erniedrigung war vollständig: Er konnte noch nicht einmal protestieren, obwohl Kaede mit ihrer ungewöhnlichen Beobachtungsgabe Schock und Zorn in seinen Augen gesehen hatte. Bei den ersten beiden Besuchen hatten sie ein paar Augenblicke unbeobachtet miteinander reden können. Am deutlichsten erinnerte sie sich daran, wie er sie an den Schultern gefasst und eindringlich gesagt hatte: »Wenn du nur als Junge geboren wärst!« Beim dritten Mal durfte er sie nur sehen. Danach war er nicht mehr gekommen, und Kaede hatte keine Nachrichten mehr von zu Hause.

Seine Gründe verstand sie vollkommen. Weil sie Augen und Ohren offen hielt und die wenigen Menschen, die ihr wohlgesinnt waren, in scheinbar unverfängliche Gespräche zu ziehen wusste, kannte sie mit zwölf ihre eigene Situation genau: Sie war eine Geisel, ein Pfand in den Auseinandersetzungen zwischen den Clans. Ihr Leben war den Lords, die sie faktisch besaßen, nichts wert bis auf die Tatsache, dass sie die Verhandlungsposition der Besitzer stärkte. Ihr Vater war Herr über die strategisch wichtige Domäne Shirakawa; ihre Mutter war eng mit den Maruyama verwandt. Weil ihr Vater keine Söhne hatte, galt Kaedes künftiger Mann als sein Erbe. Indem die Noguchi sie besaßen, verfügten sie ebenso über die Loyalität, die Bündnistreue und das Erbe ihres Vaters. Kaede beschäftigte sich noch nicht einmal mehr mit den großen Gefühlen – Angst, Heimweh, Einsamkeit –, sondern stellte an die Spitze des Verhassten die Erkenntnis, dass die Noguchi sie auch als Geisel missachteten. Das hasste sie ebenso wie die Neckereien der Mädchen, weil sie linkshändig und ungeschickt war, wie den Gestank der Wachstube am Tor, die steilen Treppen, die so schwer zu erklimmen waren, wenn man etwas trug … Und sie trug immer etwas: Schüsseln mit kaltem Wasser, Kessel mit heißem Wasser, Essen, das sich die immer hungrigen Männer in den Mund stopften, Sachen, die sie vergessen hatten oder aus Faulheit nicht selbst holen wollten. Kaede hasste auch das Schloss, die mächtigen Steine der Fundamente, die dunkle Schwere der oberen Räume, wo die verbogenen Dachsparren ihre Gefühle widerzuspiegeln schienen: Auch sie wollten der verzerrten Darstellung entfliehen, in der sie gefangen waren, und in den Wald zurückkehren, aus dem sie kamen.

Und die Männer. Wie Kaede die Männer hasste! Mit jedem Jahr wurde sie häufiger von ihnen belästigt. Die Dienstmädchen in ihrem Alter wetteiferten um die Aufmerksamkeit der Soldaten. Sie umschmeichelten und verhätschelten sie, redeten mit kindlicher Stimme, taten, als wären sie hilfsbedürftig, sogar einfältig, um sich den Schutz des einen oder anderen Mannes zu verschaffen. Kaede verübelte es ihnen nicht – sie war zu dem Schluss gekommen, dass alle Frauen alle ihre Waffen einsetzen sollten, um sich in dem offensichtlichen Kampf des Lebens zu verteidigen –, aber sie würde sich dem nicht beugen. Sie konnte es nicht. Ihr einziger Wert, ihre einzige Möglichkeit zur Flucht aus dem Schloss lag in der Heirat mit einem ihrer eigenen Klasse. Wenn sie sich diese Chance verdarb, war sie so gut wie tot.

Sie wusste, dass sie diesen Zudringlichkeiten nicht ausgesetzt sein sollte. Das Beste wäre, zu jemandem zu gehen und sich zu beklagen. Natürlich war es undenkbar, Lord Noguchi anzusprechen; aber vielleicht könnte sie mit der Lady reden. Nach reiflicher Überlegung erschien es Kaede unwahrscheinlich, dass ihr auch nur der Zugang zu Lady Noguchi gestattet würde. In Wahrheit gab es niemanden, an den sie sich wenden konnte. Sie würde sich selbst beschützen müssen. Aber die Männer waren so kräftig. Kaede war groß für ein Mädchen – zu groß, sagten die anderen Mädchen schadenfroh – und nicht schwach; dafür sorgte die harte Arbeit. Aber ein- oder zweimal hatte ein Mann sie spielerisch gepackt und nur mit einer Hand festgehalten, und sie hatte nicht fliehen können. Bei der Erinnerung daran schauderte sie vor Furcht.

Und mit jedem Monat wurde es schwieriger, den Männern nicht aufzufallen. Als Kaede fünfzehn war, spät im achten Monat, brachte ein Taifun im Westen Tage mit schweren Regenfällen. Sie hasste den Regen, der alles nach Moder und Feuchtigkeit riechen ließ, und sie hasste es, wie die engen nassen Kleider an ihr klebten, wie sie jede Kurve von Rücken und Schenkeln zeigten, so dass die Männer noch mehr hinter ihr herriefen.

»He, Kaede, kleine Schwester!«, schrie ein Wachtposten, als sie aus der Küche durch den Regen rannte und am zweiten Wachturm vorbeilief. »Nicht so schnell! Ich habe einen Auftrag für dich! Sag Hauptmann Arai, er soll herunterkommen. Verstanden? Seine Lordschaft will, dass er sich ein neues Pferd anschaut.«

Der Regen strömte wie ein Fluss von den Zinnen, den Ziegeln, den Abflüssen, von den Delphinen, die jedes Dach als Schutz vor dem Feuer krönten. Das ganze Schloss spuckte Wasser. Innerhalb von Sekunden war Kaede tropfnass, in ihren durchweichten Sandalen rutschte und stolperte sie auf den Kopfsteinstufen. Doch sie gehorchte ohne viel Widerwillen, weil von allen im Schloss Arai die einzige Person war, die sie nicht hasste. Er war immer höflich zu ihr, er neckte und belästigte sie nicht; Kaede wusste, dass seine Ländereien neben denen ihres Vaters lagen; er hatte denselben leichten Akzent des Westens.

»He, Kaede!« Der Wachtposten grinste anzüglich, als sie den Hauptturm betrat. »Immer rennst du irgendwohin! Bleib stehen und plaudere mit mir!«

Als sie ihn nicht beachtete und die Treppe hinaufging, schrie er ihr nach: »Sie sagen, dass du in Wirklichkeit ein Junge bist! Komm her und zeig mir, dass du kein Junge bist!«

»Idiot!«, murmelte sie. Die Beine taten ihr weh, als sie die zweite Treppe erklomm.

Die Wachmänner im oberen Geschoss waren gerade bei einer Art Glücksspiel mit einem Messer. Arai stand auf, sobald er sie sah, und begrüßte sie mit ihrem Namen.

»Lady Shirakawa.« Er war ein großer, eindrucksvoller Mann und hatte intelligente Augen. Kaede richtete ihm die Botschaft aus. Er dankte ihr, sah einen Augenblick lang aus, als wollte er noch etwas sagen, schien es sich aber dann anders zu überlegen. Eilig ging er die Treppe hinunter.

Sie blieb stehen und schaute aus den Fenstern. Der Wind von den Bergen blies rau und feucht herein. Die Aussicht war fast ganz von Wolken verdeckt, doch unter ihr lag der Wohnsitz der Noguchi. Dort, dachte Kaede wütend, sollte sie von Rechts wegen wohnen, statt im Regen herumzurennen und auf jeden Wink zu gehorchen.

»Wenn du schon herumtrödelst, Lady Shirakawa, dann komm und setz dich zu uns«, sagte einer der Wachmänner. Er trat zu ihr und gab ihr einen Klaps auf den Hintern.

»Hände weg!«, sagte sie wütend.

Die Männer lachten. Kaede fürchtete diese Stimmung: Sie waren gelangweilt und gereizt, sie hatten den Regen satt, das ständige Wachen und Warten, das Nichtstun.

»Ah, der Hauptmann hat sein Messer vergessen«, sagte einer von ihnen. »Kaede, lauf ihm nach.«

Sie nahm das schwere Messer und balancierte es in der linken Hand.

Die Männer witzelten: »Sie sieht gefährlich aus. Schneide dich nicht, kleine Schwester!«

Kaede lief die Treppe hinunter, aber Arai hatte den Hauptturm bereits verlassen. Sie hörte seine Stimme im Hof und wollte ihn schon rufen, doch bevor sie draußen war, trat der Mann, der sie zuvor angesprochen hatte, aus dem Wachraum. Sie blieb abrupt stehen und versteckte das Messer hinter ihrem Rücken. Der Mann baute sich direkt vor ihr auf, er stand ganz nah und verdeckte das graue Licht von draußen.

»Komm schon, Kaede, zeig mir, dass du kein Junge bist!«

Er packte sie an der rechten Hand, zog sie an sich, schob ihr ein Bein zwischen die Schenkel und zwang sie auseinander. Sie spürte das hart angeschwollene Geschlecht, und fast ohne zu überlegen, stieß sie ihm das Messer in den Hals.

Er schrie sofort auf und ließ sie los, fasste sich an den Hals und starrte sie verwirrt an. Er war nicht schwer verletzt, doch die Wunde blutete stark. Kaede konnte nicht glauben, was sie getan hatte. *Ich bin tot,* dachte sie. Als der Mann um Hilfe schrie, kam Arai zurück. Mit einem Blick erfasste er, was geschehen war, nahm Kaede das Messer ab und durchschnitt dem Wachtposten, ohne zu zögern, die Kehle. Der Mann fiel gurgelnd zu Boden.

Arai zog Kaede hinaus. Der Regen prasselte auf sie herunter. Arai flüsterte: »Er wollte Sie vergewaltigen. Ich bin zurückgekommen und habe ihn getötet. Wenn Sie etwas anderes sagen, sind wir beide tot.«

Sie nickte. Er hatte seine Waffe zurückgelassen, sie hatte einen Wachtposten verletzt: zwei unentschuldbare Vergehen. Arais schnelle Reaktion hatte den einzigen Zeugen beseitigt. Sie glaubte, der Tod des Mannes und ihr Anteil daran würden sie schockieren, doch sie stellte fest, dass sie nur froh war. *So müssen sie denn alle sterben,* dachte sie, *die Noguchi, die Tohan, der ganze Clan.*

»Ich werde Ihretwegen mit Seiner Lordschaft reden, Lady Shirakawa«, sagte Arai. Kaede zuckte überrascht zusammen. »Er sollte Sie nicht schutzlos lassen.« Wie im Selbstgespräch fügte er hinzu: »Ein Ehrenmann würde das nicht tun.«

Laut rief er die Treppe hinauf nach den Wachtposten, dann sagte er zu Kaede: »Vergessen Sie nicht, ich habe Ihnen das Leben gerettet. Mehr als das Leben!«

Sie schaute ihm in die Augen. »Vergessen Sie nicht, dass es Ihr Messer war.«

Das zwang ihm ein schiefes, respektvolles Lächeln ab.

»Dann hat jeder von uns den anderen in der Hand.«

»Was ist mit ihnen?«, fragte sie, als sie schwere Schritte auf der Treppe hörte. »Sie wissen, dass ich mit dem Messer heruntergekommen bin.«

»Sie werden mich nicht verraten. Ich kann ihnen vertrauen.«

»Ich vertraue keinem«, flüsterte sie.

»Sie müssen mir vertrauen«, sagte er.

Später an diesem Tag wurde Kaede gesagt, sie solle in die Residenz der Familie Noguchi ziehen. Als sie ihre wenigen Habseligkeiten in ihr Tragetuch wickelte, streichelte sie das verblasste Muster: den weißen Fluss, das Wappen ihrer Familie, und die untergehende Sonne, das Wappen der Seishuu. Sie schämte sich, weil sie so wenig besaß. Immer wieder gingen ihr die Ereignisse des Tages durch den Kopf: das Gefühl des Messers in der verbotenen linken Hand, der Griff des Mannes, seine Begierde, wie er gestorben war. Und Arais

Worte: *Ein Ehrenmann würde das nicht tun!* So hätte er nicht von seinem Herrn sprechen sollen. Er hätte es nie gewagt, nicht einmal ihr gegenüber, wenn er nicht bereits Rebellion im Sinn gehabt hätte. Warum hatte er sie so gut behandelt, nicht nur in diesem entscheidenden Augenblick, sondern auch zuvor? Suchte auch er Verbündete? Er war bereits ein mächtiger und beliebter Mann; jetzt sah sie, dass er wohl größere Ziele hatte. Er war fähig, schnell zu reagieren, Gelegenheiten wahrzunehmen.

Sie bedachte das alles sorgfältig und wusste, dass selbst der kleinste Umstand zu ihrem Vermögen in der Währung der Macht beitrug.

Den ganzen Tag gingen ihr die anderen Mädchen aus dem Weg; sie steckten tuschelnd die Köpfe zusammen und verstummten, sobald sie vorbeikam. Zwei hatten rote Augen; vielleicht hatten sie den Toten gemocht, oder er war ihr Liebhaber gewesen. Keine zeigte Kaede irgendwelches Mitgefühl. Kaede hasste die Mädchen noch mehr wegen dieser Haltung. Die meisten von ihnen waren in der Stadt oder in nahen Dörfern zu Hause; sie hatten Eltern und Familien, an die sie sich wenden konnten. Sie waren keine Geiseln. Und er, der tote Wachmann, hatte sie gepackt, hatte sie zwingen wollen. Jede, die einen solchen Mann liebte, musste schwachsinnig sein.

Ein Dienstmädchen, das sie noch nie gesehen hatte, holte sie ab, redete sie dabei als Lady Shirakawa an und verbeugte sich respektvoll vor ihr. Kaede folgte ihr die steilen Kopfsteinstufen hinunter, die vom Schloss zum Wohnsitz führten, durch den Burghof, unter dem großen Tor hindurch, wo die

Wachtposten sich wütend abwandten, und in die Gärten, die Lord Noguchis Haus umgaben.

Kaede hatte oft die Gärten vom Schloss aus gesehen, aber jetzt ging sie zum ersten Mal, seit sie sieben gewesen war, wieder hindurch. Sie wurde in ein kleines Zimmer auf der Rückseite des großen Hauses geführt.

»Bitte warten Sie hier ein paar Minuten, Lady.« Nachdem das Mädchen gegangen war, kniete sich Kaede auf den Boden. Das Zimmer war gut geschnitten, obwohl es nicht geräumig war, und die geöffneten Türen gingen auf einen winzigen Garten hinaus. Der Regen hatte aufgehört, die Sonne kam immer wieder durch und verwandelte den tropfenden Garten in eine schimmernde Lichtfülle. Kaede betrachtete die steinerne Laterne, die kleine, verbogene Pinie, den Brunnen mit klarem Wasser. Grillen sangen in den Zweigen; ein Frosch quakte kurz. Der Friede und die Stille ließen etwas in ihrem Herzen schmelzen, und sie spürte plötzlich Tränen aufsteigen.

Sie drängte sie zurück und konzentrierte sich darauf, wie sehr sie die Noguchi hasste. Sie entblößte die Arme und betastete ihre Prellungen. Die Noguchi kamen ihr noch abscheulicher vor, weil sie in diesem wunderschönen Haus wohnten, während sie, ein Mitglied der Familie Shirakawa, bei den Dienstboten hatte hausen müssen. Die Innentür hinter ihr wurde aufgeschoben, und eine Frau sagte: »Lord Noguchi wünscht Sie zu sprechen, Lady.«

»Dann musst du mir helfen, mich fertig zu machen.« Sie konnte es nicht ertragen, so vor ihm zu erscheinen, mit ungekämmten Haaren, in alten und schmutzigen Kleidern.

Die Frau kam ins Zimmer; Kaede drehte sich zu ihr um. Sie war alt, und obwohl ihr Gesicht glatt war und ihr Haar noch schwarz, hatte sie runzlige, schwielige Hände wie Affenpfoten. Sie betrachtete Kaede überrascht. Dann packte sie schweigend das Bündel aus und nahm ein etwas saubereres Gewand heraus, dazu einen Kamm und Haarnadeln.

»Wo sind die anderen Kleider meiner Lady?«

»Ich bin hierhergekommen, als ich sieben war«, sagte Kaede ärgerlich. »Glaubst du nicht, dass ich seither gewachsen bin? Meine Mutter hat mir Sachen geschickt, aber ich durfte sie nicht behalten!«

Die Frau schnalzte mit der Zunge. »Ein Glück, dass meine Lady so schön ist, dass sie keinen Schmuck nötig hat.«

»Wovon redest du?« Kaede hatte keine Ahnung, wie sie aussah.

»Ich werde Sie jetzt frisieren. Und saubere Fußbekleidung für Sie holen. Ich bin Junko. Lady Noguchi hat mich geschickt, Ihnen zu dienen. Ich werde später mit ihr über Kleider reden.«

Junko ging hinaus und kam mit zwei Mädchen zurück, die eine Schüssel Wasser, saubere Socken und einen kleinen, geschnitzten Kasten trugen. Junko wusch Kaede Gesicht, Hände und Füße und kämmte ihr langes schwarzes Haar. Die Dienstmädchen murmelten vor sich hin, als wären sie überrascht.

»Was ist los? Was meinen sie?«, fragte Kaede nervös. Junko öffnete den Kasten und nahm einen runden Spiegel heraus. Auf seiner Rückseite waren wunderschöne Blumen und Vögel eingeschnitzt. Sie hielt ihn so, dass Kaede hineinschauen konnte. Es war das erste Mal, dass sie in einen Spiegel sah. Der Anblick ihres eigenen Gesichts ließ sie verstummen.

Die Aufmerksamkeiten und die Bewunderung der Frauen stärkten ihr Selbstvertrauen ein wenig, doch es wurde wieder erschüttert, als sie Junko in den Hauptteil des Wohnsitzes folgte. Seit dem letzten Besuch ihres Vaters hatte sie Lord Noguchi nur aus der Ferne gesehen. Sie hatte ihn nie gemocht, und jetzt wurde ihr klar, dass sie sich vor der Begegnung fürchtete.

Junko fiel auf die Knie, schob die Tür zum Audienzzimmer auf und warf sich zu Boden. Kaede trat in den Raum und machte das Gleiche. Die Matte war kühl unter ihrer Stirn und duftete nach Sommergras.

Lord Noguchi redete mit jemandem im Zimmer und achtete gar nicht auf sie. Er schien über die Reisabgabe zu sprechen, die ihm die Bauern nicht rechtzeitig geliefert hatten. Schon stand die nächste Ernte bevor, und immer noch schuldeten sie ihm einen Teil des letzten Ertrags. Hin und wieder flocht die Person, mit der er sprach, demütig eine beschwichtigende Bemerkung ein – das ungünstige Wetter, das Erdbeben im vergangenen Jahr, die bevorstehende Taifunzeit, die Ergebenheit der Bauern, die Treue der Gefolgsleute –, dann ächzte der Lord, schwieg eine Minute oder länger und fing dann wieder an, sich zu beschweren.

Schließlich verstummte er zum letzten Mal. Der Sekretär hustete ein- oder zweimal. Lord Noguchi bellte einen Befehl, und der Sekretär rutschte kniend rückwärts zur Tür.

Er kam dicht an Kaede vorbei, aber sie wagte nicht, den Kopf zu heben.

»Und ruf Arai«, sagte Lord Noguchi, als wäre es ihm gerade eingefallen.

Jetzt wird er mit mir reden, dachte Kaede. Aber er sagte nichts, und sie blieb regungslos, wo sie war.

Die Minuten verstrichen. Sie hörte, wie ein Mann den Raum betrat, und sah, dass Arai sich neben ihr niederwarf. Lord Noguchi nahm auch ihn nicht zur Kenntnis. Er klatschte in die Hände, und mehrere Männer eilten ins Zimmer. Kaede spürte, wie einer nach dem anderen an ihr vorbeiging. Ein Seitenblick sagte ihr, dass es ältere Gefolgsleute waren. Einige trugen das Noguchiwappen auf ihren Gewändern, andere das dreifache Eichenblatt der Tohan. Es kam ihr vor, als hätten die Männer sie am liebsten zertreten wie eine Küchenschabe. Nie würde sie sich von den Tohan oder den Noguchi vernichten lassen!

Die Krieger ließen sich schwerfällig auf den Matten nieder.

»Lady Shirakawa«, sagte Lord Noguchi schließlich. »Bitte setzen Sie sich auf.«

Als sie gehorchte, spürte sie den Blick jedes Mannes im Raum auf sich. Eine Spannung, die sie nicht verstand, machte sich breit.

»Cousine«, sagte der Lord leicht überrascht, »ich hoffe, es geht Ihnen gut.«

»Ja, dank Ihrer Fürsorge«, antwortete sie mit der höflichen Redewendung, obwohl die Worte ihr wie Gift auf der Zunge brannten. Sie fühlte sich ungeheuer verletzlich hier als einzige Frau, kaum mehr als ein Kind, unter mächtigen und brutalen Männern. Unter den Wimpern warf sie einen schnellen Blick auf den Lord. Sein Gesicht kam ihr verdrießlich vor, ohne Kraft und Intelligenz, es zeigte die Bosheit, die sie bereits von ihm kannte.

»Heute Morgen gab es einen unglücklichen Vorfall«, sagte Lord Noguchi. Die Stille im Raum vertiefte sich.

»Arai hat mir gesagt, was geschehen ist. Ich möchte Ihre Darstellung hören.«

Kaede berührte mit dem Kopf den Boden, ihre Bewegungen waren langsam, während ihre Gedanken rasten. In diesem Augenblick hatte sie Arai in ihrer Gewalt. Und Lord Noguchi hatte ihn nicht Hauptmann genannt, wie es sich gehörte. Er hatte ihm keinen Titel gegeben, ihm keine Höflichkeit erwiesen. Zog er bereits Arais Loyalität in Zweifel? Kannte er schon die wahrheitsgemäße Beschreibung der Ereignisse? Hatte einer der Wachmänner Arai verraten? Geriet sie in eine Falle, die ihnen beiden gestellt worden war, wenn sie ihn verteidigte?

Arai war der einzige Mensch im Schloss, der sie gut behandelt hatte. Sie würde ihn jetzt nicht verraten. Kaede setzte sich auf und sprach, während sie die Augen gesenkt hielt, mit ruhiger Stimme. »Ich ging mit einer Nachricht für Lord Arai zum oberen Wachraum. Dann folgte ich ihm die Treppe hinunter: Er wurde im Stall erwartet. Der Wachtposten am Tor hielt mich unter einem Vorwand auf. Als ich zu ihm ging, packte er mich.« Sie ließ die Ärmel zurückfallen. Die Prellungen zeigten sich bereits, auf ihrer blassen Haut war der violette Abdruck von Männerfingern. »Ich habe geschrien. Lord Arai hörte mich, kam zurück und rettete mich.« Sie verneigte sich wieder und war sich ihrer Anmut bewusst.

»Ich stehe in seiner und meines Herrn Schuld für diesen Schutz.« Sie verharrte mit dem Kopf auf dem Boden.

»Uhh«, stieß Lord Noguchi hervor. Wieder herrschte langes Schweigen. Insekten summten in der Nachmittagshitze. Schweiß glitzerte auf den Stirnen der bewegungslos sitzenden Männer. Kaede konnte die scharfe animalische Ausdünstung der Krieger riechen und spürte, wie ihr der Schweiß zwischen den Brüsten herunterrann. Sie wusste genau, in welcher Gefahr sie sich befand. Falls einer der Wachmänner von dem zurückgelassenen Messer geredet hatte, von dem Mädchen, das es nahm und damit die Treppe hinunterging … sie verdrängte die Gedanken, weil sie fürchtete, die Männer, die sie so eingehend betrachteten, könnten sie lesen.

Schließlich sagte Lord Noguchi beiläufig, fast freundlich: »Wie war das Pferd, Hauptmann Arai?«

Arai hob den Kopf. Seine Stimme war vollkommen ruhig. »Sehr jung, aber es sah gut aus. Von hervorragender Herkunft und leicht zu zähmen.«

Das belustigte offenbar die Männer. Kaede spürte, dass über sie gelacht wurde, und das Blut schoss ihr in die Wangen.

»Sie haben viele Talente, Hauptmann«, sagte Noguchi. »Es tut mir leid, darauf verzichten zu müssen, aber ich glaube, Ihr Landbesitz, Ihre Frau, Ihr Sohn brauchen Ihre Unterstützung eine Zeitlang, ein Jahr vielleicht oder zwei …«

»Lord Noguchi.« Arai verbeugte sich, sein Gesicht verriet nichts.

Was für ein Dummkopf Noguchi ist, dachte Kaede. *Ich würde dafür sorgen, dass Arai hierbleibt, wo ich ihn im Auge behalten kann. Schick ihn weg, und er wird einen Aufstand organisieren, bevor ein Jahr vergangen ist.*

Arai zog sich zurück, nicht ein einziges Mal schaute er Kaede an. *Vielleicht plant Noguchi, ihn unterwegs ermorden zu lassen,* dachte sie düster. *Ich werde ihn nie wiedersehen.*

Nach Arais Weggang wurde die Atmosphäre etwas entspannter. Lord Noguchi hustete und räusperte sich. Die Krieger veränderten ihre Stellung, streckten Beine und Rücken. Kaede konnte immer noch ihre Blicke auf sich fühlen; sie waren erregt durch die Prellungen an ihren Armen, den Tod des Mannes. Sie waren nicht anders als er.

Die Tür hinter ihr wurde aufgeschoben, und die Dienerin, die sie aus dem Schloss geholt hatte, kam mit Teeschalen herein. Sie bediente die Männer und wollte schon gehen, da fuhr Lord Noguchi sie gereizt an. Sie verbeugte sich verwirrt und stellte eine Schale vor Kaede.

Kaede setzte sich auf und trank mit niedergeschlagenen Augen; ihr Mund war so trocken, dass sie kaum schlucken konnte. Arais Strafe war also das Exil. Was würde ihre sein?

»Lady Shirakawa, Sie sind viele Jahre lang bei uns gewesen. Sie gehörten zu unserem Haushalt.«

»Es war mir eine Ehre«, entgegnete sie.

»Aber ich glaube, dieses Vergnügen können wir nicht länger genießen. Ich habe Ihretwegen zwei Männer verloren. Ich weiß nicht, ob ich es mir leisten kann, Sie bei mir zu behalten!« Er lachte in sich hinein, und die Männer im Raum lachten ebenfalls.

Er schickt mich nach Hause! Die falsche Hoffnung ließ Kaedes Herz schneller schlagen.

»Sie sind offensichtlich alt genug, um zu heiraten. Ich glaube, je eher, desto besser. Wir werden eine passende Heirat für Sie arrangieren. Ich schreibe Ihren Eltern, wen ich im Sinn habe. Sie werden bis zu Ihrem Hochzeitstag bei meiner Frau leben.«

Kaede verneigte sich wieder, aber zuvor fing sie einen schnellen Blick zwischen Noguchi und einem der älteren Männer im Raum auf. *Er wird es sein,* dachte sie, *oder einer wie er, alt, verdorben, brutal.* Der Gedanke, irgendjemanden zu heiraten, entsetzte sie. Im Haushalt der Noguchi würde sie besser behandelt werden, aber auch das konnte ihre Stimmung nicht heben.

Junko begleitete sie zurück in ihr Zimmer und führte sie dann zum Badehaus. Es war früh am Abend, und Kaede war vor Erschöpfung wie betäubt. Junko wusch sie und schrubbte ihr den Rücken, die Arme und die Beine mit Reiskleie.

»Morgen wasche ich Ihnen das Haar«, versprach sie. »Es ist zu lang und zu dicht, als dass ich es noch heute Abend waschen könnte. Es würde nie rechtzeitig trocknen, und Sie könnten sich erkälten.«

»Vielleicht würde ich daran sterben«, sagte Kaede. »Das wäre das Beste.«

»Sagen Sie das nie!«, tadelte Junko und half ihr in die Wanne, damit sie sich im heißen Wasser entspannen konnte. »Sie haben ein großartiges Leben vor sich. Sie sind so schön! Sie werden heiraten, Kinder haben.«

Sie beugte sich zu Kaedes Ohr und flüsterte: »Der Hauptmann dankt Ihnen, dass Sie Wort gehalten haben. Ich soll mich in seinem Auftrag um Sie kümmern.«

Was können Frauen in dieser Männerwelt tun?, dachte Kaede. *Welchen Schutz haben wir? Kann sich irgendjemand sinnvoll um mich kümmern?*

Sie erinnerte sich an ihr Gesicht im Spiegel und sehnte sich danach, es wieder anzuschauen.

Kapitel 3

Der Reiher kam jeden Nachmittag in den Garten; wie ein grauer Geist schwebte er über die Mauer, faltete sich unnachahmlich zusammen und stand wadentief im Teich, so still wie eine Statue von Jizo. Die roten und goldenen Karpfen, die Lord Otori zu seinem Vergnügen fütterte, waren zu groß für ihn, aber minutenlang blieb er regungslos stehen, bis irgendein unglückliches Geschöpf vergaß, dass er da war, und sich im Wasser bewegte. Dann stieß der Reiher zu, schneller, als das Auge folgen konnte, und mit dem zappelnden kleinen Ding im Schnabel machte er sich zum Flug bereit. Die ersten Flügelschläge waren so laut wie das plötzliche Aufschnappen eines Fächers, doch danach verschwand er so leise, wie er gekommen war.

Die Tage waren immer noch drückend heiß wie so oft im Herbst, wenn man es kaum mehr aushalten mag und es doch zugleich genießt, weil man weiß, dass diese heftige, kaum erträgliche Bruthitze die letzte des Jahres sein wird.

Ich war seit einem Monat in Lord Otoris Haus. In Hagi war die Reisernte vorbei, das Stroh welkte auf den Feldern und auf Gestellen rund um die Bauernhäuser. Die roten Herbstlilien verblassten. Auf den Bäumen färbten sich die

Dattelpflaumen golden, während die Blätter spröde wurden; auf den Wegen und Gassen lagen stachlige Kastanienschalen, und ihre glänzenden Früchte platzten heraus. Der herbstliche Vollmond kam und ging. Chiyo legte Kastanien, Mandarinen und Reiskuchen in den Gartenschrein, und ich fragte mich, ob irgendjemand das Gleiche in meinem Dorf machte.

Die Dienstmädchen sammelten die letzten Wiesenblumen, Buschklee, Leimkraut, Herbstwurz und stellten sie in Eimern vor Küche und Toilette. Dort überdeckte der Duft die Gerüche von Essen und Ausscheidung, ein Kreislauf des menschlichen Lebens.

Mein Zustand des Halbseins, meine Sprachlosigkeit, hielt an. Ich nehme an, dass ich trauerte. Der Otorihaushalt tat das Gleiche, nicht nur um Lord Otoris Bruder, auch um seine Mutter, die im Sommer an einer Seuche gestorben war. Chiyo erzählte mir die Familiengeschichte. Shigeru, der älteste Sohn, war mit seinem Vater in der Schlacht von Yaegahara gewesen und hatte es entschieden abgelehnt, vor den Tohan zu kapitulieren. Die Kapitulationsvereinbarungen hatten es ihm untersagt, von seinem Vater die Führung des Clans zu übernehmen. Iida ernannte zwei Onkel Shigerus, Shoichi und Masahiro, zu Clanführern.

»Für Iida Sadamu ist Shigeru der meistgehasste Mensch auf dieser Erde«, sagte Chiyo. »Er ist eifersüchtig und fürchtet ihn.«

Shigeru war als rechtmäßiger Erbe des Clans auch seinen Onkeln ein Dorn im Auge. Er hatte sich scheinbar von der politischen Bühne zurückgezogen und sich um sein Land gekümmert, erprobte neue Methoden und experimentierte mit verschiedenem Getreide. Er hatte jung geheiratet, doch seine Frau starb zwei Jahre nach der Hochzeit im Kindbett, und mit ihr starb der Säugling.

Shigerus Leben schien mir voller Leid zu sein, doch er zeigte das nicht, und wenn ich nicht die Tatsachen von Chiyo erfahren hätte, wären sie mir unbekannt geblieben. Ich verbrachte den größten Teil des Tages mit ihm, war immer bei ihm und folgte ihm wie ein Hund, außer wenn ich mit Ichiro lernte.

Es waren Tage des Wartens. Ichiro versuchte, mir Lesen und Schreiben beizubringen; meine schlechte Ausbildung und meine schwache Aufnahmefähigkeit erzürnten ihn, während er sich widerstrebend für die Adoption einsetzte. Der Clan war dagegen: Lord Shigeru sollte wieder heiraten, er war noch jung, es war zu früh nach dem Tod seiner Mutter. Die Einwände schienen endlos zu sein. Ich wurde das Gefühl nicht los, dass Ichiro die meisten davon teilte, und sie erschienen auch mir völlig berechtigt. Ich versuchte nach Kräften zu lernen, weil ich den Lord nicht enttäuschen wollte, aber ich fühlte mich der Situation nicht gewachsen und traute ihr nicht.

Am späten Nachmittag schickte Lord Shigeru für gewöhnlich nach mir; dann setzten wir uns ans Fenster und schauten in den Garten. Er sprach nicht viel, aber er beobachtete mich, wenn er dachte, ich bemerke es nicht. Ich spürte, dass er auf etwas wartete: dass ich etwas sagen, ihm ein Zeichen geben würde – aber ich wusste nicht, worum es ihm dabei ging. Es machte mich ängstlich, die Angst überzeugte mich noch mehr davon, dass ich ihn enttäuschte, und ich konnte noch weniger lernen. Eines Nachmittags kam Ichiro ins obere Zimmer, um sich wieder über mich zu beschweren. Früh an diesem Tag war er so aufgebracht gewesen, dass er mich geschlagen hatte. Ich saß schmollend in der Ecke, betrachtete meine Prellungen und zeichnete mit dem Finger die Schriftzeichen auf die Matte, die ich an diesem Tag gelernt hatte; verzweifelt versuchte ich, sie mir zu merken.

»Sie haben einen Fehler gemacht«, sagte Ichiro. »Niemand wird es Ihnen übelnehmen, wenn Sie es zugeben. Die Umstände beim Tod Ihres Bruders erklären alles. Schicken Sie den Jungen dorthin zurück, wo er hergekommen ist, und konzentrieren Sie sich auf Ihr Leben.« *Und lasst mich meines leben,* hätte ich am liebsten gesagt. Ichiro ließ mich nie vergessen, welches Opfer er brachte, wenn er versuchte, mir etwas beizubringen.

»Sie können Lord Takeshi nicht neu erschaffen«, fügte er ruhiger hinzu. »Er war das Ergebnis jahrelanger Erziehung und Ausbildung – und bestes Blut von Anfang an.«

Ich fürchtete, Ichiro würde seinen Willen durchsetzen. Lord Shigeru war mit ihm und Chiyo durch Beziehungen und Verpflichtungen so verbunden wie sie mit ihm. Ich hatte geglaubt, der Lord habe alle Macht im Haus, doch tatsächlich hatte Ichiro seine eigene Macht und wusste sie auszuüben. Und in der entgegengesetzten Richtung hatten die Onkel Macht über Lord Shigeru. Er musste dem Diktat des Clans gehorchen. Es gab für ihn keinen Grund, mich zu behalten, und man würde ihm nie erlauben, mich zu adoptieren.

»Schau dir den Reiher an, Ichiro«, sagte Lord Shigeru. »Du

siehst, wie geduldig er ist, wie lange er unbewegt steht, bis er bekommt, was er braucht. Ich habe die gleiche Geduld, und sie ist bei weitem nicht erschöpft.« Ichiro presste die Lippen fest zusammen, sein üblicher griesgrämiger Gesichtsausdruck. In diesem Moment stieß der Reiher zu und flog mit knallenden Flügelschlägen davon.

Ich hörte das Piepsen, das die abendliche Ankunft der Fledermäuse meldete. Ich hob den Kopf und sah, dass zwei von ihnen in den Garten flogen. Während Ichiro weiternörgelte und der Lord ihm kurz antwortete, ohne je wütend zu werden, horchte ich auf die Geräusche der nahenden Nacht. Mein Gehör wurde täglich schärfer. Ich gewöhnte mich daran, lernte auszublenden, was ich nicht mitbekommen wollte, und ließ mir nicht anmerken, dass ich alles hören konnte, was im Haus vor sich ging. Niemand wusste, dass ich die Geheimnisse aller Hausbewohner belauschen konnte.

Jetzt hörte ich heißes Wasser zischen, während das Bad vorbereitet wurde, das Klappern des Geschirrs aus der Küche, den gleitenden Seufzer, den das Messer des Kochs verursachte, den Schritt eines Mädchens in weichen Socken auf den Brettern draußen, das Stampfen und Wiehern eines Pferdes im Stall, den Schrei der Katze, die vier Junge fütterte und immer hungrig war, das Gebell eines Hundes zwei Straßen entfernt, das Klappern von Holzschuhen auf den Holzbrücken über den Kanälen, singende Kinder, die Tempelglocken von Tokoji und Daishoin. Ich kannte das Lied des Hauses bei Tag und bei Nacht, bei Sonne und im Regen. An diesem Abend wurde mir klar, dass ich immer auf etwas Weiteres horchte. Ich wartete auch. Worauf? Jede Nacht, bevor ich einschlief, dachte ich an die Szene auf dem Berg, den abgeschlagenen Kopf, den Wolfsmann, der seinen Armstumpf umklammerte. Ich sah wieder Iida Sadamu am Boden und die Leichen Isaos und meines Stiefvaters. Wartete ich darauf, dass Iida und der Wolfsmann mich fassten? Oder auf meine Gelegenheit zur Rache?

Von Zeit zu Zeit versuchte ich noch zu beten wie die Verborgenen, und in dieser Nacht betete ich darum, den Weg gezeigt zu bekommen, den ich gehen sollte. Ich konnte nicht schlafen. Die Luft war drückend und still, der Mond, der vor einer Woche voll gewesen war, versteckte sich hinter dicken Wolkenbänken. Die Insekten der Nacht waren laut und ruhelos. Der Gecko ging auf die Jagd nach ihnen, und ich hörte das saugende Geräusch seiner Haftzehen, als er die Decke überquerte. Ichiro und Lord Shigeru schliefen beide fest, Ichiro schnarchte. Ich wollte das Haus nicht verlassen, das ich inzwischen so liebte, aber ich schien ihm nichts als Ärger zu bringen. Vielleicht wäre es besser für alle, wenn ich einfach in der Nacht verschwände.

Ohne dass ich wirklich vorhatte zu gehen – was würde ich tun, wie würde ich leben? –, fragte ich mich, ob ich aus dem Haus käme, ohne dass die Hunde bellten und die Wachen aufgeschreckt würden. Jetzt fing ich an, bewusst auf die Hunde zu horchen. Für gewöhnlich hörte ich sie in der Nacht hin und wieder bellen, aber ich hatte gelernt, ihr Gebell zu erkennen und es meistens nicht zu beachten. Ich konzentrierte mich auf sie, hörte aber nichts. Dann fing ich an, auf die Wachen zu horchen: das Geräusch eines Fußes auf Stein, das Klirren von Stahl, ein geflüstertes Gespräch.

Nichts. Geräusche, die da sein sollten, fehlten in dem vertrauten Klanggespinst der Nacht.

Jetzt war ich hellwach und lauschte angestrengt, um etwas über dem Wasser im Garten zu hören. Der Bach und der Fluss waren niedrig – seit dem Mondwechsel hatte es nicht geregnet.

Ein leises Geräusch, kaum mehr als ein Zittern, war zwischen Fenster und Boden zu vernehmen.

Einen Augenblick dachte ich, es sei ein Erdbeben wie so häufig im Mittleren Land. Ein weiteres winziges Zittern folgte, dann noch eins.

Jemand kletterte am Haus herauf.

Mein erster Gedanke war, laut zu rufen, doch die Klugheit bremste mich. Mit einem Schrei würde ich den Haushalt wecken, doch zugleich den Eindringling warnen. Ich stand von der Matratze auf und kroch leise neben Lord Shigeru. Meine Füße kannten den Boden, kannten jedes Knarren des alten Hauses. Ich kniete mich neben ihn, und als hätte ich nie das Sprechen verlernt, flüsterte ich: »Lord Otori, draußen ist jemand.«

Er wachte sofort auf, starrte mich einen Augenblick an und griff dann nach dem Schwert und dem Messer, die neben ihm lagen. Ich deutete zum Fenster. Das schwache Zittern wiederholte sich, es entstand nur durch eine leichte Gewichtsverlagerung an der Hauswand.

Lord Shigeru reichte mir das Messer und trat an die Wand. Er lächelte mir zu und deutete, und ich huschte zur anderen Fensterseite. Wir warteten darauf, dass der Fassadenkletterer hereinstieg.

Schritt um Schritt erklomm er die Wand, verstohlen und gemächlich, als hätte er alle Zeit der Welt, zuversichtlich, dass nichts ihn verraten konnte. Wir warteten auf ihn mit derselben Geduld, fast wie Jungen bei einem Spiel in der Scheune.

Nur war das Ende kein Spiel. Der Mann blieb auf dem Fenstersims stehen und zog die Garrotte hervor, das Halseisen, mit dem er uns erdrosseln wollte, dann kam er herein. Lord Shigeru nahm ihn in den Würgegriff. Schlüpfrig wie ein Aal wand sich der Eindringling rückwärts. Ich sprang auf ihn zu, doch bevor ich *Messer* sagen oder gar zustechen konnte, fielen wir drei wie ein Knäuel kämpfender Kater in den Garten.

Der Mann stürzte zuerst, er fiel über den Bach und schlug dabei mit dem Kopf auf einen Stein. Lord Shigeru landete auf den Füßen. Mein Fall wurde von einem der Büsche aufgefangen. Atemlos ließ ich das Messer fallen. Ich suchte danach, aber es wurde nicht gebraucht. Der Eindringling stöhnte, versuchte aufzustehen, rutschte aber zurück ins Wasser. Sein Körper staute den Bach, der um ihn herum tiefer wurde und dann mit plötzlichem Geplätscher über ihn floss. Lord Shigeru zog den Mann aus dem Wasser, schlug ihm ins Gesicht und schrie ihn an: »Wer? Wer hat dich bezahlt? Woher kommst du?«

Der Mann stöhnte wieder, sein Atem kam in lauten, rauen Stößen.

»Hol ein Licht«, sagte Lord Shigeru zu mir. Ich glaubte, der Haushalt sei inzwischen wach, aber das Handgemenge war so schnell und still vor sich gegangen, dass alle weiterschliefen.

Wassertropfen und Blätter stoben auf, als ich ins Zimmer der Dienstmädchen rannte.

»Chiyo! Bring Licht, weck die Männer!«

»Wer ist da?«, fragte sie schläfrig, schließlich kannte sie meine Stimme nicht.

»Ich bin es, Takeo! Wach auf! Jemand hat versucht, Lord Shigeru zu töten!«

Ich nahm ein Licht, das noch in einem der Kerzenhalter brannte, und trug es zurück in den Garten.

Der Mann war immer noch bewusstlos. Lord Shigeru stand bei ihm. Ich hielt das Licht über ihn. Der Eindringling war schwarz gekleidet, ohne Wappen oder sonstiges Zeichen auf seinen Kleidern. Er war mittelgroß, weder dünn noch dick, mit kurzen Haaren, ohne besondere Kennzeichen.

Hinter uns hörten wir den Lärm des erwachenden Haushalts und Schreie, als zwei Wachen erdrosselt, drei Hunde vergiftet aufgefunden wurden.

Ichiro kam blass und zitternd aus dem Haus. »Wer würde es wagen, so etwas zu tun? In Ihrem eigenen Haus, im Herzen von Hagi? Es beleidigt den ganzen Clan!«

»Es sei denn, der Clan hätte es befohlen«, entgegnete Lord Shigeru ruhig.

»Höchstwahrscheinlich war es Iida«, sagte Ichiro. Er sah das Messer in meiner Hand und nahm es mir ab. Er schlitzte das schwarze Gewand des Einbrechers vom Hals bis zur Taille auf, so dass der Rücken zu sehen war. Über das Schulterblatt zog sich eine schreckliche Narbe von einer alten Schwertwunde, und das Rückgrat zeigte eine komplizierte Tätowierung. Sie zuckte im Lampenlicht wie eine Schlange.

»Er ist ein gedungener Attentäter vom Stamm«, sagte Lord Shigeru. »Jeder könnte ihn bezahlt haben.«

»Dann muss es Iida gewesen sein! Er muss wissen, dass Sie den Jungen haben. Werden Sie ihn jetzt wegschicken?«

»Wenn der Junge nicht gewesen wäre, hätte der Attentäter Erfolg gehabt«, antwortete der Lord. »Er war es, der mich rechtzeitig geweckt hat … Er hat mit mir gesprochen!«, rief er, als ihm das plötzlich bewusst wurde. »Er hat mir ins Ohr geflüstert und mich geweckt!«

Das beeindruckte Ichiro nicht besonders. »Ist Ihnen nicht der Gedanke gekommen, dass vielleicht er das Ziel war, nicht Sie?«

»Lord Otori«, meine Stimme war belegt und rau, weil ich sie wochenlang nicht gebraucht hatte, »ich habe Ihnen nichts als Gefahr gebracht. Lassen Sie mich gehen, schicken Sie mich weg.« Aber schon während ich es sagte, wusste ich, dass er es nicht tun würde. Jetzt hatte ich sein Leben gerettet wie er zuvor das meine, und das Band zwischen uns war stärker denn je.

Ichiro nickte zustimmend, aber Chiyo meldete sich.

»Vergeben Sie mir, Lord Shigeru. Ich weiß, dass es mich nichts angeht und dass ich nur eine dumme alte Frau bin. Aber es stimmt nicht, dass Takeo Ihnen nichts als Gefahr gebracht hat. Bevor Sie mit ihm zurückgekommen sind, waren Sie halb von Sinnen vor Trauer. Jetzt haben Sie sich erholt. Er hat Ihnen auch Freude und Hoffnung gebracht, nicht nur Gefahr. Und wer wagt es, das eine zu genießen und dem anderen zu entfliehen?«

»Wie sollte gerade ich das nicht wissen?«, entgegnete Lord

Shigeru. »Es gibt ein Schicksal, das unsere Leben verbindet. Dagegen kann ich nichts tun, Ichiro.«

»Vielleicht ist sein Verstand mit der Zunge zurückgekommen«, sagte Ichiro bissig.

Der Attentäter starb, ohne das Bewusstsein wiederzuerlangen. Es stellte sich heraus, dass er eine Giftkapsel im Mund gehabt hatte, die er bei seinem Sturz zerbiss. Niemand kannte seine Identität, obwohl es viele Gerüchte gab. Die toten Wachtposten wurden in einer feierlichen Zeremonie begraben und betrauert, und die Hunde wurden zumindest von mir betrauert. Ich fragte mich, welchen Pakt sie geschlossen, welche Treue sie geschworen hatten, dass sie so in die Fehden der Menschen verwickelt wurden und mit ihrem Leben zahlen mussten. Ich sprach diese Gedanken nicht aus: Es gab noch viel mehr Hunde. Neue wurden beschafft und so dressiert, dass sie nur von einem bestimmten Mann Futter annahmen und nicht vergiftet werden konnten. Auch an Männern herrschte kein Mangel. Lord Shigeru lebte einfach, er hatte nur wenige bewaffnete Gefolgsleute um sich, aber es hatte den Anschein, als würden ihm viele vom Clan der Otori gern dienen, genug, um eine Armee zu bilden, falls er das wünschte.

Der Angriff schien ihn nicht im Geringsten erschreckt oder bedrückt zu haben. Er wurde davon höchstens aufgemuntert; dass er dem Tod entgangen war, verstärkte sein Entzücken an den Freuden des Lebens. Er schwebte, wie nach dem Treffen mit Lady Maruyama. Er freute sich über meine wiedergefundene Sprache und über die Schärfe meines Gehörs.

Vielleicht hatte Ichiro recht, oder vielleicht besänftigte sich seine Einstellung mir gegenüber. Was immer der Grund sein mochte, seit der Nacht des versuchten Attentats fiel mir das Lernen leichter. Langsam entschlüsselten die Schriftzeichen ihre Bedeutung und behielten ihren Platz in meinem Gehirn. Ich fing sogar an, sie zu mögen, die verschiedenen Formen, die wie Wasser flossen oder fest und kauernd dasaßen wie schwarze Krähen im Winter. Ich hätte es Ichiro nicht eingestanden, aber es machte mir großes Vergnügen, sie zu zeichnen.

Ichiro war ein anerkannter Lehrmeister, bekannt für die Schönheit seiner Schrift und den Umfang seiner Bildung. Eigentlich war er ein viel zu guter Lehrer für mich. Ich hatte nicht den Verstand eines idealen Schülers. Aber wir entdeckten beide, dass ich Talent zur Nachahmung hatte. Mir gelang die leidliche Kopie eines Schülers, und ich konnte auch Ichiros Methode kopieren, kühn und konzentriert aus der Schulter und nicht aus dem Handgelenk zu zeichnen. Ich wusste, dass ich ihn nur nachahmte, aber die Resultate waren ausreichend.

Das Gleiche geschah, als Lord Shigeru mich im Gebrauch des Schwerts unterwies. Ich war hinreichend kräftig und behände, vielleicht sogar überdurchschnittlich für meine Größe, aber mir fehlten die Knabenjahre, in denen Kriegersöhne endlos mit Schwert und Bogen üben und sich im Reiten vervollkommnen. Ich wusste, dass ich diese Jahre nie nachholen konnte.

Das Reiten fiel mir eher leicht. Ich beobachtete Lord Shigeru und die anderen Männer und merkte, dass es vor allem eine Sache des Gleichgewichts war. Ich imitierte einfach, was ich die anderen machen sah, und das Pferd reagierte. Ich erkannte auch, dass das Pferd scheuer und nervöser war als ich. Ihm gegenüber musste ich mich verhalten wie ein Lord, seinetwegen meine Gefühle verbergen und tun, als wäre ich völlig Herr der Lage und wüsste genau, was vorging. Dann würde sich das Pferd unter mir entspannen und glücklich sein.

Ich bekam ein graues Pferd mit dunkler Mähne und Schwanz, es hieß Raku, und wir kamen gut miteinander aus. Das Bogenschießen lag mir gar nicht, aber im Schwertkampf machte ich wieder nach, was ich bei Lord Shigeru sah, und die Ergebnisse waren leidlich. Man gab mir ein eigenes Langschwert, und ich trug es in der Schärpe meiner neuen Kleidung wie alle Krieger. Doch trotz des Schwerts und der Kleidung wusste ich, dass ich nur eine Kriegerimitation war.

So vergingen die Wochen. Der Haushalt fand sich damit ab, dass Lord Otori mich adoptieren wollte, und nach und nach veränderte sich die Haltung zu mir. Die Dienstboten neckten mich so oft, wie sie mich tadelten. Zwischen Lernen und Üben hatte ich wenig Freizeit und sollte nicht allein weggehen, aber mir lag immer noch daran, ruhelos umherzustreifen, und wann immer es möglich war, stahl ich mich davon und erkundete die Stadt Hagi. Ich ging gern zum Hafen hinunter, wo das Schloss im Westen und der alte Vulkankrater im Osten die Bucht wie eine Tasse in ihrer beider Hände hielten. Dort sah ich hinaus aufs Meer, dachte an all die sagenhaften Länder jenseits des Horizonts und beneidete die Fischer und die Seeleute.

Nach einem Boot schaute ich immer aus. Ein Junge meines Alters arbeitete darauf. Ich wusste, dass er Terada Fumio hieß. Sein Vater stammte aus einer Kriegerfamilie von niedrigem Rang und hatte sich lieber Handel und Fischfang zugewandt, als den Hungertod zu sterben. Chiyo wusste alles über die Familie, und von ihr bekam ich zuerst diese Auskunft. Ich bewunderte Fumio ungeheuer. Er war tatsächlich auf dem Festland gewesen. Er kannte das Meer und die Flüsse in allen Situationen und Stimmungen. Damals konnte ich noch nicht einmal schwimmen. Zuerst nickten wir einander nur zu, doch im Lauf der Wochen wurden wir Freunde. Ich ging an Bord, und wir saßen zusammen und aßen Dattelpflaumen, spuckten die Kerne ins Wasser und redeten, worüber Jungen reden. Früher oder später kamen wir auf die Otorilords zu sprechen. Die Terada hassten sie wegen ihrer Arroganz und ihrer Habgier. Sie litten unter den ständig steigenden Steuern, die das Schloss ihnen aufbürdete, und den Handelsbeschränkungen. Wenn wir über diese Dinge redeten, dann flüsternd auf der Seeseite des Boots, denn das Schloss, sagte man, hatte überall Spione.

Nach einem dieser Ausflüge lief ich eines Spätnachmittags nach Hause. Ichiro war weggerufen worden, um mit einem Händler abzurechnen. Ich hatte zehn Minuten lang gewartet, dann beschlossen, er würde nicht zurückkommen, und mich weggestohlen. Es war um die Mitte des zehnten Monats. Die Luft war kühl und roch nach brennendem Reisstroh. Der Rauch hing über den Feldern zwischen Fluss und Berg und tönte die Landschaft silbern und golden. Fumio hatte mir das Schwimmen beigebracht, mein Haar war nass und ließ mich ein wenig frösteln. Ich dachte an heißes Wasser und überlegte, ob ich von Chiyo vor der Abendmahlzeit etwas zu essen bekommen könnte und ob Ichiro so schlechtgelaunt sein würde, dass er mich schlug. Zugleich horchte ich wie immer auf den Moment, in dem ich das charakteristische Lied des Hauses von der Straße vernahm.

Ich glaubte, etwas anderes zu hören, deshalb blieb ich stehen und schaute zweimal auf die Mauerecke vor unserem Tor. Ich nahm nicht an, dass dort jemand war, aber fast im selben Augenblick sah ich einen Mann, der im Schatten des Ziegeldachs hockte.

Ich war nur ein paar Meter von ihm entfernt auf der anderen Straßenseite. Ich wusste, dass er mich gesehen hatte. Nach ein paar Sekunden stand er langsam auf, als würde er darauf warten, dass ich mich ihm näherte.

Er sah so durchschnittlich aus, wie ich selten jemandem begegnet war: von mittlerer Größe und Figur, mit leicht ergrautem Haar, das Gesicht eher blass als braun, mit unauffälligen Zügen, die man kaum mehr wiedererkennt. Noch während ich ihn betrachtete und ihn einzuschätzen versuchte, schien sich dieses Gesicht vor meinen Augen zu verändern. Und doch befand sich unter dieser betonten Normalität etwas Besonderes, etwas Gewandtes und Schnelles, das sich verflüchtigte, wenn ich versuchte, es genau festzustellen.

Er trug verschossene blaugraue Kleidung ohne sichtbares Wappen. Er sah nicht wie ein Arbeiter aus, auch nicht wie ein Händler oder ein Krieger. Ich konnte ihn überhaupt nicht einordnen, aber ein Instinkt warnte mich, dass er sehr gefährlich sein könnte.

Zugleich war etwas an ihm, das mich faszinierte. Ich konnte nicht vorbeigehen, ohne ihn zur Kenntnis zu nehmen. Aber ich blieb auf der anderen Straßenseite und überlegte bereits, wie weit es bis zum Tor, zu den Wachen und den Hunden war.

Er nickte mir zu und lächelte fast beifällig. »Guten Tag, junger Lord!«, rief er mit spöttischem Unterton. »Sie haben recht, mir nicht zu trauen. Ich habe gehört, dass Sie in dieser Hinsicht klug sind. Aber ich werde Ihnen nichts tun, das verspreche ich.«

Was er sagte, kam mir so zweifelhaft vor wie sein Aussehen, und von seinem Versprechen hielt ich nicht viel.

»Ich möchte mit Ihnen reden«, sagte er, »und auch mit Shigeru.«

Ich war erstaunt über die vertrauliche Art, in der er von dem Lord sprach. »Was haben Sie mir mitzuteilen?«

»Von hier aus kann ich es Ihnen nicht zurufen«, antwortete er lachend. »Gehen Sie mit mir zum Tor, und ich sage es Ihnen.«

»Sie können auf Ihrer Straßenseite zum Tor gehen, ich bleibe auf meiner.« Ich beobachtete seine Hände, damit mir der Griff zu einer versteckten Waffe nicht entging. »Dann werde ich mit Lord Otori reden, und er kann entscheiden, ob Sie sich mit ihm treffen können oder nicht.«

Der Mann lächelte vor sich hin und zuckte die Schultern. Wir gingen getrennt zum Tor, er so ruhig wie auf einem Abendspaziergang und ich so nervös wie eine Katze vor dem Sturm. Als wir angelangt waren und die Wachen uns grüßten, schien er älter und noch farbloser zu sein. Er sah wie ein so harmloser alter Mann aus, dass ich mich fast schämte, so misstrauisch zu sein.

»Du bekommst Ärger, Takeo«, sagte einer der Männer. »Meister Ichiro hat dich eine Stunde lang gesucht!«

»He, Opa«, rief der andere dem Alten zu. »Was willst du, eine Schüssel Nudeln oder was?«

Tatsächlich sah der Alte aus, als könnte er eine ordentliche Mahlzeit brauchen. Er wartete demütig und schweigend direkt vor dem Tor.

»Wo hast du ihn aufgegabelt, Takeo? Du bist zu weichherzig, das ist deine Schwäche! Schick ihn weg!«

»Ich habe gesagt, ich würde Lord Otori melden, dass er hier ist, und das mache ich auch«, antwortete ich. »Aber beobachtet ihn genau und lasst ihn auf keinen Fall in den Garten.«

Ich sagte zu dem Fremden »Warten Sie hier« und fing einen Blick von ihm auf. Er war gefährlich, sicher, aber es kam mir fast so vor, als würde er mich eine Seite sehen lassen, die er vor den Wachen verbarg. Ich fragte mich, ob ich ihn dort zurücklassen sollte. Immerhin, sie waren zu zweit und bis an die Zähne bewaffnet. Sie sollten mit einem alten Mann fertigwerden können.

Ich lief durch den Garten, streifte die Sandalen ab und sprang in zwei Sätzen die Treppe hinauf.

Lord Shigeru saß im oberen Zimmer und schaute hinaus auf den Garten.

»Takeo«, sagte er, »ich habe mir gerade überlegt, dass ein Teezimmer über dem Garten genau das Richtige wäre.«

»Lord …«, fing ich an, dann erstarrte ich wegen einer Bewegung im Garten unten. Ich glaubte zuerst, es sei der

Reiher, so still und grau stand er da, dann erkannte ich den Mann, den ich am Tor verlassen hatte.

»Was?« Mein Gesichtsausdruck war Lord Shigeru nicht entgangen.

Mich packte die Angst, dass der Mordversuch wiederholt werden sollte. »Ein Fremder ist im Garten«, schrie ich. »Lassen Sie ihn nicht aus den Augen!« Meine nächste Furcht galt den Wachen. Ich rannte wieder die Treppe hinunter und aus dem Haus. Mein Herz raste, als ich ans Tor kam. Den Hunden ging es gut. Sie rührten sich, als sie mich hörten, und wedelten mit den Schwänzen. Ich rief; die Männer kamen verdutzt heraus.

»Was ist los, Takeo?«

»Ihr habt ihn hereingelassen!«, sagte ich wütend. »Der Alte, er ist im Garten.«

»Nein, er ist draußen auf der Straße, wo du ihn verlassen hast.«

Mein Blick folgte der Geste des Mannes, und einen Augenblick lang war auch ich getäuscht. Ich *sah* ihn, wie er draußen im Schatten der überdachten Mauer saß, demütig, geduldig, harmlos. Dann schärfte sich mein Sehvermögen. Die Straße war leer.

»Ihr Dummköpfe! Habe ich euch nicht gesagt, dass er gefährlich ist? Habe ich euch nicht gesagt, dass ihr ihn auf keinen Fall hereinlassen dürft? Was seid ihr nur für nutzlose Idioten! Und dabei nennt ihr euch Männer vom Clan der Otori? Geht zurück auf eure Bauernhöfe und bewacht eure Hennen, hoffentlich fressen die Füchse jede einzelne von ihnen!«

Sie glotzten mich an. Keiner im Haushalt hatte mich wohl je so viele Worte auf einmal sagen hören. Mein Zorn war noch größer, weil ich mich für sie verantwortlich fühlte. Aber sie hatten mir zu gehorchen. Ich konnte sie nur beschützen, wenn sie mir gehorchten.

»Ihr habt Glück, dass ihr noch am Leben seid.« Ich zog mein Schwert aus dem Gürtel und lief zurück, um den Eindringling zu suchen.

Er war nicht mehr im Garten, und ich fragte mich schon, ob ich wieder ein Trugbild gesehen hatte, da hörte ich Stimmen aus dem oberen Zimmer. Lord Shigeru rief mich. Es klang nicht, als sei er in Gefahr; es klang eher belustigt. Als ich in den Raum kam und mich verbeugte, saß der Mann neben ihm wie ein alter Freund, und beide lachten in sich hinein. Der Fremde sah nicht mehr so alt aus. Er war ein paar Jahre älter als Lord Shigeru und hatte jetzt ein offenes, freundliches Gesicht.

»Er wollte nicht auf derselben Straßenseite wie du gehen, wie?«, sagte der Lord.

»Nein, und er zwang mich, draußen sitzen zu bleiben und zu warten.« Beide brüllten vor Lachen und schlugen mit den Handflächen auf die Matten. »Übrigens, Shigeru, du solltest deine Wachen besser schulen. Takeo war mit Recht wütend auf sie.«

»Er hatte die ganze Zeit recht«, sagte Lord Shigeru nicht ohne Stolz.

»Er ist einer unter tausend – so wird man geboren, nicht gemacht. Er muss vom Stamm sein. Setz dich auf, Takeo, und lass dich anschauen.«

Ich hob den Kopf vom Boden und setzte mich auf die Fersen. Mein Gesicht brannte. Der Mann hatte mich doch überlistet! Schweigend musterte er mich.

Lord Shigeru sagte: »Das ist Muto Kenji, ein alter Freund von mir.«

»Lord Muto«, sagte ich höflich, aber kalt, ich war entschlossen, meine Gefühle nicht zu zeigen.

»Du musst mich nicht Lord nennen«, entgegnete Kenji. »Ich bin kein Lord, auch wenn ich einige unter meinen Freunden habe.« Er beugte sich zu mir. »Zeig mir deine Hände.«

Zuerst nahm er die eine, dann die andere Hand, betrachtete den Rücken und dann die Handfläche.

»Wir finden, er gleicht Takeshi«, warf Lord Shigeru ein.

»Hm. Er hat etwas von den Otori.« Kenji nahm seine ursprüngliche Haltung wieder ein und schaute hinaus in den Garten, der jetzt ohne Farbe war. Nur die Ahornbäume leuchteten noch rot. »Die Nachricht von deinem Verlust hat mich traurig gemacht.«

»Mir war zum Sterben zumute«, antwortete Lord Shigeru. »Aber die Zeit vergeht, und ich stelle fest, dass ich wieder gern lebe. Ich bin nicht für Verzweiflung geschaffen.«

»Nein, wirklich nicht«, stimmte Kenji freundschaftlich zu. Beide schauten durch die offenen Fenster hinaus. Die Luft war herbstlich kalt, ein Windstoß schüttelte die Ahornbäume, rote Blätter fielen in den Bach und wurden im Wasser noch dunkler, bevor sie in den Fluss geschwemmt wurden.

Ich dachte sehnsüchtig an das heiße Bad und schauderte.

Kenji fragte schließlich: »Warum lebt dieser Junge, der

Takeshi gleicht, aber offensichtlich vom Stamm ist, in deinem Haushalt, Shigeru?«

»Warum bist du von so weit her gekommen, um mich das zu fragen?«, entgegnete der Lord lächelnd.

»Es macht mir nichts aus, dir das zu sagen. Der Wind brachte die Nachricht, dass jemand gehört hatte, wie einer in dein Haus einstieg. Das führte dazu, dass einer der gefährlichsten Attentäter in den Drei Ländern tot ist.«

»Wir haben versucht, es geheim zu halten«, sagte Lord Shigeru.

»Unsere Aufgabe ist es, solche Geheimnisse herauszufinden. Was hat Shintaro in deinem Haus gemacht?«

»Wahrscheinlich ist er gekommen, um mich zu töten«, antwortete Lord Shigeru. »Shintaro war es also. Ich hatte einen gewissen Verdacht, aber uns fehlten die Beweise.« Nach einer Weile fügte er hinzu: »Jemand muss wirklich meinen Tod wünschen. Hatte Iida ihn angeheuert?«

»Shintaro hat eine Zeitlang für die Tohan gearbeitet. Aber ich glaube nicht, dass Iida dich heimlich ermorden ließe. Wahrscheinlich würde er das Ereignis lieber mit eigenen Augen sehen. Wer sonst wünscht deinen Tod?«

»Einer oder zwei fallen mir ein«, antwortete der Lord.

»Es war kaum zu glauben, dass Shintaro versagt hat«, fuhr Kenji fort. »Wir mussten herausbekommen, wer der Junge ist. Wo hast du ihn gefunden?«

»Was erzählt dir der Wind?« Lord Shigeru lächelte immer noch.

»Die offizielle Geschichte natürlich: dass er ein ferner Verwandter deiner Mutter ist. Dann die abergläubische: dass du den Verstand verloren hast und glaubst, er sei dein Bruder, der zu dir zurückgekehrt ist. Und die zynische: dass er dein Sohn ist, den eine Bauersfrau im Osten geboren hat.«

Lord Shigeru lachte. »Ich bin noch nicht einmal doppelt so alt wie er. Dann hätte ich ihn mit zwölf gezeugt. Er ist nicht mein Sohn.«

»Nein, offenbar nicht, und trotz seines Aussehens glaube ich nicht, dass er ein Verwandter oder ein Zurückgekehrter ist. Jedenfalls muss er vom Stamm sein. Wo hast du ihn gefunden?«

Haruka, eines der Dienstmädchen, kam und zündete die Lampen an, und sofort taumelte eine große blaugrüne Mondmotte herein und flog auf die Flamme zu. Ich stand auf, fing sie in der Hand, spürte ihre pudrigen Flügel schlagen und ließ sie in die Nacht hinaus; bevor ich mich wieder setzte, schob ich die Fenster zu.

Lord Shigeru antwortete Kenji nicht, und Haruka kam mit dem Tee zurück. Kenji schien weder wütend noch enttäuscht. Er bewunderte die Teeschalen, einfache rosa getönte Stücke aus der Gegend, und trank dann schweigend, doch er beobachtete mich die ganze Zeit.

Schließlich stellte er mir eine direkte Frage: »Sag mir, Takeo, hast du als Kind lebendigen Schnecken die Häuser abgezogen oder Krabben die Klauen ausgerissen?«

Ich verstand die Frage nicht. »Vielleicht«, sagte ich und tat, als würde ich trinken, obwohl meine Schale leer war.

»Hast du es getan?«

»Nein.«

»Warum nicht?«

»Meine Mutter hat mir gesagt, dass es grausam wäre.«

»Das dachte ich mir.« Er klang etwas traurig, als würde er mich bedauern. »Kein Wunder, dass du versucht hast, mich abzuwehren, Shigeru. Ich spüre etwas Weiches in dem Jungen, einen Widerwillen gegen Grausamkeit. Er wurde bei den Verborgenen erzogen.«

»Ist das so offensichtlich?«, fragte Lord Shigeru.

»Nur für mich.« Kenji saß mit gekreuzten Beinen da, die Augen zusammengekniffen, einen Arm auf dem Knie.

»Ich glaube, ich weiß, wer er ist.«

Lord Shigeru seufzte, sein Gesicht wurde ruhig und wachsam. »Dann solltest du es uns lieber sagen.«

»Er hat alle Kennzeichen eines Kikuta: die langen Finger, die gerade Linie über der Handfläche, das scharfe Gehör. Es kommt plötzlich, in der Jugend, manchmal begleitet von Sprachverlust, meistens vorübergehend, manchmal anhaltend …«

»Das erfinden Sie!« Ich konnte nicht länger still bleiben. Eine Art Entsetzen bemächtigte sich meiner. Ich wusste nichts von dem Stamm, außer dass der Attentäter einer von ihnen gewesen war, aber mir war, als würde Muto Kenji vor mir eine dunkle Tür öffnen, die mir Grauen einflößte.

Lord Shigeru schüttelte den Kopf. »Lass ihn reden. Es ist von großer Wichtigkeit.«

Kenji beugte sich vor und wandte sich direkt an mich.

»Ich werde dir von deinem Vater erzählen.«

Lord Shigeru sagte trocken: »Fang lieber mit dem Stamm an. Takeo weiß nicht, was du meinst, wenn du sagst, dass er offensichtlich ein Kikuta ist.«

»Wirklich?« Kenji zog eine Augenbraue hoch. »Nun, das sollte mich nicht überraschen, wenn er von den Verborgenen aufgezogen worden ist. Ich werde mit dem Anfang beginnen. Die fünf Familien des Stamms haben immer existiert. Sie waren vor den Lords und den Clans da. Sie kommen aus einer Zeit, in der die Magie stärker war als die Kraft der Waffen und die Götter noch auf der Erde wandelten. Als die Clans aufkamen und Männer Bündnisse schlossen, die auf Macht beruhten, trat der Stamm keinem bei. Um ihre Begabungen zu erhalten, wurden die Kikuta Reisende, Schauspieler und Akrobaten, Hausierer und Zauberer.«

»Das haben sie wohl am Anfang gemacht«, unterbrach ihn Lord Shigeru. »Aber viele wurden auch Kaufleute und kamen zu beachtlichem Wohlstand und Einfluss.« Zu mir sagte er: »Kenji leitet selbst ein sehr erfolgreiches Unternehmen für Sojaprodukte und Geldverleih.«

»Die Zeiten sind unredlich geworden«, fuhr Kenji fort. »Wie uns die Priester sagten, leben wir in den letzten Tagen des Gesetzes. Ich habe von einer früheren Epoche gesprochen. Heute stimmt es, wir sind Geschäftsleute geworden. Von Zeit zu Zeit dienen wir vielleicht dem einen oder anderen Clan und nehmen dessen Wappen an oder arbeiten für Menschen, die unsere Freunde geworden sind wie Lord Otori Shigeru. Aber was wir auch geworden sind, wir bewahren die Talente aus der Vergangenheit, die einst alle Menschen hatten, die sie aber inzwischen vergessen haben.«

»Sie waren an zwei Orten zugleich«, sagte ich. »Die Wachen haben Sie draußen gesehen, während ich Sie im Garten gesehen habe.«

Kenji verbeugte sich ironisch vor mir. »Wir können uns spalten und das zweite Ich hinter uns lassen. Wir können unsichtbar werden und uns schneller bewegen, als das Auge sieht. Scharfes Sehen und Hören sind weitere Eigenschaften. Der Stamm hat sich diese Fähigkeiten durch Hingabe und harte Übung erhalten. Und es sind Fähigkeiten, die andere in diesem sich bekriegenden Land nützlich finden und für die sie viel bezahlen. Die meisten Angehörigen des Stamms werden in einer Phase ihres Lebens Spione oder Attentäter.«

Ich konzentrierte mich darauf, nicht zu schaudern. Mir war, als hätte ich kein Blut mehr in den Adern. Ich erinnerte mich, wie ich mich unter Iidas Schwert gespalten hatte. Und alle Geräusche des Hauses, des Gartens und der Stadt dröhnten mit zunehmender Intensität in meinen Ohren.

»Kikuta Isamu, dein Vater, wie ich glaube, war keine Ausnahme. Seine Eltern waren Cousin und Cousine, und er vereinte die größten Talente der Kikuta in sich. Mit dreißig war er ein perfekter Attentäter. Niemand weiß, wie viele er getötet hat; die meisten dieser Tode schienen natürlich zu sein und wurden ihm nie zugeschrieben. Selbst nach den Maßstäben der Kikuta arbeitete er ganz im Geheimen. Er war ein Meister der Gifte, besonders gewisser Bergpflanzen, die töten, ohne eine Spur zu hinterlassen. In den Bergen des Ostens – du kennst das Gebiet, das ich meine – suchte er neue Pflanzen. Die Männer in dem Dorf, in dem er wohnte, waren Verborgene. Anscheinend erzählten sie ihm von dem Geheimen Gott, dem Gebot, nicht zu töten, dem Gericht, das im Nachleben wartet: Du kennst das alles, ich brauche es dir nicht zu wiederholen. In diesen abgelegenen Bergen fern von den Kämpfen der Clans dachte Isamu über sein Dasein nach und zog Bilanz. Vielleicht war er voll Reue. Vielleicht hörte er die Stimmen der Toten. Jedenfalls sagte er sich von seinem Leben mit dem Stamm los und wurde einer der Verborgenen.«

»Und wurde hingerichtet?«, fragte Lord Shigeru aus der Dämmerung.

»Nun, er hatte die grundlegenden Regeln des Stamms gebrochen. Wir schätzen es nicht, wenn sich jemand so von uns trennt, vor allem nicht, wenn er so außerordentliche Talente hat. Eine derartige Begabung ist heutzutage zu selten. Aber, um ehrlich zu sein, ich weiß nicht, was ihm genau zugestoßen ist. Ich wusste noch nicht einmal, dass er ein Kind hat. Takeo, oder wie er wirklich heißen mag, muss nach dem Tod seines Vaters geboren sein.«

»Wer hat ihn getötet?«, fragte ich, mein Mund war trocken.

»Wer weiß? Viele wollten es, und einer von ihnen hat es getan. Natürlich hätte ihm niemand zu nahe kommen können, wenn er nicht geschworen hätte, nie mehr zu töten.«

Ein langes Schweigen entstand. Bis auf einen kleinen Lichtfleck von der brennenden Lampe war es völlig dunkel im Raum. Ich konnte die Gesichter der beiden Männer nicht sehen, auch wenn ich mir sicher war, dass Kenji mich sah.

»Hat deine Mutter dir das nie erzählt?«, fragte er schließlich.

Ich schüttelte den Kopf. Es gibt so vieles, was die Verborgenen nicht erzählen, so vieles, was sie voreinander geheim halten. Was man nicht weiß, kann man unter Folter nicht aussagen. Wer die Geheimnisse seines Bruders nicht kennt, kann ihn nicht verraten.

Kenji lachte. »Gib es zu, Shigeru, du hattest keine Ahnung, wen du in dein Haus brachtest. Noch nicht einmal der Stamm wusste, dass es ihn gibt – einen Jungen mit allen verborgenen Talenten der Kikuta!«

Lord Shigeru antwortete nicht, aber als er sich ins Lampenlicht vorbeugte, sah ich, dass er lächelte, heiter und aufrichtig. Welch ein Gegensatz zwischen diesen beiden Männern: der Lord so offen, Kenji so verschlagen und listig.

»Ich muss wissen, wie es dazu gekommen ist. Ich rede nicht mit dir um der Unterhaltung willen, Shigeru. Ich muss es wissen.« Kenjis Ton war drängend.

Ich hörte Chiyo auf der Treppe hantieren. Lord Shigeru sagte: »Wir müssen baden und essen. Nach der Mahlzeit reden wir weiter.«

Er wird mich nicht mehr in seinem Haus haben wollen, jetzt da er weiß, dass ich der Sohn eines Attentäters bin. Das war mein erster Gedanke, als ich im heißen Wasser saß, nachdem die älteren Männer gebadet hatten. Ihre Stimmen hörte ich aus dem oberen Zimmer. Sie tranken Wein und plauderten über die Vergangenheit. Dann dachte ich an den Vater, den ich nie gekannt hatte, und empfand tiefe Trauer, weil es ihm unmöglich gewesen war, seiner Vergangenheit zu entfliehen. Er hatte das Töten aufgeben wollen, doch es gab ihn nicht auf. Es hatte die langen Arme ausgestreckt und ihn gefunden, sogar in Mino, genau wie Iida Jahre später die Verborgenen dort aufgespürt hatte. Ich betrachtete meine langen Finger. War das ihre Bestimmung? Zu töten?

Was ich auch von ihm geerbt haben mochte, ich war ebenso das Kind meiner Mutter. Ich war aus zwei Strängen gewoben, die unterschiedlicher nicht sein konnten, und beide lagen mir im Blut, in Muskeln und Knochen. Ich erinnerte mich auch an meine Wut über die Wachen. Ich wusste, dass ich mich wie ihr Herr benommen hatte. Sollte das der dritte Strang in meinem Leben sein, oder würde Lord Shigeru mich jetzt, da er wusste, wer ich war, wegschicken?

Die Gedanken wurden zu schmerzhaft, allzu schwierig zu entwirren, und überhaupt rief mich Chiyo zum Essen. Das Wasser hatte mich endlich gewärmt, und ich war hungrig.

Ichiro hatte sich Lord Shigeru und Kenji angeschlossen, und die Tabletts lagen schon vor ihnen. Als ich kam, sprachen sie über belanglose Dinge: das Wetter, die Gartenanlage, meine mangelhafte Lernfähigkeit und mein schlechtes Benehmen. Ichiro war mir immer noch böse, weil ich am Nachmittag verschwunden war. Mir schien es Wochen her zu sein, dass ich mit Fumio im kalten Herbstfluss geschwommen war.

Das Essen war noch besser als sonst, doch nur Ichiro genoss es. Kenji aß schnell, der Lord berührte fast nichts. Ich war abwechselnd hungrig und angeekelt, ich fürchtete und ersehnte das Ende der Mahlzeit. Ichiro aß so viel und so langsam, dass ich glaubte, er würde nie fertig werden. Zweimal schien die Mahlzeit beendet zu sein, da nahm er »nur noch einen winzigen Bissen«. Endlich klopfte er sich auf den Magen und rülpste leise. Er wollte ein weiteres langes Gespräch über Gärten beginnen, doch Lord Shigeru gab ihm ein Zeichen. Mit ein paar Abschiedsfloskeln und einigen weiteren spöttischen Bemerkungen an Kenji über mich zog er sich zurück. Haruka und Chiyo kamen, um das Geschirr abzuräumen. Als sie gegangen waren und ihre Schritte und Stimmen in der Küche verklangen, beugte sich Kenji vor und streckte die Hand mit der offenen Handfläche nach Lord Shigeru aus.

»Nun?«, sagte er.

Ich wäre am liebsten den Frauen gefolgt. Ich wollte nicht hier sitzen, während diese Männer über mein Schicksal entschieden. Denn dazu würde es bestimmt kommen. Kenji war gekommen, um im Namen des Stamms irgendeinen Anspruch auf mich zu erheben. Und Lord Shigeru würde jetzt bestimmt nur zu glücklich sein, mich gehen zu lassen.

»Ich weiß nicht, warum diese Nachricht dir so wichtig ist, Kenji«, sagte Lord Shigeru. »Ich kann kaum glauben, dass du es noch nicht erfahren hast. Wenn ich es dir sage, vertraue ich darauf, dass es unter uns bleibt. Selbst in diesem Haus weiß es niemand außer Ichiro und Chiyo. Du hattest jedenfalls recht mit deiner Vermutung, dass ich nicht wusste, wen ich in mein Haus gebracht hatte. Es geschah alles durch Zufall. Es war spät am Nachmittag, ich war irgendwie vom Weg abgekommen und hoffte in dem Dorf, das, wie ich später entdeckte, Mino heißt, übernachten zu können. Ich war nach Takeshis Tod einige Wochen lang allein gereist.«

»Hast du ihn rächen wollen?«, fragte Kenji ruhig.

»Du weißt, wie die Dinge zwischen Iida und mir stehen – seit Yaegahara. Aber ich konnte kaum hoffen, an diesem abgelegenen Ort auf ihn zu stoßen. Es war nur der seltsamste

Zufall, dass wir beide, die erbittertsten Feinde, am selben Tag dort waren. Wenn mir Iida dort begegnet wäre, hätte ich ihn bestimmt zu töten versucht. Aber stattdessen lief mir dieser Junge über den Weg.« Er erzählte kurz von dem Massaker, von Iidas Sturz vom Pferd und den Männern, die mich verfolgt hatten.

»Es geschah ganz spontan. Die Männer bedrohten mich. Sie waren bewaffnet. Ich verteidigte mich.«

»Wussten sie, wer du bist?«

»Wahrscheinlich nicht. Ich war in Reisekleidung, unauffällig. Es wurde gerade dunkel, es regnete.«

»Aber du wusstest, dass sie Tohan waren?«

»Sie sagten mir, Iida sei hinter dem Jungen her. Das war für mich Grund genug, ihn zu beschützen.«

Als wollte er das Thema wechseln, sagte Kenji: »Ich habe gehört, dass Iida ein offizielles Bündnis mit den Otori eingehen will.«

»Das stimmt. Meine Onkel wollen Frieden schließen, der Clan ist allerdings geteilter Meinung.«

»Wenn Iida erfährt, dass du den Jungen hast, kommt es nie zu diesem Bündnis.«

»Du brauchst mir nichts zu sagen, was ich schon weiß«, sagte der Lord mit dem ersten Anzeichen von Ärger.

»Lord Otori«, sagte Kenji ironisch und verbeugte sich.

Ein paar Sekunden lang schwiegen beide. Dann seufzte Kenji. »Nun, das Schicksal bestimmt unser Leben, egal, was wir zu planen glauben. Wer immer Shintaro zu dir geschickt haben mag, das Ergebnis ist das gleiche. Innerhalb einer Woche wusste der Stamm von Takeos Existenz. Ich muss dir sagen, dass wir ein Interesse an diesem Jungen haben, das wir nicht aufgeben werden.«

Meine Stimme klang dünn in meinen Ohren, als ich sagte: »Lord Otori hat mir das Leben gerettet, und ich werde ihn nicht verlassen.«

Der Lord klopfte mir väterlich auf die Schulter. »Ich gebe ihn nicht auf«, sagte er zu Kenji.

»Vor allem wollen wir, dass er am Leben bleibt«, entgegnete Kenji. »Solange er hier in Sicherheit ist, kann er bleiben. Da ist aber noch etwas. Die Tohan, denen du auf dem Berg begegnet bist – vermutlich hast du sie getötet?«

»Mindestens einen«, antwortete Lord Shigeru, »möglicherweise zwei.«

»Einen«, korrigierte ihn Kenji.

Lord Shigeru zog die Augenbrauen hoch. »Du kennst doch schon alle Antworten. Warum fragst du dann?«

»Ich muss gewisse Lücken füllen und wissen, wie viel du weißt.«

»Einer, zwei – was ändert das?«

»Der Mann, der den Arm verlor, hat überlebt. Er heißt Ando, er war lange einer der engsten Getreuen von Iida.« Ich erinnerte mich an den wölfischen Mann, der mich den Pfad bergauf verfolgt hatte, und schauderte wider Willen.

»Er wusste nicht, wer du bist, und weiß bis jetzt nicht, wo Takeo ist. Aber er sucht euch beide. Mit Iidas Erlaubnis widmet er sich allein der Rache.«

»Ich freue mich auf unsere nächste Begegnung«, entgegnete Lord Shigeru.

Kenji stand auf und ging im Zimmer hin und her. Als

er sich wieder setzte, war sein Gesichtsausdruck offen und lächelnd, als hätten wir den ganzen Abend nur Witze ausgetauscht und über Gärten geplaudert.

»Es ist gut«, sagte er. »Jetzt weiß ich genau, in welcher Gefahr sich Takeo befindet, und so kann ich mich darauf konzentrieren, ihn zu schützen und ihm beizubringen, sich selbst zu schützen.« Dann machte er mir gegenüber etwas Erstaunliches: Er verbeugte sich bis zum Boden und sagte: »Solange ich lebe, wirst du in Sicherheit sein. Das schwöre ich dir.« Ich hielt das für Ironie, aber eine Art Maske glitt von seinem Gesicht, und einen Augenblick sah ich den wahren Mann darunter. Es hätte Jato sein können, der lebendig geworden war. Dann verhüllte sich sein Gesicht, und Kenji scherzte wieder. »Aber du musst genau tun, was ich dir sage!«

Er grinste mich an. »Ich vermute, Ichiro ist mit dir überfordert. In seinem Alter sollte er von Bengeln wie dir verschont bleiben. Ich werde deine Erziehung übernehmen. Ich werde dein Lehrer sein.«

Mit einer pedantischen Bewegung zog er sein Gewand um sich und schürzte die Lippen; sofort wurde er wieder der freundliche alte Mann, den ich vor dem Tor gelassen hatte. »Das heißt, wenn Lord Otori es gnädig erlaubt.«

»Anscheinend habe ich keine Wahl.« Lord Shigeru goss mehr Wein ein und lächelte offenherzig.

Ich schaute vom einen Gesicht zum anderen. Wieder staunte ich, wie gegensätzlich sie waren. Kenjis Blick kam mir nicht gerade verächtlich vor, aber er war nicht weit davon entfernt. Jetzt, da ich die Eigenheiten des Stamms so genau kenne, weiß ich, dass Arroganz die Schwäche seiner Angehörigen ist. Sie sind von ihren erstaunlichen Fähigkeiten so eingenommen, dass sie die ihrer Gegner unterschätzen. Doch damals ärgerte mich Kenjis Blick nur.

Kurz danach kamen die Dienstmädchen, um die Betten auszubreiten und die Lampen zu löschen. Lange lag ich schlaflos und lauschte der Nacht. Die Enthüllungen des Abends zogen mir langsam durch den Kopf, zerstreuten sich, fanden sich wieder zusammen und zogen weiter. Mein Leben gehörte mir nicht mehr. Ohne Lord Shigeru wäre ich tot gewesen. Wenn ich ihm nicht zufällig über den Weg gelaufen wäre, wie er gesagt hatte, dort auf dem Bergpfad …

War es wirklich zufällig gewesen? Jeder, sogar Kenji, akzeptierte seine Version: Das war alles spontan geschehen, der rennende Junge, die bedrohlichen Männer, der Kampf …

Ich durchlebte es noch einmal in Gedanken. Und ich schien mich an einen Augenblick zu erinnern, in dem der Pfad vor mir frei war. Ein großer Baum stand da, eine Zeder, und jemand trat hinter ihr hervor und packte mich – nicht zufällig, sondern entschlossen. Ich dachte an Lord Shigeru und wie wenig ich wirklich über ihn wusste. Jeder beurteilte ihn nach seinem Auftreten: impulsiv, warmherzig, großzügig. Ich glaubte, dass er das alles war, aber ich fragte mich doch, was dahinterlag. *Ich gebe ihn nicht auf,* hatte er gesagt. Aber warum wollte er einen vom Stamm adoptieren, den Sohn eines Attentäters? Ich sah den Reiher vor mir und wie geduldig er wartete, bevor er zuschlug.

Der Himmel wurde hell, und die Hähne krähten, bevor ich einschlief.

Muto Kenji wurde als mein Lehrer eingeführt, und die Wachen hatten ihren Spaß auf meine Kosten.

»Hüte dich vor dem Alten, Takeo! Er ist ziemlich gefährlich. Er könnte dich mit dem Pinsel erstechen!«

Das war ein Scherz, von dem sie nie genug bekamen.

Ich lernte, nichts zu sagen. Lieber sollten sie mich für einen Idioten halten, als die wirkliche Identität des alten Mannes kennenzulernen und zu verbreiten. Je weniger die Menschen von einem halten, umso mehr vertrauen sie einem an oder plaudern Dinge aus. Ich fragte mich, wie viele offenbar einfältige, aber zuverlässige Diener oder Gefolgsleute mit ausdruckslosen Gesichtern in Wirklichkeit dem Stamm angehörten und ihr Werk der Intrigen, Listen und plötzlichen Todesfälle ausführten. Kenji führte mich in die Künste des Stamms ein, doch Ichiro unterrichtete mich immer noch in den Bräuchen des Clans. Die Kriegerklasse war genau das Gegenteil des Stamms. Sie legte großen Wert auf die Bewunderung und die Hochachtung der Welt, auf ihren Ruf und ihren Rang. Ich musste ihre Geschichte und Etikette, ihre Anstandsregeln und ihre Sprache lernen. Ich studierte die Archive der Otori, verfolgte sie Jahrhunderte zurück bis zu ihrer halb mythischen Abstammung aus der Kaiserfamilie, bis mir der Kopf von Namen und Stammbäumen nur so schwirrte.

Die Tage wurden kürzer, die Nächte kälter. Die ersten Fröste bereiften den Garten. Bald würde Schnee die Bergpfade unzugänglich machen. Winterstürme würden den Hafen stilllegen, und Hagi würde bis zum Frühling von der Welt abgetrennt sein. Das Haus hatte jetzt ein anderes Lied, gedämpft, sanft und schläfrig.

Etwas hatte in mir einen wilden Hunger nach Lernen ausgelöst. Kenji sagte, es sei dies eine Eigenart des Stamms, die nach Jahren der Vernachlässigung zutage trete. Die Lernbegierde umfasste alles, von den kompliziertesten Schriftzeichen bis zu den Anforderungen des Schwertkampfs. Ich lernte sie hingebungsvoll, doch auf Kenjis Lektionen reagierte ich anders. Ich fand sie nicht schwierig – offenbar hatte ich eine natürliche Begabung dafür –, aber etwas daran stieß mich ab, etwas in mir weigerte sich, so zu werden, wie Kenji es wollte.

»Es ist ein Spiel«, sagte er mir oft. »Betrachte es als Spiel.« Doch das Ende dieses Spiels war der Tod. Kenji hatte mit seiner Einschätzung meines Charakters recht gehabt. Ich war dazu erzogen worden, Mord zu verabscheuen, und ich hasste es zutiefst, Leben zu nehmen.

Kenji befasste sich mit dieser Seite von mir. Sie beunruhigte ihn. Er und Lord Shigeru sprachen häufig darüber, wie ich härter werden könnte.

»Er hat alle Talente bis auf das«, sagte Kenji eines Abends enttäuscht. »Und durch diesen Mangel werden ihm alle seine Talente gefährlich.«

»Das kann man nie wissen«, entgegnete Shigeru. »Wenn es die Situation verlangt, ist es erstaunlich, wie das Schwert in die Hand springt, fast als hätte es einen eigenen Willen.«

»Du bist so geboren, Shigeru, und deine ganze Ausbildung hat das verstärkt. Ich glaube, dass Takeo in diesem Augenblick zögern wird.«

Der Lord seufzte, rückte näher an die Kohlenpfanne und zog den Mantel um sich. Den ganzen Tag war Schnee gefallen. Er lag hoch im Garten, jeder Baum war davon bedeckt, jede Laterne trug eine dicke weiße Kappe. Jetzt war der Himmel klar, und der Schnee funkelte im Frost. Unser Atem hing beim Reden sichtbar in der Luft.

Niemand sonst war wach, nur wir drei drängten uns um die Kohlenpfanne und wärmten uns die Hände an Bechern mit heißem Wein. Das Getränk ermutigte mich zu der Frage: »Hat Lord Otori viele Männer getötet?«

»Ich habe sie nicht gezählt«, antwortete er. »Aber von Yaegahara abgesehen waren es vermutlich nicht so sehr viele. Ich habe nie einen Unbewaffneten umgebracht oder aus Vergnügen getötet, wozu manche verdorben worden sind. Bleib lieber, wie du bist, als so zu werden.«

Ich wollte fragen: *Würden Sie einen Attentäter einsetzen, um Rache zu nehmen?* Aber ich wagte es nicht. Es stimmte, dass ich Grausamkeit verabscheute und vor der Idee des Tötens zurückschreckte. Doch täglich erfuhr ich mehr über Shigerus Wunsch nach Rache.

Er schien mich damit anzustecken und meinen eigenen Wunsch zu verstärken. In dieser Nacht schob ich in den frühen Morgenstunden die Fenster auf und schaute hinaus über den Garten. Der abnehmende Mond und ein einzelner Stern standen dicht beieinander so tief am Himmel, dass es aussah, als würden sie die schlafende Stadt belauschen.

Die Luft war kalt wie ein Messer.

Ich könnte töten, dachte ich. *Iida könnte ich töten.* Und dann: *Ich werde ihn töten. Ich werde lernen, wie.*

Einige Tage danach überraschte ich Kenji und mich selbst. Mit seiner Fähigkeit, an zwei Orten zugleich zu sein, täuschte er mich immer noch. Der Alte saß in seinem ausgeblichenen Gewand da und beobachtete mich, während ich eine Fingerfertigkeit oder einen Salto rückwärts übte, und dann rief er mich von außerhalb des Gebäudes. Aber diesmal spürte oder hörte ich seinen Atem, sprang auf ihn zu, fasste ihn um den Hals und hatte ihn schon auf den Boden geworfen, bevor ich noch dachte: *Wo ist er?*

Und zu meiner Überraschung legten sich meine Hände wie von selbst auf die Stelle an der Schlagader im Nacken, wo Druck den Tod bringt.

So hielt ich ihn nur einen Moment lang. Dann ließ ich los, und wir starrten einander an.

»Na also«, sagte er. »Das ist besser!«

Ich schaute auf meine langfingrigen, geschickten Hände, als würden sie einem Fremden gehören.

Meine Hände machten anderes, was ich ihnen nicht zugetraut hatte. Als ich bei Ichiro das Schreiben übte, zog meine Rechte plötzlich ein paar Striche, und da war einer meiner Bergvögel und wollte gleich vom Papier wegfliegen, oder das Gesicht von jemandem erschien, an den ich mich nicht zu erinnern glaubte. Ichiro gab mir dafür einen Klaps auf den Kopf, aber die Zeichnungen gefielen ihm, und er zeigte sie Lord Shigeru.

Der Lord war entzückt und Kenji ebenfalls.

»Das ist eine Eigenschaft der Kikuta«, prahlte Kenji, als hätte er sie selbst erfunden. »Sehr nützlich. Es gibt Takeo eine Rolle, die er spielen kann, eine vollkommene Tarnung. Er ist ein Künstler: Er kann überall zeichnen, und niemand wird sich fragen, was er hören kann.«

Lord Shigeru war ebenso praktisch. »Zeichne den Einarmigen«, befahl er.

Das wölfische Gesicht schien von selbst aus dem Pinsel zu springen. Lord Shigeru starrte es an. »Ich werde ihn wiedererkennen«, murmelte er.

Ein Zeichenlehrer wurde engagiert, und in den Wintertagen entwickelte sich mein neuer Charakter. Bis der Schnee schmolz, war Tomasu, der halbwilde Junge, der über den Berg streifte und nur seine Tiere und Pflanzen studierte, für immer verschwunden. Ich war Takeo geworden, still, nach außen hin sanft, ein etwas weltfremder Künstler. Der Deckmantel verbarg Augen und Ohren, denen nichts entging, und das Herz lernte die Lektionen der Rache.

Ich wusste nicht, ob dieser Takeo echt war oder nur ein künstliches Gebilde für die Zwecke des Stamms und der Otori.

Kapitel 4

Die Spitzen des Bambusgrases waren weiß geworden, und die Ahornbäume hatten ihre Brokatgewänder angelegt. Junko brachte Kaede alte Kleidungsstücke von Lady Noguchi, trennte sie sorgsam auf und nähte sie neu, wobei sie die verblichenen Teile nach innen wendete. Als die Tage kälter wurden, war Kaede dankbar dafür, nicht mehr im Schloss zu sein, durch die Höfe zu rennen und die Treppen hinauf- und hinunterzusteigen, während Schnee auf gefrorenen Schnee fiel. Ihre Arbeit wurde geruhsamer: Sie verbrachte ihre Tage mit den Noguchifrauen, war mit Nähen und häuslichen Tätigkeiten beschäftigt, hörte Erzählungen, schrieb Gedichte und lernte die Frauenschrift. Aber sie war alles andere als glücklich.

Lady Noguchi hatte immer etwas an ihr auszusetzen. Sie fand es abstoßend, dass Kaede linkshändig war, hielt sie für hässlich im Vergleich zu ihren Töchtern, kritisierte ihre Größe und Schlankheit. Sie erklärte, schockiert zu sein, weil Kaede in fast nichts unterrichtet worden war, und gab nie zu, dass sie daran schuld sein könnte.

Wenn sie unter sich waren, lobte Junko Kaedes blasse Haut, den zarten Wuchs, das dichte Haar, und Kaede, die so oft wie möglich in den Spiegel schaute, fand, dass sie vielleicht doch schön war. Sie wusste, dass Männer sie sogar hier, im Wohnsitz des Lords, lüstern anschauten, aber sie hatte Angst vor allen Männern. Seit der eine sie angegriffen hatte, bekam sie in der Nähe der Wachmänner eine Gänsehaut. Der bloße Gedanke an eine Ehe erschreckte sie. Bei jedem Gast im Haus fürchtete sie, es könnte ihr künftiger Ehemann sein. Wenn sie in seiner Anwesenheit Tee oder Wein bringen musste, raste ihr Herz, und ihre Hand zitterte, bis Lady Noguchi entschied, sie sei zu ungeschickt, um Gäste zu bedienen, und dürfe sich nur in den Frauengemächern aufhalten.

Kaede wurde gelangweilt und ungeduldig. Sie stritt sich mit Lady Noguchis Töchtern, schalt die Dienstmädchen wegen Kleinigkeiten und war selbst gegenüber Junko reizbar.

»Das Mädchen muss verheiratet werden«, erklärte Lady Noguchi, und zu Kaedes Entsetzen wurde rasch die Hochzeit mit einem Gefolgsmann von Lord Noguchi arrangiert. Verlobungsgeschenke wurden ausgetauscht, und sie erkannte den Mann von ihrer Audienz beim Lord wieder. Nicht nur, dass er alt war – dreimal so alt wie sie, zweimal verheiratet und ihr körperlich zuwider –, sie kannte auch ihren eigenen Wert. Die Heirat war eine Beleidigung für sie und ihre Familie. Sie wurde an diesen Menschen weggeworfen. Sie weinte nächtelang und konnte nichts essen.

Eine Woche vor der Hochzeit kamen Boten in der Nacht und weckten die Bewohner des Hauses. Lady Noguchi rief zornig nach Kaede.

»Sie sind vom Unglück verfolgt, Lady Shirakawa. Ich glaube, Sie müssen verflucht sein. Ihr Verlobter ist tot.«

Der Mann hatte zur Feier der bevorstehenden Hochzeit mit Freunden getrunken, einen Anfall bekommen und war tot auf die Weinbecher gefallen.

Kaede war benommen vor Erleichterung, aber dieser zweite Todesfall wurde ihr ebenfalls angelastet. Jetzt waren zwei Männer gestorben, und das Gerücht verbreitete sich, dass jeder, der sie begehrte, mit seinem Leben spielte.

Sie hoffte, es würde jeden vor einer Heirat mit ihr abschrecken, aber eines Abends, als sich der dritte Monat seinem Ende zuneigte und die Bäume helle neue Blätter bekamen, flüsterte Junko ihr zu: »Einer aus dem Clan der Otori wurde als Ehemann meiner Lady vorgeschlagen.« Sie stickten gerade; Kaede kam aus dem schaukelnden Rhythmus und stach sich so heftig mit der Nadel, dass sie blutete. Junko zog rasch die Seide weg, bevor sie befleckt wurde.

»Wer ist es?« Kaede steckte den Finger in den Mund und schmeckte das Salz ihres Blutes.

»Ich weiß nicht genau. Aber Lord Iida ist selbst dafür, und den Tohan kommt es darauf an, das Bündnis mit den Otori zu besiegeln. Dann werden sie das ganze Mittlere Land beherrschen.«

Kaede zwang sich zur nächsten Frage. »Wie alt ist er?«

»Das ist noch unklar, Lady. Aber Alter spielt bei einem Ehemann keine Rolle.«

Kaede nahm die Stickerei wieder auf: weiße Kraniche und blaue Schildkröten vor einem tiefrosa Hintergrund – ein Hochzeitskleid. »Ich wollte, es würde nie fertig!«

»Seien Sie glücklich, Lady Kaede. Sie werden hier wegkommen. Die Otori leben in Hagi am Meer. Es ist eine ehrenwerte Partie für Sie.«

»Die Ehe ängstigt mich«, sagte Kaede.

»Jeder hat Angst vor dem, was er nicht kennt! Aber Frauen lernen, die Ehe zu genießen, das werden Sie sehen.« Junko kicherte in sich hinein.

Kaede erinnerte sich an die Hände des Wachtpostens, seine Stärke, seine Begierde, und Abscheu stieg in ihr hoch. Ihre eigenen Hände, die normalerweise flink und geschickt waren, wurden langsamer. Junko tadelte sie nicht unfreundlich und behandelte sie bis zum Abend mit großer Behutsamkeit.

Ein paar Tage darauf wurde Kaede zu Lord Noguchi gerufen. Als Gäste angekommen waren, hatte sie Pferdegetrappel und die Rufe fremder Männer gehört, war den Besuchern aber wie gewohnt aus dem Weg gegangen. Beklommen betrat sie das Audienzzimmer, doch zu ihrer freudigen Überraschung saß ihr Vater auf dem Ehrenplatz neben Lord Noguchi.

Als sie sich bis zum Boden verbeugte, sah sie die Freude auf seinem Gesicht. Sie war stolz, dass er sie jetzt in einer achtbareren Position sah. Sie schwor sich, nie etwas zu tun, was ihm Sorge oder Schande bereiten könnte.

Als ihr gesagt wurde, sie solle sich aufsetzen, schaute sie ihn verstohlen an. Sein Haar war dünner und grauer geworden, sein Gesicht faltiger. Sie war gespannt auf Neuigkeiten von ihrer Mutter und den Schwestern; hoffentlich wurde ihr ein Zusammensein mit ihm allein gestattet.

»Lady Shirakawa«, begann Lord Noguchi, »wir haben

einen Heiratsantrag für Sie erhalten, und Ihr Vater ist gekommen, um seine Zustimmung zu geben.«

Kaede verbeugte sich erneut tief und murmelte:

»Lord Noguchi.«

»Es ist eine große Ehre für Sie. Es wird das Bündnis zwischen den Tohan und den Otori besiegeln und drei alte Familien vereinen. Lord Iida wird selbst zu Ihrer Hochzeit kommen. Er will sogar, dass sie in Inuyama stattfindet. Weil Ihre Mutter nicht gesund ist, wird eine Verwandte Ihrer Familie, Lady Maruyama, Sie nach Tsuwano begleiten. Ihr Ehemann soll Otori Shigeru sein, ein Neffe der Otorilords. Er und sein Gefolge werden in Tsuwano mit Ihnen zusammentreffen. Ich glaube nicht, dass irgendwelche weiteren Vorbereitungen getroffen werden müssen. Es ist alles sehr zufriedenstellend.«

Kaede hatte den Blick auf ihren Vater gerichtet, als sie hörte, dass ihre Mutter nicht gesund sei. Lord Noguchis folgende Worte nahm sie kaum auf. Später wurde ihr klar, dass bei den Vorbereitungen darauf geachtet worden war, ihm möglichst wenig Unannehmlichkeiten und Kosten zu verursachen: ein paar Gewänder für Reise und Hochzeit, vielleicht ein Dienstmädchen zur Begleitung. Lord Noguchi war tatsächlich bei der ganzen Sache gut weggekommen.

Jetzt machte er Witze über den toten Wachtposten. Kaede stieg das Blut in den Kopf. Ihr Vater schlug die Augen nieder.

Ich bin froh, dass er meinetwegen einen Mann verloren hat, dachte sie heftig. *Soll er noch hundert weitere verlieren!*

Ihr Vater musste am nächsten Tag nach Hause zurück, die Krankheit seiner Frau erlaubte keinen längeren Aufenthalt. In seiner umgänglichen Stimmung ermunterte ihn Lord Noguchi, Zeit mit seiner Tochter zu verbringen. Kaede führte ihren Vater in das kleine Zimmer, aus dem man den Garten überblickte. Die Luft war warm und schwer von den Düften des Frühlings. Eine Grasmücke sang in der Kiefer. Junko servierte ihnen Tee. Ihre Höflichkeit und Aufmerksamkeit hoben die Stimmung des Vaters.

»Ich bin froh, dass du hier eine Freundin hast, Kaede«, murmelte er.

»Was gibt es Neues über meine Mutter?«, fragte sie besorgt.

»Ich wollte, es würde ihr bessergehen. Ich fürchte, die Regenzeit wird sie noch mehr schwächen. Aber diese Heirat hat sie aufgemuntert. Die Otori sind eine hervorragende Familie, und Lord Shigeru scheint ein feiner Mann zu sein. Er hat einen guten Ruf, ist beliebt und genießt Respekt. Es ist alles, was wir für dich erhoffen konnten – sogar mehr, als wir erhoffen konnten.«

»Dann bin ich glücklich damit.« Sie log, weil sie ihm eine Freude machen wollte.

Er schaute hinaus auf die Kirschblüten, mit denen jeder Baum beladen war und in seiner eigenen Schönheit schwelgte. »Kaede, die Sache mit dem toten Wachtposten …«

»Es war nicht meine Schuld«, sagte sie hastig. »Hauptmann Arai hat es getan, um mich zu beschützen. Der Tote war allein schuld daran.«

Ihr Vater seufzte. »Sie sagen, dass du Männern gefährlich bist – dass Lord Otori sich in Acht nehmen sollte. Nichts darf geschehen, um diese Hochzeit zu vereiteln. Verstehst du mich, Kaede? Wenn sie nicht stattfindet – wenn dir die

Schuld zugeschrieben werden kann –, sind wir alle so gut wie tot.«

Kaede verneigte sich, das Herz war ihr schwer. Ihr Vater kam ihr wie ein Fremder vor.

»Es war eine Belastung für dich, in all diesen Jahren für die Sicherheit unserer Familie verantwortlich zu sein. Wenn ich noch einmal wählen könnte, würde ich die Dinge anders regeln. Wenn ich an der Schlacht von Yaegahara teilgenommen hätte, nicht abgewartet hätte, wer siegen würde, sondern von Anfang an Iida unterstützt hätte, dann vielleicht … Aber das alles ist jetzt vorbei, und man kann es nicht mehr ändern. Auf seine Art hat Lord Noguchi seinen Teil des Abkommens erfüllt. Du lebst; dir steht eine gute Heirat bevor. Ich weiß, dass du uns jetzt nicht enttäuschen wirst.«

»Vater«, sagte sie, während eine leichte Brise plötzlich durch den Garten wehte und die rosa und weißen Blütenblätter wie Schnee zu Boden fielen.

Am nächsten Tag reiste ihr Vater ab. Kaede sah ihn mit seinen Gefolgsleuten aufbrechen, die schon bei der Familie gewesen waren, bevor sie geboren wurde; manche kannte sie noch mit Namen: Shoji, den besten Freund ihres Vaters, und den jungen Amano, der nur ein paar Jahre älter war als sie. Nachdem sie durch das Schlosstor geritten waren und die Pferdehufe die Kirschblüten auf den flachen Kopfsteinstufen zertreten hatten, lief Kaede zur Außenmauer und beobachtete, wie sie entlang dem Flussufer verschwanden. Schließlich legte sich der Staub, die Stadthunde beruhigten sich, und die Reisenden waren weg.

Das nächste Mal würde sie ihren Vater sehen, wenn sie als

verheiratete Frau zum offiziellen Besuch in ihr Elternhaus käme.

Auf dem Weg zum Wohnhaus machte sie ein finsteres Gesicht, um die Tränen zurückzuhalten. Ihre Laune besserte sich nicht, als sie die Stimme einer Fremden hörte. Jemand schwatzte mit Junko. Es war die Art Geschwätz, die Kaede am meisten verachtete, Geplauder einer Kleinmädchenstimme mit aufgeregtem Gekicher. Die Sprecherin konnte sie sich schon vorstellen: ein winziges Mädchen mit runden Puppenwangen, trippelndem Vogelgang und einem Kopf, der immerzu nickte und sich verbeugte.

Als sie in das Zimmer kam, arbeiteten Junko und das fremde Mädchen an ihren Kleidern, sie machten die letzten Änderungen, stichelten und falteten die Gewänder zusammen. Die Noguchi verloren keine Zeit, sie loszuwerden. Bambuskörbe und Holzkisten standen schon bereit, um gepackt zu werden. Ihr Anblick verstimmte Kaede noch mehr.

»Was macht diese Person hier?«, fragte sie gereizt. Das Mädchen presste sich beim Verneigen auf den Boden; Kaede hatte sich schon gedacht, dass sie so übertreiben würde.

»Das ist Shizuka«, sagte Junko. »Sie wird Lady Kaede nach Inuyama begleiten.«

»Ich will sie nicht«, entgegnete Kaede. »Ich möchte, dass du mit mir kommst.«

»Lady, ich kann hier unmöglich weg. Lady Noguchi würde es nie erlauben.«

»Dann sag ihr, sie soll jemand anders mitschicken.«

Shizuka lag immer noch mit dem Gesicht auf dem Boden und gab etwas von sich, das wie Schluchzen klang. Kaede blieb unbeeindruckt, sie war sich sicher, dass es vorgetäuscht war.

Junko versuchte, sie zu besänftigen. »Sie sind aufgeregt, Lady. Die Neuigkeit von der Heirat, Ihres Vaters Abreise … Sie ist ein gutes Mädchen, sehr hübsch, sehr klug. Setz dich auf, Shizuka. Lass Lady Shirakawa dich anschauen.«

Das Mädchen richtete sich auf, doch sie sah Kaede nicht direkt an. Aus ihren gesenkten Augen rannen Tränen. Sie schniefte ein- oder zweimal. »Bitte, Lady, schicken Sie mich nicht weg. Ich werde alles für Sie tun. Ich schwöre, Sie werden nie jemanden finden, der sich besser um Sie kümmert als ich. Im Regen werde ich Sie tragen, wenn Sie frieren, dürfen Sie an mir Ihre Füße wärmen.« Ihre Tränen schienen versiegt zu sein, und sie lächelte wieder.

»Du hast mich nicht gewarnt, wie schön Lady Shirakawa ist«, sagte sie zu Junko. »Kein Wunder, dass Männer für sie sterben!«

»Sag das nicht!«, rief Kaede. Wütend ging sie zur Tür. Zwei Gärtner nahmen Blätter vom Moos, eins nach dem anderen. »Ich habe es satt, das zu hören.«

»Es wird immer gesagt werden«, bemerkte Junko. »Das gehört jetzt zum Leben der Lady.«

»Ich wollte, Männer würden für mich sterben«, sagte Shizuka lachend. »Aber sie scheinen sich so leicht in mich zu verlieben wie ich mich in sie, und genauso leicht vergessen wir einander!«

Kaede drehte sich nicht um. Das Mädchen kroch auf den Knien zu den Kisten und fing wieder an, Kleidungsstücke zusammenzulegen und dabei leise zu singen. Ihre Stimme war klar und rein. Sie sang eine alte Ballade über das kleine Dorf im Kiefernwald, das Mädchen, den jungen Mann. Kaede glaubte, das Lied aus ihrer Kindheit zu kennen. Es machte ihr erneut klar, dass ihre Kindheit vorüber war, dass sie einen Fremden heiraten sollte, dass sie die Liebe nie kennenlernen würde. Vielleicht konnten sich Leute in Dörfern verlieben, doch für jemanden in ihrer Stellung war noch nicht einmal daran zu denken. Sie ging durchs Zimmer, kniete sich neben Shizuka und nahm ihr grob das Kleidungsstück aus der Hand.

»Wenn du das schon machst, dann mach es richtig!«

»Ja, Lady.« Shizuka verneigte sich wieder bis auf den Boden und zerdrückte dabei die Kleider um sich herum.

»Danke, Lady, Sie werden es nie bereuen!«

Als sie sich aufsetzte, murmelte sie: »Die Leute sagen, Hauptmann Arai interessierte sich sehr für Lady Shirakawa. Sie reden von seiner Hochachtung vor ihrer Ehre.«

»Kennst du Arai?«, fragte Kaede scharf.

»Ich komme aus seiner Stadt, Lady. Aus Kumamoto.«

Junko lächelte übers ganze Gesicht. »Ich kann mich beruhigt von Ihnen verabschieden, wenn ich weiß, dass Shizuka sich um Sie kümmert.«

So wurde Shizuka ein Teil von Kaedes Leben, irritierend und amüsant zugleich. Sie liebte Klatsch, verbreitete Gerüchte ohne die geringsten Bedenken, verschwand ständig in den Küchen, den Ställen, dem Schloss und kam voll neuer Geschichten zurück. Sie war bei allen beliebt und hatte keine Angst vor Männern. Soweit Kaede sehen konnte, hatten sie mehr Angst vor ihr, sie fürchteten ihre Neckereien und ihre scharfe Zunge. Auf den ersten Blick wirkte sie schlampig, doch um Kaede kümmerte sie sich mit größter Sorgfalt. Shizuka massierte Kaedes Kopfschmerzen weg, brachte Salben aus Kräutern und Bienenwachs für ihre samtweiche Haut, zupfte ihre Augenbrauen zu einer gefälligeren Form. Kaede lernte, sich auf sie zu verlassen, und allmählich vertraute sie ihr. Shizuka brachte sie dazu, wider Willen zu lachen, und ihr verdankte sie die Verbindung mit der Welt draußen, von der sie abgeschnitten gewesen war.

So erfuhr Kaede von den gespannten Beziehungen zwischen den Clans, dem bitteren Groll, der nach der Schlacht von Yaegahara geblieben war, den Bündnissen, die Iida mit den Otori und den Seishuu zu schließen versuchte, dem ständigen Hin und Her von Männern, die um Stellungen wetteiferten und wieder einen Krieg vorbereiteten. Zum ersten Mal hörte sie auch von den Verborgenen, die Iida verfolgte und auch von seinen Verbündeten verfolgt sehen wollte.

Kaede hatte nicht gewusst, dass es solche Menschen gab, und zuerst dachte sie, Shizuka habe sie erfunden. Dann flüsterte ihr Shizuka eines Abends ungewöhnlich bedrückt zu, dass Männer und Frauen in einem kleinen Dorf gefasst und in Korbkäfigen zu Noguchi gebracht worden seien. Die sollten von den Schlossmauern hängen, bis die Insassen verhungert und verdurstet wären. Die Krähen würden schon an ihnen picken, solange sie noch lebten.

»Warum? Welches Verbrechen haben sie begangen?«, fragte Kaede.

»Sie sagen, es gibt einen Geheimen Gott, der alles sieht und den sie weder beleidigen noch verleugnen können. Lieber würden sie sterben.«

Kaede schauderte. »Warum hasst Lord Iida sie so?«

Shizuka schaute über die Schulter, obwohl sie allein im Zimmer waren. »Sie sagen, der Geheime Gott wird Iida im Nachleben strafen.«

»Aber Iida ist der mächtigste Lord in den Drei Ländern. Er kann tun, was er will. Sie haben kein Recht, über ihn zu urteilen.« Die Vorstellung, dass gewöhnliche Dorfbewohner die Handlungen eines Lords kritisierten, erschien Kaede absurd.

»Die Verborgenen glauben, dass für ihren Gott alle Menschen gleich sind. Für ihren Gott gibt es keine Lords. Nur Menschen, die an ihn glauben, und andere, die nicht an ihn glauben.«

Kaede verzog das Gesicht. Kein Wunder, dass Iida sie ausrotten wollte. Sie hätte noch mehr gefragt, aber Shizuka wechselte das Thema.

»Lady Maruyama wird jetzt täglich erwartet. Dann gehen wir auf unsere Reise.«

»Es wird gut sein, diesen Ort des Todes zu verlassen«, sagte Kaede.

»Der Tod ist überall.« Shizuka nahm den Kamm und zog ihn langsam und gleichmäßig durch Kaedes Haar.

»Lady Maruyama ist eine nahe Verwandte von Ihnen. Sind Sie ihr als Kind begegnet?«

»Ich erinnere mich nicht daran. Ich glaube, sie ist die Cousine meiner Mutter, aber ich weiß sehr wenig über sie. Hast du sie je kennengelernt?«

»Ich habe sie gesehen«, sagte Shizuka lachend. »Leute wie ich lernen Leute wie sie nicht kennen!«

»Erzähl mir von ihr.«

»Wie Sie wissen, besitzt sie große Ländereien im Südwesten. Ihr Mann und ihr Sohn sind tot, und ihre Tochter, die einmal erben wird, lebt als Geisel in Inuyama. Es ist bekannt, dass die Lady keine Freundin der Tohan ist, obwohl ihr Ehemann aus diesem Clan stammte. Ihre Stieftochter ist mit Iidas Cousin verheiratet. Es gab Gerüchte, dass seine Familie nach dem Tod ihres Mannes ihren Sohn vergiftet hat. Zuerst schlug Iida der Lady vor, seinen Bruder zu heiraten, aber sie lehnte ab. Jetzt heißt es, dass er sie selbst heiraten will.«

»Bestimmt ist Iida schon verheiratet und hat einen Sohn«, unterbrach Kaede sie.

»Alle anderen Kinder von Lady Iida sind früh gestorben, sie selbst ist sehr leidend. Sie kann jederzeit sterben.«

Mit anderen Worten, er ermordet sie womöglich, dachte Kaede, wagte es aber nicht zu sagen.

»Jedenfalls«, fuhr Shizuka fort, »wird Lady Maruyama Iida nie heiraten, heißt es, und sie wird es auch ihrer Tochter nicht erlauben.«

»Sie entscheidet selbst, wen sie heiraten wird? Dann muss sie eine mächtige Frau sein.«

»Maruyama ist die letzte der großen Domänen, die in der weiblichen Linie vererbt werden«, erklärte Shizuka. »Dadurch hat Lady Maruyama mehr Macht als andere Frauen. Und dann hat sie noch Kräfte, die fast magisch erscheinen. Sie verzaubert die Menschen, um ihren Willen durchzusetzen.«

»Glaubst du so etwas?«

»Wie soll man sonst ihr Überleben erklären? Die Familie ihres verstorbenen Mannes, Lord Iida und die meisten Tohan würden sie gern umbringen, aber sie überlebt, obwohl die Tohan ihren Sohn ermordet haben und ihre Tochter festhalten.«

Kaedes Herz schmerzte vor Mitgefühl. »Warum müssen Frauen so leiden? Warum haben wir nicht die gleiche Freiheit wie Männer?«

»So ist die Welt eben«, erklärte Shizuka. »Männer sind stärker und werden durch Gefühle wie Güte oder Erbarmen nicht zurückgehalten. Frauen verlieben sich in sie, aber Männer erwidern diese Liebe nicht.«

»Ich werde mich nie verlieben«, sagte Kaede.

»Das wäre besser«, stimmte Shizuka lachend zu. Sie breitete die Betten aus, und sie legten sich schlafen. Kaede dachte lange an die Lady, die mächtig war wie ein Mann, die Lady, die einen Sohn und gewissermaßen auch eine Tochter verloren hatte. Sie dachte an das Mädchen, die Geisel in Iidas Festung in Inuyama, und hatte Mitleid mit ihr.

Lady Noguchi hatte ihr Empfangszimmer im Stil des Festlands dekorieren lassen, die Türen und die Schiebefenster waren mit Berglandschaften und Kiefern bemalt. Kaede mochte die Bilder nicht, sie waren ihr zu schwerfällig, das Blattgold fand sie protzig und auffallend; nur das Bild links außen gefiel ihr. Es zeigte zwei Fasane so lebensecht, dass man meinen konnte, sie würden plötzlich wegfliegen. Ihre Augen funkelten, die Köpfe waren zur Seite geneigt. Sie hörten den Gesprächen im Zimmer mit mehr Anteilnahme zu als die meisten Frauen, die vor Lady Noguchi knieten.

Rechts neben der Hausherrin saß der Gast, Lady Maruyama. Lady Noguchi bedeutete Kaede, näher zu kommen.

Kaede neigte sich zu Boden und lauschte auf die doppelzüngigen Worte, die über ihrem Kopf gewechselt wurden.

»Natürlich sind wir betrübt, Lady Kaede zu verlieren: Sie war uns wie eine eigene Tochter. Und wir zögern, Lady Maruyama zu belästigen. Wir bitten nur darum, dass Kaede Sie bis Tsuwano begleiten darf. Dort werden die Otorilords zu ihr stoßen.«

»Lady Shirakawa soll in die Otorifamilie einheiraten?« Kaede gefiel die leise, sanfte Stimme, die sie hörte. Sie hob den Kopf ein wenig, damit sie die kleinen Hände sehen konnte, die Lady Maruyama im Schoß gefaltet hatte.

»Ja, sie wird Lord Otori Shigeru heiraten«, säuselte Lady Noguchi. »Es ist eine große Ehre. Natürlich steht mein Mann Lord Iida sehr nahe, der selbst diese Verbindung wünscht.«

Kaede sah, dass die Hände sich verkrampften, bis sie blutleer schienen. Nach einer langen Pause, die fast unhöflich wirkte, sagte Lady Maruyama: »Lord Otori Shigeru? Lady Shirakawa ist in der Tat zu beglückwünschen.«

»Haben Sie ihn kennengelernt? Ich hatte nie dieses Vergnügen.«

»Ich kenne Lord Otori sehr flüchtig«, antwortete Lady Maruyama. »Setzen Sie sich auf, Lady Shirakawa. Lassen Sie mich Ihr Gesicht sehen.«

Kaede hob den Kopf.

»Sie sind so jung!«, rief die ältere Frau aus.

»Ich bin fünfzehn, Lady.«

»Nur ein wenig älter als meine Tochter.« Lady Maruyamas Stimme war jetzt dünn und matt. Kaede wagte es, in die dunklen, vollendet geformten Augen zu schauen. Die Pupillen waren groß wie nach einem Schock, und das Gesicht der Lady war weißer, als jeder Puder es machen konnte. Dann schien sie sich wieder gefasst zu haben. Ein Lächeln zeigte sich auf ihren Lippen, doch die Augen blieben ernst.

Was habe ich ihr getan?, überlegte Kaede verwirrt. Instinktiv hatte sie sich zu ihr hingezogen gefühlt. Shizuka hatte wohl recht gehabt. Lady Maruyama konnte jeden dazu bringen, alles für sie zu tun. Ihre Schönheit war verblasst, das stimmte, aber irgendwie trugen die schwachen Falten um Augen und Mund zum Charakter und zur Stärke ihres Gesichts bei. Jetzt verletzte ihre kalte Miene Kaede tief.

Sie mag mich nicht, dachte das Mädchen mit einem überwältigenden Gefühl der Enttäuschung.

Kapitel 5

Der Schnee schmolz, und Haus und Garten begannen wieder, mit dem Wasser zu singen. Ich hatte lesen, schreiben und zeichnen gelernt. Ich hatte gelernt, auf viele verschiedene Arten zu töten, obwohl ich noch keine angewandt hatte. Ich spürte, dass ich die Herzen der Menschen, ihre Absichten hören konnte, und ich hatte mir andere nützliche Fertigkeiten angeeignet, die allerdings weniger von Kenji gelehrt, als aus mir herausgeholt worden waren. Ich konnte an zwei Orten zugleich sein und mich unsichtbar machen, und ich konnte Hunde zum Schweigen bringen mit einem Blick, der sie sofort einschläferte. Diesen letzten Trick entdeckte ich allein und verheimlichte ihn vor Kenji, denn er brachte mir neben allem anderen auch Verschlagenheit bei.

Diese Fertigkeiten wandte ich immer dann an, wenn ich genug davon hatte, ans Haus gefesselt zu sein, genug von dem harten Programm aus Lernen, Üben und Gehorsam meiner beiden strengen Lehrer. Ich fand es kinderleicht, die Wachen abzulenken, die Hunde einzuschläfern und mich ungesehen durchs Tor zu stehlen. Selbst Ichiro und Kenji waren mehr als einmal überzeugt davon, dass ich still mit Tusche und Pinsel irgendwo im Haus sitzen würde, während ich mit Fumio unterwegs war. Wir erkundeten die Hintergassen am Hafen, schwammen im Fluss, hörten Seeleuten und Fischern zu. Und wir atmeten die berauschende Mischung aus Salzluft und dem Geruch nach Hanfseilen, Netzen und Meeresfrüchten aller Art ein, die roh, gekocht, geröstet, zu kleinen Klößen oder herzhaften Eintöpfen verarbeitet waren und unsere Mägen vor Hunger knurren ließen. Ich fing die verschiedensten Dialekte auf, aus dem Westen, von den Inseln, selbst vom Festland, und hörte Gespräche, von denen keiner wusste, dass sie belauscht werden konnten. Dabei lernte ich immer viel über das Leben der Menschen, ihre Ängste und ihre Wünsche.

Manchmal ging ich allein weg und überquerte den Fluss entweder auf dem Fischwehr oder schwimmend. Ich erkundete die Ländereien auf der anderen Seite, indem ich weit ins Bergland hineinging, wo Bauern ihre geheimen Felder zwischen Bäumen versteckten, so dass sie unentdeckt und deshalb unbesteuert waren. Ich sah die neuen grünen Blätter im Dickicht knospen und hörte, wie die Kastanienwäldchen von brummenden Insekten belebt wurden, die Pollen auf den goldenen Weidenkätzchen suchten. Ich hörte auch die Bauern wie Insekten brummen, weil sie endlos über die Otorilords und die ständig drückender werdende Steuerlast murrten. Und immer wieder fiel Lord Shigerus Name, und ich erfuhr, wie aufgebracht mehr als die Hälfte der Bevölkerung darüber war, dass seine Onkel und nicht er im Schloss regierten. Das war Hochverrat, der nur nachts oder tief im Wald geäußert wurde, wenn niemand es hören konnte außer mir, und ich sagte niemandem etwas davon.

Der Frühling brach in der Landschaft aus; die Luft war warm, die ganze Erde lebendig. Mich erfüllte eine Ruhelosigkeit, die ich nicht verstand. Ich suchte etwas, hatte aber keine Ahnung, was es war. Kenji nahm mich mit ins Vergnügungsviertel, und ich schlief dort mit Mädchen, ohne ihm zu erzählen, dass ich schon mit Fumio in denselben Häusern gewesen war. Meine Sehnsucht wurde dort nur kurz gestillt. Die Mädchen lösten in mir ebenso viel Mitleid wie Lust aus. Sie erinnerten mich an die Mädchen, mit denen ich in Mino aufgewachsen war. Sehr wahrscheinlich kamen sie aus ähnlichen Familien und waren von ihren Hunger leidenden Eltern zur Prostitution verkauft worden. Manche von ihnen waren kaum aus den Kinderschuhen heraus, und ich suchte in ihren Gesichtern nach den Zügen meiner Schwestern. Oft überkam mich Scham, aber ich besuchte das Viertel weiterhin.

Die Frühlingsfeste kamen; sie füllten die Schreine und die Straßen mit Menschen. Die Trommeln riefen jede Nacht, die Trommler waren über die Erschöpfung hinaus besessen, ihre Gesichter und ihre Arme glänzten von Schweiß im Laternenlicht. Ich konnte dem Fieber der Festlichkeiten, der rasenden Verzückung der Menge nicht widerstehen. Eines Nachts war ich mit Fumio unterwegs gewesen; wir waren der Gottesstatue gefolgt, die mühselig von einer Masse erregter Männer durch die Straßen getragen wurde. Gerade hatte ich mich von Fumio verabschiedet, da wurde ich gegen jemanden gestoßen, fast wäre ich auf ihn getreten. Er drehte sich nach mir um, und ich erkannte ihn: Es war der Reisende, der in unserem Haus in Mino übernachtet und uns vor Iidas Verfolgung gewarnt hatte. Bevor ich mich abwenden konnte, sah ich das Wiedererkennen in seinen Augen und gleich darauf das Mitleid.

Die schreiende Menge übertönend, rief er: »Tomasu!« Ich schüttelte den Kopf und sah ihn ausdruckslos an, doch er war beharrlich. Er versuchte, mich aus der Masse in einen Durchgang zu ziehen. »Tomasu, du bist es, nicht wahr, der Junge aus Mino?«

»Du irrst dich. Ich kenne keinen Tomasu.«

»Jeder dachte, du seist tot!«

»Ich weiß nicht, wovon du redest.« Ich lachte wie über einen großartigen Witz und versuchte, mich wieder in die Menge zu drängen. Er packte mich am Arm, und als er den Mund öffnete, wusste ich, was er sagen würde.

»Deine Mutter ist tot. Sie haben sie umgebracht. Sie haben alle umgebracht. Du allein bist übrig! Wie bist du davongekommen?« Er versuchte, mein Gesicht dicht an das seine zu ziehen. Ich konnte seinen Atem, seinen Schweiß riechen.

»Du bist betrunken, alter Mann!«, sagte ich. »Meine Mutter lebt in Hufo, es geht ihr gut nach allem, was ich höre.« Ich schob ihn weg und griff nach meinem Messer.

»Ich gehöre zum Clan der Otori.« Ich lachte nicht mehr, sondern machte ein wütendes Gesicht.

Er wich zurück. »Vergeben Sie mir, Lord. Es war ein Fehler. Ich sehe jetzt, dass Sie nicht der sind, für den ich Sie gehalten habe.« Er hatte etwas getrunken, aber die Angst ernüchterte ihn schnell.

Verschiedene Gedanken schossen mir gleichzeitig durch den Kopf. Der beherrschende war, dass ich jetzt diesen Mann töten müsste, diesen harmlosen Hausierer, der versucht hatte, meine Familie zu warnen. Ich wusste genau, wie es zu machen wäre: Ich würde ihn tiefer in den Durchgang ziehen, ihn aus dem Gleichgewicht bringen, das Messer in die Halsschlagader stechen, aufwärts schlitzen, ihn dann fallen lassen, damit er daläge wie ein Betrunkener und verblutete. Selbst wenn jemand mich sähe, würde er nicht wagen, mich festzuhalten.

Die Menge drängte an uns vorbei, ich hielt das Messer in der Hand. Der Mann fiel auf den Boden, sein Kopf lag im Schmutz, und er flehte stammelnd um sein Leben.

Ich kann ihn nicht töten, dachte ich, und dann: *Es ist nicht nötig, ihn zu töten. Er hat beschlossen, in mir nicht Tomasu zu sehen, und selbst wenn er Zweifel hat, wird er nie wagen, sie auszusprechen. Er ist schließlich einer der Verborgenen.* Ich trat schnell zurück und ließ mich von der Menge bis zum Tor des Schreins schieben. Dort schlüpfte ich hindurch auf den Pfad, der am Flussufer entlangführte. Hier war es dunkel, verlassen, aber ich hörte immer noch die Rufe der erregten Menge, die Gesänge der Priester und das dumpfe Läuten der Tempelglocke. Der Fluss klatschte an die Boote, die Docks, die Binsen. Ich erinnerte mich an die erste Nacht, die ich in Lord Shigerus Haus verbracht hatte. *Der Fluss ist immer vor der Tür. Die Welt ist immer draußen. Und in der Welt müssen wir leben.*

Die Hunde waren schläfrig und friedfertig, ihre Blicke folgten mir, als ich durchs Tor ging, doch die Wachen bemerkten mich nicht. Manchmal schlich ich mich bei solchen Gelegenheiten in den Wachraum und überraschte sie, aber in dieser Nacht war mir nicht nach Streichen zumute. Erbittert überlegte ich, wie träge und unaufmerksam sie waren, wie leicht es für einen anderen Angehörigen des Stamms wäre, einzudringen wie der Attentäter damals. Dann überkam mich Abscheu vor dieser Welt der Heimlichkeit, Falschheit und Intrige, in der ich mich so geschickt bewegte. Ich sehnte mich danach, wieder Tomasu zu sein und den Berg hinunter ins Haus meiner Mutter zu laufen.

Meine Augenwinkel brannten. Der Garten war voller Düfte und Geräusche des Frühlings. Im Mondlicht leuchteten die frühen Blüten in zerbrechlichem Weiß. Ihre Reinheit traf mich ins Herz. Wie konnte die Welt so schön und so grausam zugleich sein?

Lampen auf der Veranda flackerten und tropften in der warmen Brise. Kenji saß im Schatten. Er rief mir zu:

»Lord Shigeru hat Ichiro gescholten, weil du verschwunden bist. Ich habe ihm gesagt: ›Du kannst einen Fuchs zähmen, aber nie wirst du ihn in einen Haushund verwandeln!‹« Er schaute mir ins Gesicht, als ich ins Licht trat. »Was ist passiert?«

»Meine Mutter ist tot.« *Nur Kinder weinen. Männer und Frauen ertragen.* In meinem Herzen weinte das Kind Tomasu, doch Takeos Augen blieben trocken.

Kenji zog mich an sich und flüsterte: »Wer hat es dir gesagt?«

»Jemand, den ich aus Mino kenne, war am Schrein.«

»Hat er dich erkannt?«

»Er hat es geglaubt. Ich habe ihn davon überzeugt, dass er sich irrte. Aber als er noch dachte, ich sei Tomasu, hat er mir vom Tod meiner Mutter erzählt.«

»Das tut mir leid«, sagte Kenji mechanisch. »Du hast ihn getötet, hoffe ich.«

Ich gab keine Antwort. Das war nicht nötig. Kaum hatte er gefragt, wusste er schon Bescheid. Wütend schlug er mir auf den Rücken wie Ichiro, wenn ich in einem Schriftzeichen einen Strich vergessen hatte. »Du bist ein Dummkopf, Tomasu.«

»Er war unbewaffnet, harmlos. Er kannte meine Familie.«

»Es ist genau, wie ich gefürchtet habe. Du hast zugelassen, dass Mitleid deine Hand lähmte. Weißt du nicht, dass der Mann, dessen Leben du verschonst, dich immer hassen wird? Du hast ihn nur davon überzeugt, dass du Tomasu bist.«

»Warum sollte er sterben wegen meines Schicksals? Was würde sein Tod nützen? Nichts!«

»Mich beunruhigt das Unheil, das sein Leben, seine redselige Zunge zur Folge haben kann«, sagte Kenji und ging ins Haus, um es Lord Shigeru zu berichten.

Ich war in Ungnade und durfte nicht allein in die Stadt. Kenji ließ mich jetzt nicht mehr aus den Augen, und ich fand es fast unmöglich, ihm zu entkommen. Trotzdem versuchte ich es. Wie immer, wenn mir ein Hindernis in den Weg gestellt wurde, bemühte ich mich, es zu überwinden. Mein Mangel an Gehorsam erzürnte Kenji, doch meine Geschicklichkeit wurde noch größer, und ich vertraute immer mehr darauf.

Lord Shigeru redete mit mir über den Tod meiner Mutter, nachdem Kenji ihm von meinem Versagen als Mörder erzählt hatte. »In der ersten Nacht, in der wir uns trafen, hast du um sie geweint. Jetzt darf es kein Anzeichen von Trauer geben. Du weißt nicht, wer dich beobachtet.«

So blieb die Trauer unausgesprochen in meinem Herzen. Nachts wiederholte ich still die Gebete der Verborgenen für die Seelen meiner Mutter und meiner Schwestern. Aber ich sprach nicht die Gebete der Vergebung, die meine Mutter mich gelehrt hatte. Ich hatte nicht vor, meine Feinde zu lieben. Meine Trauer sollte meinen Wunsch nach Rache nähren.

In jener Nacht hatte ich Fumio zum letzten Mal gesehen. Als es mir gelang, Kenji zu entfliehen und wieder zum Hafen zu gehen, waren die Teradaboote verschwunden. Ich erfuhr von den anderen Fischern, dass die Familie eines Nachts weggefahren sei, hohe Steuern und ungerechte Bestimmungen hatten sie schließlich ins Exil getrieben. Nach den Gerüchten war sie nach Oshima geflohen, wo sie ursprünglich herkam. Von dieser abgelegenen Insel aus würde sie höchstwahrscheinlich Seeräuberei betreiben.

Um diese Zeit, bevor der heftige Regen begann, interessierte sich Lord Shigeru sehr fürs Bauen und verfolgte seine Pläne, an einem Ende des Hauses ein Teezimmer errichten zu lassen. Ich war dabei, als er das Holz auswählte, die Zedernstämme, die Boden und Dach tragen sollten, die Zypressenbretter für die Wände. Der Geruch nach gesägtem Holz erinnerte mich an die Berge, und die Zimmerleute hatten die Eigenheiten der Männer meines Dorfs: Sie waren meist schweigsam, brachen aber plötzlich in Gelächter aus über ihre unergründlichen Witze. Ich gewöhnte mir wieder meine alte Sprechweise an und benutzte Worte aus dem Dorf, die ich seit Monaten nicht mehr gebraucht hatte. Manchmal lachten die Handwerker sogar über meinen Dialekt.

Lord Shigeru beobachtete fasziniert die verschiedenen Stadien des Bauens, vom Holzfällen im Wald über die Vorbereitung der Bretter und die verschiedenen Methoden des Bodenlegens. Bei unseren vielen Besuchen im Holzlager wurden wir vom Zimmerermeister Shiro begleitet, der aus demselben Stoff gemacht zu sein schien wie das Holz, das er, der Bruder von Zeder und Zypresse, so liebte. Er sprach über den Charakter und den Geist jedes Holzes und was es aus dem Wald ins Haus brachte.

»Jedes Holz hat seinen eigenen Klang«, sagte er. »Jedes Haus hat sein eigenes Lied.«

Ich hatte gedacht, nur ich wüsste, wie ein Haus singen kann. Seit Monaten hatte ich Lord Shigerus Haus gelauscht, hatte gehört, wie das Lied sich zur Wintermusik dämpfte, hatte Balken und Wänden zugehört, als sich das Haus unter dem Gewicht des Schnees tiefer in den Boden drückte, gefror und taute, sich zusammenzog und dehnte. Jetzt sang es wieder vom Wasser.

Shiro beobachtete mich, als könne er meine Gedanken lesen.

»Ich habe gehört, dass Lord Iida einen Boden in Auftrag gegeben hat, der singt wie eine Nachtigall«, sagte er.

»Aber warum soll ein Boden singen wie ein Vogel, wenn er schon sein eigenes Lied hat?«

»Wozu dient ein solcher Boden?«, fragte Lord Shigeru wie beiläufig.

»Lord Iida hat Angst vor Attentätern. Der Boden ist ein

zusätzlicher Schutz. Niemand kann ihn überqueren, ohne ein Zwitschern auszulösen.«

»Wie wird er gemacht?«

Der Alte erklärte an einem halbfertigen Bodenteil, wie die Träger angebracht wurden, damit die Bretter Geräusche von sich gaben. »Ich habe gehört, dass sie solche Böden in der Hauptstadt haben. Die meisten Leute wollen einen stillen Boden. Einen lauten würden sie ablehnen und den Zimmerer auffordern, ihn neu zu legen. Aber Iida kann nachts nicht schlafen. Er fürchtet, jemand werde sich an ihn heranschleichen – und jetzt liegt er wach und fürchtet, dass sein Boden anfängt zu singen!« Er lachte in sich hinein.

»Könntest du einen solchen Boden machen?«, fragte Lord Shigeru.

Shiro grinste mir zu. »Ich kann einen so stillen Boden machen, dass noch nicht einmal Takeo ihn hören kann. Ich glaube schon, dass ich einen machen kann, der singt.«

»Takeo wird dir helfen«, erklärte der Lord. »Er muss genau wissen, wie er gebaut wird.«

Damals wagte ich nicht zu fragen, warum. Ich konnte es mir schon vorstellen, aber ich wollte es nicht in Worte fassen. Das Gespräch wandte sich dem Teezimmer zu, und während Shiro den Bau leitete, machte er einen kleinen singenden Boden, einen Plankenweg an Stelle der Veranden, und ich beobachtete, wie jedes Brett gelegt wurde, jeder Träger und jeder Pflock.

Chiyo klagte, von dem Quieksen bekomme sie Kopfschmerzen, und es klinge mehr nach Mäusen als nach einem

Vogel. Aber allmählich gewöhnten sich alle im Haus daran, und die Geräusche wurden Teil des täglichen Hausgesangs.

Der Boden belustigte Kenji unglaublich. Er dachte, schon deshalb würde ich im Haus bleiben. Lord Shigeru erklärte nicht, warum ich wissen musste, wie der Boden gemacht wurde, aber er wusste wohl, welche Anziehungskraft er für mich hatte. Ich horchte den ganzen Tag auf den Boden. Ich erkannte jeden, der darüber ging, am Schritt. Ich konnte den nächsten Ton des Bodenlieds voraussagen. Ich versuchte, darauf zu gehen, ohne die Vögel zu wecken. Das war schwer – Shiro hatte seine Arbeit gut gemacht –, aber nicht unmöglich. Ich hatte zugesehen, wie der Boden gelegt worden war. Ich wusste, dass er nichts Magisches hatte. Es war nur eine Frage der Zeit, bis ich ihn beherrschte. Mit der fast fanatischen Geduld, die ich jetzt als eine Eigenheit des Stamms kannte, übte ich, auf dem Boden zu gehen.

Die Regenzeit begann. Eines Nachts war die Luft so heiß und feucht, dass ich nicht schlafen konnte. Ich ging zum Brunnen, um etwas zu trinken, dann stand ich am Eingang und betrachtete den Boden vor mir. Ich wusste, dass ich ihn überqueren würde, ohne jemanden zu wecken.

Ich ging schnell, meine Füße wussten, wohin sie zu treten hatten und mit wie viel Druck. Die Vögel blieben still. Ich empfand die tiefe Freude, die nichts mit Stolz zu tun hat und die entsteht, wenn man sich die Fertigkeiten des Stamms angeeignet hat. Da hörte ich ein Atemgeräusch, drehte mich um und sah Lord Shigeru, der mich beobachtete.

»Sie haben mich gehört«, sagte ich enttäuscht.

»Nein, ich war schon wach. Kannst du es noch einmal machen?«

Geduckt blieb ich noch einen Augenblick stehen und zog mich nach Stammesart in mich selbst zurück, ließ alles von mir abfallen bis auf meine Aufmerksamkeit für die Geräusche der Nacht. Dann lief ich über den Nachtigallenboden zurück. Die Vögel schliefen weiter.

Ich dachte an Iida, der in Inuyama wach lag und auf die singenden Vögel horchte. Ich stellte mir vor, wie ich über den Boden zu ihm kroch, völlig lautlos, völlig unerkannt.

Wenn Lord Shigeru das Gleiche dachte, erwähnte er es nicht. Er sagte jetzt nur: »Ich bin von Shiro enttäuscht. Ich dachte, sein Boden wäre schlauer als du.«

Keiner von uns sagte: *Ob der von Iida es ist?* Dennoch lag in der schweren Nachtluft des sechsten Monats die Frage zwischen uns.

Das Teezimmer wurde ebenfalls vollendet; wir tranken dort abends oft unseren Tee, und ich dachte daran, wie ich zum ersten Mal das teure grüne Gebräu gekostet hatte. Damals war es von Lady Maruyama zubereitet worden. Ich spürte, dass Lord Shigeru sie im Sinn gehabt hatte, als er den Raum bauen ließ, aber er erwähnte es nie. An der Tür wuchs eine Kamelie mit einem Zwillingsstamm; vielleicht lag es an diesem Symbol der ehelichen Liebe, dass alle anfingen, darüber zu reden, wie wünschenswert eine Heirat wäre. Besonders Ichiro drängte den Lord, sich auf die Suche nach einer neuen Frau zu machen.

»Der Tod Ihrer Mutter und der von Takeshi haben das

Warten eine Zeitlang entschuldigt. Aber jetzt sind Sie seit fast zehn Jahren unverheiratet und haben keine Kinder. Das ist unerhört!«

Die Dienstboten klatschten darüber und vergaßen, dass ich sie aus jedem Teil des Hauses deutlich hören konnte. Die allgemeine Ansicht unter ihnen kam tatsächlich der Wahrheit nahe, obwohl sie das eigentlich selbst nicht glaubten. Sie fanden, dass Lord Shigeru in irgendeine unpassende oder unerreichbare Frau verliebt sein müsse. Gewiss haben sie sich gegenseitig Treue geschworen, seufzten die Mädchen, weil zu ihrem Bedauern keine von ihnen je vom Lord eingeladen worden war, sein Bett zu teilen. Die älteren und entsprechend realistischeren Frauen wiesen darauf hin, dass so etwas in Liedern vorkommen mochte, im alltäglichen Leben der Kriegerklasse aber keine Bedeutung habe. »Vielleicht zieht er Jungen vor«, entgegnete Haruka, das frechste Mädchen, und fügte mit einem Kicheranfall hinzu: »Fragt Takeo!« Worauf Chiyo erklärte, Jungen vorzuziehen sei eine Sache und Ehe eine andere. Die beiden Dinge hätten nichts miteinander zu tun.

Lord Shigeru wich allen diesen Fragen um eine Heirat aus und sagte, ihn beschäftige mehr der Verlauf meiner Adoption. Seit Monaten hatte der Clan nichts von sich hören lassen; es hieß lediglich, darüber werde noch beraten. Die Otori mussten sich um dringendere Angelegenheiten kümmern. Iida hatte seinen Sommerfeldzug im Osten begonnen, und ein Lehnsgut nach dem anderen schloss sich entweder den Tohan an oder wurde erobert und zerstört. Bald würde Iida sich wieder dem Mittleren Land zuwenden. Die Otori hatten sich an den Frieden gewöhnt. Lord Shigerus Onkel wollten den Tohan nicht entgegentreten und das Lehnsgut nicht wieder in einen Krieg stürzen. Doch die meisten Angehörigen des Clans hassten den Gedanken, sich den Tohan zu unterwerfen.

In Hagi jagten sich die Gerüchte, die Spannung nahm zu. Kenji war beunruhigt. Er beobachtete mich die ganze Zeit, und diese ständige Überwachung machte mich reizbar.

»Jede Woche sind mehr Tohanspione in der Stadt«, sagte er. »Früher oder später wird einer von ihnen Takeo erkennen. Lass mich ihn wegbringen.«

»Sobald er rechtmäßig adoptiert ist und unter dem Schutz des Clans steht, wird Iida es sich gut überlegen, ob er ihn anzurühren wagt«, entgegnete Lord Shigeru.

»Ich glaube, du unterschätzt ihn. Er wird alles wagen.«

»Vielleicht im Osten. Aber nicht im Mittleren Land.« Sie stritten oft darüber. Kenji bat den Lord inständig, mit mir weggehen zu dürfen. Lord Shigeru wich ihm aus; er weigerte sich, die Gefahr ernst zu nehmen, und bestand darauf, dass ich in Hagi sicherer sei als sonst wo, sobald ich adoptiert wäre.

Ich ließ mich von Kenjis Stimmung anstecken. Die ganze Zeit war ich auf der Hut, immer angespannt, immer beobachtend. Frieden fand ich nur, wenn ich damit beschäftigt war, neue Fähigkeiten zu lernen. Ich wurde davon besessen, meine Talente zu vervollkommnen.

Endlich, am Ende des siebten Monats, kam die Nachricht: Lord Shigeru sollte mich am nächsten Tag ins Schloss bringen, wo seine Onkel mich empfangen und eine Entscheidung treffen würden.

Chiyo schrubbte mich, wusch und schnitt mir das Haar und brachte Kleidung, die neu, aber in gedeckten Farben gehalten war.

Ichiro wiederholte immer wieder alle Anstandsregeln und Höflichkeitsformeln, die Sprache, die ich gebrauchen sollte, die korrekte Tiefe der Verbeugungen. »Mach uns keine Schande«, zischte er mir zu, als wir gingen. »Nach allem, was er für dich getan hat, darfst du Lord Shigeru nicht enttäuschen.«

Kenji begleitete uns nicht, doch er wollte uns bis zum Schlosstor folgen. »Halte die Ohren offen«, sagte er zu mir – als ob ich etwas anderes hätte tun können.

Ich saß auf Raku, dem grauen Pferd mit schwarzer Mähne und Schwanz. Lord Shigeru ritt mir auf seinem schwarzen Pferd Kyu voraus, fünf oder sechs Gefolgsleute begleiteten ihn. Als wir uns dem Schloss näherten, ergriff mich Panik. Die Stein gewordene Macht, mit der es vor uns aufragte, die Stadt völlig beherrschte, entmutigte mich. Was wollte ich hier mit der Vorspiegelung, ein Lord, ein Krieger zu sein? Die Otorilords würden einen Blick auf mich werfen und sehen, wer ich war: der Sohn einer Bauersfrau und eines Attentäters. Und schlimmer: Ich fühlte mich schutzlos ausgeliefert, als ich durch die belebte Straße ritt. Ich stellte mir vor, dass jeder mich anschaute.

Raku spürte die Panik und wurde nervös. Bei einer plötzlichen Bewegung in der Menge scheute er leicht. Ohne nachzudenken, atmete ich langsamer und entspannte meinen Körper. Das Pferd beruhigte sich sofort. Doch es hatte sich dabei gedreht, und als ich es wieder in die ursprüngliche

Richtung lenkte, fiel mir ein Mann auf der Straße auf. Ich sah sein Gesicht nur einen Augenblick lang, aber ich erkannte ihn sofort. Sein rechter Ärmel war leer. Ich hatte ihn für Lord Shigeru und Kenji gezeichnet. Es war der Mann, der mich den Berg hinauf verfolgt hatte; sein rechter Arm war vom Schwert Jato abgetrennt worden.

Er schien mich nicht zu beobachten, und ich wusste nicht, ob er mich erkannt hatte. Ich wandte das Pferd um und ritt weiter. Ich glaube, ich ließ mir nicht anmerken, dass ich ihn bemerkt hatte. Die ganze Episode dauerte nicht länger als eine Minute.

Merkwürdigerweise beruhigte sie mich. *Das ist wirklich,* dachte ich. *Kein Spiel. Vielleicht gebe ich vor, jemand zu sein, der ich nicht bin, aber wenn ich dabei versage, bedeutet es den Tod.* Und dann: *Ich bin Kikuta. Ich bin vom Stamm. Ich nehme es mit jedem auf.*

Als wir den Burggraben überquerten, sah ich in der Menge Kenji, einen alten Mann in einem verblichenen Gewand. Dann wurde das Haupttor für uns geöffnet, und wir ritten in den ersten Schlosshof.

Hier stiegen wir ab. Die Gefolgsleute blieben bei den Pferden, Lord Shigeru und ich wurden von einem älteren Mann, dem Haushofmeister, erwartet und zum Wohnhaus geführt.

Es war ein imposantes, schönes Gebäude auf der dem Meer zugewandten Seite des Schlosses; eine kleinere Außenmauer schützte es, und ein Burggraben umgab es bis zur Kaimauer. Innerhalb des Grabens lag ein großer, wunderbar angelegter Garten. Ein kleiner, dichtbewaldeter Hügel erhob sich hinter dem Schloss; über den Bäumen war das gebogene Dach eines Schreins zu sehen. Die Sonne war kurz durch die Wolken gedrungen, und die Steine dampften in der Hitze. Ich spürte den Schweiß auf meiner Stirn und in den Achselhöhlen. Das Meer klatschte an die Felsen unterhalb der Mauer. Ich wünschte, ich könnte darin schwimmen.

Wir zogen die Sandalen aus, und Dienstmädchen kamen mit kühlem Wasser und wuschen uns die Füße. Der Haushofmeister führte uns in das Gebäude. Der Weg schien endlos, ein Raum folgte auf den anderen, jeder großzügig und luxuriös eingerichtet. Schließlich kamen wir in ein Vorzimmer, wo wir ein wenig warten sollten. Es kam mir vor, als würden wir mindestens eine Stunde dort auf dem Boden sitzen. Zuerst war ich wütend – über die Beleidigung Lord Shigerus, den extravaganten Luxus des Hauses, von dem ich wusste, dass er mit den Steuern der Bauern bezahlt war. Ich wollte Lord Shigeru erzählen, dass ich Iidas Gefolgsmann in Hagi gesehen hatte, aber ich wagte nicht zu reden. Er schien sich in das Bild auf den Türen zu vertiefen: Ein grauer Reiher stand in einem krickentengrünen Fluss und schaute auf einen rosa und goldenen Berg.

Schließlich erinnerte ich mich an Kenjis Rat und horchte auf das Haus. Es sang nicht vom Fluss wie das von Lord Shigeru, es hatte einen tieferen und ernsteren Ton, untermalt vom ständigen Meeresbrausen. Ich zählte, wie viele verschiedene Schritte ich hören konnte, und kam zu dem Schluss, dass es dreiundfünfzig Menschen im Haus gab. Drei Kinder hörte ich im Garten mit zwei kleinen Hunden spielen. Die Damen redeten über eine Bootsfahrt, die sie zu machen hofften, wenn das Wetter es erlaubte. Dann hörte ich tief aus dem Hausinneren zwei Männer leise miteinander reden. Shigerus Name fiel. Ich merkte, dass ich seine Onkel bei einem Gespräch belauschte, das für keinen außer ihnen bestimmt war.

»Vor allem müssen wir Shigeru dazu bringen, mit der Heirat einverstanden zu sein«, sagte der eine. Seine Stimme klang älter, fand ich, kräftiger und entschiedener. Ich fragte mich, was er meinte. Waren wir nicht wegen der Adoption gekommen?

»Er hat es immer abgelehnt, wieder zu heiraten«, sagte der andere leicht ehrerbietig; vermutlich war er jünger. »Und zu heiraten, um das Bündnis mit den Tohan zu besiegeln, das er immer abgelehnt hat … Das könnte ihn nur dazu bringen, seine Ansicht öffentlich zu machen.«

»Augenblicklich ist die Situation sehr gefährlich«, sagte der Ältere. »Gestern kamen Nachrichten über die Lage im Westen. Die Seishuu wollen offenbar Iida herausfordern. Arai, der Lord von Kumamoto, fühlt sich von den Noguchi beleidigt und stellt eine Armee auf, die vor dem Winter gegen sie und die Tohan kämpfen soll.«

»Ist Shigeru mit ihm in Verbindung? Das könnte ihm die Gelegenheit geben, die er braucht …«

»Das musst du mir nicht klarmachen«, entgegnete sein Bruder. »Ich weiß nur zu gut, wie beliebt Shigeru beim Clan ist. Wenn er sich mit Arai verbündet, könnten sie gemeinsam gegen Iida ziehen.«

»Es sei denn, wir … entwaffnen ihn sozusagen.«

»Die Heirat wäre eine sehr gute Lösung. Sie würde Shigeru

nach Inuyama bringen, wo Iida eine Zeitlang ein Auge auf ihn hätte. Und die Frau, um die es geht, Shirakawa Kaede, hat einen gewissen sehr nützlichen Ruf.«

»Was willst du damit andeuten?«

»Zwei Männer sind bereits im Zusammenhang mit ihr gestorben. Wenn Shigeru der dritte sein sollte, wäre es bedauerlich, aber kaum unser Fehler.«

Der jüngere Mann lachte leise so, dass ich ihn am liebsten getötet hätte. Ich atmete tief und versuchte, meinen Zorn zu beschwichtigen.

»Und wenn er sich weiterhin weigert zu heiraten?«, fragte der Jüngere.

»Wir machen es zur Bedingung für seine wunderliche Adoptionsabsicht. Ich glaube nicht, dass uns das schaden würde.«

»Ich habe versucht, etwas über diesen Jungen herauszufinden.« Der Jüngere hatte jetzt den pedantischen Tonfall eines Archivars. »Ich glaube nicht, dass er mit Shigerus verstorbener Mutter verwandt sein kann. In den Ahnentafeln gibt es keine Spur von ihm.«

»Ich nehme an, er ist unehelich«, sagte der Ältere.

»Ich habe gehört, er gleiche Takeshi.«

»Ja, sein Aussehen spricht für Otoriblut, aber wenn wir alle unsere unehelichen Kinder adoptieren wollten …«

»Normalerweise käme es natürlich nicht in Frage. Aber gerade jetzt …«

»Das finde ich auch.«

Ich hörte den Boden leicht knarren, als sie aufstanden.

»Noch eins«, sagte der ältere Bruder. »Du hast mir versichert, Shintaro würde nicht versagen. Was ist schiefgelaufen?«

»Ich habe versucht, es herauszubekommen. Offenbar hat dieser Junge ihn gehört und Shigeru geweckt. Shintaro hat Gift genommen.«

»Er hat ihn gehört? Dann ist er also vom Stamm?«

»Das ist möglich. Ein Muto Kenji ist im vergangenen Jahr zu Shigeru gekommen: Offiziell gilt er als eine Art Erzieher, aber ich glaube nicht, dass er den üblichen Unterricht erteilt.« Wieder lachte der jüngere Bruder so, dass mir fast übel wurde. Doch zugleich verachtete ich die beiden gründlich. Man hatte ihnen von meinem scharfen Gehör erzählt, doch sie konnten sich nicht vorstellen, dass ich es bei ihnen in ihrem eigenen Haus einsetzte.

Das leichte Zittern ihrer Schritte bewegte sich aus dem inneren Raum, wo dieses geheime Gespräch stattgefunden hatte, in das Zimmer hinter den bemalten Türen. Kurz darauf kam der Haushofmeister zurück, schob behutsam die Türen auf und gab uns zu verstehen, dass wir in das Audienzzimmer treten sollten. Die beiden Lords saßen nebeneinander auf tiefen Stühlen. Mehrere Männer knieten an jeder Seite des Raums. Lord Shigeru verbeugte sich sofort bis zum Boden, und ich tat das Gleiche; doch zuvor hatte ich einen kurzen Blick auf diese beiden Brüder geworfen, gegen die mein Herz bereits einen außerordentlichen Groll hegte.

Der Ältere, Lord Otori Shoichi, war groß, aber nicht besonders muskulös. Sein Gesicht war mager und hatte scharfe Züge; er trug einen kleinen Bart auf Oberlippe und Kinn, und sein Haar war bereits ergraut. Der Jüngere, Masahiro, war kleiner und untersetzter. Er hielt sich wie die meisten kleinen Männer sehr aufrecht. Er hatte keinen Bart; sein Gesicht war blass und mit mehreren großen schwarzen Leberflecken bedeckt. Sein Haar war noch schwarz, aber dünn. Charakterschwächen hatten bei beiden Männern die typischen Gesichtszüge der Otori, die breiten Backenknochen und die gebogene Nase, verunstaltet, was sie grausam und schwach aussehen ließ.

»Lord Shigeru – Neffe –, sei höchst willkommen«, sagte Shoichi liebenswürdig.

Lord Shigeru setzte sich auf, doch ich blieb mit der Stirn auf dem Boden.

»Wir haben viel an dich gedacht«, sagte Masahiro. »Wir waren sehr besorgt um dich. Deines Bruders Hinscheiden so bald nach dem Tod deiner Mutter und deine eigene Krankheit, das alles war eine schwere Last für dich.«

Die Worte klangen gütig, doch ich wusste, dass ihr Sprecher doppelzüngig war.

»Ich danke euch für eure Anteilnahme«, erwiderte Shigeru, »aber du musst mir erlauben, dich in einem Punkt zu berichtigen. Mein Bruder ist nicht hingeschieden. Er wurde ermordet.«

Er sagte es ohne Gemütsbewegung, als würde er einfach eine Tatsache feststellen. Niemand im Raum zeigte eine Reaktion. Tiefe Stille folgte.

Dann sagte Lord Shoichi mit vorgetäuschter Munterkeit: »Und das ist dein junger Schützling? Er ist ebenfalls willkommen. Wie heißt er?«

»Wir nennen ihn Takeo«, antwortete Shigeru.

»Offenbar hat er ein sehr scharfes Gehör.« Masahiro beugte sich etwas vor.

»Nichts Ungewöhnliches«, sagte Shigeru. »Wir haben alle ein scharfes Gehör, wenn wir jung sind.«

»Setz dich auf, junger Mann«, sagte Masahiro zu mir. Als ich gehorchte, betrachtete er einige Augenblicke lang mein Gesicht und fragte dann: »Wer ist im Garten?«

Ich runzelte die Stirn, als wäre mir erst jetzt der Gedanke gekommen, die Stimmen zu zählen. »Zwei Kinder und ein Hund«, wagte ich dann zu sagen. »Ein Gärtner an der Mauer?«

»Und wie viele Menschen würdest du im Haus schätzen?«

Ich zuckte leicht die Schultern, fand das aber dann sehr unhöflich und versuchte, es in eine Verbeugung umzuwandeln. »Mehr als fünfundvierzig? Verzeihen Sie mir, Lord Otori, ich habe keine großen Talente.«

»Wie viele sind es, Bruder?«, fragte Lord Shoichi.

»Dreiundfünfzig, glaube ich.«

»Eindrucksvoll«, sagte der Ältere, aber ich hörte seinen erleichterten Seufzer.

Ich verbeugte mich wieder bis zum Boden, und weil ich mich dort sicherer fühlte, blieb ich unten.

»Wir haben diese Adoptionssache so lange aufgeschoben, Shigeru, weil wir uns über deinen Gemütszustand im Unklaren waren. Das Leid schien dich aus dem Gleichgewicht gebracht zu haben.«

»Bei mir gibt es keine Unsicherheit«, antwortete Shigeru. »Ich habe keine lebenden Kinder, und jetzt, da Takeshi tot ist, habe ich keinen Erben. Ich habe Verpflichtungen gegenüber diesem Jungen und er gegenüber mir, die erfüllt werden müssen. Er ist von meinem Haushalt bereits akzeptiert und lebt bei uns. Ich bitte darum, diese Tatsache anzuerkennen und ihn in den Clan der Otori aufzunehmen.«

»Was sagt der Junge dazu?«

»Sprich, Takeo«, ermunterte mich Lord Shigeru. Ich setzte mich auf und wurde plötzlich von tiefen Gefühlen überwältigt. Ich dachte an das Pferd, das gescheut hatte wie jetzt mein Herz. »Ich verdanke mein Leben Lord Otori. Er schuldet mir nichts. Die Ehre, die er mir erweist, ist viel zu groß für mich, doch wenn es sein – und Euer Lordschaft – Wille ist, werde ich sie aus ganzem Herzen annehmen. Ich werde mein Leben lang dem Clan der Otori dienen.«

»Dann soll es so sein«, sagte Lord Shoichi.

»Die Urkunden sind vorbereitet«, fügte Lord Masahiro hinzu. »Wir werden sie sofort unterzeichnen.«

»Meine Onkel sind sehr gütig und großzügig«, sagte Shigeru. »Ich danke euch.«

»Da ist noch eine andere Sache, Shigeru, in der wir um deine Mitarbeit bitten.«

Ich sank wieder zu Boden. Das Herz klopfte mir bis zum Halse. Ich wollte Lord Shigeru irgendwie warnen, aber natürlich konnte ich nichts sagen.

»Du weißt über unsere Verhandlungen mit den Tohan Bescheid. Wir finden, ein Bündnis ist dem Krieg vorzuziehen. Wir kennen deine Meinung. Du bist noch jung genug, um unbesonnen zu sein ...«

»Mit fast dreißig Jahren kann ich nicht mehr jung genannt

werden.« Wieder stellte Shigeru diese Tatsache ruhig fest, als sollte es keinen Streit mit ihm geben. »Und ich wünsche keinen Krieg um des Krieges willen. Es ist nicht das Bündnis, gegen das ich mich wende. Es ist das tatsächliche Wesen und Verhalten der Tohan.«

Seine Onkel reagierten nicht auf diese Bemerkung, doch die Stimmung im Raum wurde etwas kühler. Auch Shigeru sagte nichts mehr. Er hatte seinen Standpunkt klar genug gemacht – zu klar für den Geschmack seiner Onkel. Lord Masahiro gab dem Haushofmeister ein Zeichen, worauf dieser leise in die Hände schlug; gleich darauf brachte ein Mädchen, das unsichtbar hätte sein können, Tee. Die drei Otorilords tranken. Mir wurde nichts angeboten.

»Nun, das Bündnis muss vorankommen«, sagte schließlich Lord Shoichi. »Lord Iida hat vorgeschlagen, dass es durch eine Heirat zwischen den Clans besiegelt werde. Sein engster Verbündeter, Lord Noguchi, hat eine Schutzbefohlene. Lady Shirakawa Kaede heißt sie.«

Shigeru bewunderte gerade die Teeschale, die er in der ausgestreckten Hand hielt. Er stellte sie behutsam auf die Matte vor sich und saß regungslos da.

»Es ist unser Wunsch, dass Lady Shirakawa deine Frau wird«, sagte Lord Masahiro.

»Verzeih mir, Onkel, aber ich habe nicht den Wunsch, wieder zu heiraten. Ich habe nicht an Heirat gedacht.«

»Zum Glück hast du Verwandte, die für dich daran denken. Diese Heirat ist von Lord Iida sehr erwünscht. Tatsächlich hängt das Bündnis davon ab.«

Lord Shigeru verbeugte sich. Wieder entstand eine lange

Stille. Ich hörte Schritte von weit her, den langsamen, entschlossenen Gang zweier Menschen, von denen einer etwas trug. Die Tür hinter uns glitt auf, ein Mann ging an mir vorbei und fiel auf die Knie. Hinter ihm trug ein Diener einen Lackschreibtisch mit Tusche und Pinsel und roter Zinnoberpaste für die Siegel.

»Ah, die Adoptionspapiere!«, sagte Lord Shoichi munter. »Bring sie uns.«

Der Sekretär kam auf den Knien näher, und der Tisch wurde vor die Lords gestellt. Dann las der Sekretär laut den Vertrag. Die Sprache war blumig, der Inhalt aber ziemlich einfach: Ich wurde berechtigt, den Namen Otori zu tragen und alle Privilegien eines Sohns des Hauses zu empfangen. Falls in einer späteren Ehe Kinder geboren würden, sollten meine Rechte die gleichen sein wie die ihren, doch nicht größer. Umgekehrt erklärte ich mich bereit, mich als Sohn von Lord Shigeru zu verhalten, seine Autorität anzuerkennen und dem Otoriclan Treue zu schwören. Sollte Lord Shigeru ohne einen anderen gesetzmäßigen Erben sterben, würde sein Besitz mir zufallen.

Die Lords griffen nach den Siegeln.

»Die Hochzeit wird im neunten Monat sein«, sagte Masahiro, »wenn das Fest der Toten vorbei ist. Lord Iida wünscht, dass sie in Inuyama stattfindet. Die Noguchi schicken Lady Shirakawa nach Tsuwano. Du wirst dort mit ihr zusammentreffen und sie in die Hauptstadt begleiten.« Die Siegel schienen in der Luft zu hängen und von einer übernatürlichen Macht gehalten zu werden. Ich hatte immer noch Zeit zu sprechen, mich zu weigern, unter solchen Bedingungen adoptiert zu werden, Lord Shigeru vor der Falle zu warnen, die für ihn aufgestellt war. Aber ich sagte nichts. Es war zu spät zum Eingreifen. Jetzt nahm das Schicksal seinen Lauf.

»Sollen wir das Siegel anbringen, Shigeru?«, fragte Masahiro mit unendlicher Höflichkeit.

Lord Shigeru zögerte keinen Augenblick. »Bitte«, sagte er. »Ich akzeptiere die Heirat und bin glücklich, euch einen Gefallen zu tun.«

So wurden die Siegel angebracht, und ich war nunmehr Angehöriger des Otoriclans und Lord Shigerus Adoptivsohn. Aber während die Siegel des Clans auf die Dokumente gepresst wurden, wussten wir beide, dass sie dessen Schicksal besiegelten.

Bis wir zu Hause ankamen, hatte der Wind die Nachricht von meiner Adoption uns vorausgetragen, und alles war für das Fest bereit. Lord Shigeru und ich hatten beide Gründe, nicht aus ganzem Herzen feiern zu wollen, aber er schien die Zweifel, die er über die Heirat haben mochte, zur Seite zu schieben und wirklich fröhlich zu sein, genau wie alle anderen im Haus. Ich merkte, dass ich tatsächlich einer der Ihren geworden war in den Monaten, die ich bei ihnen verbracht hatte. Ich wurde umarmt, gestreichelt, bemuttert und mit rotem Reis und Chiyos speziellem Glückstee aus gesalzenen Pflaumen und Seetang bewirtet, bis mir das Gesicht vom Lächeln weh tat und die Tränen, die ich aus Trauer nicht geweint hatte, meine Augen vor Freude füllten.

Lord Shigeru verdiente meine Liebe und meine Ergebenheit jetzt noch mehr. Die Niedertracht seiner Onkel hatte mich um seinetwillen empört, und ich war entsetzt über das Komplott, das sie gegen ihn geschmiedet hatten. Dann war da noch der Einarmige. Den ganzen Abend spürte ich Kenjis Blick auf mir: Ich wusste, dass er hören wollte, was ich erfahren hatte, und ich wollte es ihm und Lord Shigeru zu gern erzählen. Doch als die Betten ausgebreitet waren und die Dienstboten sich zurückgezogen hatten, war es nach Mitternacht, und ich zögerte, die fröhliche Stimmung mit schlechten Nachrichten zu verderben. Ich wäre zu Bett gegangen, ohne etwas zu sagen, doch Kenji, der einzige Nüchterne von uns, hielt mich auf, als ich die Lampe löschen wollte.

»Zuerst musst du uns berichten, was du gehört und gesehen hast.«

»Warten wir doch lieber bis zum Morgen«, gab ich zurück.

Ich sah, dass sich die Dunkelheit hinter Shigerus Blick vertiefte. Eine ungeheure Traurigkeit überkam mich und ernüchterte mich völlig. Er sagte: »Ich nehme an, wir müssen das Schlimmste erfahren.«

»Wovor hat das Pferd gescheut?«, fragte Kenji.

»Vor meiner eigenen Nervosität. Aber als es scheute, habe ich den Einarmigen gesehen.«

»Ando. Ich habe ihn auch gesehen. Ich wusste nicht, ob du ihn bemerkt hast; du hast es dir nicht anmerken lassen.«

»Hat er Takeo erkannt?«, fragte Lord Shigeru sofort.

»Er hat euch beide einen Augenblick lang aufmerksam betrachtet und dann getan, als sei er nicht weiter an euch interessiert. Aber allein die Tatsache, dass er hier ist, lässt vermuten, dass er etwas gehört hat.« Kenji schaute mich an. »Dein Hausierer muss geredet haben!«

»Ich bin froh, dass die Adoption jetzt rechtmäßig ist«, sagte Shigeru. »Das gibt dir einen gewissen Schutz.«

Ich wusste, dass ich ihm von dem belauschten Gespräch erzählen sollte, aber es fiel mir schwer, von der Gemeinheit der beiden Herren überhaupt zu reden.

»Verzeihen Sie mir, Lord Otori«, fing ich an, »ich habe eine private Unterhaltung Ihrer Onkel mitgehört.«

»Ich nehme an, während du die Haushaltsmitglieder gezählt – oder falsch gezählt – hast«, entgegnete er trocken. »Haben sie über die Hochzeit gesprochen?«

»Wer soll heiraten?«, fragte Kenji.

»Ich soll offenbar eine Ehe schließen, um das Bündnis mit den Tohan zu besiegeln«, erklärte Shigeru. »Die fragliche Dame ist eine Schutzbefohlene von Lord Noguchi, sie heißt Shirakawa.«

Kenji zog die Augenbrauen hoch, sagte aber nichts. Shigeru fuhr fort: »Meine Onkel haben mir klargemacht, dass Takeos Adoption von dieser Heirat abhängt.« Er schaute in die Dunkelheit. »Ich stecke zwischen zwei Verpflichtungen. Beide kann ich nicht erfüllen, aber ich kann mich auch keiner entziehen.«

»Takeo sollte uns sagen, was die Otorilords besprochen haben«, murmelte Kenji.

Ich fand es leichter, mich an ihn zu wenden. »Die Heirat ist eine Falle. Durch sie soll Lord Shigeru aus Hagi entfernt werden, wo seine Popularität und sein Widerstand gegen das Bündnis mit den Tohan den Clan spalten könnten. Jemand behauptete, dass Arai Iida im Westen herausfordert. Wenn die Otori ihm Beistand leisten würden, wäre Iida zwischen ihnen gefangen.« Ich verstummte, dann fragte ich Shigeru: »Weiß Lord Otori das alles?«

»Ich bin mit Arai in Verbindung. Erzähl weiter.«

»Lady Shirakawa hat den Ruf, Männern den Tod zu bringen. Ihre Onkel planen …«

»Mich zu ermorden?«, fragte er sachlich.

»Ich sollte so Schandbares nicht berichten müssen«, murmelte ich, mein Gesicht brannte. »Sie waren es, die Shintaro bezahlt haben.«

Draußen schrillten die Zikaden. Schweiß stand mir auf der Stirn, es war sehr drückend und still, eine dunkle Nacht ohne Mond oder Sterne. Der Fluss roch widerlich und schlammig, ein uralter Geruch, so uralt wie Verrat.

»Ich wusste, dass sie mich nicht besonders lieben«, sagte Shigeru. »Aber Shintaro auf mich zu hetzen! Sie müssen mich wirklich für gefährlich halten.« Er klopfte mir auf die Schulter. »Ich habe Takeo viel zu verdanken. Ich bin froh, dass er in Inuyama bei mir sein wird.«

»Du scherzt«, rief Kenji. »Du kannst Takeo nicht dorthin mitnehmen!«

»Es sieht so aus, als müsste ich nach Inuyama, und ich fühle mich sicherer, wenn er bei mir ist. Überhaupt ist er jetzt mein Sohn. Er muss mich begleiten.«

»Versuchen Sie nur, mich zurückzulassen!«, warf ich ein.

»Du hast also vor, Shirakawa Kaede zu heiraten?«, fragte Kenji.

»Kennst du sie, Kenji?«

»Ich habe von ihr gehört. Wer nicht? Sie ist kaum fünfzehn und sehr schön, heißt es.«

»In diesem Fall tut es mir leid, dass ich sie nicht heiraten kann«, sagte Shigeru leichthin, fast scherzend. »Aber es schadet nichts, wenn jeder wenigstens eine Zeitlang glaubt, dass ich es tun werde. Es wird Iidas Aufmerksamkeit ablenken und uns ein paar zusätzliche Wochen geben.«

»Was hält dich davon ab, wieder zu heiraten?«, fragte Kenji. »Du hast gerade von zwei Verpflichtungen gesprochen, zwischen denen du steckst. Da du der Heirat zugestimmt hast, damit die Adoption erfolgt, nehme ich an, dass Takeo für dich an erster Stelle steht. Du bist doch nicht bereits heimlich verheiratet, oder?«

»So gut wie«, gab Shigeru nach einer Pause zu. »Es betrifft einen anderen Menschen.«

»Sagst du mir, wen?«

»Ich habe es so lange geheim gehalten, dass ich nicht weiß, ob ich das über mich bringe«, antwortete Shigeru. »Takeo kann es dir sagen, wenn er es weiß.«

Kenji schaute mich an. Ich schluckte und flüsterte: »Lady Maruyama?«

Shigeru lächelte. »Seit wann weißt du das?«

»Seit dem Abend, an dem wir die Lady in der Herberge in Chigawa getroffen haben.«

Zum ersten Mal sah ich, dass Kenji wirklich überrascht war. »Die Frau, für die Iida entflammt ist und die er heiraten will? Wie lange geht das schon?«

»Das wirst du mir nicht glauben«, sagte Shigeru.

»Ein Jahr? Zwei?«

»Seit ich zwanzig war.«

»Das müssen fast zehn Jahre sein!« Kenji schien ebenso überrascht darüber, dass er nichts von dem Verhältnis gewusst hatte, wie über die Neuigkeit selbst.

»Noch ein Grund für dich, Iida zu hassen.« Verwundert schüttelte er den Kopf.

»Es ist mehr als Liebe«, erklärte Shigeru ruhig. »Wir sind auch Verbündete. Sie und Arai beherrschen die Seishuu und den Südwesten. Wenn die Otori sich mit ihnen zusammentun, können wir Iida besiegen.« Er hielt inne; dann fuhr er fort: »Wenn die Tohan die Otoridomäne übernehmen, werden wir die gleiche grausame Verfolgung erleben, vor der ich Takeo in Mino gerettet habe. Ich kann nicht zusehen, wie Iida meinem Volk seinen Willen aufzwingt, mein Land verwüstet, meine Dörfer zerstört. Meine Onkel – und Iida selbst – wissen, dass ich mich dem nie fügen werde. Deshalb wollen sie mich vom Schauplatz entfernen. Iida hat mich in seinen Bau eingeladen, wo er mich mit großer Wahrscheinlichkeit töten lassen will. Ich habe vor, das zu meinen Gunsten auszunutzen. Welche bessere Möglichkeit gibt es schließlich, nach Inuyama zu kommen?«

Kenji starrte ihn besorgt an. Ich sah im Lampenlicht Shigerus aufrichtiges Lächeln. Er hatte etwas Unwiderstehliches. Sein Mut entflammte mein Herz. Ich verstand, warum die Menschen ihn liebten.

»Das sind Dinge, die den Stamm nichts angehen«, sagte Kenji schließlich.

»Ich war ehrlich zu dir; ich rechne damit, dass dies alles unter uns bleibt. Lady Maruyamas Tochter ist als Geisel bei Iida.

Davon abgesehen wäre ich außer für deine Verschwiegenheit auch für deine Hilfe dankbar.«

»Ich würde dich nie verraten, Shigeru, aber, wie du selbst sagst, befinden wir uns manchmal in einem Loyalitätskonflikt. Ich kann dir gegenüber nicht so tun, als wäre ich nicht vom Stamm. Takeo ist ein Kikuta. Früher oder später werden die Kikuta ihn für sich in Anspruch nehmen. Dagegen kann ich nichts tun.«

»Takeo muss sich entscheiden, wenn die Zeit gekommen ist«, sagte Shigeru.

»Ich habe dem Clan der Otori Treue geschworen«, erklärte ich. »Nie werde ich Sie verlassen, und ich werde alles tun, worum Sie mich bitten.«

Denn ich sah mich schon in Inuyama, wo Lord Iida Sadamu hinter seinem Nachtigallenboden lauerte.

Kapitel 6

Kaede hatte Schloss Noguchi ohne Bedauern und mit wenig Hoffnung für die Zukunft verlassen, aber weil sie in den acht Jahren als Geisel kaum aus seinen Mauern herausgekommen war und erst fünfzehn Jahre zählte, war sie entzückt von allem, was sie sah. Die ersten Meilen wurden sie und Lady Maruyama in Sänften getragen, doch von dem Schwanken wurde ihr übel, und bei der ersten Rast bestand sie darauf, auszusteigen und mit Shizuka zu Fuß zu gehen. Es war Hochsommer, die Sonne brannte herab. Shizuka band Kaede einen Hut auf den Kopf und hielt auch noch einen Sonnenschirm über sie.

»Lady Shirakawa soll nicht so braun wie ich vor ihrem Ehemann erscheinen«, bemerkte sie kichernd.

Bis Mittag reisten sie, ruhten sich eine Zeitlang in einem Gasthaus aus und zogen dann einige Meilen weiter, bis es Abend wurde. Als sie anhielten, schwirrte Kaede der Kopf von allem, was sie gesehen hatte: dem strahlenden Grün der Reisfelder, die glatt und üppig wirkten wie der Pelz eines Tieres; den weiß schäumenden Flüssen, die neben der Straße dahinhasteten; den Bergen, die vor ihnen aufstiegen, Kette um Kette in ihrem reichen Sommergrün, das von dem Karminrot wilder Azaleen durchzogen war. Und den Menschen auf der Straße, Leuten aller Art und von unterschiedlichem Aussehen: Kriegern in Rüstungen, mit Schwertern bewaffnet, auf temperamentvollen Pferden; Bauern, die alle möglichen unbekannten Dinge trugen; Ochsenwagen und Packpferden, Bettlern und Hausierern.

Kaede durfte sie nicht anstarren, und die Leute hatten sich bis zum Boden zu verbeugen, während die Reisegesellschaft vorbeizog, doch von beiden Seiten gab es viele verstohlene Blicke.

Die Damen wurden von Lady Maruyamas Gefolgsleuten begleitet. Ihr Anführer, ein Mann namens Sugita, behandelte die Lady mit der lässigen Vertrautheit eines Onkels. Kaede mochte ihn.

»Ich bin gern zu Fuß gegangen, als ich in deinem Alter war«, sagte Lady Maruyama beim gemeinsamen Abendessen. »Ehrlich gesagt ziehe ich es immer noch vor, aber auch ich fürchte die Sonne.«

Sie betrachtete die glatte Haut des Mädchens. Maruyama war den ganzen Tag freundlich zu ihr gewesen, aber Kaede konnte ihren ersten Eindruck nicht vergessen: dass die ältere Frau sie nicht mochte und sich irgendwie von ihr angegriffen fühlte.

»Reiten Sie nicht?«, fragte sie. Die Männer auf ihren Pferden wirkten so kraftvoll und frei; sie hatte sie den ganzen Tag beneidet.

»Manchmal reite ich«, antwortete Lady Maruyama. »Aber wenn ich als arme, schutzlose Frau durch das Tohanland reise, erlaube ich mir, in der Sänfte getragen zu werden.«

Kaede schaute sie fragend an. »Aber es heißt doch, Lady Maruyama sei mächtig«, murmelte sie.

»Ich muss meine Macht vor den Männern verstecken, sonst zögern sie nicht, mich zu vernichten.«

»Ich habe auf keinem Pferd mehr gesessen, seit ich ein Kind war«, gestand Kaede.

»Aber alle Kriegertöchter sollten reiten lernen!«, rief Lady Maruyama aus. »Haben die Noguchi das versäumt?«

»Sie haben mich nichts gelehrt«, erwiderte Kaede bitter.

»Nicht den Gebrauch von Schwert und Messer? Kein Bogenschießen?«

»Ich habe nicht gewusst, dass Frauen so etwas lernen.«

»Im Westen schon.« Ein kurzes Schweigen entstand. Kaede war ausnahmsweise hungrig und nahm sich noch etwas Reis.

»Haben die Noguchi dich gut behandelt?«, fragte die Lady.

»Nein, am Anfang nicht, überhaupt nicht.« Kaede war hin- und hergerissen zwischen der gewohnt vorsichtigen Antwort auf jede Befragung und dem starken Wunsch, sich dieser Frau anzuvertrauen, die derselben Klasse wie sie angehörte und ihresgleichen war. Sie saßen allein im Zimmer, abgesehen von Shizuka und Lady Maruyamas Kammerdienerin Sachie, die sich so still verhielten, dass sich Kaede ihrer kaum bewusst war. »Nach dem Zwischenfall mit dem Wachtposten konnte ich ins Wohnhaus übersiedeln.«

»Und davor?«

»Ich habe bei den Dienstboten im Schloss gewohnt.«

»Wie schändlich.« Auch Lady Maruyamas Ton war jetzt bitter. »Wie konnten die Noguchi das wagen? Wenn du eine

Shirakawa bist …« Sie schaute zu Boden und sagte: »Ich habe Angst um meine eigene Tochter, die als Geisel bei Lord Iida ist.«

»Es war nicht so schlimm, als ich ein Kind war«, sagte Kaede. »Die Dienstboten hatten Mitleid mit mir. Aber als der Frühling kam und ich weder Kind noch Frau war, beschützte mich niemand. Bis ein Mann sterben musste …«

Zu ihrer Überraschung brach ihre Stimme. Ein plötzlicher Gefühlsansturm füllte ihre Augen mit Tränen. Die Erinnerung stürmte auf sie ein: die Hände des Mannes, sein hart angeschwollenes Geschlecht, das sich an sie drückte, das Messer in ihrer Hand, das Blut, sein Tod vor ihren Augen.

»Verzeihung«, flüsterte sie.

Lady Maruyama griff über den Abstand zwischen ihnen und nahm ihre Hand. »Armes Kind.« Sie streichelte Kaedes Finger. »All die armen Kinder, all die armen Töchter. Wenn ich euch doch alle befreien könnte.«

Kaede hatte nur den Wunsch, sich auszuweinen. Mühsam beherrschte sie sich wieder. »Danach holten sie mich ins Wohnhaus. Ich bekam meine eigene Dienerin, zuerst Junko, dann Shizuka. Dort war das Leben viel besser. Ich sollte mit einem alten Mann verheiratet werden. Er starb, und ich war froh. Aber dann entstand unter den Leuten das Gerücht, mich zu kennen, mich zu begehren würde den Tod bringen.«

Sie hörte, wie die andere Frau erschrocken Atem holte. Einen Augenblick lang schwiegen sie.

»Ich will nicht am Tod eines Mannes schuld sein«, sagte Kaede leise. »Ich fürchte die Heirat. Ich will nicht, dass Lord Otori meinetwegen stirbt.«

Als Lady Maruyama antwortete, klang ihre Stimme schwach. »Du darfst so etwas nicht sagen, auch nicht denken.«

Kaede schaute sie an. Ihr Gesicht, weiß im Lampenlicht, schien plötzlich voller Befürchtungen.

»Ich bin sehr müde«, fuhr die Lady fort. »Verzeih mir, wenn ich heute Abend nicht länger mit dir rede. Wir verbringen schließlich noch viele Tage zusammen auf der Straße.« Sie rief nach Sachie. Die Tabletts wurden entfernt und die Betten ausgebreitet.

Shizuka begleitete Kaede zum Abort und wusch ihr die Hände, als sie dort fertig war.

»Was habe ich gesagt, was sie verletzt haben könnte?«, flüsterte Kaede. »Ich verstehe sie nicht. Einmal ist sie freundlich, im nächsten Augenblick starrt sie mich an, als sei ich Gift für sie.«

»Das bilden Sie sich ein«, sagte Shizuka leichthin. »Lady Maruyama mag Sie sehr gern. Von allem anderen abgesehen sind Sie nach ihrer Tochter ihre nächste weibliche Verwandte.«

»Wirklich?« Shizuka nickte nachdrücklich, und Kaede fragte: »Ist das so wichtig?«

»Wenn ihnen etwas zustößt, sind Sie es, die Maruyama erbt. Niemand hat Ihnen das gesagt, weil die Tohan immer noch hoffen, die Domäne in ihre Gewalt zu bekommen. Das ist einer der Gründe, warum Iida darauf bestand, dass Sie als Geisel zu den Noguchi gehen.«

Als Kaede nicht antwortete, fuhr Shizuka fort: »Meine Lady ist sogar noch wichtiger, als sie dachte!«

»Mach dich nicht lustig über mich! Ich fühle mich in dieser Welt verloren. Ich komme mir vor, als wüsste ich gar nichts!«

Kaede ging völlig verwirrt zu Bett. Sie merkte, dass auch Lady Maruyama eine unruhige Nacht verbrachte, am nächsten Morgen sah die schöne Lady müde und abgespannt aus. Aber sie war freundlich zu Kaede, und als sie loszogen, sorgte sie dafür, dass dem Mädchen ein sanftes braunes Pferd zur Verfügung gestellt wurde. Sugita hob sie hinauf, und zuerst ging einer der Männer nebenher und führte das Pferd. Kaede erinnerte sich an die Ponys, die sie als Kind geritten hatte, und bald wandte sie wieder an, was sie damals gelernt hatte. Shizuka ließ sie nicht den ganzen Tag reiten; sie sagte, ihre Muskeln würden zu sehr schmerzen und sie würde zu müde sein, doch Kaede war liebend gern auf dem Pferderücken und konnte es nicht abwarten, wieder aufzusteigen. Der Rhythmus des Pferdeschritts beruhigte sie etwas und half ihr, ihre Gedanken zu ordnen. Am meisten erschreckten sie ihr Mangel an Erziehung und ihre Unkenntnis der Welt, in die sie eintrat. Sie war eine Schachfigur im großen Spiel der Kriegsherren, doch sie sehnte sich danach, mehr zu sein, die Züge des Spiels zu verstehen und selbst welche auszuführen.

Zwei Dinge geschahen, die sie noch mehr beunruhigten. Eines Nachmittags hatten sie zu einer ungewöhnlichen Zeit an einer Kreuzung Rast gemacht, als eine kleine Reitergruppe aus dem Südwesten zu ihnen stieß, als sei das verabredet. Shizuka lief zu ihnen hin und begrüßte sie, wie es ihre Art war, sie wollte erfahren, woher die Reiter kamen und welchen Klatsch sie vielleicht mitbrachten. Kaede beobachtete sie, ohne sich dabei etwas zu denken, und sah, dass sie mit einem der Männer sprach. Er beugte sich aus dem Sattel, um ihr etwas mitzuteilen. Shizuka nickte tiefernst und gab dem Pferd dann einen Klaps auf die Flanke. Es sprang vorwärts. Die Männer lachten laut, gefolgt von Shizukas hohem Gekicher, aber in diesem Augenblick war es Kaede, als sehe sie etwas Neues an dem Mädchen, das ihre Dienerin geworden war, eine Intensität, die Kaede verwirrte.

Den Rest des Tages war Shizuka wie sonst. Sie jubelte über die Schönheiten der Landschaft, pflückte Sträuße von Wiesenblumen, wechselte Grüße mit jedem, der ihr begegnete, aber als Kaede am Abend in der Herberge ins Zimmer kam, redete Shizuka ernst mit Lady Maruyama; dabei verhielt sie sich nicht wie eine Dienerin, sondern saß Knie an Knie mit ihrer Gesprächspartnerin, als sei sie ihresgleichen.

Die Unterhaltung wandte sich sofort dem Wetter und den Vorbereitungen für den nächsten Tag zu, doch Kaede kam sich betrogen vor. Shizuka hatte zu ihr gesagt: *Leute wie ich lernen Leute wie sie nicht kennen.* Aber zwischen beiden bestand offenbar eine Beziehung, von der Kaede nichts gewusst hatte. Das machte sie misstrauisch und ein wenig eifersüchtig. Sie verließ sich inzwischen auf Shizuka und wollte sie nicht mit anderen teilen.

Die Hitze wurde intensiver und die Reise beschwerlicher. Eines Tages bebte die Erde mehrmals, und Kaede fühlte sich noch unbehaglicher. Sie schlief schlecht, Verdächtigungen plagten sie ebenso wie Flöhe und andere Nachtinsekten. Sie sehnte sich nach dem Ende der Reise und fürchtete zugleich die Ankunft. Jeden Tag beschloss sie, Shizuka zu befragen, doch jeden Abend hielt etwas sie davor zurück. Lady

Maruyama behandelte sie weiter freundlich, doch Kaede traute ihr nicht und reagierte vorsichtig, zurückhaltend. Dann kam sie sich undankbar und kindisch vor. Sie verlor wieder ihren Appetit.

Shizuka schalt sie am Abend im Bad. »Alle Ihre Knochen stehen vor, Lady. Sie müssen essen! Was soll Ihr Ehemann denken?«

»Hör auf, von meinem Ehemann zu reden!«, fiel Kaede ihr ins Wort. »Mir ist es gleichgültig, was er denkt. Vielleicht hasst er meinen Anblick und lässt mich in Ruhe!«

Dann schämte sie sich wieder, weil ihre Worte so kindisch waren.

Schließlich kamen sie zu der Bergstadt Tsuwano, nachdem sie am Ende des Tages durch einen engen Pass geritten waren, wo die Bergketten schon schwarz vor der sinkenden Sonne standen. Die Brise zog durch die Terrassenfelder wie eine Welle durchs Wasser, Lotuspflanzen hoben die riesigen jadegrünen Blätter, und um die Felder blühten Wiesenblumen in einer unbeschreiblichen Farbenpracht. Die letzten Sonnenstrahlen färbten die weißen Mauern der Stadt rosa und golden.

»Das sieht wie ein glücklicher Ort aus!«, rief Kaede aus.

Lady Maruyama, die unmittelbar vor ihr ritt, drehte sich im Sattel um. »Wir sind nicht mehr im Tohanland. Hier beginnt das Lehnsgut der Otori. Hier werden wir auf Lord Shigeru warten.«

Am nächsten Morgen brachte Shizuka seltsame Kleider statt Kaedes üblicher Gewänder.

»Sie sollen den Umgang mit dem Schwert lernen, Lady«,

verkündete sie und zeigte Kaede, wie sie sich anziehen sollte. Dann betrachtete sie ihre Herrin beifällig.

»Bis auf das Haar könnte Lady Kaede als Junge durchgehen.« Sie hob das schwere Haar aus Kaedes Gesicht und band es mit einem Lederband zurück.

Kaede fuhr sich mit den Händen über den Körper. Die Kleidung bestand aus rauem, dunklem Hanftuch und saß locker. So etwas hatte sie noch nie getragen. Ihr Körper war verhüllt; das gab ihr ein Gefühl der Freiheit.

»Wer sagt, dass ich das lernen soll?«

»Lady Maruyama. Es wird mehrere Tage, vielleicht eine Woche dauern, bis die Otori kommen. Sie möchte, dass Sie beschäftigt sind, statt sich Sorgen zu machen.«

»Sie ist sehr freundlich. Wer wird es mir beibringen?« Shizuka kicherte und gab keine Antwort. Sie führte Kaede von ihrer Herberge über die Straße zu einem langen, niedrigen Gebäude mit Holzboden. Hier zogen sie die Sandalen aus und schlüpften in Tabi, Socken mit abgeteilter großer Zehe. Shizuka reichte Kaede eine Maske, mit der sie ihr Gesicht schützen sollte, und nahm zwei lange Holzstangen aus einem Gestell an der Wand.

»Hat die Lady je gelernt, damit zu kämpfen?«

»Als Kind natürlich«, antwortete Kaede. »Als ich gerade gehen konnte.«

»Dann werden Sie sich daran erinnern.« Shizuka gab Kaede eine Stange, nahm die andere fest in beide Hände und führte eine fließende Reihe von Bewegungen aus, bei denen die Stange schneller durch die Luft sauste, als das Auge folgen konnte.

»So nicht!«, gab Kaede verblüfft zu. Sie hätte es Shizuka kaum zugetraut, die Stange zu heben, und schon gar nicht, sie mit solcher Kraft und Gewandtheit zu schwingen.

Shizuka kicherte wieder und verwandelte sich unter Kaedes Augen von der angespannten Kämpferin in die zerstreute Dienerin. »Lady Kaede wird feststellen, dass alles wieder zurückkommt! Lassen Sie uns anfangen.«

Kaede fror trotz der Wärme des Sommermorgens.

»Bist du die Lehrerin?«

»Oh, ich kann nur wenig, Lady. Sie können wahrscheinlich genauso viel. Ich glaube nicht, dass ich Ihnen etwas beibringen kann.«

Aber obwohl Kaede feststellte, dass sie sich an die Bewegungen erinnerte, obwohl sie eine gewisse natürliche Begabung und den Vorteil der Größe hatte, übertraf Shizukas Geschicklichkeit alles, was sie selbst zustande brachte. Am Ende des Morgens war sie erschöpft, nassgeschwitzt und kochte vor Empörung. Shizuka, die als Dienerin alles Erdenkliche tat, um Kaede zufriedenzustellen, war als Lehrerin völlig rücksichtslos. Jeder Schlag musste fehlerlos ausgeführt werden. Immer wieder, wenn Kaede glaubte, endlich den Rhythmus zu finden, unterbrach Shizuka sie und wies höflich darauf hin, dass ihr Gewicht auf dem falschen Fuß lag oder dass sie sich eine Blöße für den Todesstoß gab, falls sie mit Schwertern gekämpft hätten. Schließlich erklärte sie die Lektion für beendet, tat die Stangen wieder ins Gestell, nahm die Masken ab und trocknete Kaede das Gesicht mit einem Handtuch.

»Das war gut«, sagte sie. »Lady Kaede hat viel Geschick. Wir werden bald die verlorenen Jahre aufgeholt haben.«

Die körperliche Tätigkeit, der Schock über Shizukas Können, die Wärme des Morgens, die ungewohnte Kleidung, das alles trug dazu bei, Kaedes Selbstbeherrschung zu erschüttern. Sie griff nach dem Handtuch und verbarg darin ihr Gesicht, während sie von Schluchzern geschüttelt wurde.

»Lady«, flüsterte Shizuka, »Lady, weinen Sie nicht. Sie haben nichts zu fürchten.«

»Wer bist du wirklich?«, rief Kaede. »Warum gibst du vor zu sein, was du nicht bist? Du hast mir gesagt, du würdest Lady Maruyama nicht kennen!«

»Ich wollte, ich könnte Ihnen alles sagen, aber das ist noch nicht möglich. Doch ich habe hier die Aufgabe, Sie zu beschützen. Zu diesem Zweck hat Arai mich geschickt.«

»Du kennst auch Arai? Du hast damals nur gesagt, dass du aus seiner Stadt kommst.«

»Ja, aber es verbindet uns mehr als nur die gemeinsame Herkunft. Er hat die größte Hochachtung vor Ihnen und fühlt sich in Ihrer Schuld. Als Lord Noguchi ihn ins Exil schickte, war Arai sehr zornig. Er fühlte sich durch Noguchis Misstrauen ebenso beleidigt wie durch die Art, mit der Sie behandelt wurden. Als er hörte, dass Sie zur Hochzeit nach Inuyama geschickt werden sollten, hat er dafür gesorgt, dass ich Sie begleite.«

»Warum? Bin ich dort in Gefahr?«

»Inuyama ist ein gefährlicher Ort. Jetzt umso mehr, als die Drei Länder kurz vor einem Krieg stehen. Sobald das Bündnis mit den Otori durch Ihre Hochzeit besiegelt ist, wird Iida gegen die Seishuu im Westen kämpfen.«

In dem kahlen Raum fielen schräge Sonnenstrahlen durch

den Staub, den ihre Füße aufgewirbelt hatten. Hinter den Gitterfenstern hörte Kaede das Wasser in den Kanälen fließen, Straßenverkäufer schreien, Kinder lachen. Diese Welt schien so einfach und offen zu sein ohne die dunklen Geheimnisse ihrer eigenen.

»Ich bin nur eine Schachfigur auf dem Brett«, sagte sie bitter. »Du wirst mich so schnell opfern, wie die Tohan es tun würden.«

»Nein, Arai und ich sind Ihre Diener, Lady. Er hat geschworen, Sie zu beschützen, und ich gehorche ihm.« Sie lächelte; plötzlich sah sie leidenschaftlich aus.

Sie lieben sich, dachte Kaede und spürte wieder einen Stich der Eifersucht, weil sie Shizuka mit einem anderen teilen musste. Sie wollte fragen: *Was ist mit Lady Maruyama? Was ist ihre Rolle in dem Spiel? Und was ist mit dem Mann, den ich heiraten soll?* Aber sie fürchtete die Antwort.

»Es ist zu heiß, um heute noch mehr zu üben.« Shizuka nahm Kaede das Handtuch ab und trocknete ihr die Augen. »Morgen werde ich Sie lehren, das Messer zu gebrauchen.«

Als sie aufstanden, fügte sie hinzu: »Behandeln Sie mich wie bisher. Ich bin Ihre Dienerin, sonst nichts.«

»Ich sollte um Entschuldigung bitten, weil ich dich manchmal schlecht behandelt habe«, sagte Kaede unbeholfen.

»Das haben Sie nie getan!« Shizuka lachte. »Sie waren höchstens viel zu nachsichtig. Die Noguchi mögen Ihnen nichts Nützliches beigebracht haben, doch immerhin haben Sie von ihnen nicht Grausamkeit gelernt.«

»Ich habe sticken gelernt«, sagte Kaede. »Aber mit einer Nadel kann man keinen töten.«

»O doch«, antwortete Shizuka lässig. »Ich werde es Ihnen eines Tages zeigen.«

Eine Woche warteten sie in der Bergstadt auf die Ankunft der Otori. Das Wetter wurde drückender und schwüler. Gewitterwolken sammelten sich jede Nacht um die Berggipfel, und in der Ferne blitzte es, doch es regnete nicht. Jeden Tag lernte Kaede, mit Schwert und Messer zu kämpfen. Der Unterricht begann bei Tagesanbruch vor der schlimmsten Hitze und dauerte drei Stunden lang, während ihr der Schweiß über Gesicht und Körper rann. Eines Tages schließlich hörten sie am Ende des Morgens, als sie sich mit kaltem Wasser die Gesichter wuschen, neben den üblichen Straßengeräuschen Pferdegetrappel und Hundegebell.

Shizuka winkte Kaede ans Fenster. »Schauen Sie! Hier sind sie! Die Otori sind hier.«

Kaede spähte durch die Gitter. Die Reitergruppe näherte sich im Trab. Die meisten Männer trugen Helm und Rüstung, aber auf einer Seite ritt ein barhäuptiger Junge, der nicht viel älter war als sie. Kaede sah die Kurve seiner Wangenknochen, den seidigen Glanz seines Haars.

»Ist das Lord Shigeru?«

»Nein.« Shizuka lachte. »Lord Shigeru reitet voraus. Der junge Mann ist sein Schützling, Lord Takeo.«

Sie betonte das Wort *Lord* auf eine ironische Art, an die Kaede sich später erinnern würde, doch im Augenblick bemerkte sie es kaum, denn der Junge wandte den Kopf und schaute sie an, als habe er seinen Namen gehört.

Seine Augen verrieten ein tiefgründiges Gemüt, sein

Mund war empfindsam, und in seinen Zügen sah sie Energie und Trauer. Das weckte etwas in ihr, eine Art Neugier, mit Sehnsucht vermischt, ein Gefühl, das sie nicht kannte.

Die Männer ritten weiter. Als der Junge nicht mehr in Sicht war, kam es Kaede vor, als habe sie einen Teil von sich verloren. Wie eine Schlafwandlerin folgte sie Shizuka zurück in die Herberge. Als sie dort ankamen, zitterte sie wie im Fieber. Shizuka deutete das völlig falsch und versuchte, sie zu beruhigen.

»Lord Otori ist ein gütiger Mann, Lady. Niemand wird Ihnen etwas tun.«

Kaede sagte nichts, sie wagte nicht, den Mund aufzumachen, denn das einzige Wort, das sie aussprechen wollte, war sein Name. *Takeo*.

Shizuka versuchte, sie zum Essen zu bewegen – zuerst Suppe, um sie zu wärmen, dann kalte Nudeln, um sie abzukühlen –, doch sie konnte nichts schlucken. Shizuka zwang sie, sich hinzulegen. Kaede schauderte unter der Decke, ihre Augen glänzten, die Haut war trocken, der Körper für sie so unberechenbar wie eine Schlange.

Donner krachte in den Bergen, und die Luft war voller Feuchtigkeit.

Besorgt schickte Shizuka nach Lady Maruyama. Als diese ins Zimmer trat, folgte ihr ein alter Mann.

»Onkel!« Shizuka begrüßte ihn mit einem Freudenschrei.

»Was ist geschehen?« Lady Maruyama kniete sich neben Kaede und legte ihr die Hand auf die Stirn. »Sie ist heiß; sie muss sich erkältet haben.«

»Wir haben trainiert«, erklärte Shizuka. »Dann sahen wir

die Otori ankommen, und sie schien plötzlich Fieber zu haben.«

»Kannst du ihr etwas geben, Kenji?«, fragte Lady Maruyama.

»Sie fürchtet die Hochzeit«, sagte Shizuka leise.

»Ein Fieber kann ich heilen, doch das nicht«, sagte der Alte. »Ich werde einen Kräutertee zubereiten lassen. Der wird sie beruhigen.«

Kaede lag ganz still und mit geschlossenen Augen da. Sie konnte die Stimmen deutlich hören, aber sie schienen aus einer anderen Welt zu kommen, aus der sie in dem Moment herausgerissen worden war, in dem ihr und Takeos Blick sich begegnet waren. Sie setzte sich auf, um den Tee zu trinken, Shizuka hielt ihr dabei den Kopf, als wäre sie ein Kind, dann sank sie in einen leichten Schlaf. Ein Donnerschlag im Tal weckte sie. Das Unwetter war schließlich ausgebrochen, und der Regen prasselte herab, schlug auf die Dachziegel und strömte über die Pflastersteine. Kaede hatte lebhaft geträumt, doch sobald sie die Augen öffnete, verschwand der Traum und ließ ihr nur die klare Erkenntnis zurück, dass es Liebe war, was sie empfand.

Sie war erstaunt, dann begeistert, dann entsetzt. Zuerst dachte Kaede, sie würde sterben, wenn sie Takeo sähe, dann, dass sie sterben würde, wenn sie ihn nicht sähe. Sie machte sich Vorwürfe. Wie konnte sie sich in den Schützling des Mannes verlieben, den sie heiraten sollte? Und dann dachte sie: Welche Heirat? Lord Otori konnte sie nicht heiraten. Sie würde keinen heiraten außer Takeo. Und dann lachte sie über ihre eigene Dummheit. Als ob jemand aus Liebe heiraten würde! *Das ist eine Katastrophe,* dachte sie in einem Augenblick, und im nächsten: *Wie kann dieses Gefühl eine Katastrophe sein?*

Als Shizuka zurückkam, bestand Kaede darauf, dass sie sich erholt habe. Tatsächlich war das Fieber zurückgegangen, einer Intensität gewichen, die ihre Augen leuchten und ihre Haut schimmern ließ.

»Sie sind schöner als je zuvor!«, rief Shizuka, als sie Kaede badete und ihr die Gewänder anzog, die für ihre Verlobung bestimmt waren, für das erste Treffen mit dem künftigen Ehemann.

Lady Maruyama begrüßte sie beunruhigt, erkundigte sich nach ihrer Gesundheit und stellte erleichtert fest, dass es ihr besserging. Doch Kaede spürte die Nervosität der Älteren, als sie ihr in das beste Zimmer der Herberge folgte, das für Lord Otori vorbereitet worden war.

Sie hörte die Männer reden, als die Diener die Türen aufschoben, doch bei ihrem Eintreten verstummten sie. Kaede verbeugte sich bis zum Boden, und während ihr bewusst war, dass sie angestarrt wurde, wagte sie nicht aufzublicken. Ihr Herz jagte, und sie fühlte jeden Pulsschlag in ihrem Körper.

»Das ist Lady Shirakawa Kaede«, sagte Lady Maruyama. Kaede fand den Ton kalt und fragte sich wieder, womit sie die Lady verstimmt haben könnte.

»Lady Kaede, ich stelle dir Lord Otori Shigeru vor.« Jetzt war Lady Maruyamas Stimme so schwach, dass man sie kaum hören konnte.

Kaede setzte sich auf. »Lord Otori«, murmelte sie und hob den Blick zum Gesicht des Mannes, den sie heiraten sollte.

»Lady Shirakawa«, entgegnete er sehr höflich. »Wir haben gehört, dass Sie sich nicht wohl fühlten. Haben Sie sich erholt?«

»Danke, es geht mir gut.« Sie sah die Güte in seinem Blick, sein Gesicht gefiel ihr. *Er verdient seinen guten Ruf,* dachte sie. *Aber wie kann ich ihn heiraten?* Sie merkte, wie ihr das Blut in den Kopf schoss.

»Diese Kräuter versagen nie«, sagte der Mann links neben Lord Otori. Kaede erkannte die Stimme des Alten, dem sie den Tee verdankte, des Mannes, den Shizuka Onkel genannt hatte. »Lady Shirakawa geht der Ruf großer Schönheit voraus, aber der Ruf wird ihr kaum gerecht.«

Lady Maruyama sagte: »Du schmeichelst ihr, Kenji. Wenn ein Mädchen mit fünfzehn nicht schön ist, wird sie es nie.«

Kaede spürte, wie sie noch mehr errötete.

»Wir haben Ihnen Geschenke mitgebracht«, sagte Lord Otori. »Sie verblassen neben Ihrer Schönheit, aber bitte nehmen Sie sie an als Beweis meiner tiefsten Ehrerbietung und der Ergebenheit der Otori. Takeo.«

Kaede fand, dass der Lord das gleichgültig, sogar kühl sagte, und nahm an, dass er wohl immer so für sie empfinden würde.

Der Junge stand auf und holte ein Lacktablett. Darauf lagen Päckchen, die in hellrosa Seidenkrepp mit dem Wappen der Otori eingewickelt waren. Takeo kniete sich vor Kaede und reichte es ihr.

Sie verbeugte sich dankend.

»Das ist Lord Otoris Schützling und Adoptivsohn«, sagte Lady Maruyama. »Lord Otori Takeo.«

Kaede wagte es nicht, ihm ins Gesicht zu schauen. Stattdessen betrachtete sie seine Hände. Sie waren langfingrig, geschmeidig und wunderschön geformt. Die Haut hatte eine Farbe zwischen Honig und Tee, die Nägel waren blasslila getönt. Kaede spürte die Stille in ihm, als würde er horchen, immerzu horchen.

»Lord Takeo«, flüsterte sie.

Er war noch kein Mann wie die Männer, die sie fürchtete und hasste. Er war in ihrem Alter, sein Haar und seine Haut waren ebenso jugendlich. Die intensive Neugier von zuvor überkam sie erneut. Sie wollte alles über ihn wissen. Warum hatte Lord Otori ihn adoptiert? Wer war er wirklich? Was hatte ihn so traurig gemacht? Und warum glaubte sie, er könne die Gedanken ihres Herzens hören?

»Lady Shirakawa.« Er sprach leise mit einem leicht östlichen Anklang.

Sie musste ihn anschauen. Sie hob die Augen und begegnete seinem Blick. Er starrte sie fast verwirrt an, und sie spürte, wie etwas zwischen ihnen aufkam, als hätten sie sich berührt über den Abstand hinweg, der sie trennte.

Der Regen hatte etwas nachgelassen, doch jetzt begann er wieder mit einem trommelnden Rauschen, das ihre Worte fast übertönte. Auch der Wind erhob sich, ließ die Lampenflammen tanzen und die Schatten an den Wänden aufragen.

Ich möchte für immer hierbleiben, dachte Kaede.

Lady Maruyama sagte scharf: »Er hat dich gesehen, aber ihr seid euch nicht vorgestellt worden: Das ist Muto Kenji, ein alter Freund von Lord Otori und Lord Takeos Lehrer. Er wird Shizuka bei deiner Unterrichtung helfen.«

»Sir.« Unter gesenkten Wimpern warf sie ihm einen Blick zu. Er schaute sie mit unverhohlener Bewunderung an und schüttelte dabei wie ungläubig leicht den Kopf. *Er scheint ein netter alter Mann zu sein,* dachte Kaede, und dann: *Aber er ist gar nicht so alt!* Sein Gesicht schien sich vor ihren Augen zu verändern.

Sie spürte, wie der Boden unter ihr von ganz leichtem Beben erschüttert wurde. Alle schwiegen, aber draußen schrie jemand überrascht auf. Dann hörte man wieder nur den Wind und den Regen.

Ein Frösteln überlief Kaede. Sie durfte keines ihrer Gefühle zeigen. Nichts war, was es schien.

Kapitel 7

Nach meiner offiziellen Aufnahme in den Clan sah ich mehr von den gleichaltrigen jungen Männern aus den Kriegerfamilien. Ichiro war ein gefragter Lehrer, und weil er schon mich in Geschichte, Religion und den klassischen Künsten unterwies, erklärte er sich bereit, auch andere Schüler anzunehmen. Unter ihnen war Miyoshi Gemba, der mit seinem älteren Bruder Kahei zu einem meiner engsten Verbündeten und Freunde werden sollte. Kahei war schon in den Zwanzigern und zu alt für Ichiros Unterricht, aber er half, den jüngeren Männern die Künste des Krieges zu lehren.

Zu diesen Lektionen ging ich jetzt zu den Männern des Clans in der großen Halle gegenüber dem Schloss, wo wir mit Stangen kämpften und andere Kampftechniken lernten. Mit Pfeil und Bogen machte ich keine Fortschritte, aber mit der Stange und dem Schwert kam ich gut zurecht. Jeden Morgen ritt ich nach zwei Stunden Schreibübungen bei Ichiro mit einigen Männern durch die gewundenen Straßen der Stadt und verbrachte vier bis fünf Stunden mit hartem Training.

Am späten Nachmittag kam ich mit anderen Schülern zu Ichiro zurück, und wir bemühten uns, die Augen offen zu halten, während er uns die Lehren des Kung Tzu und die

Geschichte der Acht Inseln beizubringen versuchte. Nach der Sommersonnenwende und dem Fest des Webersterns begannen die Tage der großen Hitze. Die schweren Regenfälle waren vorüber, aber es blieb sehr feucht und heftige Stürme drohten. Die Bauern prophezeiten düster eine schlimmere Taifunzeit als üblich.

Mein Unterricht bei Kenji wurde ebenfalls fortgesetzt, aber nachts. Er blieb der Clanhalle fern und warnte mich, meine Stammeskünste zu zeigen. »Die Krieger halten sie für Hexerei. Sie würden dich deshalb verachten.«

In vielen Nächten gingen wir aus, und ich lernte, mich unsichtbar durch die schlafende Stadt zu bewegen. Wir hatten eine sonderbare Beziehung. Bei Tageslicht traute ich ihm überhaupt nicht. Ich war von den Otori adoptiert, mein Herz gehörte ihnen. Ich wollte nicht daran erinnert werden, dass ich ein Außenseiter, ja ein Ungeheuer war. Doch nachts war das anders. Kenji hatte unvergleichliche Fähigkeiten. Er wollte sie mit mir teilen, und ich war versessen darauf, sie zu lernen – teils um ihrer selbst willen, weil sie ein angeborenes dunkles Verlangen erfüllten, und teils weil mir klar war, wie viel ich lernen musste, wenn ich jemals das erreichen wollte, was Lord Shigeru sich von mir erhoffte. Obwohl er noch nichts darüber zu mir gesagt hatte, konnte ich mir nur so erklären, dass er mich aus Mino gerettet hatte. Ich war der Sohn eines Attentäters, ein Angehöriger des Stamms, jetzt sein Adoptivsohn. Welchen anderen Zweck konnte das haben, als Iida zu töten?

Die meisten Jungen akzeptierten mich dank Shigeru, und mir wurde klar, welch hohes Ansehen er bei ihnen und ihren

Vätern genoss. Doch die Söhne von Masahiro und Shoichi machten mir das Leben schwer, besonders Masahiros ältester Sohn, Yoshitomi. Allmählich hasste ich die beiden so sehr wie ihre Väter und verachtete sie auch wegen ihrer blinden Arroganz. Wir kämpften häufig mit Stangen. Ich wusste, dass sie mir gegenüber mörderische Absichten hatten. Einmal hätte Yoshitomi mich getötet, wenn ich ihn nicht einen Augenblick lang durch mein zweites Ich abgelenkt hätte. Das verzieh er mir nie, und oft flüsterte er mir Beleidigungen zu. *Hexer. Schwindler.* Ich hatte mehr Angst davor, ihn in Notwehr oder unabsichtlich zu töten, als davor, von ihm getötet zu werden. Zweifellos verbesserte das meine Fechtkünste, aber ich war erleichtert, als unsere Abreise bevorstand und kein Blut vergossen worden war.

Die heißesten Tage des Sommers waren keine gute Reisezeit, doch wir mussten in Inuyama sein, bevor das Totenfest begann. Wir nahmen nicht die direkte Hauptstraße durch Yamagata, sondern ritten südlich nach Tsuwano, jetzt der Grenzstadt des Otorilehens auf der Straße nach Westen, wo wir die Brautgesellschaft treffen würden, und die Verlobung stattfinden sollte. Von dort wollten wir ins Tohangebiet ziehen und bei Yamagata auf die Poststraße stoßen.

Unsere Reise nach Tsuwano verlief ohne Zwischenfälle und war angenehm trotz der Hitze. Ich war von Ichiros Lektionen und dem Druck des Trainings befreit. Mit Shigeru und Kenji durch das Land zu reisen erlebte ich wie ein Fest; einige Tage lang schienen wir alle unsere Befürchtungen über das Bevorstehende zur Seite zu schieben. Der Regen blieb aus, obwohl die ganze Nacht Blitze um die Bergketten schossen und die Wolken indigoblau färbten. Das volle Sommerlaub der Wälder umgab uns wie ein grünes Meer.

Um die Mittagszeit ritten wir in Tsuwano ein, nachdem wir bei Sonnenaufgang für die letzte Etappe aufgestanden waren. Ich bedauerte die Ankunft, weil sie das Ende der unschuldigen Freuden auf unserer heiteren Reise bedeutete. Ich hätte mir nicht vorstellen können, was an ihre Stelle treten könnte. Tsuwano sang von Wasser, Kanäle voll fetter goldener und roter Karpfen säumten die Straßen. Wir waren nicht weit von der Herberge, da hörte ich plötzlich über das Wasser und die Geräusche der betriebsamen Stadt deutlich meinen Namen; eine Frau hatte ihn ausgesprochen. Die Stimme kam aus einem langen, niedrigen Gebäude mit weißen Wänden und vergitterten Fenstern, einer Art Kampfhalle. Ich wusste, dass zwei Frauen darin waren, doch ich konnte sie nicht sehen, und ich überlegte kurz, warum sie sich hier befanden und warum eine von ihnen meinen Namen genannt haben könnte.

Als wir zur Herberge kamen, hörte ich dieselbe Stimme im Hof. Mir wurde klar, dass sie Lady Shirakawas Kammerdienerin gehörte, und wir erfuhren, dass die Lady sich nicht wohl fühlte. Kenji ging zu ihr und wollte bei der Rückkehr ausführlich ihre Schönheit beschreiben, aber das Unwetter brach los, und aus Furcht, der Donner werde die Pferde unruhig machen, lief ich in den Stall, ohne ihm zuzuhören. Ich interessierte mich nicht für diese Schönheit. Wenn ich überhaupt an die Lady dachte, dann mit Abneigung wegen der Rolle, die sie bei der Falle für Shigeru spielen sollte.

Nach einer Weile kam Kenji zu mir in den Stall, begleitet von der Kammerdienerin. Sie sah aus wie ein hübsches, gutartiges, oberflächliches Mädchen, aber noch bevor sie mich kein bisschen respektvoll angrinste und als »Cousin!« ansprach, hatte ich sie als Angehörige des Stamms erkannt.

Sie drückte ihre Hände an die meinen. »Ich bin auch eine Kikuta, mütterlicherseits. Aber von meinem Vater her eine Muto. Kenji ist mein Onkel.«

Unsere Hände hatten die gleiche langfingrige Form und die gleiche gerade Linie über der Handfläche. »Das ist das einzige Merkmal, das ich geerbt habe«, sagte sie kleinlaut. »Der Rest von mir ist ganz Muto.«

Wie Kenji konnte sie ihr Äußeres verwandeln, so dass man sich nie sicher war, sie wiederzuerkennen. Zuerst hielt ich sie für sehr jung; tatsächlich war sie fast dreißig und hatte zwei Söhne.

»Lady Kaede geht es etwas besser«, sagte sie zu Kenji. »Nach deinem Tee ist sie eingeschlafen, und jetzt will sie aufstehen.«

»Du hast sie zu sehr angestrengt.« Kenji grinste. »Was hast du dir dabei gedacht bei dieser Hitze?« Mir erklärte er: »Shizuka bringt Lady Shirakawa die Schwertkunst bei. Dich kann sie auch unterrichten. Bei diesem Regen werden wir tagelang hierbleiben.« Zu ihr sagte er: »Vielleicht kannst du ihm Rücksichtslosigkeit beibringen. Das ist alles, was ihm fehlt.«

»Sie lässt sich schwer lehren«, antwortete Shizuka. »Entweder man hat sie oder man hat sie nicht.«

Kenji wandte sich an mich. »Sie hat sie. Bleib auf ihrer rechten Seite!«

Ich gab keine Antwort. Es ärgerte mich etwas, dass Kenji ihr gleich bei der ersten Begegnung von meiner Schwäche erzählte. Wir standen unter dem Dachgesims des Stallhofs, vor uns trommelte der Regen aufs Pflaster, hinter uns stampften die Pferde.

»Hat sie häufig dieses Fieber?«, fragte Kenji.

»Eigentlich nicht. Es ist das erste dieser Art. Aber sie ist nicht kräftig. Sie isst kaum etwas; sie schläft schlecht. Sie macht sich Sorgen über die Heirat und über ihre Familie. Ihre Mutter liegt im Sterben, und sie hat sie nicht mehr gesehen, seit sie sieben war.«

»Du hast sie liebgewonnen«, sagte Kenji lächelnd.

»Ja, das stimmt, obwohl ich nur zu ihr gekommen bin, weil Arai mich darum gebeten hat.«

»Ich habe nie ein schöneres Mädchen gesehen«, gab Kenji zu.

»Onkel! Du bist ja hingerissen von ihr!«

»Das muss das Alter sein. Ihre traurige Lage rührt mich. Sie wird die Leidtragende sein, egal, wie sich die Dinge entwickeln.«

Ein heftiger Donnerschlag krachte über unseren Köpfen. Die Pferde bockten und rissen an ihren Leinen. Ich lief zu ihnen, um sie zu beruhigen. Shizuka kehrte in die Herberge zurück, und Kenji ging auf die Suche nach dem Badehaus. Ich sah beide erst am Abend wieder.

Später, als ich gebadet und festliche Kleidung angelegt hatte, war ich Lord Shigeru bei den Vorbereitungen für das erste Treffen mit seiner künftigen Frau behilflich. Wir hatten Geschenke mitgebracht, und ich nahm sie mit den Lackgegenständen aus den Kisten. Ich war noch nie zuvor bei einer Verlobung gewesen, aber sie sollte wohl eine heitere

Angelegenheit sein. Vielleicht ist sie für die Braut immer mit Befürchtungen verbunden. Diese Verlobung schien mir mit Spannungen und schlechten Vorzeichen belastet.

Lady Maruyama begrüßte uns, als seien wir nur flüchtige Bekannte, doch sie wandte den Blick kaum von Shigerus Gesicht. Ich fand, dass sie seit unserem Treffen in Chigawa gealtert war. Sie war nicht weniger schön, doch Leid hatte ihr feine Falten ins Gesicht gegraben. Sowohl sie wie Shigeru verhielten sich kalt zueinander und zu allen anderen, besonders zu Lady Shirakawa.

Ihre Schönheit ließ uns verstummen. Trotz Kenjis Begeisterung war ich nicht darauf vorbereitet. Jetzt glaubte ich, Lady Maruyamas Leid zu verstehen: Zumindest ein Teil davon musste Eifersucht sein. Wie konnte ein Mann den Besitz einer solchen Schönheit ablehnen? Shigeru war kein Vorwurf zu machen, wenn er darauf einging. Er erfüllte dann nur seine Pflicht gegenüber den Onkeln und den Anforderungen des Bündnisses. Doch durch die Heirat würde Lady Maruyama nicht nur den Mann verlieren, den sie seit Jahren liebte, sondern auch ihren stärksten Verbündeten.

Die spannungsgeladene Atmosphäre im Raum machte mich beklommen und unbeholfen. Ich sah, wie Lady Maruyamas Kälte Kaede verletzte, sah, wie dem Mädchen das Blut in die Wangen stieg und ihre Haut noch schöner machte. Ich konnte ihren Herzschlag und ihren schnellen Atem hören. Sie schaute niemanden an, sie hielt die Augen gesenkt. Ich dachte: *Sie ist so jung und verängstigt.* Dann hob sie die Augen und schaute mich einen Augenblick lang an. Ich hatte das Gefühl, sie sei wie eine Ertrinkende im Fluss, und wenn ich die Hand ausstreckte, würde ich sie retten.

»Nun, Shigeru, musst du wählen zwischen der mächtigsten Frau in den Drei Ländern und der schönsten«, sagte Kenji später, als wir noch im Gespräch zusammensaßen und viele Flaschen Wein geleert hatten. Da der Regen uns in Tsuwano vermutlich tagelang festhalten würde, brauchten wir nicht früh zu Bett zu gehen und vor dem Morgengrauen aufzustehen. »Ich hätte als Lord geboren werden sollen.«

»Du hast eine Frau, du müsstest nur bei ihr bleiben«, entgegnete Shigeru.

»Meine Frau ist eine gute Köchin, aber sie hat eine böse Zunge, sie ist fett, und sie hasst Reisen«, murrte Kenji. Ich sagte nichts, doch ich lachte in mich hinein, weil ich schon wusste, wie Kenji die Abwesenheit seiner Frau nutzte: im Vergnügungsviertel.

Kenji scherzte weiter mit der tieferen Absicht, wie ich glaubte, Shigeru auszuhorchen, doch der Lord antwortete ihm im gleichen Ton, als würde er wirklich seine Verlobung feiern. Vom Wein benebelt ging ich schlafen, während der Regen auf das Dach trommelte, durch die Rinnen und über das Pflaster strömte. Die Kanäle waren randvoll; in der Ferne hörte ich, wie das Lied des Flusses zu einem Schrei anschwoll, während das Wasser den Berg hinabstürzte.

Mitten in der Nacht wachte ich auf und merkte sofort, dass Shigeru nicht mehr im Zimmer war. Als ich horchte, nahm ich seine Stimme wahr, die so leise mit Lady Maruyama redete, dass niemand außer mir es hören konnte. So hatten sie vor fast einem Jahr in einem anderen Zimmer gesprochen. Ich war entsetzt über das Risiko, das sie eingingen, und erstaunt über die Kraft der Liebe, die das Paar durch diese seltenen Treffen stärkte.

Er wird nie Shirakawa Kaede heiraten, dachte ich, wusste aber nicht, ob diese Erkenntnis mich freute oder erschreckte.

Voller Unbehagen lag ich bis zum Morgengrauen wach. Der Tag begann grau und nass ohne Anzeichen einer Wetterbesserung. Ein Taifun hatte früher als sonst den westlichen Teil des Landes heimgesucht mit Regengüssen, Überschwemmungen, zerstörten Brücken und unpassierbaren Straßen. Alles war feucht und roch modrig. Zwei Pferde hatten heiße, geschwollene Fesseln, und ein Stallbursche war in die Brust getreten worden. Ich ordnete Breiumschläge für die Pferde an und kümmerte mich darum, dass ein Arzt den Mann besuchte. Gerade aß ich ein spätes Frühstück, da kam Kenji und erinnerte mich an das Schwerttraining. Es war das Letzte, wonach mir zumute war.

»Was willst du denn sonst den ganzen Tag machen?«, fragte er. »Herumsitzen und Tee trinken? Shizuka kann dir eine Menge beibringen. Wenn wir schon hierbleiben müssen, können wir geradeso gut das Beste daraus machen.«

Also aß ich gehorsam zu Ende und folgte meinem Lehrer durch den Regen zur Kampfschule. Von draußen konnte ich das Aufschlagen und Klappern der Stangen hören. Drinnen kämpften zwei junge Männer. Im nächsten Augenblick merkte ich, dass einer kein Junge war, sondern Shizuka: Sie war geschickter als ihr Gegner, aber der andere, größer und entschlossener, konnte es gut mit ihr aufnehmen. Doch als wir kamen, gelang es Shizuka leicht, seine Deckung zu durchbrechen. Erst als der andere die Maske abnahm, erkannte ich Kaede.

»Oh«, sagte sie wütend und fuhr sich mit dem Ärmel über das Gesicht, »die beiden haben mich abgelenkt.«

»Nichts darf Sie ablenken, Lady«, sagte Shizuka. »Das ist Ihre größte Schwäche. Es fehlt Ihnen an Konzentration. Es darf nichts geben als Sie, Ihren Feind und die Schwerter.«

Sie wandte sich um und begrüßte uns. »Guten Morgen, Onkel! Guten Morgen, Cousin!«

Wir erwiderten den Gruß und verbeugten uns ehrerbietig vor Kaede. Dann entstand eine kurze Stille. Ich war verlegen. Noch nie zuvor hatte ich Frauen in einer Kampfhalle gesehen – und nie in Trainingskleidung. Ihre Gegenwart machte mich nervös. Ich fand, dass vielleicht etwas Ungehöriges daran war. Ich sollte nicht mit Shigerus Verlobter hier sein.

»Wir sollten später wiederkommen«, sagte ich. »Wenn Sie fertig sind.«

»Nein, ich möchte, dass du mit Shizuka kämpfst«, sagte Kenji. »Lady Shirakawa kann kaum allein in die Herberge zurück. Es wird lehrreich für sie sein zuzuschauen.«

»Es wäre gut für die Lady, gegen einen Mann zu trainieren«, sagte Shizuka. »Wenn es zu einem Kampf kommt, kann sie sich ihre Gegner nicht aussuchen.«

Ich schaute kurz zu Kaede und sah, wie sie große Augen machte. Doch sie schwieg.

»Nun, mit Takeo sollte sie fertigwerden«, sagte Kenji ungehalten. Ich dachte, er hätte Kopfweh vom Wein, und fühlte mich selbst etwas angeschlagen.

Kaede saß mit gekreuzten Beinen wie ein Mann auf dem Boden. Sie löste die Bänder, die ihr Haar zurückhielten, und es fiel bis auf den Boden herunter. Ich versuchte, sie nicht anzusehen.

Shizuka gab mir eine Stange und nahm die erste Stellung ein.

Wir fochten ein wenig; keiner von uns zeigte, was er konnte. Ich hatte nie zuvor mit einer Frau gekämpft und zögerte, wirklich Ernst zu machen, aus Furcht, sie zu verletzen. Als ich dann in eine Richtung täuschte, war sie zu meiner Überraschung schon da, und ein drehender Aufschlag warf mir die Stange aus den Händen. Wenn ich mit Masahiros Sohn gekämpft hätte, wäre ich tot gewesen.

»Cousin«, sagte sie tadelnd. »Beleidige mich nicht, bitte.«

Danach strengte ich mich mehr an, aber sie war geschickt und erstaunlich stark.

Erst nach dem zweiten Gefecht bekam ich die Oberhand, und das erst nach ihrer Anweisung. Im vierten Gefecht gab sie sich geschlagen und sagte: »Ich habe schon den ganzen Morgen mit Lady Kaede gekämpft. Du bist frisch, Cousin, und erst halb so alt wie ich.«

»Ich glaube, ein bisschen mehr als halb so alt«, keuchte ich. Der Schweiß lief mir aus den Poren. Kenji gab mir ein Handtuch, und ich trocknete mich ab.

Kaede sagte: »Warum nennst du Lord Takeo Cousin?«

»Ob Sie es glauben oder nicht, wir sind verwandt durch die Familie meiner Mutter«, sagte Shizuka. »Lord Takeo wurde nicht als Otori geboren, sondern adoptiert.« Ernst betrachtete Kaede uns drei. »Da ist eine gewisse Ähnlichkeit. Sie ist schwer festzumachen. Aber es ist etwas Geheimnisvolles, als wäre keiner von Ihnen das, was er zu sein scheint.«

»In dieser Welt ist das Weisheit, Lady«, sagte Kenji ziemlich scheinheilig, wie ich fand. Wahrscheinlich wollte er nicht, dass Kaede die Wahrheit über unsere Verwandtschaft erfuhr: dass wir alle vom Stamm waren. Ich wollte das auch nicht. Viel lieber sollte sie mich für einen der Otori halten.

Shizuka band Kaedes Haar zurück. »Jetzt sollten Sie es gegen Takeo versuchen.«

»Nein«, sagte ich sofort. »Ich muss jetzt gehen. Mich um die Pferde kümmern. Und sehen, ob Lord Otori mich braucht.«

Kaede stand auf. Ich bemerkte, dass sie leicht zitterte, und besonders bemerkte ich ihren Duft, Blumenaroma, vermischt mit ihrem Schweiß.

»Nur ein Kampf«, sagte Kenji. »Das kann nicht schaden.«

Shizuka wollte Kaede die Maske anlegen, doch Kaede winkte ab. »Wenn ich gegen Männer kämpfen soll, dann ohne Maske.«

Zögernd nahm ich die Stange. Der Regen strömte noch heftiger herunter. Im Raum war es dämmrig, das Licht grünlich. Wir schienen in einer Welt innerhalb einer Welt zu sein, isoliert von der wirklichen, verzaubert. Es begann wie ein normales Übungsgefecht; wir versuchten beide, den anderen zu verunsichern, doch ich hatte Angst, ihr Gesicht zu treffen, und ihr Blick lag immer auf dem meinen. Wir waren beide zaghaft, wir ließen uns auf etwas äußerst Fremdartiges ein, dessen Regeln wir nicht kannten. Dann, an einem Punkt, den ich kaum bemerkte, wurde aus dem Kampf eine Art Tanz. Schritt, Schlag, Abwehr, Schritt. Kaedes Atem kam stärker, meiner war sein Echo, bis wir beide gemeinsam atmeten, ihre Augen wurden strahlender, ihr Gesicht leuchtete, jeder Schlag wurde stärker und der Rhythmus unserer Schritte heftiger. Eine Zeitlang dominierte ich, dann sie, doch keiner von uns bekam die Oberhand.

Wollte das einer von uns?

Schließlich durchbrach ich fast aus Versehen ihre Abwehr und ließ, um nicht ihr Gesicht zu treffen, die Stange zu Boden fallen. Sofort senkte Kaede ihre Stange und sagte: »Ich ergebe mich.«

»Das war gut«, sagte Shizuka, »aber ich finde, Takeo hätte sich ein bisschen mehr anstrengen können.«

Ich stand da und starrte Kaede mit offenem Mund an wie ein Idiot. Ich dachte: *Wenn ich sie jetzt nicht in die Arme nehmen kann, sterbe ich.*

Kenji reichte mir ein Handtuch und stieß mich grob in die Brust. »Takeo …«, fing er an.

»Was?«, fragte ich dumm.

»Fang nur nicht an, die Dinge zu verkomplizieren!«

Shizuka sagte so scharf, als würde sie vor einer Gefahr warnen: »Lady Kaede!«

»Was?« Kaede schaute mir immer noch unverwandt ins Gesicht.

»Ich glaube, das reicht für einen Tag«, sagte Shizuka. »Lassen Sie uns in Ihr Zimmer zurückgehen.«

Kaede lächelte mir zu, plötzlich war sie gar nicht mehr zurückhaltend. »Lord Takeo«, sagte sie.

»Lady Shirakawa.« Ich verbeugte mich, wie es sich gehörte, doch ich musste einfach zurücklächeln.

»Nun, jetzt ist es geschehen«, murmelte Kenji.

»Was hast du erwartet? Es ist das Alter!«, entgegnete Shizuka. »Sie werden darüber hinwegkommen.«

Während Shizuka Kaede aus der Halle führte und den Dienern draußen zurief, sie sollten Regenschirme bringen, dämmerte mir, wovon sie redeten. Im einen hatten sie recht und im anderen unrecht. Kaede und ich waren versengt von der Sehnsucht füreinander, von mehr als Sehnsucht, von Liebe, aber wir würden nie darüber hinwegkommen.

Eine Woche lang hielten uns die schweren Regenfälle in der Bergstadt fest. Kaede und ich trainierten nicht mehr zusammen. Ich wünschte, wir hätten es nie getan. Es war ein Augenblick der Tollheit gewesen, ich hatte es nie gewollt, und jetzt wurde ich von den Folgen gemartert. Den ganzen Tag horchte ich auf sie. Ich hörte ihre Stimme, ihren Schritt und nachts, wenn uns nur eine dünne Wand trennte, ihr Atmen. Ich wusste, wie sie schlief (unruhig) und wann sie erwachte (häufig). Wir verbrachten eine gewisse Zeit zusammen – wir waren dazu gezwungen durch die Enge der Herberge, weil wir zur selben Reisegesellschaft gehörten, weil erwartet wurde, dass wir bei Lord Shigeru und Lady Maruyama waren –, aber wir hatten keine Gelegenheit, miteinander zu reden. Wir fürchteten beide gleichermaßen, glaube ich, unsere Gefühle zu verraten. Wir wagten kaum, einander anzuschauen, aber hin und wieder begegneten sich unsere Blicke, und das Feuer loderte wieder auf zwischen uns.

Ich wurde mager und hohläugig vor Sehnsucht, was sich durch Schlafmangel noch verschlimmerte, denn ich nahm meine alten Gewohnheiten aus Hagi wieder auf und ging nachts auf Erkundungen. Shigeru wusste nichts davon, weil ich verschwand, während er bei Lady Maruyama war, und Kenji bemerkte es entweder nicht oder tat wenigstens so. Ich hatte das Gefühl, so körperlos zu werden wie ein Geist. Am Tag lernte und zeichnete ich, bei Nacht ging ich wie ein Schatten durch die kleine Stadt auf der Suche nach dem Leben anderer Menschen. Oft kam mir der Gedanke, dass ich nie ein eigenes Leben haben, sondern immer zu den Otori oder dem Stamm gehören würde.

Ich beobachtete Kaufleute beim Kalkulieren des Verlusts, den der Wasserschaden ihnen bringen würde. Ich beobachtete die Stadtbewohner, wenn sie in den Bars tranken und spielten und sich am Arm von Prostituierten wegführen ließen. Ich beobachtete Eltern im Schlaf, ihre Kinder lagen zwischen ihnen. Ich stieg Mauern und Abflussrohre hinauf, ging über Dächer und an Zäunen entlang. Einmal schwamm ich durch den Burggraben, erkletterte die Schlossmauern und das Tor und beobachtete die Wachen; ich war ihnen so nah, dass ich sie riechen konnte. Es verwunderte mich, dass sie mich weder sahen noch hörten. Ich belauschte die Leute, wach und schlafend, hörte ihre Proteste, ihre Flüche und ihre Gebete. Vor dem Morgengrauen ging ich bis auf die Haut durchnässt zur Herberge zurück, zog die nassen Sachen aus und schlüpfte nackt und schaudernd unter die Decken. Ich döste und hörte, wie das Haus um mich herum erwachte. Zuerst krähten die Hähne, dann krächzten die

Krähen; Dienstboten standen auf und holten Wasser; Holzschuhe klapperten über die hölzernen Brücken; Raku und die anderen Pferde wieherten in den Ställen.

Ich wartete auf den Augenblick, da ich Kaedes Stimme hörte.

Der Regen strömte drei Tage lang herab und ließ dann langsam nach. Viele Leute kamen zur Herberge, um mit Shigeru zu reden. Ich lauschte den vorsichtigen Gesprächen und versuchte zu unterscheiden, wer dem Lord gegenüber loyal war und wer nur zu gern daran beteiligt wäre, ihn zu verraten. Wir gingen zum Schloss, um Lord Kitano Geschenke zu bringen, und ich sah im Tageslicht das Tor und die Mauern, die ich bei Nacht erklettert hatte.

Lord Kitano begrüßte uns höflich und drückte sein Beileid über Takeshis Tod aus. Der schien auf seinem Gewissen zu lasten, denn er kam mehrmals auf das Thema zurück. Er war im gleichen Alter wie die Otorilords und hatte Söhne im Alter von Shigeru. Sie waren bei dem Treffen nicht anwesend. Der eine war angeblich unterwegs, der andere krank. Lord Kitano äußerte Entschuldigungen, die ich als Lügen erkannte.

»Sie lebten als Jungen in Hagi«, erzählte mir Shigeru später. »Wir haben zusammen trainiert und gelernt. Sie kamen oft ins Haus meiner Eltern und standen Takeshi und mir so nah wie Brüder.« Er schwieg einen Augenblick, dann sagte er: »Nun, das war vor vielen Jahren. Die Zeiten ändern sich, und wir alle müssen uns mit ihnen ändern.«

Aber so resigniert konnte ich nicht sein. Bitter spürte ich, dass er immer einsamer wurde, je näher wir dem Tohangebiet kamen.

Es war am frühen Abend. Wir hatten gebadet und warteten auf die Mahlzeit. Kenji war in ein öffentliches Badehaus gegangen, wo ihn ein Mädchen interessierte, wie er sagte. Das Zimmer ging auf einen kleinen Garten hinaus. Der Regen hatte bis auf ein Nieseln nachgelassen, und die Türen standen weit offen. Es roch kräftig nach durchweichter Erde und nassen Blättern.

»Morgen wird es aufklaren«, sagte Shigeru. »Wir werden weiterreiten können. Aber vor dem Fest kommen wir nicht nach Inuyama. Ich glaube, wir werden in Yamagata bleiben müssen.« Er lächelte völlig freudlos.

»Ich werde meines Bruders gedenken können an dem Ort, wo er gestorben ist. Aber ich darf niemandem meine Gefühle zeigen. Ich muss so tun, als hätte ich alle Rachegedanken verdrängt.«

»Warum gehen wir ins Tohangebiet?«, fragte ich. »Zur Umkehr ist es noch nicht zu spät. Wenn meine Adoption Sie zu dieser Heirat verpflichtet, dann könnte ich mit Kenji weggehen. Er möchte das.«

»Auf keinen Fall!«, entgegnete Shigeru. »Ich habe mein Wort gegeben, dass ich diese Vereinbarungen einhalte, und ich habe sie besiegelt. Ich bin jetzt in den Fluss gesprungen und muss treiben, wohin er mich trägt. Lieber möchte ich von Iida getötet werden, als dass er mich verachtet.« Horchend schaute er sich um. »Sind wir ganz allein? Kannst du jemanden hören?«

Ich hörte die üblichen Abendgeräusche der Herberge: die leisen Schritte der Mädchen, die den Gästen Essen und Wasser brachten; aus der Küche den Koch, der mit dem Messer hackte; kochendes Wasser; die gemurmelte Unterhaltung der Wachen im Gang und im Hof. Einen anderen Atem als unseren hörte ich nicht.

»Wir sind allein.«

»Komm näher. Sobald wir bei den Tohan sind, können wir nicht mehr reden. Es gibt viele Dinge, die ich dir erzählen muss, bevor …«, er grinste mich an, diesmal war es ein richtiges Lächeln, »bevor in Inuyama geschieht, was geschehen muss! Ich habe daran gedacht, dich wegzuschicken. Kenji wünscht es zu deiner Sicherheit, und natürlich sind seine Ängste gerechtfertigt. Ich muss nach Inuyama gehen, komme, was da wolle. Doch ich bitte dich um einen fast unmöglichen Dienst, weit über jede Verpflichtung hinaus, die du mir gegenüber haben könntest, und ich finde, ich muss dir eine Wahl lassen. Bevor wir ins Tohangelände reiten und nachdem du gehört hast, was ich zu sagen habe, bist du frei, mit Kenji wegzugehen und dich dem Stamm anzuschließen.«

Ein schwaches Geräusch vom Gang rettete mich vor einer Antwort. »Jemand kommt an die Tür.« Wir schwiegen beide.

Gleich darauf kamen die Dienstmädchen mit den Essenstabletts. Als sie wieder gegangen waren, fingen wir an zu essen. Das Mahl war karg wegen des Regens – eine Art gepökelter Fisch, Reis, Gemüse und eingelegte Gurken –, aber wir nahmen wohl beide den Geschmack nicht wahr.

»Vielleicht fragst du dich, worauf mein Hass gegen Iida beruht«, sagte Shigeru. »Ich hatte immer eine persönliche Abneigung gegen ihn wegen seiner Grausamkeit und seiner Hinterhältigkeit. Nach Yaegahara und dem Tod meines Vaters, als meine Onkel die Führung des Clans übernahmen, dachten viele, ich sollte mir das Leben nehmen. Das wäre ehrenhaft gewesen – und für sie eine bequeme Lösung, meine lästige Person loszuwerden. Aber als die Tohan in das bisherige Otoriland einzogen und ich die zerstörerische Auswirkung ihrer Herrschaft auf die einfachen Leute sah, kam ich zu der Überzeugung, dass es lohnender sei, zu leben und Rache zu üben. Ich glaube, der Prüfstein für eine Regierung ist die Zufriedenheit der Menschen. Wenn der Herrscher gerecht ist, genießt das Land den Segen des Himmels. In den Tohanländern verhungern die Menschen, werden von Schulden geplagt, von Iidas Beamten ständig schikaniert. Die Verborgenen werden gefoltert und ermordet – gekreuzigt, kopfunter über Abfallgruben aufgehängt, in Körbe an Außenmauern gesteckt, damit die Krähen sie fressen. Bauern müssen ihre neugeborenen Kinder aussetzen und ihre Töchter verkaufen, weil sie nichts haben, um sie zu ernähren.«

Er nahm ein Stückchen Fisch und aß es bedächtig, mit ausdruckslosem Gesicht.

»Iida wurde der mächtigste Herrscher in den Drei Ländern. Macht bringt ihre eigene Gesetzmäßigkeit mit sich. Die meisten Leute glauben, dass jeder Lord das Recht hat, in seinem eigenen Clan und seinem eigenen Land zu tun, was er will. Auch ich wurde in dem Glauben daran erzogen. Aber Iida bedrohte mein Land, das Land meines Vaters, und ich wollte nicht, dass es ihm kampflos überlassen wurde.

Das hat mich viele Jahre lang beschäftigt. Ich schlüpfte in eine Rolle, die mir nur teilweise entspricht. Sie nennen mich Shigeru, den Bauern. Ich kümmerte mich darum, mein Land zu verbessern, und redete von nichts als den Jahreszeiten, von

Ernten und Bewässerung. Diese Dinge interessieren mich sowieso, aber sie dienten mir auch als Ausrede dafür, durch das ganze Lehnsgut zu reisen und viel zu erfahren, was ich sonst nicht gewusst hätte.

Ich mied die Tohanländer, jährliche Besuche in Terayama ausgenommen, wo mein Vater und viele meiner Vorfahren begraben sind. Der Tempel wurde den Tohan überlassen, genau wie die Stadt Yamagata nach der Schlacht von Yaegahara. Aber dann kam ich persönlich mit der Grausamkeit der Tohan in Berührung, und meine Geduld ging langsam zu Ende.

Im vergangenen Jahr erkrankte meine Mutter gleich nach dem Fest des Webersterns an einem Fieber. Es war besonders bösartig, und sie starb innerhalb einer Woche. Drei weitere Angehörige des Haushalts starben, unter ihnen ihre Kammerdienerin. Ich wurde ebenfalls krank. Vier Wochen schwebte ich zwischen Leben und Tod, war im Delirium, wusste von nichts. Man rechnete nicht mit meiner Genesung, und als ich mich erholte, wäre ich lieber tot gewesen, denn da erfuhr ich, dass mein Bruder in der ersten Woche meiner Krankheit ermordet worden war.

Es war im Hochsommer. Man hatte ihn bereits begraben. Niemand konnte mir sagen, was geschehen war. Es schien keine Zeugen zu geben. Er hatte seit kurzem eine neue Geliebte gehabt, aber das Mädchen war ebenfalls verschwunden. Wir hörten nur, dass ein Tsuwanohändler seine Leiche in den Straßen von Yamagata erkannt und für das Begräbnis in Terayama gesorgt hatte. Verzweifelt schrieb ich an Muto Kenji, den ich seit Yaegahara kannte, ich hoffte, der Stamm habe irgendwelche Erkenntnisse. Zwei Wochen danach kam spät in der Nacht ein Mann in mein Haus; er hatte einen Brief mit Kenjis Siegel. Ich hätte ihn für einen Stallknecht oder einen Infanteristen gehalten; er vertraute mir an, dass er Kuroda hieß, also einen Stammesnamen trug.

Das Mädchen, in das sich Takeshi verliebt hatte, war eine Sängerin, und sie waren gemeinsam zum Sternenfest nach Tsuwano gegangen. Das wusste ich bereits, denn als meine Mutter krank geworden war, hatte ich ihm die Nachricht geschickt, er solle nicht nach Hagi zurückkehren. Ich wollte, dass er in Tsuwano blieb, aber das Mädchen wollte anscheinend weiter nach Yamagata, wo es Verwandte hatte, und Takeshi ging mit ihm. Kuroda erzählte mir, dass es in einer Herberge Streit gegeben habe – die Otori und ich seien beleidigt worden. Ein Kampf brach aus. Takeshi war ein ausgezeichneter Schwertkämpfer. Er tötete zwei Männer und verwundete mehrere andere, die davonliefen. Dann ging er zurück zu den Verwandten des Mädchens. Tohanmänner kamen mitten in der Nacht zurück und zündeten das Haus an. Alle darin verbrannten oder wurden erdolcht, als sie versuchten, den Flammen zu entfliehen.«

Ich schloss kurz die Augen; mir war, als könne ich ihre Schreie hören.

»Ja, es war wie in Mino«, sagte Shigeru bitter. »Die Tohan behaupteten, die Familie gehöre zu den Verborgenen, obwohl es so gut wie sicher ist, dass das nicht stimmt. Mein Bruder trug Reisekleidung. Niemand wusste, wer er war. Zwei Tage lang lag seine Leiche auf der Straße.«

Er seufzte tief. »Es hätte zu öffentlicher Empörung kommen sollen. Clans haben sich wegen weniger bekriegt. Wenigstens hätte Iida sich entschuldigen, seine Männer bestrafen und eine Art Wiedergutmachung leisten sollen. Aber Kuroda berichtete mir, dass Iida auf die Nachricht hin nur gesagt habe: ›Ein Otori-Emporkömmling weniger, über den man sich ärgern muss. Zu schade, dass es nicht der Bruder war.‹ Selbst die Täter wunderten sich, sagte Kuroda. Sie hatten nicht gewusst, wer Takeshi war. Als sie es erfuhren, erwarteten sie die Todesstrafe. Aber Iida tat nichts und meine Onkel auch nicht. Bei einem vertraulichen Treffen erzählte ich ihnen, was Kuroda mir berichtet hatte. Sie zogen es vor, mir nicht zu glauben. Sie erinnerten mich an Takeshis unbesonnenes Verhalten in der Vergangenheit, die Kämpfe, in die er verwickelt gewesen war, die Wagnisse, die er auf sich genommen hatte. Sie verboten mir, öffentlich über die Sache zu reden, erinnerten mich daran, dass ich immer noch nicht gesund war, und schlugen vor, ich solle eine Zeitlang weggehen, in die östlichen Berge zu den heißen Quellen reisen, in den Schreinen beten. Ich beschloss wegzugehen, aber nicht mit der Absicht, ihren Vorschlägen zu folgen.«

»Sie kamen, um mich in Mino zu finden«, flüsterte ich.

Er antwortete mir nicht sofort. Draußen war es jetzt dunkel, aber vom Himmel kam ein schwacher Schein. Die Wolken teilten sich, und immer wieder tauchte der Mond zwischen ihnen auf. Zum ersten Mal sah ich die Umrisse der Berge und der Kiefern schwarz gegen den Nachthimmel.

»Sag den Dienstboten, sie sollen Licht bringen«, ordnete Shigeru an, und ich ging an die Tür und rief die Mädchen.

Sie kamen und räumten die Tabletts weg, brachten Tee und zündeten die Lampen in den Ständern an. Als sie wieder gegangen waren, tranken wir schweigend den Tee. Die Schalen waren dunkelblau glasiert. Shigeru drehte die seine in der Hand und las dann auf der Unterseite den Namen des Töpfers. »Ihr Anblick ist für mich nicht so wohltuend wie die Erdfarben von Hagi«, sagte er, »aber dennoch wunderschön.«

»Darf ich Sie etwas fragen?«, sagte ich und schwieg dann wieder, weil ich mir nicht sicher war, ob ich die Antwort hören wollte.

»Nur zu.«

»Sie lassen Leute glauben, wir hätten uns zufällig getroffen, aber ich hatte das Gefühl, Sie wussten, wo Sie mich finden würden. Sie haben mich gesucht.«

Er nickte. »Ja, ich wusste, wer du bist, sobald ich dich auf dem Pfad sah. Ich war eigens nach Mino gekommen, um dich zu finden.«

»Weil mein Vater ein Attentäter war?«

»Das war der Hauptgrund, aber nicht der einzige.« Ich hatte das Gefühl, es sei nicht genug Luft im Zimmer für meinen nächsten Atemzug. Die anderen Gründe, die Lord Shigeru gehabt haben mochte, kümmerten mich wenig. Ich musste mich auf den Hauptgrund konzentrieren.

»Aber woher wussten Sie Bescheid, wenn ich es selbst nicht wusste – wenn der Stamm es nicht wusste?«

Er sprach noch leiser als zuvor. »Seit Yaegahara habe ich viel dazugelernt. Damals war ich nur ein Junge, ein typischer Kriegersohn ohne Gedanken an etwas anderes als das Schwert und die Familienehre. Dort traf ich Muto Kenji, und in den Monaten danach öffnete er mir die Augen für die Macht, die jenseits der Gesetze der Kriegerklasse liegt. Ich erfuhr einiges über das Verbindungsnetz des Stamms und sah, wie sie die Kriegsherren und die Clans kontrollierten. Kenji wurde ein Freund, und durch ihn kam ich mit vielen anderen Stammesmitgliedern zusammen. Sie interessierten mich. Ich weiß wahrscheinlich mehr über sie als jeder andere Außenstehende. Aber ich habe dieses Wissen für mich behalten und nie jemandem etwas davon gesagt. Ichiro weiß ein wenig und du jetzt auch.«

Ich dachte an den Schnabel des Reihers, wie er ins Wasser stößt.

»Kenji irrte sich am ersten Abend, als er nach Hagi kam. Ich wusste sehr gut, wen ich in mein Haus brachte. Ich hatte jedoch nicht erkannt, dass deine Talente so groß sein würden.« Er lächelte mir zu; das aufrichtige Lächeln veränderte wieder sein Gesicht. »Das war eine unerwartete Belohnung.«

Jetzt schien ich die Fähigkeit zu sprechen wieder verloren zu haben. Ich wusste, dass wir das Thema anschneiden mussten – welche Absichten Shigeru damit verfolgte, dass er mich ausfindig gemacht und mein Leben gerettet hatte. Aber ich brachte es nicht über mich, so unumwunden von diesen Dingen zu sprechen. Ich spürte, wie das Dunkle meiner Stammesnatur von mir Besitz ergriff. Ich sagte nichts und wartete.

Shigeru sagte: »Ich wusste, dass ich keine Ruhe unter dem Himmel finden würde, solange die Mörder meines Bruders lebten. In meinen Augen war ihr Lord verantwortlich für ihre Taten. Und in der Zwischenzeit hatte sich die Lage verändert. Dass Arai sich mit Noguchi zerstritten hatte, bedeutete, dass die Seishuu wieder an einem Bündnis mit den Otori gegen Iida interessiert waren. Alles schien auf eine Lösung hinzudeuten: dass die Zeit gekommen war, ihn zu töten.«

Sobald ich die Worte hörte, überkam mich eine langsam zunehmende Erregung. Ich erinnerte mich an jenen Augenblick in meinem Dorf, als ich beschlossen hatte, nicht zu sterben, sondern zu leben und Rache zu suchen – an die Nacht in Hagi unter dem Wintermond, als ich mir der Fähigkeit und des Willens bewusst geworden war, Iida zu töten. Tiefer Stolz erfüllte mich, weil Lord Shigeru mich für diesen Zweck auserwählt hatte. Alle Fäden meines Lebens schienen darauf hinzuführen.

»Mein Leben gehört Ihnen«, sagte ich. »Was immer Sie wollen, werde ich tun.«

»Ich will, dass du endlich du zu mir sagst – du bist jetzt mein Sohn! Und ich bitte dich um etwas äußerst Gefährliches, fast Unmögliches. Wenn du dich dagegen entscheidest, kannst du morgen mit Kenji weggehen. Alle Schulden zwischen uns sind erloschen. Niemand wird geringer von dir denken.«

»Bitte beleidige mich nicht«, sagte ich und brachte ihn damit zum Lachen.

Ich hörte Schritte im Hof und eine Stimme auf der Veranda. »Kenji ist wieder da.«

Gleich darauf kam er ins Zimmer, gefolgt von einem Dienstmädchen mit frischem Tee. Kenji musterte uns, während sie einschenkte, und sobald sie gegangen war, sagte er: »Ihr seht aus wie Verschwörer. Was habt ihr geplant?«

»Unseren Besuch in Inuyama«, antwortete Shigeru. »Ich habe Takeo von meinen Absichten erzählt. Es ist sein freier Wille, mich zu begleiten.«

Kenjis Gesichtsausdruck veränderte sich. »In den Tod«, murmelte er.

»Vielleicht nicht«, sagte ich leichthin. »Ich will nicht prahlen, aber wenn jemand in die Nähe von Lord Iida kommen kann, dann bin ich es.«

»Du bist nur ein Junge«, schnaubte mein Lehrer verächtlich. »Das habe ich Lord Shigeru schon gesagt. Er kennt alle meine Einwände gegen seinen überstürzten Plan. Jetzt werde ich sie dir nennen. Glaubst du wirklich, du wirst Iida töten können? Er hat mehr Attentatsversuche überlebt, als ich Mädchen hatte. Du hast immer noch deinen ersten Mord vor dir! Dazu kommt, dass du sehr wahrscheinlich entweder in der Hauptstadt oder unterwegs erkannt werden wirst. Ich glaube, dein Hausierer hat mit jemandem über dich geredet. Es war kein Zufall, dass Ando in Hagi aufgetaucht ist. Er kam, um das Gerücht zu überprüfen, und sah dich mit Shigeru. Ich vermute, dass Iida bereits weiß, wer und wo du bist. Vielleicht wirst du festgenommen, sobald du Tohangebiet betrittst.«

»Nicht, wenn er mit mir zusammen ist, einem Otori, der kommt, um ein Freundschaftsbündnis zu schließen«, sagte der Lord. »Jedenfalls habe ich ihm gesagt, dass er die Freiheit hat, mit dir wegzugehen. Es ist seine Entscheidung, wenn er mit mir kommt.«

Ich glaubte, einen gewissen Stolz herauszuhören, und sagte zu Kenji: »Es kommt nicht in Frage, dass ich ihn verlasse. Ich muss nach Inuyama. Und überhaupt habe ich eigene Rechnungen zu begleichen.«

Er seufzte bedrückt. »Dann muss ich wohl mit dir gehen.«

»Das Wetter hat aufgeklart. Wir können morgen weiter«, kündigte Shigeru an.

»Ich muss dir noch etwas anderes sagen, Shigeru. Es hat mich erstaunt, dass du dein Verhältnis mit Lady Maruyama so lange geheim halten konntest. Im Badehaus habe ich etwas gehört, einen Witz, der mich glauben lässt, dass es kein Geheimnis mehr ist.«

»Was war das?«

»Ein Mann, dem gerade der Rücken abgeschrubbt wurde, bemerkte gegenüber dem Mädchen, Lord Otori sei mit seiner künftigen Frau in der Stadt, und sie antwortete: ›Und mit seiner gegenwärtigen Frau.‹ Viele lachten, als würden sie verstehen, was sie meinte, und redeten von Lady Maruyama und Iidas Werbung um sie. Natürlich sind wir hier immer noch im Otoriland; die Leute bewundern dich ausschließlich, und dieses Gerücht gefällt ihnen. Es mehrt den Ruf der Otori und ist wie ein Messer in den Rippen des Tohan. Ein Grund mehr, es so oft zu wiederholen, bis es auch an Lord Iidas Ohren dringt.«

Im Lampenlicht sah ich Shigerus Gesicht. Es hatte einen seltsamen Ausdruck. Ich glaubte, Stolz darin zu lesen und Bedauern.

»Iida tötet mich vielleicht«, sagte er, »aber er kann es nicht ändern, dass sie mich ihm vorzieht.«

»Du bist in den Tod verliebt wie deine ganze Klasse«, sagte Kenji so zornig, wie ich ihn noch nie gehört hatte.

»Ich fürchte den Tod nicht«, entgegnete Shigeru. »Aber dass ich in ihn verliebt wäre, stimmt nicht. Ganz im Gegenteil: Ich glaube, ich habe bewiesen, wie sehr ich das Leben liebe. Doch es ist besser zu sterben, als mit Schande zu leben, und das ist der Punkt, an dem ich jetzt stehe.«

Ich hörte Schritte näher kommen. Wie ein Hund drehte ich den Kopf, und beide Männer schwiegen. Jemand klopfte an die Tür und schob sie auf. Sachie kniete im Korridor. Shigeru stand sofort auf und ging zu ihr. Sie flüsterte etwas und huschte davon. Er sagte zu uns:

»Lady Maruyama wünscht den morgigen Reiseablauf zu besprechen. Ich werde eine Weile in ihrem Zimmer sein.«

Kenji schwieg und verbeugte sich leicht.

»Es könnte unsere letzte gemeinsame Zeit sein«, sagte Shigeru leise, ging in den Gang und schob die Tür hinter sich zu.

»Ich hätte zuerst bei dir sein sollen, Takeo«, murrte Kenji. »Dann wärst du nie ein Lord geworden, nie durch Treuebande an Shigeru gebunden. Du wärst durch und durch ein Stammesmitglied. Du würdest nicht zweimal darüber nachdenken, ob du mit mir heute Nacht weggehen willst.«

»Wenn Lord Otori nicht zuerst bei mir gewesen wäre, dann wäre ich tot«, entgegnete ich heftig. »Wo war denn der Stamm, als die Tohan meine Angehörigen ermordeten und unser Haus anzündeten? Er hat mir damals das Leben gerettet. Deshalb kann ich ihn nicht verlassen. Nie werde ich es tun. Frag mich nie wieder!«

Kenjis Augen wurden trüb. »Lord Takeo«, sagte er ironisch.

Die Mädchen kamen, um die Betten auszubreiten, und wir sprachen nicht mehr miteinander.

Am folgenden Morgen waren die Straßen, die aus Tsuwano hinausführten, voller Menschen. Viele Reisende nutzten das bessere Wetter, um ihre Fahrt fortzusetzen. Der Himmel war klar und von tiefem Blau, die Sonne zog Feuchtigkeit aus der Erde, bis es dampfte. Die Steinbrücke über dem angeschwollenen Fluss war unbeschädigt, doch das heftig strömende Wasser schleuderte Zweige, Holzbretter, tote Tiere und vielleicht auch andere Leichen an die Ufer. Als ich flüchtig an meine erste Brückenüberquerung in Hagi dachte, sah ich einen ertrunkenen Reiher im Wasser treiben; sein grauweißes Gefieder war verklebt, all seine Anmut gebrochen und zerstört. Der Anblick ließ mich frösteln. Ich hielt ihn für ein schreckliches Omen.

Die Pferde waren ausgeruht und trabten munter ihres Weges. Wenn Shigeru weniger munter war, wenn er meine schlimmen Ahnungen teilte, dann zeigte er es nicht. Sein Gesicht war ruhig, seine Augen glänzten. Er schien vor Energie und Lebenskraft zu glühen. Mein Herz verkrampfte sich, wenn ich ihn ansah – ich spürte, dass sein Leben und seine Zukunft in meinen Attentäterhänden lagen. Ich betrachtete meine Hände, die auf dem hellgrauen Hals und der schwarzen Mähne Rakus lagen, und fragte mich, ob sie mich im Stich lassen würden.

Kaede sah ich nur kurz, als sie vor der Herberge in die Sänfte stieg. Sie schaute mich nicht an. Lady Maruyama nahm unsere Anwesenheit mit einer leichten Verbeugung zur

Kenntnis, sagte aber nichts. Ihr Gesicht war blass, sie hatte dunkle Augenringe, doch sie wirkte gelassen und ruhig.

Es war eine langsame, mühselige Reise. Die Berge ringsum hatten Tsuwano vor dem schlimmsten Unwetter beschützt, aber als wir ins Tal hinunterritten, erkannten wir das ganze Ausmaß des Schadens. Häuser und Brücken waren weggeschwemmt, Bäume entwurzelt, Felder überflutet. Die Dorfbewohner beobachteten uns verdrossen oder mit offenem Zorn, während wir mitten durch ihr Elend ritten und es vergrößerten, indem wir ihnen befahlen, Heu für unsere Pferde herbeizuschaffen und uns mit ihren Booten über die angeschwollenen Flüsse zu bringen. Wir hatten uns um Tage verspätet und mussten uns beeilen, egal, zu welchem Preis.

Wir brauchten drei Tage, bis wir die Grenze des Lehens erreichten, doppelt so lange wie vorgesehen. Eine Begleitmannschaft erwartete uns hier: einer von Iidas wichtigsten Gefolgsleuten, Abe, mit einer Gruppe von dreißig Tohanmännern, die schon zahlenmäßig den zwanzig Otori bei Lord Shigeru überlegen waren. Sugita und die anderen Maruyamamänner waren nach unserem Treffen in Tsuwano in ihre eigene Domäne zurückgekehrt.

Abe und seine Männer hatten eine Woche lang gewartet, jetzt waren sie ungeduldig und gereizt. Sie wollten nicht noch Zeit verlieren, die der Besuch des Totenfestes in Yamagata erforderte. Zwischen den beiden Clans herrschte wenig Sympathie; die Atmosphäre war gespannt und gezwungen. Die Tohanmänner waren arrogant und großspurig. Sie ließen uns Otori spüren, dass wir minderwertig waren und als Bittsteller kamen, nicht als Gleichberechtigte. Ich kochte vor Zorn an Shigerus Stelle, aber er schien unberührt, blieb so höflich wie sonst und wirkte nur etwas weniger fröhlich.

Ich war so still wie in den Tagen, in denen ich nicht sprechen konnte. Ich horchte auf Gesprächsfetzen, die wie Strohhalme die Windrichtung angeben würden. Doch im Tohanland waren die Leute schweigsam und verschlossen. Sie wussten, dass überall Spione waren und die Wände Ohren hatten. Selbst wenn die Tohanmänner sich abends betranken, machten sie es leise, ganz anders als die lauten, vergnügten Otori.

Seit dem Massaker von Mino war ich dem dreifachen Eichenblatt nicht mehr so nahe gewesen. Ich hielt die Augen gesenkt und das Gesicht abgewandt aus Angst, einer der Männer, die mein Dorf angezündet und meine Familie ermordet hatten, könnte mir begegnen oder mich erkennen. Ich benutzte meinen Deckmantel als Künstler und holte oft meine Pinsel und den Tuschstein hervor. Ich entfernte mich von meinem wahren Wesen und wurde eine sanfte, empfindsame, scheue Person, die kaum etwas sagte und im Hintergrund blieb. Der Einzige, mit dem ich sprach, war mein Lehrer. Kenji war so schüchtern und unauffällig geworden wie ich. Gelegentlich unterhielten wir uns leise über Kalligraphie oder den Stil der Malerei auf dem Festland. Die Tohan verachteten und übersahen uns.

Der Aufenthalt in Tsuwano wurde für mich wie die Erinnerung an einen Traum. Hatte der Schwertkampf wirklich stattgefunden? Waren Kaede und ich von Liebe erfasst und entflammt worden? In den nächsten Tagen sah ich sie kaum.

Die Ladys wohnten in einem anderen Haus und nahmen ihre Mahlzeiten unter sich ein. Es war nicht schwer, so zu tun, als existierten sie nicht, ich sagte mir, dass ich mich so verhalten müsse, aber wenn ich Kaedes Stimme hörte, raste mein Herz, und in der Nacht brannte ihr Bild hinter meinen Augen. War ich verzaubert worden?

Am ersten Abend übersah mich Abe, aber am zweiten nach der Mahlzeit, als der Wein ihn streitlustig gemacht hatte, starrte er mich lange an und fragte dann Shigeru: »Dieser Junge – ein Verwandter, nehme ich an?«

»Der Sohn eines entfernten Verwandten meiner Mutter«, antwortete Shigeru. »Er ist der Zweitälteste einer großen Familie, alle Geschwister sind jetzt Waisen. Meine Mutter hatte ihn immer adoptieren wollen, und nach ihrem Tod habe ich ihren Wunsch erfüllt.«

»Und einen Schlappschwanz angenommen.« Abe lachte.

»Nun, leider, das kann schon sein«, erwiderte Shigeru. »Aber er hat andere nützliche Talente. Er kann schnell rechnen und schreiben und ist als Maler nicht unbegabt.« Sein Ton war geduldig, enttäuscht, als wäre ich ihm lästig, aber ich wusste, dass jede Bemerkung dieser Art mir nur half, meine Rolle zu vervollkommnen. Ich saß mit niedergeschlagenen Augen da und schwieg.

Abe goss sich mehr Wein ein und trank; dabei betrachtete er mich über den Rand der Schale. Er hatte kleine, tiefliegende Augen in einem pockennarbigen, groben Gesicht. »Nicht sehr brauchbar in diesen Zeiten!«

»Sicher können wir jetzt Frieden erwarten, wo doch unsere beiden Clans ein Bündnis eingehen wollen«, sagte

Shigeru ruhig. »Vielleicht kommt es zu einer neuen Blüte der Künste.«

»Frieden mit den Otori vielleicht. Sie werden kampflos nachgeben. Aber jetzt machen die Seishuu Ärger, dieser Verräter Arai hetzt sie auf.«

»Arai?«, fragte Shigeru.

»Ein früherer Vasall von Noguchi. Aus Kumamoto. Seine Ländereien liegen neben denen Ihrer Brautfamilie. Er hat schon das ganze Jahr Krieger zusammengeholt. Vor dem Winter muss er unschädlich gemacht werden.« Abe trank wieder. Schadenfroh verzog er das Gesicht, sein Mund sah jetzt noch grausamer aus. »Arai hat den Mann getötet, der angeblich Lady Shirakawa Gewalt antun wollte, dann war er empört, als Noguchi ihn ins Exil schickte.« Mit der Klarsicht des Betrunkenen schwang er den Kopf in meine Richtung. »Ich wette, du hast noch nie einen Mann getötet, stimmt's, Junge?«

»Nein, Lord Abe«, antwortete ich. Er lachte. Ich spürte den brutalen Kerl in ihm gleich unter der Oberfläche und wollte ihn nicht herausfordern.

»Wie steht es mit dir, Alter?« Abe wandte sich an Kenji, der in seiner Rolle als unbedeutender Lehrer mit Genuss Wein getrunken hatte. Er wirkte angetrunken, war aber viel weniger benebelt als Abe.

»Obwohl die Weisen uns lehren, dass der Edle den Tod rächen kann – vielmehr soll«, sagte er hochgestochen und frömmelnd, »hatte ich nie Anlass zu einer so schwerwiegenden Tat. Andererseits lehrt der Erleuchtete seine Anhänger, davon abzusehen, einem empfindungsfähigen Geschöpf das

Leben zu nehmen, weshalb ich mich nur von Gemüse ernähre.« Er trank mit Appetit und füllte seine Schale neu. »Glücklicherweise gehört auch Reiswein in diese Kategorie.«

»Haben Sie keine Krieger in Hagi, dass Sie mit solchen Gefährten reisen?«, spottete Abe.

»Ich bin auf dem Weg zu meiner Hochzeit«, antwortete Shigeru freundlich. »Sollte ich lieber auf einen Kampf vorbereitet sein?«

»Ein Mann sollte immer auf einen Kampf vorbereitet sein«, entgegnete Abe, »besonders wenn seine Braut einen Ruf hat wie die Ihre. Den kennen Sie doch, oder?« Er schüttelte den massigen Kopf. »Es läuft auf das Gleiche hinaus, wie wenn man Kugelfisch isst. Ein Bissen könnte Sie töten. Erschreckt Sie das nicht?«

»Sollte es?« Shigeru goss sich mehr Wein ein und trank.

»Nun, sie ist bezaubernd, das gebe ich zu. Sie ist es wert!«

»Lady Shirakawa wird keine Gefahr für mich sein«, sagte Shigeru und brachte Abe dazu, von seinen Heldentaten auf Iidas Feldzügen im Osten zu erzählen. Ich hörte mir Abes Prahlereien an und versuchte, seine Schwächen zu erkennen. Ich hatte bereits beschlossen, ihn zu töten.

Am nächsten Tag kamen wir nach Yamagata. Die Stadt war vom Unwetter schwer getroffen worden, es gab viele Tote und einen riesigen Ernteverlust. Yamagata, fast so groß wie Hagi, war die zweite Stadt im Otorilehen gewesen, bis der Ort den Tohan übergeben wurde. Das Schloss war wieder aufgebaut und einem von Iidas Vasallen überlassen worden.

Doch die meisten Stadtbewohner betrachteten sich noch immer als Otori, und Lord Shigerus Anwesenheit war ein weiterer Grund für Unruhen. Abe hatte gehofft, vor dem Totenfest in Inuyama zu sein, und ärgerte sich darüber, in Yamagata festzusitzen. Bis die Feierlichkeiten vorüber waren, galten Reisen als unheilvoll, wenn sie nicht zu Tempeln und Schreinen unternommen wurden.

Shigeru war zum ersten Mal an Takeshis Sterbeort und versank in Trauer. »Bei jedem Tohan, den ich sehe, frage ich mich: War das einer von ihnen?«, vertraute er mir spät am Abend an. »Und ich stelle mir vor, dass sie sich selbst fragen, warum sie noch nicht bestraft worden sind, und mich verachten, weil ich sie am Leben lasse. Ich würde sie am liebsten alle umbringen!«

Nie hatte ich gehört, dass er etwas anderes als Geduld äußerte. »Dann kämen wir nie zu Iida«, antwortete ich. »Jede Beleidigung, die uns die Tohan zugefügt haben, wird dann gerächt werden.«

»Dein gelehrtes Ich wird sehr weise, Takeo.« Sein Ton klang jetzt etwas unbeschwerter. »Weise und selbstbeherrscht.«

Am nächsten Tag ging er mit Abe zum Schloss, wo ihn der örtliche Herrscher empfing. Trauriger und erregter denn je kam er zurück. »Die Tohan versuchen, Unruhen zu vermeiden, indem sie die Verborgenen für die Unwetterschäden verantwortlich machen«, berichtete er mir kurz. »Eine Handvoll unglücklicher Kaufleute und Bauern wurde denunziert und festgenommen. Einige sind unter Folter gestorben. Vier hängen an den Schlossmauern. Seit drei Tagen sind sie dort.«

Ich bekam eine Gänsehaut und flüsterte: »Leben sie noch?«

»Sie halten es vielleicht noch eine Woche oder länger aus. Inzwischen fressen die Krähen ihr lebendiges Fleisch.«

Sobald ich wusste, dass sie dort waren, hörte ich sie unablässig: manchmal ein leises Stöhnen, dann wieder ein dünnes Schreien, bei Tageslicht begleitet vom ständigen Krächzen und Flattern der Krähen. Ich hörte es die ganze Nacht und den folgenden Tag, und dann war die erste Nacht des Totenfestes gekommen.

Die Tohan verhängten eine Ausgangssperre über ihre Städte, doch das Fest folgte einer älteren Tradition, und die Sperre wurde bis Mitternacht aufgehoben. Als es dunkel wurde, verließen wir die Herberge und schlossen uns den vielen Gruppen an, die zuerst zu den Tempeln und dann zum Fluss gingen. Alle Steinlaternen an den Zugängen zu den Schreinen brannten, und auf den Grabsteinen standen Kerzen, deren flackerndes Licht seltsame Schatten warf, die Körper hager und Gesichter totenkopfähnlich aussehen ließen. Die Menge bewegte sich gleichmäßig und still, als wären die Toten aus der Erde gestiegen. Es war leicht, sich in ihr zu verlieren, leicht, unseren aufmerksamen Wachen zu entkommen. Die Nacht war lau und ruhig. Ich ging mit Shigeru zum Flussufer, und wir stellten brennende Kerzen in die zerbrechlichen kleinen Boote, die mit Gaben für die Toten beladen waren. Die Tempelglocken läuteten, und Gesänge und Gebete schallten über das langsam fließende braune Wasser. Wir sahen den Booten zu, die in der Strömung davontrieben, und hofften, die Toten würden so getröstet, dass sie die Lebenden in Frieden ließen.

Doch ich hatte keinen Frieden im Herzen. Ich dachte an

meine Mutter, meinen Stiefvater und meine Schwestern, meinen seit langem toten Vater, die Menschen von Mino. Lord Shigeru dachte zweifellos an seinen Vater, seinen Bruder. Ihre Geister schienen uns nicht zu verlassen, bis ihr Tod gerächt sein würde. Um uns herum setzten Menschen weinend und schluchzend ihre erleuchteten Boote ins Wasser, und mein Herz verkrampfte sich vor nutzloser Trauer darüber, dass die Welt war, wie sie war. Die Lehren der Verborgenen kamen mir in den Sinn, soweit ich mich an sie erinnerte, doch dann erinnerte ich mich daran, dass alle Menschen, von denen ich sie gelernt hatte, tot waren.

Die Kerzenflammen brannten lange, sie wurden kleiner und kleiner, bis sie Glühwürmchen glichen, dann Funken und schließlich den Phantomlichtern, die man sieht, wenn man zu lange in Flammen starrt. Der Vollmond am Himmel hatte die orangefarbene Tönung des Spätsommers. Es graute mir davor, zur Herberge zurückzugehen, in das stickige Zimmer, wo ich mich die ganze Nacht herumwälzen und auf die Verborgenen horchen würde, die an der Schlossmauer starben.

Feuer waren am Flussufer angezündet worden, und jetzt fingen die Leute an zu tanzen, den schwermütigen Tanz, der die Toten willkommen heißt, sie ziehen lässt und die Lebenden tröstet. Trommeln schlugen, und Musik erklang. Das hob meine Laune etwas, und ich stand auf, um zuzuschauen. In den Schatten der Weiden sah ich Kaede.

Sie stand bei Lady Maruyama, Sachie und Shizuka. Shigeru erhob sich und ging zu ihnen. Lady Maruyama kam ihm entgegen, und sie begrüßten sich mit kühlen, förmlichen

Floskeln, drückten Mitgefühl für die Toten aus und sprachen über die Reise. Sie standen wie selbstverständlich Seite an Seite und beobachteten die Tanzenden. Aber mir war, als könne ich die Sehnsucht zwischen ihren Worten hören und ihre wahre Haltung erkennen, und ich hatte Angst um sie. Ich wusste, dass sie sich verstellen konnten – das hatten sie seit Jahren getan –, aber jetzt begann ein verzweifeltes Endspiel, und ich fürchtete, sie würden vor dem endgültigen Zug die Vorsicht außer Acht lassen.

Kaede war nun allein am Ufer, getrennt von Shizuka. Ich schien ohne eigenen Entschluss plötzlich neben ihr zu stehen, als wäre ich von Geistern zu ihr getragen worden. Ich schaffte es, sie höflich, aber schüchtern zu begrüßen. Wenn Abe mich bemerken sollte, würde er nur denken, dass ich für Shigerus Verlobte eine pubertäre Verliebtheit empfand. Ich sagte etwas über die Hitze, doch Kaede zitterte, als würde sie frieren. Einige Sekunden standen wir schweigend da, dann fragte sie leise:

»Wen betrauern Sie, Lord Takeo?«

»Meine Mutter, meinen Vater.« Nach einer Pause fuhr ich fort: »So viele sind tot.«

»Meine Mutter liegt im Sterben«, sagte sie. »Ich hatte gehofft, sie noch einmal zu sehen, aber wir sind auf dieser Reise so sehr aufgehalten worden, dass ich fürchte, zu spät zu kommen. Ich war sieben, als ich als Geisel weggeschickt wurde. Länger als mein halbes Leben habe ich meine Mutter und meine Schwestern nicht gesehen.«

»Und Ihr Vater?«

»Er ist auch ein Fremder für mich.«

»Kommt er zu Ihrer ...?« Zu meiner Überraschung war meine Kehle ausgetrocknet, und ich brachte das Wort nicht heraus.

»Meiner Hochzeit?«, fragte sie bitter. »Nein, er wird nicht da sein.« Ihr Blick war auf den Fluss mit den vielen Lichtern gerichtet; jetzt schaute sie an mir vorbei auf die Tänzer, auf die Menge der Zuschauer.

»Sie lieben sich«, sagte sie wie im Selbstgespräch. »Deshalb hasst sie mich.«

Ich wusste, dass ich nicht da sein sollte, nicht mit ihr reden sollte, aber ich konnte mich nicht zum Fortgehen zwingen. Ich versuchte, meiner Rolle als sanfter, schüchterner, wohlerzogener junger Mann gerecht zu werden. »Ehen werden aus Gründen der Pflicht und des Bündnisses geschlossen. Das bedeutet nicht, dass sie unglücklich sein müssen. Lord Otori ist ein guter Mann.«

»Ich bin es müde, das zu hören. Ich weiß, dass er ein guter Mann ist. Ich sage nur: Er wird mich nie lieben.« Ich wusste, dass sie mir ins Gesicht sah. »Aber ich weiß auch«, fuhr sie fort, »dass Liebe nicht für unsere Klasse bestimmt ist.«

Ich war es, der jetzt zitterte. Ich hob den Kopf, und unsere Blicke trafen sich.

»Warum empfinde ich sie dann?«, flüsterte sie.

Ich wagte nicht zu sprechen. Die Worte, die ich sagen wollte, schwollen in meinem Mund riesig an. Ich konnte ihre Süße und ihre Kraft kosten. Wieder glaubte ich, sterben zu müssen, wenn ich sie nicht besitzen konnte.

Die Trommeln schlugen. Die Feuer loderten. Shizuka sagte aus der Dunkelheit: »Es wird spät, Lady Shirakawa.«

»Ich komme«, sagte Kaede. »Gute Nacht, Lord Takeo.«

Ich erlaubte mir nur eines: ihren Namen auszusprechen, wie sie den meinen ausgesprochen hatte. »Lady Kaede.«

Bevor sie sich abwandte, sah ich ihr Gesicht aufleuchten, es wurde heller als die Flammen, heller als der Mondschein auf dem Wasser.

Kapitel 8

Wir folgten den Frauen langsam zurück in die Stadt; dort gingen wir in unsere getrennten Herbergen. Irgendwo unterwegs holten die Tohanwachen uns ein, und wir wurden von ihnen bis zur Tür begleitet. Sie blieben draußen, und einer unserer Otorimänner hielt im Korridor Wache.

»Morgen reiten wir nach Terayama«, sagte Shigeru, als wir uns zum Schlafen fertig machten. »Ich muss Takeshis Grab besuchen und dem Abt, der ein alter Freund meines Vaters war, meine Aufwartung machen. Ich habe einige Geschenke für ihn aus Hagi.«

Wir hatten viele Geschenke mitgebracht. Die Packpferde waren damit beladen, außerdem trugen sie unser eigenes Gepäck, Kleidung für die Hochzeit, Proviant für die Reise. Ich dachte nicht weiter an die Holzkiste, die wir nach Terayama bringen würden, oder an ihren möglichen Inhalt. Mich trieben andere Sehnsüchte, andere Sorgen um.

Das Zimmer war so stickig, wie ich gefürchtet hatte. Ich konnte nicht schlafen. Um Mitternacht hörte ich die Tempelglocken läuten, dann verstummten wegen der Ausgangssperre alle Geräusche bis auf das erbärmliche Stöhnen der Sterbenden an den Schlossmauern.

Schließlich stand ich auf. Ich hatte keinen richtigen Plan im Kopf. Nur die Schlaflosigkeit zwang mich, etwas zu tun. Kenji und Shigeru schliefen, und ich hörte, dass die Wache draußen döste. Ich nahm das wasserdichte Kästchen, in dem Kenji Giftkapseln aufbewahrte, und band es unter meine Unterwäsche. Dann zog ich dunkle Reisekleidung an und holte das kurze Schwert, dünne Garrotten, ein Paar Haken und ein Seil aus ihrem Versteck in den Holzkisten. Jede dieser Bewegungen dauerte lange, weil ich sie in völliger Stille ausführte; aber Zeit ist für den Stamm anders, sie verlangsamt oder beschleunigt sich nach unserem Willen. Ich hatte es nicht eilig, und ich wusste, dass die beiden Männer im Zimmer nicht aufwachen würden.

Der Wachtposten rührte sich, als ich an ihm vorbeihuschte. Ich ging zum Abort und schickte mein zweites Ich an ihm vorbei ins Zimmer. Im Schatten wartete ich, bis er wieder eingenickt war, wurde dann unsichtbar, erkletterte das Dach vom Innenhof aus und sprang hinunter auf die Straße.

Ich hörte die Tohanwachen am Tor der Herberge und wusste, dass Patrouillen in den Straßen sein würden. Mir war klar, dass mein Vorhaben gefährlich, dass es Wahnsinn war, aber ich musste es durchführen. Zum Teil wollte ich die Fertigkeiten prüfen, die mir Kenji beigebracht hatte, bevor wir nach Inuyama kamen, vor allem aber wollte ich das Stöhnen am Schloss zum Verstummen bringen, damit ich schlafen konnte.

Ich ging durch die engen Straßen und näherte mich auf einem Zickzackweg dem Schloss. In einigen Häusern brannte noch Licht hinter den Läden, doch die meisten waren schon dunkel. Im Vorübergehen fing ich Gesprächsfetzen auf: Ein Mann tröstete seine weinende Frau, ein Kind lallte wie im Fieber, dann ein Wiegenlied, ein Streit von Betrunkenen. Ich kam auf der Hauptstraße heraus, die direkt zum Burggraben und zur Brücke führte. Ein Kanal begleitete sie; für den Fall einer Belagerung war er mit Karpfen gefüllt. Die meisten schliefen, ihre Schuppen glänzten schwach im Mondlicht. Hin und wieder wachte einer plötzlich auf, schnellte hoch und platschte zurück. Ich fragte mich, ob die Fische träumten.

Ich ging von Eingang zu Eingang, immer auf der Hut vor Schritten, Stahlgeklirr. Die Patrouillen beunruhigten mich nicht besonders. Ich wusste, dass ich sie zuerst hören würde, und außerdem konnte ich mich unsichtbar machen und mein zweites Ich einsetzen. Bis ich das Ende der Straße erreichte und das Wasser im Burggraben unter dem Mondlicht sah, dachte ich fast gar nicht mehr nach und war nur tiefbefriedigt darüber, dass ich ein Kikuta war und tat, wozu ich geboren wurde. Nur der Stamm kennt dieses Gefühl.

Auf der Stadtseite des Burggrabens stand eine Gruppe von Weiden; das schwere Sommerlaub senkte sich zum Wasser. Zur Verteidigung hätten die Bäume gefällt werden müssen; vielleicht liebten einige Schlossbewohner, die Frau des Lords oder seine Mutter, deren Schönheit. Im Mondlicht sahen die Äste aus, als wären sie mit Eis überzogen. Es ging überhaupt kein Wind. Ich schlüpfte zwischen die Bäume, kauerte mich zusammen und betrachtete lange das Schloss.

Es war größer als die Schlösser in Tsuwano und Hagi, doch die Bauweise war ähnlich. Ich sah den schwachen Umriss der

Körbe vor den weißen Mauern des Hauptturms hinter dem zweiten Südtor. Ich musste durch den Burggraben schwimmen, die Steinmauer erklimmen, über das erste Tor und den südlichen Burghof kommen, das zweite Tor und den Hauptturm ersteigen und von oben zu den Körben hinunterklettern.

Als ich Schritte hörte, verschmolz ich mit der Erde. Eine Wachmannschaft näherte sich der Brücke. Eine andere Patrouille kam vom Schloss, und die Männer wechselten einige Worte.

»Irgendwelche Schwierigkeiten?«

»Nur die üblichen Sperrstundensünder.«

»Scheußlicher Gestank!«

»Morgen wird's noch schlimmer. Heißer.«

Die eine Gruppe machte sich auf den Weg in die Stadt, die andere ging über die Brücke und die Treppe hinauf zum Tor. Ich hörte, wie sie angerufen wurde und antwortete. Das Tor quietschte, als es entriegelt und geöffnet wurde. Dann kam der Knall, mit dem es ins Schloss fiel, und die Schritte verklangen.

In meinem Versteck unter den Weiden roch ich das stehende Wasser des Grabens und darunter einen anderen Gestank: von menschlicher Verwesung, von lebenden Körpern, die langsam verfaulten.

Am Wasserrand standen blühende Gräser und ein paar späte Schwertlilien. Frösche quakten, und Grillen zirpten. Die warme Nachtluft streichelte mein Gesicht. Zwei Schwäne, unglaublich weiß, glitten in den Pfad des Mondlichts.

Ich füllte die Lungen mit Luft, schlüpfte ins Wasser und

schwamm nahe dem Grund ein Stück weit stromabwärts, so dass ich im Schatten der Brücke wieder auftauchte. Die großen Steine des Burggrabens boten den Füßen Halt; meine Hauptsorge war hier, dass ich vor dem hellen Stein gesehen werden könnte. Länger als zwei Minuten konnte ich mich nicht unsichtbar machen. Die Zeit, die zuvor so langsam vergangen war, beschleunigte sich jetzt. Ich bewegte mich schnell, wie ein Affe kletterte ich die Mauer hinauf. Am ersten Tor hörte ich Stimmen, die Wachen kamen von ihrem Rundgang zurück. Ich presste mich an ein Abflussrohr, machte mich unsichtbar und nutzte das Geräusch ihrer Schritte, um unhörbar den Haken über den wuchtigen Mauervorsprung zu werfen. Ich schwang mich hinauf und lief auf dem Ziegeldach herum zum südlichen Burghof. Die Körbe mit den sterbenden Männern waren fast direkt über meinem Kopf. Einer rief immer wieder nach Wasser, einer stöhnte wortlos, und einer wiederholte den Namen des Geheimen Gottes in einem schnellen Singsang, bei dem sich mir die Haare im Nacken sträubten. Der Vierte war ganz still. Der Geruch nach Blut, Urin und Kot war schrecklich. Ich versuchte, meine Nasenlöcher davor zu schließen und meine Ohren vor den Geräuschen. Im Mondlicht schaute ich auf meine Hände.

Ich musste das Wachhaus überqueren. Die Wachtposten darin waren zu hören, sie machten sich Tee und plauderten. Als der Kessel an der Eisenkette klirrte, kletterte ich mit Hilfe der Haken den Hauptturm hinauf zu der Brüstung, von der die Körbe hingen.

Sie wurden von Seilen gehalten und schwebten etwa zwölf

Meter über der Erde; jeder Korb war gerade groß genug für einen Mann, der mit gesenktem Kopf knien musste, die Arme auf dem Rücken gefesselt. Die Seile schienen stark genug, um mein Gewicht zu tragen, aber als ich eins von der Brüstung aus erprobte, schwankte der Korb, und der Mann darin schrie vor Angst so laut auf, dass es durch die Nacht gellte. Ich erstarrte. Er schluchzte minutenlang, dann flüsterte er wieder: »Wasser! Wasser!« Auf den Schrei folgte keine hörbare Reaktion bis auf Hundegebell in der Ferne. Der Mond war nahe den Bergen, gleich würde er dahinter verschwinden. Die Stadt lag still und schlafend da.

Als der Mond untergegangen war, prüfte ich den Halt des Hakens an der Brüstung, holte die Giftkapseln hervor und steckte sie in den Mund. Dann kletterte ich an meinem eigenen Seil die Mauer hinunter, wobei ich mir immer wieder Haltepunkte für die Füße suchte.

Beim ersten Korb nahm ich mein Stirnband ab, das noch nass vom Fluss war, und hielt es dem Mann durch das Geflecht hindurch ans Gesicht. Ich hörte, wie er saugte und etwas Unverständliches sagte.

»Ich kann dich nicht retten«, flüsterte ich, »aber ich habe Gift. Es sorgt für einen schnellen Tod.«

Er drückte das Gesicht an die Korbwand und öffnete den Mund für die Kapsel.

Der nächste Mann hörte mich nicht, aber dort, wo sein Kopf an die Korbwand gesunken war, konnte ich seine Halsschlagader erreichen, und so brachte ich ihn schmerzlos zum Schweigen.

Dann musste ich wieder auf die Brüstung klettern und

mein Seil anderswo befestigen, um die anderen Körbe zu erreichen. Meine Arme schmerzten, und ich war mir der Steinplatten im Hof unten nur zu bewusst. Als ich zu dem dritten Mann, dem Betenden, gelangte, war er hellwach und beobachtete mich mit seinen dunklen Augen. Ich murmelte ein Gebet der Verborgenen und hielt ihm die Giftkapsel hin.

Er sagte: »Es ist verboten.«

»Ich nehme die Sünde auf mich«, flüsterte ich. »Du bist unschuldig. Dir wird vergeben.«

Als ich ihm die Kapsel in den Mund schob, zeichnete er mir mit der Zunge das Zeichen der Verborgenen in die Handfläche. Ich hörte ihn beten, dann wurde er für immer still.

An der Kehle des Vierten spürte ich keinen Puls und dachte, er sei schon tot, aber um sicherzugehen, benutzte ich die Garrotte, zog ihm die Würgschraube um den Hals und hielt sie fest, während ich leise die Minuten zählte. Der erste Hahn krähte.

Als ich zur Brüstung zurückkletterte, war die Stille der Nacht vollkommen. Ich hatte das Stöhnen und Schreien zum Schweigen gebracht. Ich glaubte, die plötzliche Stille würde bestimmt die Wachen wecken. Mein eigener Pulsschlag kam mir so laut wie Trommeln vor.

Ich ging zurück, wie ich gekommen war, benutzte die Haken nicht mehr, sondern sprang von den Mauern auf den Boden und bewegte mich noch schneller als zuvor. Ein zweiter Hahn krähte, und ein dritter antwortete. Bald würde die Stadt erwachen. Ich schwitzte stark, und das Wasser im Graben fühlte sich eisig an. Für das Tauchen hatte ich diesmal kaum genug Luft, ich kam ein gutes Stück vor den Weiden an die Oberfläche und erschreckte die Schwäne. Dann holte ich Atem und tauchte wieder. Am Ufer ging ich auf die Weiden zu, wo ich ein paar Minuten sitzen bleiben und ausruhen wollte. Der Himmel wurde heller. Ich war erschöpft. Meine Konzentration und meine Sehschärfe ließen nach. Ich konnte kaum glauben, was ich getan hatte.

Zu meinem Entsetzen hörte ich, dass bereits jemand da war. Kein Soldat, sondern ein Ausgestoßener, dachte ich, vielleicht nach dem Gerbstoffgeruch, der an ihm haftete, ein Lederarbeiter. Bevor ich wieder so weit bei Kräften war, dass ich mich unsichtbar machen konnte, sah er mich, und in diesem kurzen Augenblick wurde mir klar: Er wusste, was ich getan hatte.

Jetzt werde ich wieder töten müssen. Dass es diesmal keine Erlösung, sondern Mord sein würde, widerte mich an. Blut und Tod konnte ich an meinen Händen riechen. Nein, er sollte am Leben bleiben! Ich ließ mein zweites Ich unter dem Baum und war im nächsten Augenblick auf der anderen Straßenseite.

Eine kurze Weile horchte ich; der Mann sprach zu meinem Ebenbild, bevor es verblasste.

»Herr«, sagte er zögernd, »verzeihen Sie mir. Drei Tage lang habe ich meinem Bruder in seiner Qual zugehört. Danke. Möge der Geheime bei Ihnen sein und Sie segnen.«

Dann verschwand mein zweites Ich, und er schrie erschrocken und verwundert auf. »Ein Engel!«

Ich hörte sein raues Atmen, fast ein Schluchzen, während ich von Eingang zu Eingang lief. Ich hoffte, die Patrouille würde ihn nicht antreffen, hoffte, er würde nicht erzählen, was er gesehen hatte, vertraute darauf, dass er einer der Verborgenen war, die ihre Geheimnisse mit ins Grab nehmen.

Die Mauer um die Herberge war so niedrig, dass ich hinaufspringen konnte. Ich ging zum Abort und zum Brunnen, wo ich die restlichen Kapseln ausspuckte und mir Gesicht und Hände wusch, als wäre ich gerade aufgestanden. Der Wachmann war noch schlaftrunken, als ich an ihm vorbeiging. Er murmelte: »Ist es schon Tag?«

»Erst in einer Stunde«, antwortete ich.

»Sie sehen blass aus, Lord Takeo. Ist Ihnen nicht wohl?«

»Ein wenig Bauchweh, das ist alles.«

»Dieses verdammte Tohanessen«, knurrte er, und wir lachten beide.

»Möchten Sie Tee?«, fragte er. »Dann wecke ich die Dienstmädchen.«

»Später. Ich will versuchen, noch ein bisschen zu schlafen.«

Ich schob die Tür auf und trat ins Zimmer. Die Dunkelheit wich gerade der Dämmerung. An Kenjis Atem hörte ich, dass er wach war.

»Wo bist du gewesen?«, flüsterte er.

»Auf dem Abort. Mir war übel.«

»Seit Mitternacht?«, fragte er ungläubig.

Ich zog meine nassen Sachen aus und versteckte zugleich die Waffen unter der Matratze. »So lange nicht. Du hast geschlafen.«

Er streckte die Hand aus und berührte meine Unterwäsche. »Tropfnass! Warst du im Fluss?«

»Ich habe doch gesagt, dass mir übel war. Vielleicht bin ich nicht rechtzeitig zum Abort gekommen.«

Kenji schlug mir fest auf die Schulter, und ich hörte, wie Shigeru wach wurde.

»Was ist los?«, flüsterte er.

»Takeo war die ganze Nacht draußen. Ich habe mir Sorgen um ihn gemacht.«

»Ich habe nicht schlafen können«, sagte ich. »Deshalb bin ich eine Zeitlang herumgelaufen. Das habe ich auch zuvor schon getan, in Hagi und Tsuwano.«

»Ich weiß«, bestätigte Kenji. »Aber das war im Otoriland. Hier ist es sehr viel gefährlicher.«

»Nun, ich bin ja jetzt wieder da.« Ich schlüpfte unter die Decke, zog sie mir über den Kopf und fiel fast sofort in einen Schlaf, der so tief und traumlos war wie der Tod.

Als ich aufwachte, war Krähengekrächze daran schuld. Ich hatte nur drei Stunden lang geschlafen, aber ich fühlte mich ausgeruht. Ich dachte nicht an die vergangene Nacht. Es fehlte mir sogar jede klare Erinnerung daran, als hätte ich in Trance gehandelt. Es war einer der seltenen Spätsommertage, an denen der Himmel von klarem Hellblau ist und die Luft weich und warm, ohne Schwüle. Ein Dienstmädchen kam mit einem Essenstablett und Tee herein und sagte leise, nachdem es sich bis auf den Boden verbeugt und Tee eingeschenkt hatte: »Lord Otori wartet auf Sie bei den Ställen. Er bittet Sie, so bald wie möglich zu ihm zu kommen. Und Ihr Lehrer möchte, dass Sie Zeichenmaterial mitbringen.«

Ich nickte mit vollem Mund.

Sie sagte: »Ich werde Ihre Sachen trocknen.«

»Hol sie später.« Ich wollte nicht, dass sie die Waffen fand, und als sie gegangen war, sprang ich auf, zog mich an und verbarg Haken und Garrotte im Geheimfach der Reisetruhe, in das Kenji sie gepackt hatte. Ich nahm den Beutel mit meinen Pinseln und das Lackkästchen mit dem Tuschstein, wickelte sie in ein Tragetuch, steckte das Schwert in den Gürtel, verwandelte mich in Takeo, den eifrigen Künstler, und ging in den Stallhof.

Als ich an der Küche vorbeikam, hörte ich eins der Mädchen flüstern: »Sie sind alle in der Nacht gestorben. Die Leute sagen, ein Todesengel ist gekommen ...«

Ich hastete mit gesenktem Blick weiter und achtete darauf, dass mein Gang etwas unbeholfen wirkte. Die Damen waren bereits zu Pferd. Shigeru unterhielt sich mit Abe, der uns offenbar begleiten sollte. Ein junger Tohanmann stand mit zwei Pferden neben ihm. Ein Pferdeknecht hielt Shigerus Kyu und meinen Raku.

»Komm schon, komm schon«, rief Abe, als er mich sah. »Wir können nicht den ganzen Tag warten, während du im Bett faulenzt.«

»Entschuldige dich bei Lord Abe«, sagte Shigeru seufzend.

»Es tut mir sehr leid; es gibt gar keine Entschuldigung«, stammelte ich und verbeugte mich tief vor Abe und den Damen, während ich versuchte, Kaede nicht anzuschauen. »Ich habe noch spät studiert.«

Dann sagte ich ehrerbietig zu Kenji: »Ich habe die Zeichenmaterialien mitgebracht, Meister.«

»Ja, gut. Du wirst einige schöne Arbeiten in Terayama sehen und kannst sie vielleicht kopieren, wenn wir Zeit dazu haben.«

Shigeru und Abe stiegen auf, der Pferdeknecht brachte Raku zu mir. Mein Pferd freute sich, mich zu sehen; es senkte die Nase auf meine Schulter und beschnupperte mich. Ich ließ mich dadurch aus dem Gleichgewicht bringen und stolperte. Dann ging ich auf Rakus rechte Seite und tat, als wäre das Aufsteigen ein Problem.

»Hoffen wir, dass seine Zeichenkünste besser sind als seine Reitkunst«, sagte Abe höhnisch.

»Bedauerlicherweise sind sie nicht ungewöhnlich.« Kenjis Ärger über mich war wohl nicht geheuchelt.

Ich antwortete keinem und begnügte mich damit, Abes dicken Nacken zu betrachten, als er vor mir ritt; ich stellte mir vor, wie es sein würde, die Garrotte darum zu ziehen oder ein Messer in sein festes Fleisch zu stoßen. Diese dunklen Gedanken beschäftigten mich, bis wir über der Brücke und aus der Stadt heraus waren. Dann bezauberte mich die Schönheit des Tages. Das Land heilte sich selbst nach den Verwüstungen durch die Unwetter. Purpurwinden hatten die strahlenden Blüten geöffnet, auch wenn die Ranken in den Schlamm gerissen waren. Eisvögel sausten über den Fluss, Silber- und Graureiher standen an den seichten Stellen. Ein Dutzend verschiedene Libellen schwebte über uns, und orangebraune und gelbe Schmetterlinge flogen an den Pferdefüßen hoch.

Im flachen Land der Flussebene ritten wir zwischen hellgrünen Reisfeldern hindurch; die Pflanzen waren vom Sturm niedergedrückt, stellten sich aber bereits wieder auf. Überall waren Leute eifrig bei der Arbeit; selbst sie wirkten fröhlich trotz der Zerstörung um sie herum. Sie erinnerten mich an die Leute in meinem Dorf, an ihren unbeugsamen Mut angesichts der Katastrophe, ihren unerschütterlichen Glauben an das grundsätzlich Gute im Leben und die Freundlichkeit der Welt, was immer ihnen widerfuhr. Ich fragte mich, wie viele Jahre der Tohanherrschaft es dauern würde, ihnen diesen Glauben aus den Herzen zu reißen.

Die Reisfelder wichen terrassenförmig angelegten Gemüsegärten und dann, als der Pfad steiler wurde, Bambusgehölzen, die sich mit ihrem schwachen silbergrünen Licht um uns schlossen. Auf den Bambus folgten wiederum Kiefern und Zedern; die dicken Nadeln unter den Hufen dämpften die Pferdeschritte.

Um uns herum erstreckte sich der undurchdringliche Wald. Gelegentlich überholten wir auf dem Pfad Pilger auf ihrer anstrengenden Reise zum heiligen Berg. Wir ritten hintereinander, deshalb waren Gespräche schwierig. Ich wusste, dass Kenji darauf brannte, mich über die vergangene Nacht zu befragen, aber ich wollte nicht darüber reden, noch nicht einmal daran denken.

Nach fast drei Stunden kamen wir zu der kleinen Häusergruppe um das äußere Tempeltor. Für Besucher gab es hier eine Herberge. Die Pferde wurden zum Füttern und Tränken weggebracht, und wir aßen die Mittagsmahlzeit, einfache Gemüsegerichte, die von den Mönchen zubereitet worden waren.

»Ich bin ein wenig müde«, sagte Lady Maruyama, nachdem

wir gegessen hatten. »Lord Abe, bleiben Sie bei Lady Shirakawa und mir, während wir uns etwas ausruhen.«

Er konnte nicht ablehnen, obwohl er Shigeru offensichtlich nur ungern aus den Augen verlor.

Shigeru gab mir die Holzkiste, die ich den Hügel hinauftragen sollte, und ich nahm auch mein eigenes Päckchen mit Pinseln und Tusche mit. Der junge Tohan begleitete uns; er machte ein mürrisches Gesicht, als stehe er dem ganzen Ausflug argwöhnisch gegenüber, doch der Besuch im Kloster musste selbst den Misstrauischen harmlos genug erscheinen. Shigeru konnte schließlich nicht so nahe an Terayama vorbeiziehen, ohne zum Grab seines Bruders zu gehen, noch dazu ein Jahr nach dessen Tod und zur Zeit des Totenfestes.

Wir stiegen die steilen Steinstufen hinauf. Der Tempel stand neben einem sehr alten Schrein an der Bergseite. Die Bäume in dem heiligen Gehölz mussten vier- oder fünfhundert Jahre alt sein, ihre riesigen Stämme stiegen zum Blätterdach auf, ihre knorrigen Wurzeln klammerten sich wie Waldgeister an den moosigen Boden. In der Ferne hörte ich den Gesang der Mönche, das Klingen von Gongs und Glocken und unter diesen Geräuschen die Stimme des Waldes, die Min-min, das Rauschen des Wasserfalls, den Wind in den Zedern, die Vogelrufe. Meine gute Stimmung angesichts der Schönheit des Tages wich einer anderen, tieferen Empfindung, einem Gefühl der Ehrfurcht und der Erwartung, als ob sich mir gleich ein großes, wunderbares Geheimnis enthüllen würde.

Schließlich kamen wir zum zweiten Tor, das zu anderen Häusern führte, in denen Pilger und andere Besucher übernachteten. Hier bat man uns zu warten und gab uns Tee zu trinken. Gleich darauf näherten sich uns zwei Priester. Der eine war ein alter Mann, ziemlich klein und gebrechlich, doch mit strahlenden Augen und einem Ausdruck großer Gelassenheit. Der andere war wesentlich jünger, muskulös und hatte ein strenges Gesicht.

»Sie sind hier sehr willkommen, Lord Otori«, sagte der Alte und verstimmte den Tohan damit noch mehr.

»Mit großer Betrübnis haben wir Lord Takeshi begraben. Sie sind gewiss gekommen, um sein Grab zu besuchen.«

»Bleib hier mit Muto Kenji«, sagte Shigeru zu dem Soldaten. Er und ich folgten dem alten Priester zum Friedhof, wo die Grabsteine in Reihen unter den großen Bäumen standen. Jemand verbrannte Holz, und der Rauch zwischen den Stämmen verwandelte das Sonnenlicht in blaue Strahlen.

Wir drei knieten schweigend nieder. Nach einigen Minuten kam der jüngere Priester mit Weihrauch und Kerzen, die er Shigeru gab. Der Lord stellte beides vor den Stein. Der süße Duft schwebte um uns. Die Kerzen brannten ruhig, weil kein Wind wehte, doch ihre Flammen waren in der hellen Sonne kaum zu sehen. Shigeru holte auch zwei Gegenstände aus seinem Ärmel, einen schwarzen Stein wie die am Meeresufer bei Hagi und ein Strohpferd, ein Kinderspielzeug, und legte sie aufs Grab. Ich erinnerte mich an seine Tränen in der ersten Nacht unserer Begegnung. Jetzt verstand ich seine Trauer, doch keiner von uns weinte.

Nach einer Weile erhob sich der Priester, berührte Shigeru an der Schulter, und wir folgten ihm zum Hauptgebäude dieses abgelegenen Tempels auf dem Lande. Es war aus Zypressen- und Zedernholz gebaut, das mit der Zeit zu einem Silbergrau verblichen war. Das Haus wirkte nicht groß, doch seine wohlgestaltete Mittelhalle vermittelte ein Gefühl von Weite und Ruhe und lenkte den Blick zu der Stelle, wo die goldene Statue des Erleuchteten zwischen den Kerzenflammen zu schweben schien wie im Paradies.

Wir zogen die Sandalen aus und gingen hinauf in die Halle. Wieder brachte der junge Mönch Weihrauch, den wir vor die goldenen Füße der Statue legten. Der Mönch kniete sich neben uns und begann, einen Abschnitt der altüberlieferten Schriften für die Toten zu singen.

Es war dämmrig hier, und meine Augen waren von den Kerzen geblendet, doch ich konnte andere im Tempel jenseits des Altars atmen hören, und als ich mich an die Dunkelheit gewöhnt hatte, sah ich Mönche, die in schweigender Meditation dasaßen. Die Halle war wesentlich größer, als ich zuerst geglaubt hatte, und es befanden sich viele Mönche hier, möglicherweise Hunderte.

Obwohl ich unter den Verborgenen aufgewachsen war, hatte meine Mutter mich oft in die Schreine und Tempel unseres Bezirks mitgenommen, und ich wusste einiges über die Lehren des Erleuchteten. Jetzt dachte ich wie so oft zuvor, dass betende Menschen sich im Aussehen und im Ton ihrer Stimmen gleichen. Der Friede dieses Ortes durchdrang meine Seele. Was tat ich hier, wo ich doch ein Mörder war und mein Herz nach Rache dürstete?

Als die Zeremonie vorbei war, gingen wir zu Kenji zurück, der in ein einseitiges Gespräch mit dem Tohan über Kunst und Religion vertieft war.

»Wir haben ein Geschenk für den Abt.« Shigeru hob die Kiste auf, die ich bei Kenji gelassen hatte.

Die Augen des Priesters funkelten. »Ich werde Sie zu ihm bringen.«

»Und die jungen Männer würden gern die Bilder sehen«, sagte Kenji.

»Makoto wird sie ihnen zeigen. Folgen Sie mir bitte, Lord Otori.«

Der Tohan war überrascht, als Shigeru mit dem älteren Priester hinter dem Altar verschwand. Es sah aus, als wolle er ihm folgen, doch Makoto schien ihm den Weg zu versperren, ohne ihn zu berühren oder ihm zu drohen.

»Hier entlang, junger Mann!«

Entschlossen drängte er uns drei aus dem Tempel und über einen Bretterweg zu einer kleineren Halle.

»Der große Maler Sesshu lebte zehn Jahre lang in diesem Tempel«, erklärte er uns. »Er entwarf die Gärten und malte Landschaften, Tiere und Vögel. Diese Holztafeln sind sein Werk.«

»Das ist es, was einen Künstler ausmacht«, sagte Kenji in seinem nörgelnden Lehrerton.

»Ja, Meister«, stimmte ich bei. Ich brauchte die demütige Haltung nicht zu spielen: Das Werk vor unseren Augen erfüllte mich mit Ehrfurcht. Das schwarze Pferd, die weißen Kraniche schienen von der vollendeten Kunst des Malers in einem bestimmten Augenblick eingefangen und festgehalten worden zu sein. Man hatte das Gefühl, dass der Bann jeden Moment gebrochen werden könnte; dann würde das Pferd stampfen und sich aufbäumen, die Kraniche würden uns sehen und sich in die Lüfte erheben. Der Maler hatte erreicht, was wir alle gern tun würden: die Zeit einzufangen und stillstehen zu lassen.

Die Tafel neben der Tür schien leer zu sein. Ich betrachtete sie und glaubte, die Farben seien verblichen. Makoto sagte: »Darauf waren Vögel, doch nach der Legende waren sie so lebensecht, dass sie davonflogen.«

»Du siehst, wie viel du zu lernen hast«, ermahnte mich Kenji. Ich fand, dass er ziemlich übertrieb, doch der Tohan warf mir einen verächtlichen Blick zu, schaute flüchtig auf die Bilder, ging hinaus und setzte sich unter einen Baum.

Ich nahm den Tuschstein heraus, und Makoto brachte mir etwas Wasser. Ich bereitete die Tusche zu und entfaltete eine Papierrolle. Ich wollte der Hand des Meisters nachspüren und feststellen, ob er über die Kluft der Jahre hinweg das, was er gesehen hatte, in meinen Pinsel übertragen könne.

Draußen war die Nachmittagshitze stärker geworden; sie schimmerte, und das Gellen der Grillen steigerte sich noch. Die Bäume warfen große, tintige Schattenteiche. In der Halle war es kühler und dämmrig. Die Zeit verlangsamte sich. Ich hörte den Atem des Tohan, während er einschlief.

»Die Gärten sind ebenfalls Sesshus Werk«, sagte Makoto, und er und Kenji setzten sich auf die Matten, wandten mir und den Bildern den Rücken zu und schauten hinaus auf Felsen und Bäume. In der Ferne murmelte ein Wasserfall, zwei Holztauben gurrten. Von Zeit zu Zeit machte Kenji eine Bemerkung oder stellte eine Frage über den Garten, und Makoto antwortete ihm. Ihr Gespräch wurde immer zusammenhangloser, bis auch sie zu dösen schienen.

Jetzt war ich allein mit Pinsel und Papier und den unvergleichlichen Malereien. Ich spürte, wie sich die Schärfe und die Konzentration, die ich in der vergangenen Nacht empfunden hatte, erneut meiner bemächtigten, wie sie mich in den gleichen tranceähnlichen Zustand versetzten. Es machte mich ein wenig traurig, dass die Fähigkeiten des Stamms den künstlerischen Fähigkeiten so ähnlich sein sollten. Ich hatte den überwältigenden Wunsch, wie der große Sesshu zehn Jahre lang hierzubleiben und jeden Tag zu zeichnen und zu malen, bis meine Bilder lebendig würden und davonflögen.

Ich machte Kopien von dem Pferd und den Kranichen, Kopien, die mich nicht im Geringsten befriedigten, und dann malte ich den kleinen Vogel von meinem Berg, wie ich ihn beim Näherkommen mit einem weißen Aufblitzen seiner Flügel davonfliegen sah.

Ich war in die Arbeit versunken. Aus weiter Ferne hörte ich Shigeru mit dem alten Priester reden. Ich hörte nicht wirklich zu, ich nahm an, dass er bei dem Alten einen geistlichen Rat suchte, eine Privatangelegenheit. Doch die Worte drangen mir ins Ohr, und langsam dämmerte mir, dass es in ihrem Gespräch um etwas ganz anderes ging: lästige neue Steuern, Einschränkung der Freiheit, Iidas Gier, die Tempel zu zerstören, mehrere tausend Mönche in abgelegenen Klöstern, die alle als Krieger ausgebildet waren und darauf brannten, die Tohan zu besiegen und die Länder den Otori zurückzugeben.

Wehmütig lächelte ich vor mich hin. Meine Auffassung vom Tempel als einem Ort des Friedens, einer Zuflucht vor dem Krieg war ziemlich unangebracht. Die Priester und

Mönche waren ebenso kampflustig wie wir, ebenso auf Rache versessen.

Ich machte eine weitere Kopie von dem Pferd und war glücklicher damit. Etwas von seiner wilden Kraft hatte ich eingefangen. Ich spürte, dass Sesshus Geist mich tatsächlich über die Zeit hinweg berührt und vielleicht daran erinnert hatte, dass das Talent freigesetzt wird, wenn die Wahrheit Illusionen zerstört.

Dann hörte ich von weit unten etwas anderes, das mein Herz rasen ließ: Kaedes Stimme. Die Frauen und Abe stiegen die Stufen zum zweiten Tor herauf.

Leise rief ich Kenji zu: »Die anderen kommen.« Makoto stand rasch auf und huschte leise davon.

Gleich darauf betraten der alte Priester und Lord Shigeru die Halle, wo ich die letzten Striche an der Kopie des Pferdes machte.

»Ah, Sesshu hat zu dir gesprochen«, sagte der alte Priester lächelnd.

Ich gab Shigeru das Bild. Er saß noch da und betrachtete es, als die Damen und Abe zu uns stießen. Der Tohan wachte auf und versuchte, so zu tun, als habe er gar nicht geschlafen. Das Gespräch drehte sich nur um Bilder und Gärten. Lady Maruyama schenkte Abe weiterhin besondere Aufmerksamkeit, fragte nach seiner Meinung und schmeichelte ihm, bis sogar er sich für das Thema zu erwärmen schien.

Kaede betrachtete die Skizze des Vogels. »Darf ich das haben?«, fragte sie.

Ich antwortete: »Wenn es Ihnen gefällt, Lady Shirakawa. Ich fürchte, es ist sehr armselig.«

»Es gefällt mir«, sagte sie leise. »Es lässt mich an Freiheit denken.«

Die Tusche war in der Hitze rasch getrocknet. Ich rollte das Papier zusammen und gab es ihr, wobei meine Finger die ihren einen Augenblick lang streiften. Es war das erste Mal, dass wir uns berührten. Keiner von uns sagte etwas. Die Hitze schien intensiver zu sein, das Grillengezirp eindringlicher. Eine Welle der Müdigkeit überkam mich. Schlafmangel und Erregung machten mich benommen. Meine Finger hatten ihre Sicherheit verloren und zitterten, als ich die Malutensilien zusammenpackte.

»Lasst uns in den Garten gehen«, sagte Shigeru und nahm die Damen mit hinaus. Ich spürte den Blick des alten Priesters auf mir.

»Komm zu uns zurück«, sagte er, »wenn das alles vorbei ist. Es wird hier immer einen Platz für dich geben.«

Ich dachte an all die Unruhen und Veränderungen, die der Tempel gesehen hatte, die Kämpfe, die ringsum wüteten. Er schien so friedlich. Die Bäume standen wie vor Jahrhunderten, der Erleuchtete saß mit seinem heiteren Lächeln zwischen den Kerzen. Doch selbst an diesem Ort des Friedens planten Männer den Krieg. Nie könnte ich mich zurückziehen und malen und Gärten planen, solange Iida lebte.

»Wird es je vorbei sein?«, entgegnete ich.

»Alles, was einen Anfang hat, hat auch ein Ende«, sagte er.

Ich verbeugte mich vor ihm bis auf den Boden, und er legte segnend die Handflächen aneinander.

Makoto ging mit mir hinaus in den Garten. Er betrachtete mich prüfend. »Wie viel hörst du?«, fragte er leise.

Ich schaute mich um. Die Tohan waren mit Shigeru oben auf der Treppe. »Können Sie hören, was sie sagen?« Er schätzte die Entfernung. »Nur wenn sie es rufen.«

»Ich höre jedes Wort. Ich kann sie im Speisehaus unten hören. Ich kann Ihnen sagen, wie viele Menschen dort versammelt sind.«

Jetzt fiel mir auf, dass es wie eine beachtliche Menge klang.

Makoto lachte überrascht und anerkennend auf.

»Wie ein Hund?«

»Ja, wie ein Hund.«

»Nützlich für deine Herren.«

Seine Worte blieben mir im Gedächtnis. Ich war nützlich für meine Herren, für Lord Shigeru, für Kenji, für den Stamm. Ich war mit dunklen Talenten geboren worden, um die ich nicht gebeten hatte, doch ich konnte nicht widerstehen, sie zu verfeinern und zu erproben, und sie hatten mich an den Platz gebracht, an dem ich jetzt war. Ohne sie wäre ich sicher tot gewesen. Mit ihnen wurde ich jeden Tag tiefer in diese Welt der Lügen, der Geheimnisse und der Rache gezogen. Ich fragte mich, wie viel davon Makoto verstand, und wünschte, ich könnte meine Gedanken mit ihm teilen. Instinktiv fasste ich Zuneigung zu ihm – mehr als Zuneigung: Vertrauen. Doch die Schatten wurden länger. Es war fast die Stunde des abendlichen Hähnekrähens. Wir mussten nach Yamagata zurück, bevor es Nacht wurde. Wir hatten keine Zeit zum Reden.

Als wir die Treppen hinuntergingen, war tatsächlich eine große Menschenmenge vor der Herberge versammelt.

»Sind sie für das Fest hier?«, fragte ich Makoto.

»Zum Teil«, sagte er und dann leiser, so dass ihn sonst niemand hören konnte: »Doch hauptsächlich, weil sie gehört haben, dass Lord Otori hier ist. Sie haben nicht vergessen, wie es vor Yaegahara war. So wenig wie wir hier.«

»Lebe wohl«, sagte er, als ich auf Raku stieg. »Wir werden uns wiedersehen.«

Auf dem Bergpfad und auf der Straße war es das Gleiche. Viele Menschen waren unterwegs und schienen alle Lord Shigeru mit eigenen Augen sehen zu wollen. Es hatte etwas Unheimliches, wie die schweigenden Leute zu Boden sanken, während wir vorbeiritten, dann aufstanden und uns mit ernsten Gesichtern und brennenden Augen nachschauten.

Die Tohan waren wütend, konnten aber nichts tun. Sie ritten ein Stück vor mir, doch ich hörte ihre geflüsterte Unterhaltung so deutlich, als würden sie mir in die Ohren sprechen.

»Was hat Shigeru im Tempel getan?«, fragte Abe.

»Gebetet, mit dem Priester gesprochen. Man hat uns die Werke von Sesshu gezeigt; der Junge hat gemalt.«

»Was der Junge getan hat, interessiert mich nicht! War Shigeru mit dem Priester allein?«

»Nur ein paar Minuten«, log der Jüngere.

Abes Pferd stürzte vor. Er musste zornig am Zügel gerissen haben.

»Er schmiedet kein Komplott«, sagte der junge Mann lässig. »Alles ist so, wie es aussieht. Er ist auf dem Weg zur Hochzeit. Ich verstehe nicht, warum Sie sich solche Sorgen machen. Die drei sind harmlos. Narren – sogar Feiglinge –, aber harmlos.«

»Du bist ein Narr, wenn du das glaubst«, knurrte Abe. »Shigeru ist viel gefährlicher, als er aussieht. Vor allem ist er kein Feigling. Er hat Geduld. Und niemand in den Drei Ländern hat diese Wirkung auf die Menschen!« Sie ritten eine Weile schweigend weiter, dann murmelte Abe: »Ein einziges Zeichen von Verrat, und wir haben ihn.«

Die Worte wehten durch den vollendeten Sommerabend zu mir. Als wir beim Fluss ankamen, war es dämmrig, ein blaues Zwielicht, das von Glühwürmchen unter den Binsen erhellt wurde. Am Ufer loderten schon die Feuer für die zweite Festnacht. Die vergangene Nacht war von Trauer erfüllt und gedämpft gewesen. Heute Nacht war die Stimmung wilder, mit einem Unterton von Aufruhr und Gewalt. Die Straßen waren überfüllt, das größte Gedränge herrschte am Rand des Burggrabens. Dort standen Leute und starrten auf das erste Schlosstor. Als wir vorbeiritten, sahen wir die vier Köpfe über dem Tor. Die Körbe waren bereits von den Mauern entfernt worden.

»Sie sind rasch gestorben«, sagte Shigeru zu mir. »Sie hatten Glück.«

Ich entgegnete nichts. Ich beobachtete Lady Maruyama. Sie warf einen schnellen Blick auf die Köpfe und wandte sich dann ab; ihr Gesicht war bleich, aber beherrscht. Was sie wohl dachte? Ob sie betete?

Die Menge war durch den Geruch von Blut und Tod aufgeschreckt, sie murrte und drängte wie ein gehetztes Tier im Schlachthaus.

»Trödle nicht«, sagte Kenji. »Ich werde hier und da ein bisschen Klatsch aufschnappen und mich dann in der Herberge mit euch treffen. Bleib im Haus.« Er rief nach einem der Pferdeknechte, stieg ab, gab dem Mann die Zügel und verschwand in der Menge.

Als wir in die gerade Straße einbogen, durch die ich in der vergangenen Nacht gerannt war, ritt eine Tohantruppe mit gezogenen Schwertern auf uns zu.

»Lord Abe!«, rief einer der Soldaten. »Wir sollen die Straßen räumen. Die Stadt ist in Aufruhr. Bringen Sie Ihre Gäste ins Haus und stellen Sie Wachen an den Toren auf.«

»Was hat die Unruhen ausgelöst?«, fragte Abe.

»Die Verbrecher sind alle in der Nacht gestorben. Ein Mann behauptet, dass ein Engel gekommen ist und sie erlöst hat!«

»Lord Otoris Anwesenheit macht die Lage nicht einfacher«, sagte Abe bitter, während er uns in die Herberge drängte. »Morgen reiten wir weiter.«

»Das Fest ist noch nicht vorbei«, bemerkte Shigeru. »Am dritten Tag zu reisen wird nur Unglück bringen.«

»Da kann man nichts machen! Hierzubleiben wäre schlimmer.« Er hatte sein Schwert gezogen, und jetzt zischte es durch die Luft, weil er auf die Menge einhieb.

»Runter mit euch!«, schrie er.

Vom Lärm erschreckt, stürzte Raku vorwärts, und plötzlich ritt ich Knie an Knie mit Kaede. Die Pferde wandten sich die Köpfe zu, und jedes schöpfte offenbar Mut durch die Anwesenheit des anderen. In vollkommenem Gleichschritt trabten sie durch die Straße.

Kaede schaute vor sich hin und sagte so leise, dass niemand außer mir es über dem Tumult um uns verstehen konnte: »Ich wollte, wir könnten zusammen allein sein. Es gibt so vieles, was ich über Sie wissen möchte. Ich weiß noch nicht einmal, wer Sie wirklich sind. Warum geben Sie vor, weniger zu sein, als Sie sind? Warum verbergen Sie Ihre Geschicklichkeit?«

Ich wäre gern bis in alle Ewigkeit so neben ihr geritten, doch die Straße war kurz, und ich hatte Angst, ihr zu antworten. Ich trieb mein Pferd voran, als wäre sie mir gleichgültig, aber mein Herz hämmerte bei ihren Worten. Das war alles, was ich mir wünschte: mit ihr allein zu sein, mein verborgenes Ich zu enthüllen, auf alle Geheimnisse und Täuschungen zu verzichten, Haut an Haut bei ihr zu liegen.

Würde das je möglich sein? Nur wenn Iida starb. Bei der Herberge ging ich zu den Ställen, um die Pflege der Pferde zu überwachen. Die Otori, die zurückgeblieben waren, begrüßten mich erleichtert. Sie hatten um unsere Sicherheit gefürchtet.

»Die Stadt ist wie ein Pulverfass«, sagte einer. »Ein Funke, und es gibt Straßenkämpfe.«

»Was habt ihr gehört?«, fragte ich.

»Diese Verborgenen, die von den Dreckskerlen gefoltert wurden. Jemand hat es bis zu ihnen geschafft und hat sie getötet. Unglaublich! Dann kommt einer auf die Idee, dass er einen Engel gesehen hat!«

»Sie wissen, dass Lord Otori hier ist«, fügte ein anderer hinzu. »Sie betrachten sich immer noch als Otori. Ich wette, sie haben genug von den Tohan.«

»Wir könnten diese Stadt einnehmen, wenn wir hundert Männer hätten«, murmelte der Erste.

»Sagt so etwas nicht, noch nicht einmal unter euch, noch nicht einmal zu mir«, warnte ich sie. »Wir haben keine hundert Männer. Wir sind den Tohan ausgeliefert. Wir sind angeblich die Werkzeuge eines Bündnisses. So muss man uns sehen. Lord Shigerus Leben hängt davon ab.«

Sie murrten weiter, während sie die Pferde absattelten und fütterten. Ich spürte, wie das Feuer in ihnen anfing zu brennen, wie der Wunsch aufstieg, alte Beleidigungen zu tilgen und alte Rechnungen zu begleichen.

»Wenn einer von euch ein Schwert gegen die Tohan zieht, hat er in meinen Augen sein Leben verwirkt!«, sagte ich zornig.

Sie waren nicht sehr beeindruckt. Vielleicht wussten sie mehr über mich als Abe und seine Männer, aber ich war für sie immer noch nur der junge Takeo, ein Stubenhocker, der gern malte, jetzt ganz geschickt war mit dem Schwert, aber immer zu sanft, zu weich. Bei dem Gedanken, dass ich tatsächlich einen von ihnen töten würde, mussten sie nur grinsen.

Ich fürchtete ihren Leichtsinn. Wenn ein Kampf ausbrach, würden die Tohan zweifellos die Gelegenheit nutzen, Shigeru des Verrats anzuklagen. Jetzt durfte nichts geschehen, was uns daran hinderte, unverdächtig nach Inuyama zu kommen.

Als ich die Ställe verließ, hatte ich heftige Kopfschmerzen. Mir war, als hätte ich seit Wochen nicht mehr geschlafen. Ich ging ins Badehaus. Das Mädchen, das mir am Morgen Tee gebracht und gesagt hatte, es würde meine Kleidung trocknen, war da. Sie schrubbte mir den Rücken, massierte mir die Schläfen und hätte bestimmt mehr für mich getan, wenn ich nicht so müde gewesen wäre und nicht so erfüllt von Kaede. Sie ließ mich in dem heißen Wasser entspannen, doch als sie sich zurückzog, flüsterte sie: »Die Arbeit war gut gemacht.« Ich war schon eingenickt, aber bei ihren Worten wurde ich hellwach. »Welche Arbeit?«, fragte ich, doch sie war schon gegangen. Beklommen stieg ich aus der Wanne und ging ins Zimmer zurück; das Kopfweh war immer noch ein dumpfer Schmerz hinter meiner Stirn.

Kenji war wieder da. Er und Shigeru unterhielten sich leise. Sie verstummten, als ich hereinkam, und starrten mich an. Ich sah an ihren Gesichtern, dass sie Bescheid wussten.

Kenji fragte: »Wie?«

Ich horchte. In der Herberge war es still, die Tohan waren noch draußen auf den Straßen. Ich flüsterte:

»Zwei mit Gift, einen mit der Garrotte, einen mit den Händen.«

Er schüttelte den Kopf. »Es ist kaum zu glauben. Innerhalb der Schlossmauern? Allein?«

Ich sagte: »Ich kann mich nicht mehr gut daran erinnern. Ich dachte, Sie würden mir böse sein.«

»Ich *bin* böse«, antwortete er. »Mehr als böse – zornig. So etwas Idiotisches! Wir sollten dich heute Abend begraben, das wäre recht und billig.«

Ich machte mich auf einen seiner Schläge gefasst. Stattdessen umarmte er mich. »Offenbar fange ich an, dich zu mögen«, sagte er. »Ich möchte dich nicht verlieren.«

»Ich hätte es nicht für möglich gehalten«, sagte Shigeru. Es sah aus, als könne er sein Lächeln nicht unterdrücken. »Unser Plan gelingt vielleicht doch noch!«

»Leute auf der Straße sagen, es muss Shintaro gewesen sein«, berichtete Kenji, »obwohl niemand weiß, wer ihn bezahlt hat oder warum.«

»Shintaro ist tot«, sagte ich.

»Nun, das wissen nicht viele. Jedenfalls ist die allgemeine Ansicht, dass es sich bei diesem Mörder um eine Art himmlischen Geist handelt.«

»Ein Mann hat mich gesehen, der Bruder eines der Toten. Er sah mein zweites Ich, und als es sich auflöste, dachte er, es sei ein Engel.«

»Soweit ich herausfinden konnte, hat er keine Ahnung von deiner Identität. Es war dunkel, er hat dich nicht deutlich gesehen. Er dachte wirklich, es sei ein Engel gewesen.«

»Aber warum hast du es getan, Takeo?«, fragte Shigeru. »Warum bist du gerade jetzt ein solches Wagnis eingegangen?«

Wieder fiel es mir schwer, mich daran zu erinnern.

»Ich weiß nicht, ich konnte nicht schlafen …«

»Es ist diese Weichheit, die er hat«, meinte Kenji. »Sie bringt ihn dazu, aus Mitgefühl zu handeln, selbst wenn er tötet.«

»Hier ist ein Mädchen«, sagte ich. »Sie weiß etwas. Heute Morgen hat sie meine nassen Sachen mitgenommen, und gerade eben hat sie gesagt …«

»Sie ist eine von uns«, unterbrach mich Kenji, und sobald er es gesagt hatte, wurde mir klar, dass ich sie als eine vom Stamm erkannt hatte. »Natürlich hat der Stamm sofort Vermutungen angestellt. Sie wissen, wie Shintaro gestorben ist. Sie wissen, dass du hier bei Lord Shigeru bist. Niemand kann glauben, dass du es unerkannt getan hast, aber sie wissen auch, dass kein anderer es getan haben kann.«

»Ob das jedoch ein Geheimnis bleibt?«, fragte Shigeru.

»Niemand verrät Takeo an die Tohan, wenn du das meinst. Und die scheinen keinen Verdacht zu schöpfen. Als Schauspieler wirst du immer besser«, lobte mich Kenji. »Selbst ich habe geglaubt, du seiest heute nicht mehr als ein wohlmeinender Trottel gewesen.«

Shigeru lächelte wieder. Kenji fuhr in unnatürlich lässigem Ton fort: »Das Einzige ist, Shigeru, dass ich deine Pläne kenne; ich weiß, dass Takeo damit einverstanden ist, dir bei ihrer Durchführung zu helfen. Aber nach diesem Zwischenfall glaube ich nicht, dass der Stamm Takeo erlauben wird, viel länger bei dir zu bleiben. Jetzt werden sie ihn bestimmt für sich beanspruchen.«

»Noch eine Woche ist alles, was wir brauchen«, flüsterte Shigeru.

Ich spürte die Dunkelheit um mich wie Tusche in meinen Adern. Ich hob die Augen und schaute Shigeru direkt ins Gesicht – etwas, was ich immer noch kaum zu tun wagte. Wir lächelten einander zu; nie waren wir uns näher als in der Einigkeit über einen Mord.

Von den Straßen draußen kamen vereinzelte Rufe, Schreie, die Schritte rennender Männer, Pferdegetrappel, Feuerknistern, bis sich alles zu Klagen und Jammern steigerte. Die Tohan räumten die Straßen, sie setzten die Ausgangssperre durch. Nach einer Weile legte sich der Lärm, und die Stille des Sommerabends kehrte zurück. Der Mond war aufgegangen und übergoss die Stadt mit seinem Licht. Ich hörte

Pferde in den Herbergshof kommen, dann Abes Stimme. Kurz darauf klopfte es leise an die Tür, und Mädchen kamen mit Essenstabletts herein. Eines von ihnen war das Mädchen, das zuvor mit mir gesprochen hatte. Es bediente uns noch, nachdem die anderen gegangen waren, und sagte leise zu Kenji: »Lord Abe ist zurückgekommen, Herr. Heute Nacht werden Extrawachen vor den Zimmern stehen. Lord Otoris Männer werden von Tohan abgelöst.«

»Das wird den Otori nicht gefallen.« Ich dachte an die Unruhe der Männer.

»Es wirkt wie eine Herausforderung«, murmelte Shigeru. »Stehen wir unter irgendeinem Verdacht?«

»Lord Abe ist wütend und besorgt über das Ausmaß an Gewalt in der Stadt«, antwortete das Mädchen. »Er sagt, es ist zu Ihrem Schutz.«

»Würdest du Lord Abe bitten, zu mir zu kommen?«

Das Mädchen verneigte sich und ging. Wir aßen fast schweigend. Gegen Ende der Mahlzeit fing Lord Shigeru an, von Sesshu und seinen Bildern zu reden. Er holte die Rolle mit dem Pferd hervor und entfaltete sie.

»Es ist sehr erfreulich«, sagte er. »Eine getreue Kopie, doch es enthält auch etwas von dir. Du könntest ein guter Künstler werden …«

Er fuhr nicht fort, aber ich dachte das Gleiche: *In einer anderen Welt, in einem anderen Land, in einem Land, das nicht vom Krieg regiert wird.*

»Der Garten ist sehr schön«, bemerkte Kenji. »Trotz seiner Kleinheit ist er meiner Ansicht nach erlesener als die größeren Beispiele von Sesshus Werk.«

»Der Meinung bin ich auch«, sagte Shigeru. »Fraglos ist die Lage in Terayama unvergleichlich.«

Ich hörte Abes schweren Schritt. Als die Tür aufglitt, bat ich bescheiden: »Können Sie mir die Stellung der Felsen erklären, Herr?«

»Lord Abe«, sagte Shigeru. »Bitte kommen Sie herein.« Dem Mädchen rief er zu: »Bring frischen Tee und Wein.«

Abe verneigte sich ziemlich nachlässig und ließ sich auf den Kissen nieder. »Ich bleibe nicht lange; ich habe noch nicht gegessen, und wir müssen bei Tagesanbruch auf der Straße sein.«

»Wir haben gerade von Sesshu gesprochen«, sagte Shigeru. Der Wein wurde gebracht, und er goss Abe einen Becher voll ein.

»Ein großer Künstler.« Abe nahm einen großen Schluck. »Ich bedaure, dass in diesen schweren Zeiten der Künstler weniger wichtig ist als der Krieger.« Er warf mir einen verächtlichen Blick zu, der mich davon überzeugte, dass meine Tarnung noch wirkte. »Die Stadt ist jetzt ruhig, aber die Lage ist immer noch ernst. Ich glaube, dass meine Männer Ihnen mehr Schutz bieten.«

»Der Krieger ist unentbehrlich«, sagte Shigeru. »Deshalb ziehe ich es vor, meine eigenen Männer um mich zu haben.«

In der folgenden Stille sah ich deutlich den Unterschied zwischen ihnen. Abe war nicht mehr als ein besserer Adeliger. Shigeru war Erbe eines uralten Clans. Trotz seines Widerwillens musste Abe ihm nachgeben.

Er schob die Unterlippe vor. »Wenn das Lord Otoris Wunsch ist …«, räumte er schließlich ein.

»Das ist es.« Shigeru lächelte ein wenig und goss wieder Wein ein.

Nachdem Abe gegangen war, sagte der Lord: »Takeo, bleib heute Nacht bei den Wachen. Mach ihnen klar, dass ich bei irgendwelchen Unruhen nicht zögern werde, sie Abe zur Bestrafung auszuliefern. Ich fürchte einen vorzeitigen Aufstand. Jetzt sind wir unserem Ziel so nah.« Es war ein Ziel, an dem ich unbeirrbar festhielt. Ich verschwendete keinen weiteren Gedanken an Kenjis Erklärung, dass der Stamm mich beanspruchen würde. Ich konzentrierte mich nur auf Iida Sadamu in seinem Unterschlupf in Inuyama. Ich würde über den Nachtigallenboden zu ihm gelangen. Und ich würde ihn töten. Selbst der Gedanke an Kaede diente nur dazu, meinen Entschluss zu festigen. Ich brauchte kein Ichiro zu sein, um mir auszurechnen, dass Kaede frei wäre, mich zu heiraten, wenn Iida vor ihrer Hochzeit mit Shigeru starb.

Kapitel 9

Früh am Morgen wurden wir geweckt, und kurz nach Tagesanbruch waren wir auf der Straße. Der Tag war nicht so klar wie der gestrige, die Luft schwer und stickig. Wolken hatten sich in der Nacht gebildet, und Regen drohte.

Den Leuten war untersagt worden, sich in den Straßen zu versammeln, und die Tohan setzten das Verbot mit ihren Schwertern durch. Sie erstachen einen Straßenkehrer, der es wagte, stehen zu bleiben und unseren Zug anzuschauen, und schlugen eine alte Frau tot, die nicht rechtzeitig aus dem Weg ging.

Die Damen wurden in Sänften getragen; ich sah also nichts von Kaede, bis wir für unser Mittagsmahl anhielten. Ich redete nicht mit ihr, aber ihr Aussehen erschreckte mich. Sie war sehr blass, ihre Haut wirkte durchsichtig, und um die Augen hatte sie dunkle Ringe. Mein Herz verkrampfte sich. Je schwächer sie wurde, umso hoffnungsloser erschien mir meine Liebe zu ihr. Shigeru machte sich Sorgen wegen ihrer Blässe und sprach mit Shizuka über sie. Shizuka antwortete, Kaede leide unter dem Schaukeln der Sänfte – mehr sei es nicht –, doch sie schaute mehrmals schnell zu mir herüber, und ich glaubte, ihre Botschaft zu verstehen.

Wir waren eine stille Gruppe, jeder hing seinen eigenen Gedanken nach. Die Männer waren angespannt und gereizt. Alle litten unter der Hitze. Nur Shigeru wirkte unbeschwert; er unterhielt sich so leicht und sorglos, als werde er wirklich bald eine ersehnte Hochzeit feiern. Ich wusste, dass die Tohan ihn deshalb verachteten, aber ich hielt es für das Mutigste, was ich je gesehen hatte.

Je weiter wir in den Osten kamen, umso weniger Sturmschäden sahen wir. Als wir uns der Hauptstadt näherten, wurden die Straßen besser, und jeden Tag legten wir mehr Meilen zurück. Am Nachmittag des fünften Tages erreichten wir Inuyama.

Iida hatte diese östliche Stadt nach seinem Erfolg in Yaegahara zur Hauptstadt gemacht und damals mit dem Bau des mächtigen Schlosses begonnen. Mit seinen schwarzen Mauern und seinen weißen Zinnen beherrschte es die Stadt; die Dächer sahen aus, als seien sie wie Tücher in die Luft geworfen worden. Während wir darauf zuritten, musterte ich die Befestigungen, schätzte die Höhe der Tore und der Mauern, schaute nach Vorsprüngen aus ... *hier werde ich mich unsichtbar machen, hier brauche ich Haken ...*

Ich hatte mir nicht vorgestellt, dass die Stadt so groß sein würde, dass so viele Krieger im Schloss Wache hielten und nahebei wohnten.

Abe zügelte sein Pferd und ritt jetzt neben mir. Ich war eine bevorzugte Zielscheibe für seine Witze und seinen rüpelhaften Humor geworden. »So sieht Macht aus, Junge. Die bekommt man als Krieger. Dagegen wirkt deine Arbeit mit dem Pinsel ziemlich schwach, wie?«

Mich kümmerte nicht, was Abe von mir dachte, solange er die Wahrheit nicht vermutete. »Es ist das eindrucksvollste Schloss, das ich je gesehen habe, Lord Abe. Ich wollte, ich könnte es näher betrachten mit seiner Architektur, seinen Kunstwerken.«

»Das lässt sich bestimmt machen.« Jetzt, da er wieder sicher in seiner eigenen Stadt war, fiel es ihm leicht, gönnerhaft zu sein.

»Sesshus Name ist uns immer noch ein Begriff«, bemerkte ich, »während die Krieger seiner Zeit alle vergessen sind.«

Er brach in Gelächter aus. »Aber du bist nicht Sesshu, stimmt's?«

Seine Verachtung trieb mir das Blut ins Gesicht, doch ich gab ihm demütig recht. Er wusste nichts über mich – das war mein einziger Trost.

Wir wurden zu einem Gästehaus in der Nähe des Schlossgrabens geleitet. Es war geräumig und schön. Alles deutete darauf hin, dass Iida sich für die Hochzeit und für das Bündnis mit den Otori einsetzte. An der Aufmerksamkeit und den Ehrenbezeigungen für Shigeru war jedenfalls nichts auszusetzen. Die Damen wurden zum Schloss gebracht, wo sie in Iidas eigener Residenz bei den Frauen seines Haushalts bleiben würden. Lady Maruyamas Tochter lebte dort.

Kaedes Gesicht sah ich nicht, aber als sie davongetragen wurde, streckte sie kurz ihre Hand durch den Vorhang der Sänfte. Darin hielt sie die Rolle, die ich ihr geschenkt hatte, das Bild von meinem kleinen Bergvogel, von dem sie gesagt hatte, es lasse sie an Freiheit denken.

Ein leichter Abendregen fiel; er verwischte die Umrisse des Schlosses und glänzte auf Ziegeln und Pflastersteinen. Zwei Gänse flogen mit gleichmäßigem Flügelschlag über uns hinweg. Als sie verschwanden, hörte ich immer noch ihren traurigen Ruf.

Abe kam später mit Hochzeitsgeschenken und überschwänglichen Willkommensgrüßen von Lord Iida zu uns. Ich erinnerte ihn an sein Versprechen, mir das Schloss zu zeigen, plagte ihn mit Fragen und ertrug seine Späße, bis er sich bereit erklärte, die Besichtigung für den folgenden Tag zu arrangieren.

Kenji und ich gingen am Morgen mit ihm, und ich hörte pflichtbewusst zu und machte Skizzen, während zuerst Abe und dann, als es ihm zu langweilig wurde, einer seiner Gefolgsleute uns um das Schloss führten. Meine Hand zeichnete Bäume, Gärten, Ansichten, während Auge und Gehirn anderes in sich aufnahmen: den Grundriss des Schlosses, die Entfernung vom Haupttor zum zweiten Tor, Diamantentor genannt, vom Diamantentor zum inneren Burghof, vom inneren Burghof zur Residenz. Der Fluss begrenzte die Ostseite; alle vier Seiten waren von Gräben umgeben. Und während ich zeichnete, hörte ich zu, stellte die sichtbaren und die verborgenen Wachtposten fest und zählte sie.

Das Schloss war voller Menschen: Krieger und Infanteristen, Hufschmiede, Pfeilmacher und Waffenschmiede, Pferdeknechte, Köche, Dienstmädchen und Gesinde sonstiger Art. Ich fragte mich, wohin sie alle bei Nacht gingen und ob es je still würde.

Der Gefolgsmann war redseliger als Abe; er prahlte begeistert von Iida und bewunderte naiv meine Zeichnungen. Ich skizzierte ihn rasch und gab ihm die Rolle. In jenen Tagen wurden nur wenige Bildnisse gemacht, und er hielt es ehrfürchtig wie einen magischen Talisman. Danach zeigte er uns mehr, als er sollte, auch die versteckten Räume, in denen immer Wachen stationiert waren, die falschen Fenster der Wachtürme und die Runden der Wachen in der Nacht.

Kenji sagte sehr wenig, außer dass er meine Zeichnungen kritisierte und hin und wieder einen Pinselstrich verbesserte. Ich überlegte, ob er mit mir kommen wollte, wenn ich bei Nacht ins Schloss ging. Einen Augenblick lang glaubte ich, nichts ohne seine Hilfe tun zu können, im nächsten wusste ich, dass ich allein sein wollte.

Schließlich kamen wir zum Hauptturm, wurden hineingeführt, mit dem Hauptmann der Wache bekannt gemacht und durften die steile Holztreppe bis zum höchsten Stockwerk hinaufgehen. Die massiven Säulen, die den Hauptturm stützten, waren mindestens zwanzig Meter hoch. Ich stellte sie mir als Bäume im Wald vor, wie weit ihr Blätterdach reichen, wie dicht und dunkel ihr Schatten sein würde. Die Querbalken hatten noch die Krümmungen, mit denen sie gewachsen waren, als wollten sie sich aufrichten und wieder lebende Bäume sein. Ich spürte die Macht des Schlosses, als sei sie gegen mich gerichtet.

Von der obersten Plattform aus konnten wir unter den neugierigen Blicken der Mittagswachen über die ganze Stadt schauen. Im Norden ragten die Berge auf, die ich mit Shigeru überquert hatte, und dahinter erstreckte sich die

Ebene von Yaegahara. Im Südosten lag Mino, mein Geburtsort. Die Luft war feucht und still, kaum ein Windhauch war zu spüren. Trotz der schweren Steinmauern und des kühlen, dunklen Holzes war es erstickend heiß. Auf den Gesichtern der Wachen glänzte der Schweiß, kein Wunder bei ihrer schweren und unbequemen Rüstung.

Aus den Südfenstern des Hauptturms sah man hinunter auf den zweiten, niedrigeren Turm, den Iida zu seiner Residenz umgebaut hatte. Er lag über einer großen Festungsmauer, die fast unmittelbar aus dem Graben stieg. Jenseits des Grabens, auf der Ostseite, war ein Streifen Sumpfland, etwa hundert Meter breit, dann kam der tiefe, rasch strömende Fluss, der durch die Unwetter angeschwollen war. Über der Festungsmauer verlief eine Reihe kleiner Fenster, doch die Türen der Residenz lagen alle auf der Westseite. Anmutig geneigte Dächer überdeckten die Veranden und lenkten den Blick auf einen kleinen Garten, den die Mauern des zweiten Schlosshofs umgaben. Vom Boden aus war er nicht zu erkennen, doch von hier aus konnten wir wie die Adler auf ihn hinunterschauen.

Auf der gegenüberliegenden Seite waren in der nordwestlichen Außenmauer die Küchen und andere Arbeitsräume untergebracht.

Meine Blicke wechselten von einer Seite des Schlosses zur anderen. Die Westseite war sehr schön, fast sanft, die Ostseite brutal in ihrer Strenge und Gewalt, und die Brutalität wurde noch durch die Eisenringe betont, die in die Mauern unterhalb der Fenster eingelassen waren. Hier, erklärten uns die Wachen, wurden Iidas Feinde in Körben aufgehängt; so steigerte man das Leiden der Opfer und damit auch Machtgenuss und Glanz des Herrschers.

Als wir wieder die Treppe hinuntergingen, hörte ich, wie sich die Männer über uns lustig machten und die alten Witze erzählten, mit denen die Tohan immer die Otori verspotteten: dass sie im Bett lieber Jungen als Mädchen hätten, dass ihnen eine gute Mahlzeit wichtiger sei als ein anständiger Kampf, dass sie ernsthaft geschwächt seien durch ihre Sucht nach heißen Quellen, in die sie immer pissten. Das raue Gelächter drang bis zu uns. Verlegen murmelte unser Begleiter eine Entschuldigung.

Ich versicherte ihm, dass es uns nichts ausmache, und blieb einen Augenblick im Torweg zum inneren Schlosshof stehen, als sei ich von der Schönheit der Purpurwinden fasziniert, die über die Steinmauern der Küchen krochen. Ich hörte all die üblichen Küchengeräusche: das Zischen kochenden Wassers, das Klappern von Stahlmessern, ein ständiges Klopfen, mit dem Reiskuchen gemacht wurden, die Schreie der Köche und das schrille Geplauder der Küchenmädchen. Aber unter alldem drang aus der anderen Richtung, von innerhalb der Gartenmauer, noch etwas an meine Ohren.

Nach einem Augenblick wusste ich, was es war: die Schritte von Leuten, die über Iidas Nachtigallenboden kamen und gingen.

»Hören Sie diesen sonderbaren Lärm?«, fragte ich Kenji unschuldig.

Er runzelte die Stirn. »Was kann es sein?«

Unser Gefährte lachte. »Das ist der Nachtigallenboden.«

»Der Nachtigallenboden?«, fragten wir gleichzeitig.

»Es ist ein Boden, der singt. Niemand, noch nicht einmal eine Katze, kann ihn überqueren, ohne dass der Boden zirpt wie ein Vogel.«

»Es klingt wie Magie«, sagte ich.

»Vielleicht ist es das.« Der Mann lachte über meine Leichtgläubigkeit. »Was immer es sein mag, Seine Lordschaft schläft nachts besser in seinem Schutz.«

»Was für eine wunderbare Sache! Ich würde den Boden zu gern sehen«, sagte ich.

Immer noch lächelnd führte uns der Mann zuvorkommend um den Schlosshof zur Südseite, wo das Tor zum Garten offen stand. Das Tor war nicht hoch, aber es hatte einen mächtigen Überhang, und die Stufen, die hindurchführten, waren steil, so dass sie von einem Mann verteidigt werden konnten. Wir schauten durch das Tor zum Gebäude dahinter. Die Holzläden waren alle offen. Ich konnte den glänzenden Boden sehen, der die ganze Länge des Gebäudes einnahm.

Ein Zug von Dienstmädchen brachte Essenstabletts, denn es war fast Mittag; sie schlüpften aus ihren Sandalen und traten auf den Boden. Ich horchte auf sein Lied, und mein Herz setzte aus. Über den Boden um das Haus in Hagi war ich so leicht und geräuschlos gelaufen. Dieser Boden war viermal so groß, sein Lied unendlich komplizierter. Ich würde keine Gelegenheit zum Üben haben, nur eine einzige Chance, ihn zu überlisten.

Ich blieb so lange wie möglich, lobte und bewunderte ihn, während ich versuchte, jedes Geräusch zu orten, und von Zeit zu Zeit vergeblich die Ohren spitzte, um Kaede zu hören, die irgendwo in diesem Gebäude war.

Schließlich sagte Kenji: »Kommt, kommt! Mein Magen ist leer. Lord Takeo wird den Boden morgen wiedersehen können, wenn er Lord Otori begleitet.«

»Kommen wir morgen wieder ins Schloss?«

»Lord Otori macht Lord Iida am Nachmittag seine Aufwartung«, sagte Kenji. »Lord Takeo wird ihn selbstverständlich begleiten.«

»Wie aufregend!« Aber mein Herz war schwer wie Stein.

Als wir in unser Gästehaus zurückkehrten, betrachtete Lord Shigeru Hochzeitsgewänder. Sie waren auf Matten ausgebreitet, farbenfrohe Kleidungsstücke, die mit allen Symbolen für Glück und langes Leben bestickt waren: Pflaumenblüten, weißen Kranichen, Schildkröten.

»Meine Onkel haben sie mir geschickt«, sagte er.

»Was hältst du von ihrer Güte, Takeo?«

»Sie ist außerordentlich.« Beim Gedanken an ihre Falschheit wurde mir übel.

»Was sollte ich deiner Meinung nach tragen?« Er griff nach dem Gewand mit den Pflaumenblüten, und der Mann, der die Sachen gebracht hatte, half ihm, es anzulegen.

»Das ist schön«, sagte Kenji. »Lasst uns jetzt essen.« Doch Lord Shigeru verweilte noch einen Augenblick, fuhr mit den Händen über das feine Tuch und bewunderte die zarte, verschlungene Stickerei. Er sagte nichts, aber ich glaubte, etwas in seinem Gesicht zu lesen: Bedauern vielleicht, weil die Hochzeit nie stattfinden würde, und möglicherweise, so denke ich jetzt, eine Vorahnung seines Schicksals.

»Das werde ich tragen.« Er zog das Gewand aus und reichte es dem Mann.

»Es ist tatsächlich kleidsam«, murmelte der Mann. »Aber wenige Männer sehen so gut aus wie Lord Otori.« Shigeru lächelte offenherzig wie so oft, gab aber keine Antwort und sprach nicht viel während der Mahlzeit. Wir waren alle still, zu angespannt für eine oberflächliche Plauderei und zu wachsam gegenüber möglichen Spionen, um von etwas anderem zu reden.

Ich war müde, aber unruhig. Die Nachmittagshitze zwang mich, im Haus zu bleiben. Obwohl alle Türen zum Garten hinaus weit geöffnet waren, zog kein Lufthauch durch die Räume. Ich döste und versuchte, mich an das Lied des Nachtigallenbodens zu erinnern. Die Geräusche des Gartens, das Summen der Insekten, das Rauschen des Wasserfalls überschwemmten mich, sie hielten mich wach und ließen mich denken, ich sei wieder in unserem Haus in Hagi.

Gegen Abend fiel wieder Regen, und es wurde etwas kühler. Kenji und Shigeru spielten Go, Kenji hatte die schwarzen Steine. Ich musste eingeschlafen sein, denn ich wurde erst von einem Klopfen an der Tür wach und hörte, wie ein Dienstmädchen Kenji sagte, ein Bote sei zu ihm gekommen.

Er nickte, machte seinen Zug und stand auf, um das Zimmer zu verlassen. Shigeru schaute ihm nach, dann betrachtete er das Brett, als wäre er ganz in die Probleme des Spiels vertieft. Auch ich stand auf und sah die Verteilung der Steine an. Schon oft hatte ich die beiden beim Spiel beobachtet, und immer erwies sich Shigeru als der bessere Spieler; doch diesmal waren die weißen Steine bedroht. Ich ging zum Brunnen und spritzte mir Wasser auf Gesicht und Hände. Weil ich mich drinnen gefangen fühlte und zu ersticken glaubte, ging ich über den Hof zur Haupttür des Hauses und trat hinaus auf die Straße. Kenji stand auf der anderen Straßenseite und redete mit einem jungen Mann, der die Laufkleidung eines Boten trug. Bevor ich hören konnte, was sie sagten, bemerkte mich Kenji, schlug dem jungen Mann auf die Schulter und verabschiedete sich von ihm. Er kam über die Straße auf mich zu und nahm dabei wieder die Haltung meines harmlosen alten Lehrers ein. Doch er schaute mir nicht in die Augen, und in dem Augenblick, bevor er mich gesehen hatte, war ich mir sicher gewesen, den wahren Muto Kenji wieder vor mir zu haben, wie er schon einmal gewesen war: den Mann unter all den Masken, so skrupellos wie Shigerus Schwert Jato.

Sie spielten Go bis spät in die Nacht. Ich ertrug es nicht zuzuschauen, wie der weiße Spieler langsam geschlagen wurde, aber ich konnte auch nicht schlafen; ich war mit dem beschäftigt, was vor mir lag, außerdem plagte mich Argwohn gegenüber Kenji. Am nächsten Morgen ging er früh aus, und während er weg war, kam Shizuka mit Hochzeitsgeschenken von Lady Maruyama. In der Verpackung waren zwei kleine Rollen verborgen. Die eine war ein Brief, den Shizuka Lord Shigeru gab.

Er las ihn, wobei sein Gesicht verschlossen und müde wurde. Was darin stand, sagte er uns nicht; er faltete ihn zusammen und steckte ihn in den Ärmel seines Gewandes. Die andere Rolle betrachtete er flüchtig, dann gab er sie mir. Es war die Beschreibung des Inneren von Iidas Wohnsitz und zeigte deutlich, wo der Hausherr schlief.

»Sie sollten sie besser verbrennen, Lord Otori«, flüsterte Shizuka.

»Das werde ich tun. Was gibt es sonst für Neuigkeiten?«

»Darf ich näher kommen?« Sie flüsterte so leise in sein Ohr, dass nur er und ich es hörten. »Arai stürmt durch den Westen. Er hat die Noguchi besiegt und ist nicht weit von Inuyama.«

»Weiß das Iida?«

»Wenn nicht, dann wird er es bald erfahren. Er hat mehr Spione als wir.«

»Und Terayama? Hast du von dort etwas gehört?«

»Sie sind zuversichtlich, dass sie Yamagata kampflos einnehmen können, sobald Iida …«

Shigeru hob die Hand, aber sie schwieg bereits.

»Dann heute Nacht«, sagte er kurz.

»Lord Otori.« Shizuka verbeugte sich.

»Geht es Lady Shirakawa gut?«, fragte er in gewohnter Lautstärke, wobei er von ihr abrückte.

»Ich wollte, es ginge ihr besser«, antwortete Shizuka leise. »Sie kann weder essen noch schlafen.«

Mein Herz hatte einige Schläge ausgesetzt, als Shigeru gesagt hatte: *heute Nacht*. Dann klopfte es rasch, aber gleichmäßig und schickte mir das Blut machtvoll durch die Adern. Ich schaute wieder auf den Plan in meiner Hand und schrieb mir seine Botschaft ins Gehirn. Bei dem Gedanken an Kaede, an ihr blasses Gesicht, die zarten Knochen ihres Handgelenks, die Flut schwarzer Haare stockte mein Herzschlag wieder. Ich stand auf und ging zur Tür, um meine Erregung zu verbergen.

»Ich bedaure tief das Leid, das ich ihr zufüge«, sagte Shigeru.

»Sie fürchtet, Ihnen Leid zuzufügen«, entgegnete Shizuka und flüsterte leise, »neben allem anderen, was sie fürchtet. Ich muss zu ihr zurück. Ich habe Angst, sie allein zu lassen.«

»Was meinst du damit?«, rief ich, so dass beide mich anschauten.

Shizuka zögerte. »Sie spricht oft vom Tod«, sagte sie schließlich.

Ich wollte Kaede irgendeine Botschaft schicken. Ich wollte zum Schloss laufen und sie herausholen – sie irgendwo hinbringen, wo wir in Sicherheit sein würden. Aber ich wusste, dass es einen solchen Ort nicht gab und nie geben würde, bis das alles vorbei war …

Ich wollte auch Shizuka nach Kenji fragen – was er vorhatte, was der Stamm beabsichtigte –, aber Dienstmädchen brachten das Mittagsmahl, und es gab keine Möglichkeit mehr, heimlich mit ihr zu reden, bevor sie ging. Beim Essen besprachen wir kurz den Besuch am Nachmittag. Danach schrieb Shigeru Briefe, während ich mich in meine Skizzen vom Schloss vertiefte. Ich merkte, dass er mich häufig anschaute, und spürte, dass er mir vieles sagen wollte; doch er sagte nichts. Ich saß ruhig auf dem Boden, schaute hinaus in den Garten, atmete langsamer, zog mich in das dunkle, stille Ich zurück, das in mir war, ließ es frei, damit es jeden Muskel, jede Sehne, jeden Nerv übernahm. Mein Gehör schien schärfer denn je zu sein. Ich konnte die ganze Stadt hören, ihre Kakophonie menschlichen und tierischen Lebens, ihre Äußerungen von Freude, Verlangen, Schmerz,

Leid. Ich sehnte mich nach Stille, wollte frei von allem sein. Ich wünschte mir die Nacht herbei.

Kenji kam zurück, sagte aber nicht, wo er gewesen war. Stumm schaute er zu, wie wir die festlichen Gewänder mit dem Otoriwappen auf dem Rücken anlegten. Nur einmal äußerte er sich; er meinte, es könne klüger sein, wenn ich nicht ins Schloss ginge, doch Shigeru wies darauf hin, dass ich mehr Aufmerksamkeit auf mich ziehen würde, wenn ich zurückbliebe. Er fügte nicht hinzu, dass ich noch einmal das Schloss sehen müsse. Ich war mir auch darüber klar, dass ich Iida wiedersehen musste. Mein einziges Bild von ihm war die schreckliche Gestalt, die mich vor einem Jahr in Mino geängstigt hatte: die schwarze Rüstung, der gehörnte Helm, das Schwert, das fast mein Leben beendet hätte. So groß und mächtig war dieses Bild für mich geworden, dass es ein Schock sein würde, ihn leibhaftig und ohne Rüstung zu sehen.

Wir ritten mit allen zwanzig Otorimännern hinüber. Sie warteten mit den Pferden im ersten Schlosshof, während Shigeru und ich mit Abe weitergingen. Als wir aus unseren Sandalen schlüpften und auf den Nachtigallenboden traten, hielt ich den Atem an und horchte auf das Vogellied unter meinen Füßen. Die Residenz war in modernem Stil überwältigend dekoriert; die auserlesenen Bilder lenkten mich fast von meiner dunklen Absicht ab. Sie waren nicht still und zurückhaltend wie die Sesshugemälde in Terayama, sondern leuchtend und farbenprächtig, voller Leben und Kraft. Im Vorzimmer, wo wir über eine halbe Stunde warteten, waren Türen und Wandschirme mit Kranichen auf schneebedeckten Weiden verziert. Shigeru bewunderte sie, und unter Abes hämischen Blicken sprachen wir leise über die Gemälde und den Künstler.

»In meinen Augen sind diese hier Sesshu weit überlegen«, sagte der Tohanlord. »Die Farben sind üppiger und strahlender, der Maßstab ist ehrgeiziger.«

Shigeru murmelte etwas, das weder Zustimmung noch Widerspruch bedeutete. Ich sagte nichts. Kurz darauf kam ein älterer Mann herein, verneigte sich bis zum Boden und sagte zu Abe: »Lord Iida ist bereit, seine Gäste zu empfangen.«

Wir standen auf, traten wieder auf den Nachtigallenboden und folgten Abe in den großen Saal. Hier kniete Lord Shigeru am Eingang nieder, und ich tat es ihm nach. Abe winkte uns herein, wo wir wieder niederknieten und uns bis zum Boden verbeugten. Ich warf einen Blick auf Iida Sadamu, der am Ende des Saals auf einer erhöhten Plattform saß; seine creme- und goldfarbenen Gewänder waren um ihn gebreitet, in der rechten Hand hielt er einen rotgoldenen Fächer, und auf dem Kopf trug er einen kleinen schwarzen Hut. Er war kleiner als in meiner Erinnerung, aber nicht weniger eindrucksvoll. Er schien acht oder zehn Jahre älter als Shigeru zu sein und etwa einen Kopf kleiner. Seine Züge waren unauffällig bis auf die schön geschnittenen Augen, die seine scharfe Intelligenz verrieten. Ein gutaussehender Mann war er nicht, doch er hatte eine mächtige, bezwingende Ausstrahlung. Mein Entsetzen von einst war sofort wieder wach.

Etwa zwanzig Gefolgsleute hatten sich auf den Boden niedergeworfen. Nur Iida und der kleine Page zu seiner Linken saßen aufrecht. Lange herrschte Stille. Es war kurz vor der Stunde des Affen. Keine Türen standen offen, und die Hitze war erdrückend. Unter den parfümierten Gewändern lag der üble Geruch nach männlichem Schweiß. Aus den Augenwinkeln sah ich die Reihe verdeckter Kabinette, aus denen ich das Atmen versteckter Wachen und das schwache Knarren hörte, wenn sie ihre Stellung veränderten. Mein Mund war trocken.

Endlich sprach Lord Iida. »Willkommen, Lord Otori. Das ist ein glücklicher Anlass: eine Hochzeit, ein Bündnis.«

Er redete rau und nachlässig, so dass die höflichen Floskeln aus seinem Mund widersinnig klangen.

Shigeru hob den Kopf und setzte sich gelassen auf. Er antwortete ebenso förmlich, übermittelte die Grüße seiner Onkel und des ganzen Otoriclans. »Ich bin glücklich, dass ich zwei großen Häusern dienen kann.«

Das war ein kleiner Hinweis an Iida, dass sie durch Geburt und Blut von gleichem Rang waren.

Iida lächelte völlig freudlos und antwortete: »Ja, wir müssen Frieden halten. Wir wollen keine Wiederholung von Yaegahara sehen.«

Shigeru neigte den Kopf. »Was vorbei ist, ist vorbei.« Ich lag noch auf dem Boden, doch ich konnte sein Profil sehen. Sein Blick war klar und direkt, seine Züge wirkten ruhig und heiter. Niemand würde ahnen, dass er etwas anderes war als das, was er zu sein schien: ein junger Bräutigam, der für die Gunst eines älteren Lords dankbar war. Sie unterhielten sich eine Zeitlang und tauschten Höflichkeiten aus. Dann wurde Tee gebracht und den beiden serviert.

»Der junge Mann ist, wie ich höre, Ihr Adoptivsohn«, sagte Iida, als der Tee eingegossen wurde. »Er soll mit uns trinken.«

Jetzt musste ich mich aufsetzen, obwohl ich das lieber nicht getan hätte. Ich verbeugte mich wieder vor Iida, rutschte auf den Knien vorwärts und zwang meine Finger, nicht zu zittern, als ich die Schale entgegennahm. Ich spürte seinen Blick auf mir, doch ich wagte nicht, ihm in die Augen zu schauen; deshalb wusste ich nicht, ob er mich als den Jungen erkannte, der die Flanke seines Pferdes verbrannt hatte und ihn in Mino auf den Boden stürzen ließ.

Ich betrachtete die Schale. Sie war mit einem glänzenden Eisengrau glasiert und hatte rote Schimmer, wie ich sie noch nie gesehen hatte.

»Er ist ein entfernter Verwandter meiner verstorbenen Mutter«, erklärte Lord Shigeru. »Sie wollte, dass er von unserer Familie adoptiert würde, und nach ihrem Tod habe ich ihren Wunsch erfüllt.«

»Wie heißt er?« Iida ließ mich nicht aus den Augen, während er geräuschvoll aus seiner Schale trank.

»Er hat einen Otorinamen angenommen. Wir nennen ihn Takeo.«

Shigeru sagte nicht: *nach meinem Bruder,* aber Takeshis Name hing in der Luft, als wäre sein Geist in den Saal geschwebt.

Iida ächzte. Trotz der Hitze im Raum wurde die Atmosphäre frostiger und gefährlicher. Ich wusste, dass Shigeru es merkte. Sein Körper war angespannt, auch wenn er noch lächelte. Unter den Komplimenten lag jahrelange gegenseitige Abneigung, die durch das Vermächtnis von Yaegahara, Iidas

Eifersucht und das Leid Shigerus sowie dessen Wunsch nach Rache entstanden war.

Ich versuchte, Takeo zu werden, der introvertierte, unbeholfene, lernbegierige Künstler, der verwirrt zu Boden schaute.

»Seit wann ist er bei Ihnen?«

»Seit etwa einem Jahr«, antwortete Shigeru.

»Da ist eine gewisse Familienähnlichkeit«, sagte Iida. »Findest du nicht auch, Ando?«

Er hatte sich an einen der Gefolgsleute gewandt, der seitlich von uns kniete. Der Mann hob den Kopf und sah mich an. Unsere Blicke begegneten sich, und ich wusste sofort, wer er war. Ich erkannte das lange, wölfische Gesicht mit den hohen hellen Brauen und den tiefliegenden Augen. Seine rechte Seite war von mir abgewandt, aber auch ohne sie zu sehen, wusste ich, dass ihm der rechte Arm fehlte; Jato in Otori Shigerus Hand hatte ihn abgetrennt.

»Eine sehr starke Ähnlichkeit«, sagte Ando. »Das dachte ich schon, als ich den jungen Lord zum ersten Mal sah.« Er machte eine Pause, dann fügte er hinzu: »In Hagi.«

Ich verneigte mich bescheiden vor ihm. »Verzeihen Sie mir, Lord Ando, ich glaube nicht, dass wir das Vergnügen hatten, uns kennenzulernen.«

»Nein, wir haben uns nicht kennengelernt. Ich sah dich lediglich mit Lord Otori und dachte, wie sehr du … der Familie gleichst.«

»Er ist schließlich ein Verwandter.« Shigeru klang nicht im Geringsten beunruhigt durch dieses Katz-und-Maus-Spiel. Ich hatte keine Zweifel mehr. Iida und Ando wussten genau, wer ich war. Sie wussten, dass es Shigeru war, der mich gerettet hatte. Ich rechnete damit, dass sie augenblicklich unsere Verhaftung befehlen oder uns von den Wachen töten lassen würden, wo wir gerade saßen, zwischen dem Teezubehör.

Shigeru bewegte sich ein wenig; ich wusste, dass er bereit war, mit dem Schwert in der Hand auf die Füße zu springen, wenn es dazu kommen sollte. Aber die monatelange Vorbereitung würde er nicht ohne weiteres aufs Spiel setzen. Die Spannung stieg im Saal, während die Stille sich vertiefte.

Iidas Lippen verzogen sich zu einem Lächeln. Ich ahnte, welches Vergnügen ihm die Situation machte. Noch würde er nicht zuschlagen: Er würde noch ein bisschen mit uns spielen. Wir konnten nirgendwohin fliehen, wir waren mit nur zwanzig Männern tief im Tohangebiet und ständig unter Beobachtung. Ich bezweifelte nicht, dass Iida uns beide beseitigen wollte, doch er würde den Genuss auskosten, den alten Feind in seiner Gewalt zu haben.

Jetzt ging er zur Hochzeit über. Unter der oberflächlichen Höflichkeit hörte ich Verachtung und Eifersucht.

»Lady Shirakawa ist ein Schützling von Lord Noguchi gewesen, meinem ältesten und zuverlässigsten Verbündeten.«

Er sagte nichts über Noguchis Niederlage durch Arai. Hatte er noch nichts davon gehört, oder glaubte er, wir wüssten es noch nicht?

»Lord Iida ehrt mich sehr«, erwiderte Shigeru.

»Nun, es war Zeit, dass wir Frieden mit den Otori schließen.« Iida legte eine Pause ein, dann sagte er: »Sie ist ein schönes Mädchen. Ein unglücklicher Ruf haftet ihr an. Ich hoffe, das beunruhigt Sie nicht.«

»Ich glaube, ihr Ruf ist unberechtigt«, antwortete Shigeru gelassen. »Und solange ich als Lord Iidas Gast hier bin, beunruhigt mich gar nichts.«

Iida lächelte nicht mehr, er sah mürrisch aus. Ich nahm an, dass er von Eifersucht verzehrt wurde. Von seiner nächsten Bemerkung hätten ihn eigentlich Anstand und Selbstachtung abhalten sollen, doch grob sagte er:

»Es gibt Gerüchte über Sie.«

Shigeru zog die Augenbrauen hoch, sagte aber nichts.

»Ein langes Verhältnis, eine geheime Ehe«, stieß Iida hervor.

»Lord Iida erstaunt mich«, antwortete Shigeru kühl. »Ich bin nicht jung. Es ist nur natürlich, dass ich viele Frauen gekannt habe.«

Iida bekam sich wieder in die Gewalt und brummte eine Antwort, doch seine Augen funkelten vor Feindseligkeit. Mit oberflächlicher Höflichkeit wurden wir entlassen. Iida sagte lediglich: »Ich freue mich darauf, Sie in drei Tagen bei der Hochzeitsfeierlichkeit zu sehen.«

Als wir zu den Otorimännern kamen, waren sie angespannt und schlechtgelaunt, nachdem sie den Spott und die Drohungen der Tohan ertragen hatten. Weder Shigeru noch ich sagten etwas, während wir durch die Straße mit ihren Stufen und durch das erste Tor ritten. Ich war damit beschäftigt, mir vom Grundriss des Schlosses so viel wie möglich einzuprägen, und in meinem Herzen glühten Hass und Zorn gegen Iida. Ich würde ihn töten aus Rache für die Vergangenheit, wegen seiner unverschämten Behandlung von Lord Otori – und weil er uns beide töten würde, wenn ich ihn in dieser Nacht nicht umbrächte.

Die Sonne war eine wässrige Kugel im Westen auf unserem Weg zurück ins Gästehaus, wo Kenji uns erwartete. Im Zimmer bemerkten wir einen leichten Brandgeruch. In unserer Abwesenheit hatte er die Botschaften von Lady Maruyama vernichtet. Er musterte unsere Gesichter.

»Takeo wurde erkannt?«

Shigeru legte seine festlichen Gewänder ab. »Ich brauche ein Bad.« Er lächelte, als würde er sich ein wenig von der Selbstbeherrschung befreien, die er geübt hatte.

»Können wir offen reden, Takeo?«

Aus der Küche kamen die Geräusche der Dienstboten, die das Abendessen zubereiteten. Von Zeit zu Zeit überquerten Schritte den Weg, doch der Garten war leer. Ich hörte die Wachen am Haupttor und dann ein Mädchen, das mit Reis und Suppe zu ihnen ging.

»Wenn wir flüstern«, antwortete ich.

»Wir müssen uns beeilen. Komm näher, Kenji. Ja, er wurde erkannt. Iida ist voller Misstrauen und Angst. Er wird jeden Augenblick zuschlagen.«

Kenji sagte: »Ich bringe Takeo sofort weg. Ich kann ihn in der Stadt verstecken.«

»Nein!«, sagte ich. »Heute Nacht gehe ich ins Schloss.«

»Das ist unsere einzige Chance«, flüsterte Shigeru. »Wir müssen Iida zuvorkommen.«

Kenji schaute vom einen zum anderen und seufzte tief. »Dann komme ich mit dir.«

»Du warst mir ein guter Freund«, sagte Shigeru leise. »Du brauchst dein Leben nicht aufs Spiel zu setzen.«

»Ich tu es nicht für dich, Shigeru. Ich will ein Auge auf Takeo haben«, entgegnete Kenji. Zu mir sagte er:

»Vor der Ausgangssperre schaust du dir besser noch einmal die Mauern und den Graben an. Ich gehe mit dir hinunter. Nimm deine Zeichensachen mit. Das Spiel des Lichts auf dem Wasser wird interessant sein.«

Ich suchte meine Sachen zusammen, und wir gingen. Doch an der Tür, gerade bevor wir hinausgingen, überraschte mich Kenji, als er sich wieder Shigeru zuwandte und sich tief verneigte. »Lord Otori«, sagte er. Ich glaubte, er meine es ironisch; erst später wurde mir klar, dass es ein Abschied war.

Mein Abschied beschränkte sich auf die übliche Verbeugung, die Shigeru erwiderte. Hinter ihm lag der Garten im Abendlicht, und ich konnte sein Gesicht nicht sehen.

Die Wolkendecke war dichter geworden. Es war feucht, aber nicht regnerisch, ein wenig kühler jetzt, da die Sonne untergegangen war, aber immer noch schwül und stickig. Auf der Straße drängten sich die Leute; sie nutzten die Stunde zwischen Sonnenuntergang und Sperrstunde aus. Ständig stieß ich mit jemandem zusammen, und das machte mich ängstlich und beklommen. Überall sah ich Spione und Mörder. Das Treffen mit Iida hatte mich zermürbt und mich wieder in Tomasu verwandelt, den entsetzten Jungen, der aus den Ruinen von Mino geflohen war. Glaubte ich wirklich, in das Inuyamaschloss einsteigen und ihn töten zu können, ihn, den mächtigen Lord, den ich gerade gesehen hatte, der wusste, dass ich einer der Verborgenen war, der Einzige aus meinem Dorf, der ihm entflohen war? Ich konnte vorgeben, Lord Otori Takeo zu sein oder Kikuta – einer des Stamms –, doch in Wahrheit war ich keiner von beiden. Ich war einer der Verborgenen, ein Gejagter.

Wir gingen nach Westen, an der Südseite des Schlosses entlang. Als es dunkelte, war ich dankbar dafür, dass weder Mond noch Sterne am Himmel stehen würden. Fackeln leuchteten am Schlosstor, und die Läden wurden von Kerzen und Öllampen erhellt. Es roch nach Sesam und Soja, Reiswein und gegrilltem Fisch. Trotz allem war ich hungrig. Ich wollte schon stehen bleiben und etwas kaufen, doch Kenji schlug vor, ein wenig weiterzugehen. Die Straße wurde dunkler und leerer. Ich hörte die Räder eines Fahrzeugs über Pflastersteine rumpeln; dann hörte ich Flötentöne. Daran war etwas unaussprechlich Geisterhaftes. In meinem Nacken sträubten sich warnend die Haare.

»Lassen Sie uns umkehren«, sagte ich, und in diesem Augenblick kam ein kleiner Umzug aus einer Gasse vor uns. Ich hielt die Leute für irgendwelche Straßenkünstler. Ein alter Mann schob einen Karren mit Dekorationen und Bildern darauf. Ein Mädchen spielte Flöte, ließ sie aber fallen, als es uns sah. Zwei junge Männer kamen aus den Schatten mit Kreiseln, von denen sich einer drehte, der andere flog durch die Luft. Im Halblicht wirkten sie magisch, von Geistern besessen. Ich blieb stehen. Kenji war direkt hinter mir. Ein anderes Mädchen trat auf uns zu und sagte: »Kommen Sie und schauen Sie, Lord.«

Ich erkannte ihre Stimme, aber es dauerte einige Sekunden, bevor ich wusste, wer sie war. Dann sprang ich zurück, wich dabei Kenji aus und ließ mein zweites Ich bei dem Karren. Es war das Mädchen aus der Herberge von Yamagata, von dem Kenji gesagt hatte: »Sie ist eine von uns.«

Zu meiner Überraschung folgte mir einer der jungen Männer, ohne auf mein zweites Ich zu achten. Ich machte mich unsichtbar, doch er erriet, wo ich war. Da wusste ich es genau. Sie gehörten zum Stamm und beanspruchten mich, wie Kenji gesagt, wie er es gewusst hatte. Ich ließ mich auf den Boden fallen, rollte weiter, rutschte unter den Karren, doch mein Lehrer war auf der anderen Seite. Ich versuchte, ihm in die Hand zu beißen, aber mit der anderen schob er mein Gesicht weg. Ich trat ihn, entspannte meine Muskeln, versuchte, ihm durch die Finger zu gleiten, doch alle Tricks, die ich kannte, hatte er mir beigebracht.

»Sei ruhig, Takeo«, zischte er. »Hör auf, dich zu wehren. Niemand tut dir etwas.«

»Gut.« Ich gab nach. Er lockerte seinen Griff, und in diesem Augenblick entwischte ich ihm. Ich zog mein Messer aus der Schärpe. Doch die fünf kämpften jetzt ernsthaft. Einer der jungen Männer täuschte einen Angriff vor und zwang mich zum Karren zurück. Ich stach nach ihm und spürte, dass mein Messer auf den Knochen traf. Dann stach ich eines der Mädchen. Das andere war unsichtbar geworden; wie ein Affe stürzte es sich vom Karren auf mich, klammerte die Beine um meine Schultern und legte mir die eine Hand auf den Mund, die andere in den Nacken. Ich wusste selbstverständlich, auf welche Stelle sie zielte, krümmte mich heftig und verlor das Gleichgewicht. Der Mann, nach dem ich gestochen hatte, fasste mein Handgelenk und bog es rückwärts, bis ich das Messer losließ. Das Mädchen und ich fielen zu Boden. Seine Hände waren immer noch an meiner Kehle.

Gerade bevor ich das Bewusstsein verlor, sah ich deutlich Shigeru im Zimmer sitzen und auf uns warten. Ich wollte meine Empörung über diesen ungeheuren Betrug herausschreien, doch der Mund wurde mir zugehalten, und selbst meine Ohren konnten nichts hören.

Kapitel 10

Es war am frühen Abend des dritten Tages nach ihrer Ankunft in Inuyama. Seit die schaukelnde Sänfte sie ins Schloss getragen hatte, war Kaede immer verzagter geworden. Inuyama war noch bedrückender, noch erschreckender als Noguchi. Die Frauen des Haushalts waren niedergeschlagen und kummervoll, sie trauerten noch um ihre Herrin, Iidas Frau, die im Frühsommer gestorben war. Kaede hatte Lord Iida nur kurz gesehen, aber es war unmöglich, sich seiner Gegenwart nicht bewusst zu sein. Er beherrschte das Schloss, und jeder fürchtete seine Launen und Zornesausbrüche. Niemand sagte offen seine Meinung. Glückwünsche wurden Kaede von den Frauen mit müder Stimme und leeren Augen übermittelt, und die Hochzeitsgewänder bereiteten sie mit schlaffen Händen vor. Kaede spürte, wie sich das Verhängnis über sie senkte.

Lady Maruyama hatte sich zuerst gefreut, ihre Tochter zu sehen; jetzt war sie gedankenverloren und angespannt. Mehrmals schien sie Kaede ins Vertrauen ziehen zu wollen, doch sie waren selten lange allein. Kaede versuchte stundenlang, sich an alle Ereignisse auf der Reise zu erinnern und die angespannte Atmosphäre, die sie umgab, zu verstehen, aber sie musste erkennen, dass sie nichts wusste. Nichts war, wie es schien, und sie konnte niemandem vertrauen – noch nicht einmal Shizuka, trotz allem, was das Mädchen ihr erzählt hatte. Um ihrer Familie willen musste sie sich stählen, die Hochzeit mit Lord Otori durchzustehen: Sie hatte keinen Grund anzunehmen, dass die Hochzeit nicht wie geplant verlaufen würde, und doch glaubte sie nicht daran. Die Zeremonie erschien ihr so fern wie der Mond. Aber wenn sie nicht heiratete – wenn ein weiterer Mann ihretwegen starb –, würde es für sie keinen Ausweg geben außer dem Tod.

Sie versuchte, der Situation mutig entgegenzusehen, aber sich selbst konnte sie nicht belügen: Sie war fünfzehn Jahre alt, sie wollte nicht sterben, sie wollte leben und mit Takeo zusammen sein.

Der erdrückende Tag neigte sich langsam seinem Ende zu, die wässrige Sonne warf ein unheimliches rötliches Licht über die Stadt. Kaede war erschöpft und unruhig, sie sehnte sich danach, ihre Gewänderschichten abzulegen, wünschte sich die Kühle und die Dunkelheit der Nacht herbei und fürchtete sich doch vor dem nächsten Tag und dem übernächsten.

»Die Otorilords waren heute im Schloss, nicht wahr?«, fragte sie, bemüht, teilnahmslos zu klingen.

»Ja, Lord Iida hat sie empfangen.« Shizuka zögerte. Kaede spürte ihren mitleidigen Blick. Leise sagte Shizuka: »Lady …« Dann verstummte sie.

»Was ist?«

Shizuka redete munter über die Hochzeitskleider, während

zwei Mädchen draußen vorbeigingen und den Boden mit ihren Füßen zum Singen brachten. Als das Geräusch erstorben war, fragte Kaede: »Was wolltest du sagen?«

»Wissen Sie noch, wie ich Ihnen sagte, Sie könnten jemanden mit einer Nadel töten? Ich will Ihnen zeigen, wie. Man weiß nie, wann man es braucht.«

Sie zog etwas hervor, das wie eine normale Nadel aussah, doch als Kaede es in die Hand nahm, spürte sie, dass es stärker und schwerer war, eine winzige Waffe. Shizuka führte ihr vor, wie man die Nadel ins Auge oder in den Nacken bohrte.

»Jetzt verstecken Sie sie im Saum Ihres Ärmels. Seien Sie vorsichtig, stechen Sie sich nicht damit.«

Kaede schauderte halb entsetzt, halb fasziniert. »Ich weiß nicht, ob ich das tun könnte.«

»Sie haben einen Mann im Zorn erstochen«, sagte Shizuka.

»Das weißt du?«

»Arai hat es mir erzählt. Die Menschen wissen nicht, wozu sie im Zorn oder aus Angst fähig sind. Tragen Sie jederzeit Ihr Messer bei sich. Ich wollte, wir hätten Schwerter, aber sie sind zu schwer zu verstecken. Wenn es zu einem Kampf kommt, ist es das Beste, einen Mann so schnell wie möglich zu töten und sein Schwert zu nehmen.«

»Was wird passieren?«, flüsterte Kaede.

»Ich wollte, ich könnte Ihnen alles sagen, aber es ist zu gefährlich für Sie. Ich will nur, dass Sie vorbereitet sind.« Kaede wollte noch mehr fragen, doch Shizuka murmelte: »Sie müssen still sein. Fragen Sie mich nichts und sagen Sie zu niemandem etwas. Je weniger Sie wissen, umso sicherer sind Sie.«

Kaede hatte ein kleines Zimmer am Ende des Hauses bekommen; es lag neben dem größeren Raum, in dem die Iidafrauen mit Lady Maruyama und ihrer Tochter wohnten. Beide Zimmer gingen auf den Garten an der Südseite der Residenz hinaus, und sie konnte das Klatschen des Wassers und das schwache Rauschen der Bäume hören. Die ganze Nacht spürte Kaede, dass Shizuka wachsam war. Einmal setzte sie sich auf und sah das Mädchen mit gekreuzten Beinen am Eingang, wo es vor dem sternenlosen Himmel kaum zu erkennen war. Eulen riefen in den dunklen Stunden, und im Morgengrauen ertönten vom Fluss her die Schreie der Wasservögel. Es fing an zu regnen.

Beim Zuhören war Kaede eingenickt; das schrille Kreischen der Krähen weckte sie. Der Regen hatte aufgehört, es war bereits heiß. Shizuka war angekleidet. Als sie sah, dass Kaede wach war, kniete sie sich neben sie und flüsterte: »Lady, ich muss versuchen, mit Lord Otori zu sprechen. Stehen Sie bitte auf und schreiben Sie ihm einen Brief, ein Gedicht oder so etwas. Ich brauche einen Vorwand, ihn wieder zu besuchen.«

»Was ist passiert?« Das angespannte Gesicht des Mädchens erschreckte Kaede.

»Ich weiß nicht. Vergangene Nacht habe ich etwas erwartet … es ist nicht geschehen. Ich muss herausfinden, warum.«

Lauter sagte sie: »Ich werde die Tusche vorbereiten, aber meine Herrin darf nicht so ungeduldig sein. Sie haben den ganzen Tag, um passende Gedichte zu schreiben.«

»Was soll ich schreiben?«, flüsterte Kaede. »Ich weiß nicht, wie man dichtet. Das habe ich nie gelernt.«

»Es spielt keine Rolle, irgendetwas über eheliche Liebe, Mandarinenten, die Klematis und die Mauer.«

Kaede hätte fast geglaubt, dass Shizuka scherzte, doch die Miene des Mädchens war todernst.

»Hilf mir beim Anziehen«, sagte sie herrisch. »Ja, ich weiß, dass es früh ist, aber hör auf, dich zu beklagen. Ich muss sofort Lord Otori schreiben.«

Shizuka zwang sich zu einem aufmunternden Lächeln in ihrem blassen Gesicht.

Kaede schrieb etwas, sie wusste kaum, was, und so laut wie möglich befahl sie Shizuka, damit zu den Otori ins Gästehaus zu laufen. Shizuka ging scheinbar widerwillig, und Kaede hörte, wie sie sich leise bei den Wachen beklagte, hörte deren lachende Antwort.

Sie rief nach den Mädchen, damit sie ihr Tee brachten, und als sie ihn getrunken hatte, schaute sie hinaus in den Garten; sie versuchte, ihre Angst zu überwinden, sich zu beruhigen und so mutig zu sein wie Shizuka. Immer wieder tastete sie nach der Nadel in ihrem Ärmel oder nach dem glatten, kühlen Messergriff in ihrem Gewand. Sie dachte daran, wie Lady Maruyama und Shizuka sie gelehrt hatten zu kämpfen. Was hatten sie erwartet? Sie war sich vorgekommen wie ein Pfand in dem Spiel um sie herum, aber die beiden hatten wenigstens versucht, sie vorzubereiten, und sie hatten ihr Waffen gegeben.

Innerhalb einer Stunde kam Shizuka mit einem Antwortbrief von Lord Otori zurück; er hatte leicht und kunstvoll ein Gedicht geschrieben.

Kaede überflog es. »Was hat es zu bedeuten?«

»Es ist nur ein Vorwand. Er musste etwas als Antwort schreiben.«

»Geht es Lord Otori gut?«, fragte sie höflich.

»Ja, und er wartet mit ganzem Herzen auf Sie.«

»Sag mir die Wahrheit«, flüsterte Kaede. Sie betrachtete Shizuka und sah das Zögern in ihren Augen.

»Lord Takeo – ist er tot?«

»Wir wissen es nicht.« Shizuka seufzte tief. »Ich muss es Ihnen sagen. Er ist mit Kenji verschwunden. Lord Otori glaubt, dass der Stamm ihn mitgenommen hat.«

»Was bedeutet das?«

Kaede spürte, wie der Tee, den sie zuvor getrunken hatte, in ihrem Magen rumorte, und kurz glaubte sie, sich übergeben zu müssen.

»Lassen Sie uns im Garten spazieren gehen, solange es noch kühl ist«, sagte Shizuka ruhig.

Kaede stand auf. Sie hatte Angst, in Ohnmacht zu fallen. Auf ihrer Stirn bildeten sich kalte, klebrige Schweißtropfen. Shizuka hielt sie am Ellbogen, führte sie auf die Veranda, kniete sich vor sie und half ihr in die Sandalen. Während sie langsam über den Pfad zwischen Bäumen und Büschen gingen, überdeckte das Wasserrauschen vom Fluss her ihre Stimmen. Shizuka flüsterte Kaede schnell und dringlich ins Ohr.

»Vergangene Nacht sollte es einen Anschlag auf Iidas Leben geben. Arai ist mit einer großen Armee keine dreißig Meilen entfernt. Die Kriegermönche in Terayama sind bereit, die Stadt Yamagata einzunehmen. Die Tohan könnten besiegt werden.«

»Was hat das mit Lord Takeo zu tun?«

»Er sollte der Attentäter sein und vergangene Nacht ins Schloss einsteigen. Aber der Stamm hat ihn entführt.«

»Takeo? Der Attentäter?« Am liebsten hätte Kaede über einen so unwahrscheinlichen Gedanken gelacht. Dann erinnerte sie sich an die Dunkelheit, in die er sich zurückgezogen hatte, daran, wie er immer seine Geschicklichkeit versteckt hatte. Ihr wurde klar, dass sie kaum wusste, was unter der Oberfläche lag, und doch hatte sie immer gewusst, dass da mehr war. Sie holte tief Atem und versuchte, sich zu beruhigen.

»Wer ist der Stamm?«

»Takeos Vater gehörte dem Stamm an, und er selbst wurde mit ungewöhnlichen Talenten geboren.«

»Wie deine«, sagte Kaede ausdruckslos. »Und die deines Onkels.«

»Viel bedeutendere, als jeder von uns hat«, sagte Shizuka. »Aber Sie haben recht. Wir gehören ebenfalls zum Stamm.«

»Du bist eine Spionin? Eine Attentäterin? Gibst du deshalb vor, meine Dienerin zu sein?«

»Ich gebe nicht vor, Ihre Freundin zu sein«, antwortete Shizuka rasch. »Ich habe Ihnen schon zuvor gesagt, dass Sie mir vertrauen können. Arai selbst hat Sie mir anvertraut.«

»Wie kann ich das glauben, wenn ich so viele Lügen gehört habe?«, fragte Kaede; sie spürte, wie ihre Augenwinkel heiß wurden.

»Ich sage Ihnen jetzt die Wahrheit«, erklärte Shizuka ernst.

Kaede spürte, wie das Schwächegefühl des Schocks sie überkam, sich dann ein wenig legte und sie schließlich ruhig und klar wurde. »Meine Heirat mit Lord Otori – wurde sie arrangiert, damit er einen Grund hätte, nach Inuyama zu kommen?«

»Nicht von ihm. Für ihn wurde die Hochzeit zu einer Bedingung für Takeos Adoption gemacht. Doch sobald er zugestimmt hatte, erkannte er, dass er so einen Grund hatte, Takeo in die Festung der Tohan zu bringen.« Shizuka machte eine Pause, dann sagte sie sehr leise: »Iida und die Otorilords nehmen die Hochzeit mit Ihnen möglicherweise als Vorwand für Shigerus Tod. Auch deshalb wurde ich zu Ihnen geschickt, um Sie beide zu schützen.«

»Mein Ruf wird immer nützlich sein«, sagte Kaede bitter. Jetzt war ihr nur zu sehr bewusst, welche Macht Männer über sie hatten und wie sie diese Macht rücksichtslos ausnutzten. Das Schwächegefühl kehrte zurück.

»Sie müssen sich eine Weile setzen«, sagte Shizuka. Die Büsche hatten einem offeneren Garten mit Blick auf den Schlossgraben und die Berge dahinter Platz gemacht. Ein Pavillon war über den Graben gebaut worden, der durch seine Lage jeden Hauch einer Brise auffing. Sie gingen über die Steine vorsichtig darauf zu. Kissen waren auf den Boden gelegt worden, und hier setzten sie sich. Das fließende Wasser vermittelte ein Gefühl der Kühle, und Eisvögel und Schwalben streiften mit plötzlichem Aufblitzen von Farben durch den Pavillon. In den Teichen dahinter hoben Lotusblumen ihre violettrosa Blüten, und einige tiefblaue Iris verschönten noch die Wasserkante; ihre Blätter hatten fast die gleiche Farbe wie die Kissen.

»Was heißt das, vom Stamm mitgenommen?«, fragte Kaede, ruhelos rieb sie mit den Fingern den Stoff ihres Sitzkissens.

»Die Familie, zu der Takeo gehört, die Kikuta, haben gedacht, der Attentatsversuch würde scheitern. Sie wollten Takeo nicht verlieren, deshalb sind sie eingeschritten, um das zu verhindern. Mein Onkel hat dabei eine Rolle gespielt.«

»Und du?«

»Ich nicht, ich war nur der Meinung, der Versuch sollte gemacht werden. Ich fand, dass Takeo jede Chance auf Erfolg hatte, denn solange Iida lebt, wird es keinen Aufstand gegen die Tohan geben.«

Ich kann nicht glauben, dass ich das höre, dachte Kaede. *Ich bin in einen solchen Verrat verwickelt. Sie spricht von Iidas Mord so leichthin, als wäre er ein Bauer oder ein Ausgestoßener. Wenn jemand uns hört, werden wir zu Tode gefoltert.* Trotz der zunehmenden Hitze schauderte sie.

»Was werden sie mit ihm machen?«

»Er wird einer von ihnen, und sein Leben wird ein Geheimnis für uns und alle anderen.«

Also werde ich ihn nie wiedersehen, dachte sie.

Vom Pfad her hörten sie Stimmen, und gleich darauf kamen Lady Maruyama, Mariko, ihre Tochter, und ihre Begleiterin Sachie über den Graben und setzten sich zu ihnen. Lady Maruyama war so bleich wie Shizuka zuvor, und ihr Verhalten hatte sich auf undefinierbare Art verändert. Sie hatte etwas von ihrer starren Selbstbeherrschung verloren. Sie schickte Mariko und Sachie ein Stückchen weg, sie sollten mit dem Federball spielen, den das Mädchen mitgebracht hatte.

Kaede versuchte, sich normal zu unterhalten. »Lady Mariko ist ein reizendes Mädchen.«

»Sie ist keine besondere Schönheit, aber sie hat Intelligenz und Güte«, antwortete ihre Mutter. »Sie gleicht mehr ihrem Vater. Vielleicht ist das ein Glück. Selbst Schönheit ist gefährlich für eine Frau. Besser, von den Männern nicht begehrt zu werden.« Sie lächelte bitter und flüsterte dann Shizuka zu: »Wir haben sehr wenig Zeit. Ich hoffe, ich kann Lady Shirakawa vertrauen.«

»Ich werde nichts sagen, was Sie verrät«, sagte Kaede leise.

»Shizuka, erzähl mir, was geschehen ist.«

»Takeo wurde vom Stamm entführt. Das ist alles, was Lord Shigeru weiß.«

»Ich hätte nie gedacht, dass Kenji ihn hintergehen würde. Es muss ein schwerer Schlag gewesen sein.«

»Er sagte, es sei immer ein verzweifeltes Spiel gewesen. Er gibt keinem die Schuld. Sein Hauptanliegen ist jetzt Ihre Sicherheit. Ihre und die des Kindes.«

Kaede glaubte zuerst, Shizuka meine die Tochter, Mariko, doch dann sah sie die leichte Röte in Lady Maruyamas Gesicht. Sie presste die Lippen zusammen und schwieg.

»Was sollen wir tun? Versuchen zu fliehen?« Lady Maruyama drehte mit weißen Fingern den Ärmel ihres Gewands hin und her.

»Sie dürfen nichts tun, was Iidas Verdacht wecken könnte.«

»Wird Shigeru nicht fliehen?« Die Stimme der Lady war dünn wie ein Halm.

»Ich habe es ihm vorgeschlagen, aber er sagt, das wird er nicht tun. Er wird zu genau beobachtet, außerdem glaubt er, dass er nur überleben kann, wenn er keine Angst zeigt. Er muss sich verhalten, als würde er den Tohan und dem vorgeschlagenen Bündnis voll und ganz vertrauen.«

»Er wird also die Hochzeit abhalten?«, sagte sie lauter.

Vorsichtig entgegnete Shizuka: »Er wird so tun, als wäre das seine Absicht. Wir müssen uns ebenso verhalten, wenn wir sein Leben retten wollen.«

»Iida hat mir Botschaften geschickt, in denen er mich drängt, ihn als Ehemann anzunehmen«, sagte Lady Maruyama. »Ich habe um Shigerus willen immer abgelehnt.« Sie starrte Shizuka verzweifelt an.

»Lady, sprechen Sie nicht von diesen Dingen. Seien Sie geduldig, seien Sie tapfer. Wir können nichts tun außer warten. Wir müssen so tun, als wäre nichts Ungewöhnliches geschehen, und wir müssen Lady Kaedes Hochzeit vorbereiten.«

»Sie werden sie als Vorwand benutzen, um ihn zu töten«, erwiderte Lady Maruyama. »Kaede ist so schön und so tödlich.«

»Ich will nicht, dass meinetwegen ein Mann stirbt«, rief Kaede, »am wenigsten Lord Otori.« Sie hatte plötzlich Tränen in den Augen und schaute weg.

»Was für eine Schande, dass du nicht Lord Iida heiraten und *ihm* den Tod bringen kannst!«, rief Lady Maruyama.

Kaede zuckte zusammen, als wäre sie geschlagen worden.

»Vergib mir«, flüsterte Lady Maruyama. »Ich bin nicht mehr ich selbst. Ich habe kaum geschlafen. Ich bin außer mir vor Angst – um ihn, um meine Tochter, um mich, um unser Kind. Du hast meine Grobheit nicht verdient. Du bist ohne eigene Schuld in unsere Angelegenheiten verstrickt. Ich hoffe, du denkst nicht zu schlecht von mir.«

Sie nahm Kaedes Hand und drückte sie. »Wenn meine

Tochter und ich sterben, bist du meine Erbin. Ich vertraue dir mein Land und mein Volk an. Gib gut auf sie acht.« Sie schaute über den Fluss, in ihren Augen glänzten die Tränen. »Wenn es die einzige Möglichkeit ist, sein Leben zu retten, muss er dich heiraten. Aber dann werden sie ihn trotzdem töten.«

Am Ende des Gartens führten Stufen in der Befestigungsmauer hinunter zum Schlossgraben, wo zwei Vergnügungsboote vertäut lagen. Über den Stufen war ein jetzt offenes Tor, aber Kaede vermutete, dass es am Abend geschlossen wurde. Durch das Tor konnte man Schlossgraben und Fluss sehen. Zwei Wachen saßen träge an der Mauer, als wären sie von der Hitze betäubt.

»Draußen auf dem Wasser wird es heute kühl sein«, sagte Lady Maruyama. »Vielleicht sind die Bootsleute käuflich …«

»Dazu würde ich nicht raten, Lady«, sagte Shizuka dringlich. »Wenn Sie versuchen zu fliehen, werden Sie Iidas Verdacht wecken. Am besten ist es, wenn wir ihn besänftigen, bis Arai näher kommt.«

»Arai wird nicht nach Inuyama kommen, solange Iida lebt«, erklärte Lady Maruyama. »Auf eine Belagerung wird er sich nicht einlassen. Wir haben dieses Schloss immer für uneinnehmbar gehalten. Es kann nur von innen fallen.«

Sie schaute wieder vom Wasser zum Hauptturm.

»Wir sitzen hier in der Falle. Das Schloss hält uns in seiner Gewalt. Doch ich muss hier weg.«

»Versuchen Sie nichts Überstürztes«, bat Shizuka. Mariko kam und klagte, es sei zu heiß zum Spielen.

Sachie folgte ihr.

»Ich bringe sie ins Haus«, sagte Lady Maruyama. »Sie hat schließlich Unterricht …« Ihre Stimme versagte, und Tränen stiegen ihr wieder in die Augen.

»Mein armes Kind. Meine armen Kinder.« Sie faltete die Hände über dem Bauch.

»Kommen Sie, Lady«, sagte Sachie. »Sie müssen sich hinlegen.«

Kaede bekam aus Mitleid feuchte Augen. Die Steine des Hauptturms und der Mauern um sie herum schienen sie zu erdrücken. Das Grillenzirpen war laut und machte sie benommen; die Hitze schien vom Boden zurückzustrahlen. Lady Maruyama hatte ihrer Meinung nach recht: Sie waren alle gefangen und hatten keine Fluchtmöglichkeit.

»Wollen Sie ins Haus zurück?«, fragte Shizuka sie.

»Lass uns noch ein bisschen hierbleiben.« Kaede fiel ein, dass es noch etwas gab, worüber sie reden musste.

»Shizuka, du kannst offenbar kommen und gehen, wie du willst. Die Wachen vertrauen dir.«

Shizuka nickte. »Ich habe in dieser Hinsicht einige Fähigkeiten des Stamms.«

»Von allen Frauen hier bist du die einzige, die fliehen könnte.« Kaede zögerte; sie wusste nicht, wie sie das formulieren sollte, was sie ihr sagen musste. Schließlich brach es aus ihr heraus: »Wenn du gehen musst, dann musst du gehen. Ich will nicht, dass du meinetwegen bleibst.« Dann biss sie sich auf die Lippe und schaute rasch weg, denn sie hatte keine Ahnung, wie sie überleben sollte ohne das Mädchen, auf das sie sich inzwischen verließ.

»Wir sind am sichersten, wenn niemand von uns zu gehen versucht«, flüsterte Shizuka. »Aber auch davon abgesehen kommt es nicht in Frage. Wenn Sie es mir nicht befehlen, werde ich Sie nie verlassen. Unsere Leben sind jetzt vereint.« Wie zu sich selbst fügte sie hinzu:

»Nicht nur Männer haben Ehre.«

»Lord Arai hat dich zu mir geschickt«, sagte Kaede, »und du sagst mir, dass du vom Stamm bist, der seine Macht über Lord Takeo durchgesetzt hat. Bist du wirklich frei, solche Entscheidungen zu treffen? Hast du die Wahl, dich für die Ehre einzusetzen?«

»Lady Shirakawa weiß viel für jemanden, dem nichts gelehrt wurde.« Shizuka lächelte, und einen Augenblick lang wurde Kaede das Herz leichter.

Sie blieb fast den ganzen Tag am Wasser und aß nur wenig. Die Damen des Haushalts leisteten ihr einige Stunden lang Gesellschaft, sie sprachen von der Schönheit des Gartens und den Hochzeitsvorbereitungen. Eine von ihnen war in Hagi gewesen und beschrieb die Stadt voll Bewunderung, erzählte Kaede Legenden der Otori und flüsternd von der alten Fehde mit den Tohan. Alle drückten ihre Freude darüber aus, dass Kaede diese Fehde beenden werde, und sagten ihr, wie froh Lord Iida über das Bündnis sei.

Kaede wusste nicht, was sie angesichts der betrügerischen Hochzeitspläne antworten sollte, und flüchtete sich in Schüchternheit. Sie lächelte, bis ihr das Gesicht weh tat, sagte aber kaum etwas.

Dann bemerkte sie Lord Iida persönlich. Er ging, von drei oder vier Gefolgsleuten begleitet, durch den Garten auf den Pavillon zu.

Die Damen verstummten sofort. Kaede rief Shizuka zu: »Ich glaube, ich gehe ins Haus. Ich habe Kopfschmerzen.«

»Ich werde Ihnen das Haar auskämmen und den Kopf massieren«, sagte Shizuka, und tatsächlich kam Kaede das Gewicht ihres Haars unerträglich vor. Unter den Gewändern fühlte sie sich klebrig und wund gescheuert. Sie ersehnte die Kühle, die Nacht.

Doch als sie sich vom Pavillon entfernten, verließ Lord Abe die Männergruppe und kam auf sie zu. Shizuka fiel sofort auf die Knie, und Kaede verbeugte sich, allerdings nicht so tief.

»Lady Shirakawa«, sagte er. »Lord Iida wünscht mit Ihnen zu sprechen.«

Sie versuchte, sich ihren Widerwillen nicht anmerken zu lassen, und kehrte zum Pavillon zurück, wo Iida bereits auf den Kissen saß. Die Frauen hatten sich zurückgezogen, sie betrachteten den Fluss.

Kaede kniete sich auf den Holzboden und senkte tief den Kopf, während die Blicke seiner tiefliegenden Augen, Teiche geschmolzenen Eises, über sie glitten.

»Sie können sich aufsetzen«, sagte er kurz. Seine Stimme war rau, und die höflichen Floskeln kamen ihm schwer von den Lippen. Kaede spürte, wie die Männer sie anstarrten in der schweren Stille, die ihr vertraut geworden war, der Mischung aus Lust und Bewunderung.

»Shigeru ist ein glücklicher Mann«, sagte Iida, und sie hörte die Drohung und den Spott im Gelächter der Männer. Sie glaubte, er wolle mit ihr über die Hochzeit sprechen oder über ihren Vater, der bereits mitgeteilt hatte, er könne wegen der Krankheit seiner Frau nicht kommen. Iidas nächste Worte überraschten sie.

»Ich glaube, Arai ist ein alter Bekannter von Ihnen.«

»Ich kannte ihn, als er in Lord Noguchis Diensten war«, antwortete sie vorsichtig.

»Ihretwegen hat Noguchi ihn ins Exil geschickt. Er beging einen schweren Fehler, und er hat teuer dafür bezahlt. Jetzt sieht es so aus, als müsste ich mich mit Arai auf meiner eigenen Schwelle auseinandersetzen.« Er seufzte tief. »Ihre Hochzeit mit Lord Otori kommt genau zur richtigen Zeit.«

Kaede dachte: *Ich bin ein unwissendes Mädchen, das die Noguchi treu und dumm großgezogen haben. Ich weiß nichts von den Intrigen der Clans.*

Sie bemühte sich um ein Puppengesicht und eine kindliche Stimme. »Ich will nur tun, was Lord Iida und mein Vater wünschen.«

»Haben Sie auf Ihrer Reise von Arais Unternehmungen gehört? Hat Shigeru nicht irgendwann darüber geredet?«

»Ich habe von Lord Arai nichts gehört, seit er Lord Noguchi verlassen hat.«

»Und doch heißt es, er habe hoch in Ihrer Gunst gestanden.«

Sie wagte es, durch die Wimpern zu ihm aufzusehen.

»Man kann mich nicht für die Empfindungen der Männer verantwortlich machen, Lord.«

Kurz trafen sich ihre Blicke. Der seine war durchbohrend, raubgierig. Sie spürte, dass auch er sie begehrte wie alle anderen, gereizt und gequält von dem Gedanken, dass es den Tod bedeutete, sich mit ihr einzulassen.

Abscheu verengte ihr die Kehle. Sie dachte an die Nadel in ihrem Ärmel, stellte sich vor, sie in sein Fleisch zu stechen.

»Nein«, entgegnete er, »wir können auch keinem Mann vorwerfen, dass er Sie bewundert.« Über die Schulter sagte er zu Abe: »Du hattest recht. Sie ist ausnehmend schön.« Es klang, als spreche er von einem unbelebten Kunstwerk. »Wollten Sie ins Haus? Lassen Sie sich nicht aufhalten. Ich glaube, Sie sind von zarter Gesundheit.«

»Lord Iida.« Sie verneigte sich wieder bis auf den Boden und rutschte auf den Knien rückwärts zum Rand des Pavillons. Shizuka half ihr auf die Füße, und sie gingen weg.

Beide schwiegen, bis sie wieder im Zimmer waren.

Dann flüsterte Kaede: »Er weiß alles.«

»Nein.« Shizuka nahm den Kamm und begann ihre Arbeit an Kaedes Haar. »Er ist sich nicht sicher. Er hat keinerlei Beweise. Sie haben das gut gemacht.« Ihre Finger massierten Kaedes Kopfhaut und Schläfen. Bald ließ die Spannung nach. Kaede lehnte sich an sie. »Ich würde gern nach Hagi gehen. Kommst du mit?«

Shizuka lächelte. »Wenn es dazu kommt, werden Sie mich nicht brauchen.«

»Ich glaube, ich werde dich immer brauchen.« Eine gewisse Sehnsucht war ihr anzuhören. »Vielleicht wäre ich glücklich mit Lord Shigeru. Wenn ich Takeo nicht getroffen hätte, wenn er nicht verliebt wäre in …«

»Pst, pst.« Shizuka seufzte, ihre Finger klopften und streichelten.

»Wir hätten Kinder haben können«, sagte Kaede langsam

und verträumt. »Nichts davon wird jetzt geschehen, doch ich muss so tun als ob.«

»Wir stehen kurz vor einem Krieg«, flüsterte Shizuka. »Wir wissen nicht, was in den nächsten Tagen geschehen wird, von der Zukunft ganz zu schweigen.«

»Wo mag Lord Takeo jetzt sein? Weißt du es?«

»Wenn er noch in der Hauptstadt ist, dann in einem der geheimen Häuser des Stamms. Aber vielleicht haben sie ihn schon aus der Provinz hinausgebracht.«

»Werde ich ihn je wiedersehen?«, fragte Kaede, doch sie erwartete keine Antwort, und Shizuka schwieg. Ihre Finger arbeiteten weiter. Hinter den offenen Türen schimmerte der Garten in der Hitze, die Grillen klangen schriller denn je.

Langsam verblasste der Tag, und die Schatten wurden länger.

Kapitel 11

Ich verlor nur kurz das Bewusstsein. Als ich wieder zu mir kam, war ich im Dunkeln und wusste sofort, dass ich in einem Karren lag. Darin befanden sich noch mindestens zwei Menschen. Einer, ich merkte es an seinem Atem, war Kenji, der andere, nach dem Parfüm zu schließen, eines der Mädchen. Sie hielten mich an den Armen fest.

Mir war entsetzlich übel, als wäre ich auf den Kopf geschlagen worden. Das Rumpeln des Karrens machte die Sache nicht besser.

»Ich muss mich übergeben«, sagte ich, und Kenji ließ meinen Arm los. Die Übelkeit stieg mir bis halb in die Kehle, als ich mich aufsetzte. Das Mädchen hatte den anderen Arm losgelassen. In meinem verzweifelten Wunsch zu fliehen vergaß ich meine Übelkeit. Mit den Armen über dem Kopf warf ich mich gegen die mit einem Scharnier versehene Öffnung.

Sie war von außen festgemacht. An einem Nagel riss ich mir die Hand auf. Kenji und das Mädchen packten mich und drückten mich hinunter, während ich kämpfte und um mich schlug. Draußen schrie jemand eine zornige Warnung.

Kenji fluchte. »Halt den Mund! Bleib still liegen! Wenn die Tohan dich jetzt finden, bist du tot!«

Aber ich war jenseits aller Vernunft. Als Junge hatte ich häufig wilde Tiere mit nach Hause gebracht, Fuchsjunge, Wiesel, kleine Kaninchen. Nie konnte ich sie zähmen. Blind und unvernünftig, wollten sie nichts als fliehen. Jetzt dachte ich an ihre sinnlosen Ausbrüche. Mir war nichts wichtig außer dem Gedanken, dass Shigeru nicht glauben sollte, ich hätte ihn verraten. Nie würde ich beim Stamm bleiben. Nie würden sie mich halten können.

»Bring ihn zum Schweigen«, flüsterte Kenji dem Mädchen zu, während er mich mühsam festhielt, und unter ihren Händen wurde die Welt wieder schwarz und unerträglich.

Als ich das nächste Mal zu Bewusstsein kam, glaubte ich wirklich tot und in der Unterwelt zu sein. Ich konnte weder sehen noch hören. Es war pechschwarz und ganz still geworden. Dann kam langsam das Gefühl zurück. Um tot zu sein, empfand ich überall zu starke Schmerzen. Meine Kehle war wund, in einer Hand hämmerte der Schmerz, das andere Handgelenk brannte da, wo es umgebogen worden war. Ich versuchte, mich aufzusetzen, war aber mit weichen Bändern gerade so gefesselt, dass ich nicht hochkommen konnte. Ich drehte den Kopf und schüttelte ihn. Die Augen waren verbunden, aber dass ich auch nichts hören konnte, empfand ich als das Schlimmste. Dann wurde mir klar, dass meine Ohren mit irgendetwas verstopft waren. Erleichterung überkam mich, weil ich das Gehör nicht verloren hatte.

Eine Hand an meinem Gesicht ließ mich zusammenfahren. Die Augenbinde wurde entfernt, und ich sah Kenji neben mir knien. Eine Öllampe auf dem Boden beschien sein Gesicht. Flüchtig überlegte ich, wie gefährlich er war. Einmal hatte er geschworen, mich mit seinem Leben zu beschützen. Jetzt war sein Schutz das Letzte, was ich mir wünschte.

Sein Mund bewegte sich, er sagte etwas.

»Ich kann nichts hören«, entgegnete ich. »Nehmen Sie die Stöpsel heraus.«

Er gehorchte, und meine Welt kam zu mir zurück. Ein paar Sekunden lang blieb ich stumm und fand mich wieder darin zurecht. In der Ferne hörte ich den Fluss: Ich war also noch in Inuyama. Das Haus, in dem ich mich befand, war still; alle außer den Wachen schliefen. Die konnte ich diesseits des Tors flüstern hören. Ich schätzte, dass es spät in der Nacht war, und in diesem Augenblick hörte ich die Mitternachtsglocke von einem fernen Tempel.

Jetzt hätte ich im Schloss sein sollen.

»Es tut mir leid, dass wir dich verletzt haben«, sagte Kenji. »Du hättest dich nicht so heftig wehren sollen.«

Bitterer Zorn stieg wieder in mir hoch. Ich versuchte, ihn zu beherrschen. »Wo bin ich?«

»In einem der Stammeshäuser. Morgen oder übermorgen bringen wir dich aus der Hauptstadt.«

Seine ruhige, sachliche Stimme machte mich noch wütender. »Am Abend meiner Adoption haben Sie gesagt, Sie würden Lord Shigeru nie betrügen. Erinnern Sie sich?«

Kenji seufzte. »Damals sprachen wir beide von widersprüchlichen Verpflichtungen. Shigeru weiß, dass ich zuerst dem Stamm diene. Ich habe ihm damals und dann immer wieder gesagt, dass der Stamm den vorrangigen Anspruch auf dich hat und er ihn früher oder später geltend machen werde.«

»Warum jetzt?«, fragte ich bitter. »Sie hätten mich noch eine Nacht in Ruhe lassen können.«

»Vielleicht hätte ich persönlich dir diese Chance gegeben. Aber seit dem Vorfall in Yamagata habe ich die Dinge nicht mehr im Griff. Jedenfalls wärst du dann jetzt tot und niemandem mehr nützlich.«

»Zuerst hätte ich Iida töten können«, murmelte ich.

»Dieser Ausgang wurde erwogen und verworfen, weil er nicht im Interesse des Stamms wäre.«

»Wahrscheinlich arbeiten die meisten des Stamms für ihn?«

»Wir arbeiten für den, der uns am besten bezahlt. Wir sind für eine stabile Gesellschaft. Offener Krieg erschwert es, die Dinge zu steuern. Iidas Herrschaft ist streng, aber stabil. Sie kommt uns gelegen.«

»Dann haben Sie Shigeru die ganze Zeit getäuscht?«

»Wie er mich zweifellos oft getäuscht hat.« Kenji schwieg mindestens eine Minute, dann fuhr er fort: »Shigeru war von Anfang an verloren. Zu viele Mächtige wollen ihn loswerden. Er hat gut gespielt, um bis jetzt zu überleben.«

Ich schauderte. »Er darf nicht sterben«, flüsterte ich.

»Iida wird bestimmt irgendeinen Vorwand finden, ihn zu töten«, sagte Kenji sanft. »Er ist viel zu gefährlich geworden, als dass man ihm erlauben würde zu leben. Abgesehen davon, dass er Iida persönlich beleidigt hat – das Verhältnis mit Lady Maruyama, deine Adoption –, haben die Vorfälle in Yamagata die Tohan sehr erschreckt.« Das Licht flackerte und rauchte. Kenji fuhr leise fort: »Die Schwierigkeit mit Shigeru ist, dass die Menschen ihn lieben.«

»Wir können ihn nicht im Stich lassen! Ich will zu ihm zurück.«

»Es ist nicht meine Entscheidung«, entgegnete Kenji. »Selbst wenn es so wäre, könnte ich es jetzt nicht zulassen. Iida weiß, dass du von den Verborgenen kommst. Er würde dich Ando übergeben, wie er es versprochen hat. Shigeru wird zweifellos den Tod eines Kriegers sterben, schnell, ehrenhaft. Du würdest gefoltert. Du weißt, was sie machen.«

Ich schwieg. Ich hatte Kopfschmerzen, und ein unerträgliches Gefühl des Versagens übermannte mich. Alles in mir war wie ein Speer auf ein Ziel gerichtet gewesen. Jetzt war die Hand, die mich gehalten hatte, weggenommen worden, und ich war nutzlos zu Boden gefallen.

»Gib auf, Takeo.« Kenji hatte mich unverwandt angeschaut. »Es ist vorbei.«

Ich nickte langsam. Ich konnte genauso gut tun, als würde ich zustimmen. »Ich bin entsetzlich durstig.«

»Ich werde dir Tee machen. Er wird dir beim Einschlafen helfen. Willst du etwas zu essen?«

»Nein. Können Sie mich losbinden?«

»Nicht heute Nacht.«

Darüber dachte ich nach, während ich in und aus dem Schlaf glitt und versuchte, eine bequeme Stellung mit gefesselten Händen und Füßen zu finden.

Es musste bedeuten, dass Kenji glaubte, ich würde fliehen können, sobald ich losgebunden wäre, und wenn mein Lehrer das für möglich hielt, stimmte es vermutlich. Das war mein einziger tröstlicher Gedanke, doch er beruhigte mich nicht lange.

Gegen Morgen fing es an zu regnen. Ich horchte, wie sich die Rinnsteine füllten und die Traufen tropften. Die Hähne begannen zu krähen, und die Stadt wachte auf. Ich hörte, wie sich die Dienstboten im Haus regten, roch Rauch, als die Feuer in der Küche angezündet wurden. Ich vernahm Stimmen und Schritte, zählte sie, stellte mir den Grundriss des Hauses vor, seine Lage in der Straße, sein Gegenüber. Aus den Gerüchen und Geräuschen bei Arbeitsbeginn schloss ich, dass ich in einer Brauerei versteckt war, in einem der großen Handelshäuser am Rand der Stadt. Das Zimmer, in dem ich lag, hatte keine Fenster. Es war so eng wie ein Aalbett und blieb noch lange nach Sonnenaufgang dunkel.

Die Hochzeit sollte übermorgen sein. Würde Shigeru bis dahin überleben? Und wenn er zuvor ermordet wurde, was geschah dann mit Kaede? Meine Gedanken quälten mich. Wie würde Shigeru die beiden nächsten Tage verbringen? Was machte er jetzt? Dachte er an mich? Die Vorstellung, dass er glauben könnte, ich sei aus freiem Willen davongelaufen, war mir eine Qual. Und was mochten die Otorimänner glauben? Sie würden mich verachten.

Ich rief Kenji zu, ich müsse auf den Abort. Er band mir die Füße los und führte mich hin. Wir gingen aus dem kleinen Raum in einen größeren und dann hinunter in den Hinterhof. Ein Dienstmädchen kam mit einer Schüssel Wasser und half mir, die Hände zu waschen. Ich war mit viel Blut bespritzt, mehr, als von einem Nagelriss kommen konnte. Ich musste jemanden mit meinem Messer verletzt haben. Wo war das Messer jetzt?

Als wir in das Geheimzimmer zurückkamen, ließ Kenji meine Füße ungefesselt.

»Was passiert als Nächstes?«, fragte ich.

»Versuch, noch zu schlafen. Heute ereignet sich nichts.«

»Schlafen! Mir ist, als würde ich nie mehr schlafen!«

Kenji betrachtete mich einen Augenblick und sagte dann kurz: »Das geht vorbei.«

Wenn meine Hände frei gewesen wären, hätte ich ihn getötet. Ich stürzte mich auf ihn und schwang die gefesselten Hände, um ihn an der Seite zu treffen. Es überraschte ihn, und wir fielen beide, aber schnell wie eine Schlange drehte er sich unter mir herum und drückte mich auf den Boden. Wenn ich zornig war, so war er es jetzt auch. Schon zuvor hatte ich ihn wütend erlebt, aber jetzt hatte er einen mächtigen Zorn. Zweimal schlug er mir ins Gesicht; es waren Hiebe, die mir die Zähne klappern ließen und mich schwindlig machten.

»Gib auf!«, rief er. »Ich werde es in dich hineinprügeln, wenn es sein muss. Ist es das, was du willst?«

»Ja!«, brüllte ich zurück. »Los, töten Sie mich. Es ist die einzige Möglichkeit, mich hierzubehalten!«

Ich bog den Rücken und rollte mich zur Seite, wurde so sein Gewicht los und versuchte, zu treten und zu beißen. Er schlug mich wieder, aber ich kam von ihm los und stürzte mich mit zornigen Flüchen auf ihn.

Draußen hörte ich rasche Schritte, die Türen wurden aufgeschoben. Das Mädchen aus Yamagata und einer der jungen Männer liefen herein. Die drei überwältigten mich schließlich, aber ich war halb von Sinnen vor Zorn, und es dauerte eine Weile, bis sie meine Füße wieder fesseln konnten.

Kenji kochte vor Wut. Das Mädchen und der junge Mann schauten von mir zu ihm und wieder zurück. »Meister«, sagte das Mädchen, »überlassen Sie ihn uns. Wir werden ihn eine Zeitlang bewachen. Sie brauchen ein wenig Ruhe.« Offensichtlich waren sie erstaunt und erschrocken darüber, dass er die Beherrschung verloren hatte.

Monatelang waren wir als Lehrer und Schüler zusammen gewesen. Ich hatte ihm ohne Murren gehorcht, hatte sein Nörgeln, seinen Spott und seine Strafen ertragen. Ich hatte mein ursprüngliches Misstrauen abgelegt und gelernt, ihm zu vertrauen. Das alles war, was mich betraf, zerstört und würde nie mehr herzustellen sein.

Jetzt kniete er vor mir, packte meine Hand und zwang mich, ihn anzuschauen. »Ich versuche, dein Leben zu retten!«, rief er. »Bekommst du das nicht in deinen dicken Schädel?«

Ich spuckte ihn an und machte mich auf einen weiteren Schlag gefasst, doch der junge Mann hielt ihn zurück.

»Gehen Sie, Meister«, drängte er.

Kenji ließ mich los und stand auf. »Was für starrsinniges, verrücktes Blut hast du von deiner Mutter mitbekommen?«, fragte er. An der Tür drehte er sich um und sagte: »Bewacht ihn die ganze Zeit. Bindet ihn nicht los!«

Als er gegangen war, wollte ich schreien und schluchzen wie ein Kind bei einem Wutanfall. Tränen der Wut und Verzweiflung brannten hinter meinen Lidern. Ich legte mich auf die Matratze zurück und drehte das Gesicht zur Wand.

Gleich darauf ging das Mädchen hinaus und kam mit kaltem Wasser und einem Tuch zurück. Es ließ mich aufsitzen und wischte mir das Gesicht ab. Meine Lippe war geplatzt, und ich spürte die Prellung an einem Auge und über dem Wangenknochen. Das Mädchen war so sanft, dass ich eine gewisse Sympathie für mich festzustellen glaubte, es sagte aber nichts.

Der junge Mann schaute schweigend zu.

Später brachte sie Tee und einen Imbiss. Ich trank den Tee, weigerte mich aber zu essen.

»Wo ist mein Messer?«, fragte ich.

»Wir haben es«, antwortete sie.

»Habe ich dich verletzt?«

»Nein, das war Keiko. Sie und Akio wurden an der Hand verwundet, aber nicht zu schwer.«

»Ich wollte, ich hätte euch alle getötet.«

»Ich weiß«, gab sie zurück. »Niemand kann sagen, du hättest nicht gekämpft. Aber du hattest fünf Angehörige des Stamms gegen dich. Kein Grund, sich zu schämen.«

Aber Scham durchdrang mich, als würde sie meine weißen Knochen schwarz färben.

Der Tag verging quälend und langsam. Die Abendglocke hatte gerade vom Tempel am Ende der Straße geläutet, als Keiko zur Tür kam und mit meinen beiden Wachen sprach. Ich hörte sie sehr gut, tat aber aus Gewohnheit, als würde ich nichts mitbekommen. Jemand war da, um mich zu sehen, jemand namens Kikuta.

Nach einigen Minuten trat ein mittelgroßer Mann herein, gefolgt von Kenji. Zwischen ihnen bestand eine Ähnlichkeit, das gleiche veränderliche Aussehen, das sie unauffällig machte. Der Mann hatte eine dunklere Hautfarbe, ähnlich wie meine. Seine Haare waren noch schwarz, obwohl er fast vierzig Jahre alt sein musste.

Er blieb einen Augenblick stehen und betrachtete mich, dann kam er durch den Raum, kniete sich neben mich und nahm wie Kenji bei unserer ersten Begegnung meine Hände und drehte die Handflächen nach oben.

»Warum ist er gefesselt?« Auch seine Stimme war unauffällig, obwohl er mit nördlichem Tonfall sprach.

»Er versucht zu fliehen, Meister«, sagte das Mädchen. »Jetzt ist er ruhiger, aber er ist sehr wild gewesen.«

»Warum willst du fliehen?«, fragte er mich. »Du bist endlich da, wo du hingehörst.«

»Ich gehöre nicht hierher«, antwortete ich. »Bevor ich von dem Stamm auch nur hörte, habe ich Lord Otori Treue geschworen. Ich bin vom Clan der Otori gesetzmäßig adoptiert.«

»Hm«, machte er. »Die Otori nennen dich, wie ich höre, Takeo. Wie heißt du wirklich?«

Ich gab keine Antwort.

»Er wurde bei den Verborgenen großgezogen«, sagte Kenji leise. »Bei seiner Geburt wurde er Tomasu genannt.«

Kikuta zischte durch die Zähne. »Das vergessen wir am besten«, sagte er. »Takeo genügt gegenwärtig, auch wenn es kein Stammesname ist. Weißt du, wer ich bin?«

»Nein«, sagte ich, obwohl ich es ahnte.

»Nein, *Meister*«, wies mich der junge Wachmann flüsternd zurecht.

Kikuta lächelte. »Hast du ihm keine Manieren beigebracht, Kenji?«

»Höflichkeit ist für jene, die sie verdienen«, sagte ich.

»Du wirst erfahren, dass ich sie verdiene. Ich bin das Oberhaupt deiner Familie, Kikuta Kotaro, ein Cousin ersten Grades deines Vaters.«

»Ich habe meinen Vater nie gekannt und seinen Namen nie benutzt.«

»Aber du hast die Eigenschaften der Kikuta: das scharfe Gehör, die künstlerische Gabe, all die anderen Talente, die du im Überfluss besitzt, genau wie die Linie in deinen Handflächen. Das sind Dinge, die du nicht leugnen kannst.«

Aus der Ferne kam ein leises Geräusch, ein Klopfen an der Ladentür unten. Ich hörte, wie jemand die Tür aufschob und redete, ein unwichtiges Gespräch über Wein. Kikuta drehte ebenfalls leicht den Kopf. Ich spürte etwas: den Beginn des Erkennens.

»Hören Sie alles?«, fragte ich.

»Nicht so viel wie du. Es lässt mit dem Alter nach. Aber fast alles.«

»In Terayama sagte der junge Mann, der Mönch: ›Wie ein Hund.‹« Ein bitterer Ton kam in meine Stimme. »›Nützlich für deine Herren‹, sagte er. Haben Sie mich deshalb entführt, weil ich Ihnen nützlich sein soll?«

»Es ist keine Frage der Nützlichkeit«, sagte er. »Es hat damit zu tun, dass du in den Stamm hineingeboren wurdest. Dahin gehörst du. Du würdest auch dazugehören, wenn du überhaupt keine Talente hättest, und wenn du alle Talente der Welt hättest, aber nicht in den Stamm hineingeboren wärst, könntest du nie dazugehören, und wir hätten kein Interesse an dir. Doch Tatsache ist, dass dein Vater ein Kikuta war – du bist ein Kikuta.«

»Und ich habe keine Wahl?«

Er lächelte wieder. »Das kannst du ebenso wenig wählen wie dein scharfes Gehör.«

Dieser Mann beruhigte mich so, wie ich Pferde beruhigt hatte: indem er mein Wesen verstand. Ich hatte nie zuvor jemanden kennengelernt, der wusste, wie es war, ein Kikuta zu sein. Ich spürte, wie mich das anzog.

»Angenommen, ich akzeptiere das. Was werden Sie mit mir machen?«

»Einen sicheren Ort für dich finden in einer anderen Provinz, fern von den Tohan, wo du deine Ausbildung beendest.«

»Ich will keine Ausbildung mehr. Ich bin fertig mit Lehrern!«

»Muto Kenji wurde wegen seiner langen Freundschaft mit Shigeru nach Hagi geschickt. Er hat dich viel gelehrt, aber ein Kikuta sollte von Kikuta unterwiesen werden.«

Ich hörte nicht mehr zu. »Freundschaft? Er hat ihn getäuscht und betrogen!«

Kikuta sagte leise: »Du hast große Fähigkeiten, Takeo, und niemand bezweifelt deinen Mut oder dein Herz. Nur dein Kopf braucht Klarheit. Du musst lernen, deine Gefühle zu beherrschen.«

»Damit ich alte Freunde so leicht betrügen kann wie Muto Kenji?« Der kurze Augenblick der Ruhe war vorbei. Ich spürte, wie mein Zorn gleich wieder ausbrechen würde. Ich wollte ihm nachgeben, denn nur Zorn konnte Scham auslöschen. Die beiden jungen Leute traten vor, bereit, mich zurückzuhalten, doch Kikuta winkte sie zurück. Er nahm meine gefesselten Hände und hielt sie fest.

»Schau mich an«, sagte er.

Wider Willen schaute ich ihm in die Augen. Ich spürte, wie ich im Strudel meiner Gefühle ertrank und nur seine Augen mich vor dem Untergang bewahrten. Langsam ebbte der Zorn ab. Eine ungeheure Müdigkeit trat an seine Stelle. Ich konnte den Schlaf nicht bekämpfen, der auf mich zuströmte wie Wolken über einen Berg. Kikutas Blick hielt mich fest, bis sich meine Augen schlossen und der Nebel mich verschluckte.

Als ich erwachte, war es hell; die Sonne warf schräge Strahlen in den Raum jenseits des Geheimzimmers und ein schwaches orangefarbenes Licht auf die Stelle, wo ich lag. Ich konnte nicht glauben, dass wieder Nachmittag war. Fast einen ganzen Tag lang musste ich geschlafen haben. Das Mädchen saß ein kleines Stück von mir entfernt auf dem Boden. Die Tür musste gerade geschlossen worden sein, das Geräusch hatte mich geweckt. Offenbar war die andere Wache hinausgegangen.

»Wie heißt du?«, fragte ich. Meine Stimme war rau, meine Kehle schmerzte noch.

»Yuki.«

»Und er?«

»Akio.«

Er war es, den ich nach ihrer Auskunft verletzt hatte.

»Was hat dieser Mann mir getan?«

»Der Kikutameister? Er hat dich nur eingeschläfert. Das

können die Kikuta.« Ich erinnerte mich an die Hunde in Hagi. Das können die Kikuta …

»Wie spät ist es?«

»Die erste Hälfte der Stunde des Hahns.«

»Gibt es irgendwelche Neuigkeiten?«

»Von Lord Otori? Nichts.« Sie kam ein wenig näher und flüsterte: »Soll ich ihm eine Nachricht von dir bringen?«

Ich starrte sie an. »Kannst du das?«

»Ich habe als Dienstmädchen in dem Haus gearbeitet, in dem er untergebracht ist, genau wie in Yamagata.« Sie schaute mich bedeutungsvoll an. »Ich kann versuchen, heute Abend oder morgen früh mit ihm zu reden.«

»Sag ihm, dass ich nicht freiwillig weggegangen bin. Bitte ihn, mir zu verzeihen …« Es gab viel zu viel, was ich in Worte fassen wollte. Ich beendete den Satz nicht. »Warum würdest du das für mich tun?«

Sie schüttelte den Kopf, lächelte und gab mir zu verstehen, dass wir nicht mehr reden sollten. Akio kam ins Zimmer zurück. Eine seiner Hände war verbunden, und er behandelte mich kühl.

Später banden sie meine Füße los und brachten mich ins Bad, zogen mich aus und halfen mir in das heiße Wasser. Ich bewegte mich wie ein Krüppel, und jeder Muskel in meinem Körper schmerzte.

»Das fügst du dir zu, wenn du wild vor Zorn wirst«, sagte Yuki. »Du hast keine Ahnung, wie sehr du dich mit deiner eigenen Kraft verletzen kannst.«

»Deshalb musst du Selbstbeherrschung lernen«, fügte Akio hinzu. »Sonst bist du nur eine Gefahr für andere und für dich.«

Als sie mich ins Zimmer zurückbrachten, sagte er: »Du hast mit deinem Ungehorsam jede Regel des Stamms gebrochen. Lass dir das eine Strafe sein.«

Ich merkte, dass aus ihm nicht nur der Groll über die Verletzung sprach. Er mochte mich nicht und war noch dazu eifersüchtig. Mir war das gleichgültig. Mein Kopf schmerzte heftig, und ich war nicht mehr wütend, dafür aber tieftraurig.

Meine Wachen schienen zu akzeptieren, dass eine Art Waffenstillstand erreicht war, und ließen mich ungefesselt. Ich war nicht in der Lage, irgendwohin zu gehen. Ich konnte kaum laufen, schon gar nicht aus Fenstern klettern und Dächer erklimmen. Ich aß ein wenig, die erste Nahrung, die ich seit zwei Tagen zu mir nahm. Yuki und Akio wurden von Keiko und dem anderen jungen Mann, Yoshinori, abgelöst. Keikos Hände waren ebenfalls verbunden. Beide kamen mir so feindselig wie Akio vor. Wir sprachen überhaupt nicht miteinander.

Ich dachte an Shigeru und betete, dass Yuki mit ihm reden könne. Dann stellte ich fest, dass ich nach Art der Verborgenen betete; die Worte kamen mir ungewollt auf die Zunge. Schließlich hatte ich sie mit der Muttermilch eingesogen. Wie ein Kind flüsterte ich sie vor mich hin, und vielleicht trösteten sie mich, denn nach einer Weile schlief ich wieder, tief und fest.

Der Schlaf erfrischte mich. Als ich erwachte, war es Morgen; mein Körper hatte sich etwas erholt, und ich konnte mich ohne Schmerzen bewegen. Yuki war zurückgekommen, und als sie sah, dass ich wach war, schickte sie Akio mit einem Auftrag weg. Sie schien älter zu sein als die anderen und eine gewisse Autorität auszuüben.

Sie sagte mir sofort, was ich so gern hören wollte. »Ich bin gestern Abend zum Gästehaus gegangen, und es ist mir gelungen, mit Lord Otori zu sprechen. Er war erleichtert zu hören, dass du unverletzt bist. Seine größte Angst war, dass du von den Tohan gefangen und ermordet worden sein könntest. Er hat dir gestern geschrieben in der Hoffnung, du könntest den Brief eines Tages bekommen.«

»Hast du den Brief?«

Sie nickte. »Er gab mir noch etwas für dich. Ich habe es im Schrank versteckt.«

Sie schob die Tür des Schranks auf, in dem das Bettzeug verwahrt wurde, und holte unter einem Deckenstapel ein langes Bündel hervor. Ich erkannte das Tuch: Es war ein altes Reisegewand von Shigeru, vielleicht dasselbe, das er getragen hatte, als er mir in Mino das Leben rettete. Yuki legte es mir in die Hände, und ich hielt es ans Gesicht. Etwas Festes war hineingewickelt. Ich wusste sofort, was es war. Ich faltete das Gewand auseinander und nahm das Schwert Jato heraus.

Ich glaubte, vor Gram zu sterben. Jetzt flossen Tränen – ich konnte sie nicht zurückhalten.

Yuki sagte sanft: »Sie müssen unbewaffnet zur Hochzeit ins Schloss. Er wollte verhindern, dass das Schwert verlorengeht, wenn er nicht zurückkehrt.«

»Er wird nicht zurückkehren«, sagte ich; die Tränen strömten.

Yuki nahm das Schwert, packte es wieder ein und versteckte es im Schrank.

»Warum tust du das für mich?«, fragte ich. »Bestimmt bist du ungehorsam gegenüber dem Stamm.«

»Ich bin aus Yamagata«, antwortete sie. »Ich war dort, als Takeshi ermordet wurde. Die Familie, die mit ihm starb – mit ihren Töchtern wuchs ich auf. Du hast gesehen, wie es in Yamagata ist, wie sehr die Menschen Shigeru lieben. Ich bin eine von ihnen. Und ich glaube, Kenji, der Mutomeister, hat euch beiden unrecht getan.« In ihrem Ton lag eine Herausforderung, die fast an ein zorniges – und ungehorsames – Kind erinnerte. Ich wollte sie nicht weiter befragen. Ich war nur unendlich dankbar für das, was sie für mich getan hatte.

»Gib mir den Brief«, sagte ich nach einer Weile.

Shigeru war von Ichiro unterrichtet worden, und seine Schrift war, wie die meine sein sollte, kühn und fließend: *Takeo, ich bin überaus glücklich, dass Du in Sicherheit bist. Es gibt nichts zu verzeihen. Ich weiß, dass Du mich nicht betrügen würdest, und ich wusste immer, dass der Stamm versuchen würde, Dich zu holen. Denk morgen an mich.*

Der Hauptbrief folgte …

Takeo, aus irgendwelchen Gründen konnten wir mit unserem Spiel nicht weitermachen. Ich bedaure viel, aber der Kummer, Dich in den Tod geschickt zu haben, bleibt mir erspart. Ich glaube, dass Du beim Stamm bist, Dein Schicksal entzieht sich deshalb meinem Einfluss. Doch Du bist mein Adoptivsohn und mein einziger gesetzlicher Erbe. Ich hoffe, dass Du eines Tages dieses Erbe antreten kannst. Sollte ich durch Iidas Hände sterben, bist Du beauftragt, meinen Tod zu rächen, ihn aber nicht zu betrauern, denn ich glaube, dass ich im Tod mehr erreichen werde als im Leben. Ich bitte Dich außerdem, Dich um Lady Shirakawa zu kümmern.

Eine Verbindung aus einem früheren Leben muss die Stärke unserer Gefühle bestimmt haben. Ich bin froh darüber, dass wir uns in Mino begegnet sind. Ich umarme Dich.

Dein Adoptivvater Shigeru.

Darunter war sein Siegel.

»Die Otorimänner glauben, dass du und der Mutomeister ermordet wurdet«, sagte Yuki. »Niemand glaubt, du seiest freiwillig gegangen. Ich hatte das Gefühl, das würdest du gern wissen.«

Ich dachte an sie alle, die Männer, die mich geneckt und verwöhnt, unterrichtet und ertragen hatten, die stolz auf mich gewesen waren und immer noch das Beste von mir hielten. Der sichere Tod stand ihnen bevor, aber ich beneidete sie, denn sie würden mit Shigeru sterben, während ich von diesem schrecklichen Tag an dazu verdammt war zu leben.

Jedes Geräusch von draußen ließ mich zusammenzucken. Einmal, kurz nach Mittag, glaubte ich in der Ferne Schwertergeklirr und Männergeschrei zu hören, aber niemand kam und teilte mir etwas mit. Eine drückende und unnatürliche Stille breitete sich über der Stadt aus.

Mein einziger Trost war der Gedanke an Jato, das versteckte Schwert in Reichweite. Oft war ich an dem Punkt, das Schwert zu packen und mir einen Weg aus dem Haus freizukämpfen, doch Shigerus letzte Botschaft mahnte mich zur Geduld. Zorn war dem Kummer gewichen, doch jetzt, da meine Tränen trockneten, wich Kummer der Entschlossenheit. Ich würde mein Leben nur wegwerfen, wenn ich Iida mitnehmen konnte.

Um die Stunde des Affen hörte ich eine Stimme im Laden

unten. Mein Herzschlag setzte aus, denn ich wusste, dass es um bestimmte Neuigkeiten ging. Keiko und Yoshinori waren bei mir, doch nach etwa zehn Minuten kam Yuki und schickte sie hinaus.

Sie kniete sich neben mich und legte mir die Hand auf den Arm. »Muto Shizuka hat eine Nachricht aus dem Schloss geschickt. Die Meister kommen, um mit dir zu reden.«

»Ist er tot?«

»Nein, schlimmer: Er ist gefangen. Sie werden es dir berichten.«

»Muss er sich selbst töten?«

Yuki zögerte. Rasch und ohne mich anzuschauen, sagte sie: »Iida hat ihn beschuldigt, einen Angehörigen der Verborgenen aufgenommen zu haben – selbst einer von ihnen zu sein. Ando befehdet ihn aus persönlichen Gründen und fordert Bestrafung. Lord Otori hat alle Vorrechte der Kriegerklasse verloren und soll als gemeiner Verbrecher behandelt werden.«

»Das würde Iida nicht wagen«, sagte ich.

»Er hat es bereits getan.«

Schritte näherten sich vom äußeren Raum, während Empörung und Schock mir neue Energie verliehen. Ich sprang zum Schrank, holte das Schwert heraus und zog es mit derselben Bewegung aus der Scheide. Es klebte an meinen Händen. Ich hob es über den Kopf.

Kenji und Kikuta kamen herein. Sie wurden ganz still, als sie Jato in meinen Händen sahen. Kikuta griff nach dem Messer in seinem Gewand, doch Kenji rührte sich nicht.

»Ich werde Sie nicht angreifen«, sagte ich, »obwohl Sie den Tod verdienen. Aber ich werde mich selbst töten …«

Kenji rollte die Augen nach oben. Kikuta sagte sanft: »Wir hoffen, dass das nicht nötig ist.« Nach einem Moment zischte er und fuhr fast ungeduldig fort: »Setz dich, Takeo. Du hast dich klar genug ausgedrückt.«

Wir setzten uns alle auf den Boden. Ich legte das Schwert neben mich auf die Matte.

»Jato hat dich offensichtlich gefunden«, sagte Kenji. »Das hätte ich mir denken können.«

»Ich habe es gebracht, Meister«, erklärte Yuki.

»Nein, das Schwert hat dich benutzt. So geht es von Hand zu Hand. Ich sollte es wissen. Es hat mich benutzt, um Shigeru für die Schlacht von Yaegahara zu finden.«

»Wo ist Shizuka?«, fragte ich.

»Noch im Schloss. Sie ist nicht selbst gekommen. Es war schon sehr gefährlich, eine Botschaft zu schicken, doch sie wollte uns wissen lassen, was geschehen ist, und fragte, was wir zu tun gedenken.«

»Erzählen Sie es mir.«

»Lady Maruyama versuchte gestern, mit ihrer Tochter aus dem Schloss zu fliehen.« Kikutas Stimme war ruhig und leidenschaftslos. »Sie hat Bootsleute bestochen, die sie über den Fluss bringen sollten. Sie wurden verraten und abgefangen. Alle drei Frauen warfen sich ins Wasser. Die Lady und ihre Tochter ertranken, doch die Kammerdienerin Sachie wurde gerettet. Es wäre besser für sie gewesen, wenn sie ertrunken wäre, denn sie wurde gefoltert, bis sie die Beziehung zu Shigeru, das Bündnis mit Arai und die Verbindung der Lady mit den Verborgenen gestanden hatte.«

»Es blieb bei dem Vorwand, dass die Hochzeit stattfinden würde, bis Shigeru im Schloss war«, berichtete Kenji. »Dann erstachen die Tohan die Otorimänner und beschuldigten Shigeru des Verrats.« Er schwieg einen Augenblick, dann fuhr er ruhig fort: »Er hängt schon an der Schlossmauer.«

»Gekreuzigt?«, flüsterte ich.

»An den Armen aufgehängt.«

Ich schloss kurz die Augen und stellte mir den Schmerz vor, das Auskugeln der Schultern, das langsame Ersticken, die entsetzliche Demütigung.

»Der Tod eines Kriegers, schnell und ehrenhaft?«, sagte ich vorwurfsvoll zu Kenji.

Er antwortete nicht. Sein Gesicht, sonst so wandelbar, war still, seine blasse Haut weiß.

Ich berührte Jato und sagte zu Kikuta: »Ich habe dem Stamm einen Vorschlag zu machen. Ich glaube, Sie arbeiten für den, der am meisten zahlt. Ich werde mir Ihre Dienste mit etwas erkaufen, was Sie zu schätzen scheinen – meinem Leben und meinem Gehorsam. Lassen Sie mich heute Nacht gehen und ihn herunterholen. Dafür werde ich den Otorinamen aufgeben und dem Stamm beitreten. Wenn Sie nicht zustimmen, beende ich hier mein Leben. Dann werde ich nie diesen Raum verlassen.«

Die beiden Meister wechselten einen Blick. Kenji nickte unmerklich. Kikuta sagte: »Ich muss hinnehmen, dass sich die Lage verändert hat und jetzt unentschieden ist.« Auf der Straße gab es plötzlich Unruhe, rennende Schritte und Rufe. Wir horchten beide auf die gleiche Art der Kikuta. Die Geräusche verklangen, und er fuhr fort: »Ich nehme deinen Vorschlag an. Du hast meine Erlaubnis, heute Nacht ins Schloss zu gehen.«

»Ich werde mit ihm gehen«, sagte Yuki. »Und alles vorbereiten, was wir brauchen.«

»Wenn der Mutomeister einverstanden ist.«

»Ich bin einverstanden«, sagte Kenji. »Ich komme auch mit.«

»Das ist nicht nötig«, sagte ich.

»Trotzdem, ich komme mit.«

»Wissen wir, wo Arai ist?«, fragte ich.

Kenji sagte: »Selbst wenn er die ganze Nacht marschieren würde, käme er vor Tagesanbruch nicht hier an.«

»Aber er ist unterwegs?«

»Shizuka glaubt, dass er nicht gegen das Schloss vorrücken wird. Seine einzige Hoffnung ist, Iida zu einem Kampf an der Grenze herauszufordern.«

»Und Terayama?«

»Dort wird es zum Aufstand kommen, wenn sie von dieser Schandtat hören«, sagte Yuki. »In der Stadt Yamagata ebenfalls.«

»Kein Aufstand gelingt, solange Iida lebt, und diese weiteren Vorgänge betreffen uns sowieso nicht«, unterbrach Kikuta sie zornig. »Du kannst Shigeru herunterholen; weiter geht unsere Vereinbarung nicht.«

Ich schwieg. *Solange Iida lebt …*

Es regnete wieder, das sanfte Geräusch umhüllte die Stadt, wusch Ziegel und Pflaster, erfrischte die muffige Luft.

»Was ist mit Lady Shirakawa?«, fragte ich.

»Shizuka sagt, sie steht unter Schock, ist aber ruhig. Offenbar gibt es keinen Verdacht gegen sie, abgesehen von dem, der mit ihrem unglücklichen Ruf verbunden ist. Die Leute sagen, sie ist verflucht, aber man glaubt nicht, dass sie an der Verschwörung beteiligt ist. Sachie, die Kammerdienerin, war schwächer, als die Tohan glaubten, und hat sich anscheinend aus der Folter in den Tod geflüchtet, bevor sie Shizuka belastete.«

»Hat Sachie etwas über mich verraten?«

Kenji seufzte. »Sie wusste nichts, außer dass du von den Verborgenen kamst und von Shigeru gerettet wurdest, und das wusste Iida bereits. Er und Ando glauben, dass Shigeru dich nur adoptiert hat, um sie zu beleidigen, und dass du geflohen bist, als du erkannt wurdest. Sie ahnen nichts von deiner Stammesidentität und wissen nichts von deinen Fähigkeiten.«

Das war ein Vorteil. Weitere Vorteile waren das Wetter und die Nacht. Aus dem Regen war ein nieselnder Nebel geworden; die dichte, niedrige Bewölkung verdeckte völlig Mond und Sterne. Und dazu kam noch die Veränderung, die ich durchgemacht hatte. Etwas in mir, das bisher halb geformt war, hatte die beabsichtigte Gestalt angenommen. Mein wilder Wutanfall, gefolgt von dem gründlichen Kikutaschlaf, hatte die Schlacke aus meinem Wesen verbrannt und einen Kern aus Stahl übrig gelassen. Ich erkannte in mir, was ich bei kurzen Einblicken in Kenjis eigentliches Ich wahrgenommen hatte, als ob Jato lebendig geworden wäre und mir dazu verhelfen würde.

Zu dritt gingen wir die Ausrüstung und Kleidung durch. Danach verbrachte ich eine Stunde mit Übungen. Meine

Muskeln waren noch steif, schmerzten aber wenig. Mein rechtes Handgelenk beunruhigte mich am meisten. Als ich Jato zuvor hochgehoben hatte, war der Schmerz bis in den Ellbogen geschossen. Schließlich legte Yuki mir einen ledernen Gelenkschutz an.

Zur zweiten Hälfte der Stunde des Hundes aßen wir etwas Leichtes, dann saßen wir still da und verlangsamten Atem und Blut. Wir verdunkelten das Zimmer, um unsere Nachtsicht zu verbessern. Eine frühe Sperrstunde war verhängt worden, und nachdem die Reiter durch die Straßen patrouilliert waren und die Leute in die Häuser getrieben hatten, waren die Straßen ruhig. Um uns herum sang das Haus sein Abendlied: Geschirr wurde weggeräumt, Hunde bekamen ihr Futter, Wachmänner begannen die Nachtwache. Ich hörte die Schritte der Dienstmädchen, als sie die Betten ausbreiteten, das Klicken des Abakus, auf dem jemand die Tagesabrechnung machte. Allmählich beschränkte sich das Lied auf ein paar gleichbleibende Töne: das tiefe Atmen der Schläfer, gelegentliches Schnarchen, einmal den Schrei eines Mannes im Augenblick sinnlicher Leidenschaft. Diese irdischen Menschengeräusche berührten meine Seele. Ich dachte an meinen Vater, an seine Sehnsucht, ein normales Leben zu führen. Hatte er so geschrien, als ich empfangen wurde?

Nach einer Weile sagte Kenji zu Yuki, sie solle uns einige Minuten allein lassen, und setzte sich zu mir. Leise sagte er: »Der Vorwurf, mit den Verborgenen verbunden zu sein – wie weit stimmt das?«

»Shigeru hat es mir gegenüber nie erwähnt, er hat nur meinen Namen Tomasu geändert und mich davor gewarnt zu beten.«

»Es geht das Gerücht, er habe es nicht geleugnet, er habe sich geweigert, die Bildnisse zu schänden.« Kenji klang verwirrt, fast gereizt.

»Als ich Lady Maruyama zum ersten Mal traf, hat sie das Symbol der Verborgenen in meine Hand gezeichnet«, sagte ich langsam.

»Er hat so viel vor mir verheimlicht«, sagte Kenji. »Ich glaubte, ihn zu kennen!«

»Hat er vom Tod der Lady erfahren?«

»Offenbar hat Iida es ihm mit Vergnügen erzählt.« Ich dachte kurz darüber nach. Ich wusste, dass Shigeru sich weigern würde, den Glauben zu schmähen, der Lady Maruyama so wichtig war. Ob er ihm anhing oder nicht, nie würde er sich Iidas Schikanen fügen. Und jetzt hielt er das Versprechen, das er ihr in Chigawa gegeben hatte. Er würde keine andere Frau heiraten und nicht ohne sie leben.

»Ich konnte nicht wissen, dass Iida ihn so behandeln würde«, sagte Kenji. Ich spürte, dass er sich entschuldigen wollte, aber der Verrat war in meinen Augen zu groß, als dass ich ihm verzeihen konnte. Ich war froh, dass er mit mir kam, und dankbar für seine Fähigkeiten, aber nach dieser Nacht wollte ich ihn nie wiedersehen.

»Lassen Sie uns gehen und ihn herunterholen«, sagte ich, stand auf und rief leise nach Yuki. Sie kam ins Zimmer, und wir drei zogen die dunkle Nachtkleidung des Stamms an, die unsere Gesichter und Hände so bedeckte, dass kein Zentimeter Haut sichtbar war. Wir nahmen Garrotten, Seile und

Haken mit, lange und kurze Messer sowie Giftkapseln, die uns einen kurzen Tod versprachen.

Ich griff nach Jato. Kenji sagte: »Lass es hier. Mit einem langen Schwert kannst du nicht klettern.« Ich achtete nicht auf ihn. Ich wusste, wozu ich es brauchen würde.

Das Haus, in dem ich versteckt gewesen war, stand im Westen der Stadt zwischen den Handelshäusern südlich des Flusses. Das Viertel war von vielen schmalen Gassen und Wegen durchzogen, auf denen man sich leicht ungesehen bewegen konnte. Am Ende der Straße kamen wir am Tempel vorbei, wo die Lichter noch brannten, während die Priester die Mitternachtsrituale vorbereiteten. Eine Katze saß neben einer Steinlaterne. Sie regte sich nicht, als wir vorbeihuschten.

Wir näherten uns dem Fluss, als ich Schritte und das Klirren von Stahl hörte. Kenji wurde in einem Eingang unsichtbar. Yuki und ich sprangen leise auf das Dach der Mauer und verschmolzen mit den Ziegeln.

Die Patrouille bestand aus einem Mann zu Pferd und sechs Fußsoldaten. Zwei von ihnen trugen brennende Fackeln. Sie zogen durch die Straße neben dem Fluss, leuchteten in jede Gasse und schauten hinein. Sie machten viel Lärm und beunruhigten mich deshalb überhaupt nicht.

Die Ziegel an meinem Gesicht waren feucht und glatt. Der schwache Nieselregen hielt an und dämpfte die Geräusche.

Der Regen würde auf Shigerus Gesicht fallen …

Ich sprang von der Mauer, und wir gingen weiter zum Fluss.

Ein kleiner Kanal lief an der Gasse entlang. Yuki führte

uns an der Stelle hinein, wo er in einem Rohr unter der Straße verschwand. Wir krochen hindurch, störten die schlafenden Fische und tauchten dort wieder auf, wo der Kanal in den Fluss mündete; das Wasser schluckte unsere Schritte. Die dunkle Masse des Schlosses ragte vor uns auf. Die Wolkendecke hing so tief, dass ich kaum die höchsten Türme erkennen konnte. Zwischen uns und der Befestigungsmauer lag zunächst der Fluss, dann der Schlossgraben.

»Wo ist er?«, flüsterte ich Kenji zu.

»An der Ostseite, unter Iidas Palast. Wo wir die Eisenringe gesehen haben.«

Gallenflüssigkeit stieg mir in die Kehle. Ich zwang sie zurück und fragte: »Wachen?«

»Stationäre in dem Gang direkt darüber. Auf der Erde darunter Patrouillen.«

Wie in Yamagata setzte ich mich hin und betrachtete lange das Schloss. Niemand von uns sagte etwas. Ich spürte, wie das dunkle Kikuta-Ich in mir aufstieg und in Adern und Muskeln floss. So würde ich ins Schloss steigen und es zwingen, das, was es hielt, aufzugeben.

Ich zog Jato aus meinem Gürtel und versteckte es im hohen Ufergras. »Warte hier«, sagte ich leise. »Ich werde deinen Herrn zu dir bringen.«

Nacheinander schlüpften wir in den Fluss und schwammen unter der Oberfläche zum gegenüberliegenden Ufer. In den Gärten jenseits des Grabens hörte ich die erste Patrouille. Wir lagen in den Binsen, bis sie vorbeigegangen war, dann liefen wir über den schmalen Sumpfstreifen und schwammen auf die gleiche Weise über den Graben.

Die erste Befestigungsmauer stieg unmittelbar aus dem Graben. Oben hatte sie eine kleine Ziegelmauer, die weiter um den Garten vor der Residenz und den schmalen Landstreifen dahinter, zwischen den Residenzmauern und der Befestigungsmauer, verlief. Kenji sprang auf den Boden, um nach Patrouillen auszuschauen, während Yuki und ich das Ziegeldach entlang zur Südostecke krochen. Zweimal hörten wir Kenjis warnendes Grillenzirpen und machten uns auf der Mauer unsichtbar, während die Patrouillen unter uns vorbeigingen.

Ich kniete nieder und schaute hinauf. Über mir war die Fensterreihe des Korridors auf der Rückseite der Residenz. Alle Fenster waren geschlossen und vergittert bis auf eins bei den Eisenringen, von denen Shigeru an zwei Seilen hing, die um seine Handgelenke befestigt waren. Sein Kopf war auf die Brust gesunken, und ich hielt ihn schon für tot, doch dann sah ich, dass er die Füße leicht gegen die Wand gestemmt hatte, um die Arme von einem Teil des Gewichts zu entlasten. Ich hörte das langsame Keuchen seines Atems. Er lebte noch.

Der Nachtigallenboden sang. Ich drückte mich flach zurück an die Ziegel. Jemand beugte sich oben aus dem Fenster, dann stieß Shigeru einen Schmerzensschrei aus, weil seine Füße durch einen Ruck am Seil den Halt verloren.

»Tanze, Shigeru, es ist dein Hochzeitstag!«, höhnte der Wachmann.

Ich spürte, wie der Zorn allmählich in mir aufloderte. Yuki legte mir eine Hand auf den Arm, doch sie hatte keinen Ausbruch zu befürchten. Mein Zorn war jetzt kalt und umso mächtiger.

Lange Zeit warteten wir hier. Unten kamen keine Patrouillen mehr vorbei. Hatte Kenji alle zum Schweigen gebracht? Die Lampe im Fenster flackerte und rauchte. Jemand kam etwa alle zehn Minuten. Immer wenn der leidende Mann am Ende der Seile einen Halt für die Füße gefunden hatte, kam eine der Wachen und schüttelte ihn weg. Jedes Mal war der Schmerzensschrei schwächer, und Shigeru brauchte länger, um sich zu erholen.

Das Fenster blieb offen. Ich flüsterte Yuki zu: »Wir müssen hinaufklettern. Wenn du sie töten kannst, sobald sie zurückkommen, werde ich das Seil nehmen. Schneide die Seile an seinen Handgelenken durch, wenn du Hirschgebell hörst. Ich werde ihn hinunterlassen.«

»Ich treffe dich beim Kanal«, antwortete sie.

Unmittelbar nach dem nächsten Auftauchen eines der Folterknechte sprangen wir auf den Boden, überquerten den schmalen Landstreifen und erklommen die Mauer der Residenz. Yuki stieg durch das Fenster hinein, während ich auf dem Sims darunter das Seil von meiner Taille nahm und es an einen der Eisenringe band.

Die Nachtigallen sangen. Unsichtbar erstarrte ich an der Mauer. Ich hörte, wie sich jemand über mir herauslehnte, hörte ein ganz leises Keuchen, den Stoß strampelnder Füße, die hilflos gegen die Garrotte waren, dann Stille.

Yuki flüsterte: »Los!«

Ich kletterte die Mauer hinunter zu Shigeru, wobei das Seil abrollte. Fast hatte ich ihn erreicht, da hörte ich die Grille zirpen. Wieder machte ich mich unsichtbar und betete, dass der Nebel das zusätzliche Seil verbergen möge. Unter mir hörte ich die Patrouille passieren. Vom Graben kam ein Geräusch, ein plötzliches Platschen. Es lenkte die Wachtposten ab. Einer ging an den Mauerrand und hielt seine Fackel über das Wasser. Das Licht beschien schwach eine weiße Nebelwand.

»Nur eine Wasserratte«, rief er. Die Männer verschwanden, ihre Schritte erstarben langsam.

Jetzt beschleunigte sich die Zeit. Ich wusste, dass bald ein weiterer Wächter über mir auftauchen würde. Wie lange noch konnte Yuki einen nach dem anderen töten? Die Mauern waren glatt, die Seile noch schlüpfriger. Ich rutschte die letzten Zentimeter hinunter, bis ich auf gleicher Höhe mit Shigeru war.

Seine Augen waren geschlossen, aber er hatte mein Kommen entweder gehört oder gefühlt. Er öffnete sie, flüsterte ohne Überraschung meinen Namen und zeigte mir den Schatten seines offenherzigen Lächelns, das mir erneut das Herz brach.

Ich sagte: »Das wird weh tun. Gib keinen Laut von dir.«

Er schloss wieder die Augen und stemmte die Füße gegen die Mauer.

Ich band ihn so fest wie möglich an mich und bellte wie ein Hirsch. Yuki durchschnitt die Seile, die Shigeru hielten. Er keuchte wider Willen, als seine Arme frei waren. Das zusätzliche Gewicht warf mich von der glatten Mauer, und wir fielen beide hinunter, während ich betete, dass mein Seil hielt. Es trug uns bis fast auf den Boden und endete mit einem schrecklichen Ruck auf knapp drei viertel Mannshöhe über der Erde.

Kenji kam aus der Dunkelheit, gemeinsam banden wir Shigeru los und trugen ihn zur Mauer.

Kenji warf die Haken hinauf, und wir schafften es, ihn hochzuziehen. Dann banden wir ihm wieder das Seil um, und Kenji ließ ihn die Mauer hinunter, während ich neben ihm hinabkletterte und versuchte, es ihm ein wenig zu erleichtern.

Unten konnten wir nicht anhalten, wir mussten sofort mit ihm durch den Graben schwimmen und dabei sein Gesicht mit einer schwarzen Kapuze bedecken. Ohne den Nebel wären wir gleich entdeckt worden, denn wir konnten mit ihm nicht tauchen. Dann trugen wir ihn über den letzten Streifen des Schlossgeländes zum Flussufer. Inzwischen war er kaum mehr bei Bewusstsein, schwitzte vor Schmerz, hatte wunde Lippen, weil er darauf gebissen hatte, um nicht aufzuschreien. Beide Schultern waren ausgekugelt, wie ich erwartet hatte, und wegen einer inneren Verletzung hustete er Blut.

Es regnete stärker. Ein echter Hirsch bellte, als wir ihn aufscheuchten, und sprang davon, doch vom Schloss kam kein Geräusch. Wir trugen Shigeru in den Fluss und schwammen mit ihm vorsichtig und langsam zum anderen Ufer. Ich segnete den Regen, weil er uns verbarg und jedes Geräusch überdeckte, doch seinetwegen konnte ich auch nichts von Yuki sehen, als ich zum Schloss zurückschaute.

Am Ufer legten wir Shigeru ins hohe Sommergras. Kenji kniete sich neben ihn, nahm ihm die Kapuze ab und wischte ihm das Wasser vom Gesicht.

»Vergib mir, Shigeru«, sagte er.

Shigeru lächelte, sagte aber nichts. Dann nahm er alle Kraft zusammen und flüsterte meinen Namen.

»Ich bin hier.«

»Hast du Jato?«

»Ja, Lord Shigeru.«

»Gebrauche es jetzt. Bring meinen Kopf nach Terayama und begrabe mich neben Takeshi.« Er schwieg, als ihn ein neuer Schmerzanfall überkam, dann sagte er:

»Und bring Iidas Kopf zu mir dorthin.«

Als Kenji ihm auf die Knie half, sagte er leise: »Takeo hat mich nie enttäuscht.« Ich zog Jato aus der Scheide. Shigeru streckte den Hals vor und murmelte einige Worte: die Gebete der Verborgenen im Augenblick des Todes, gefolgt vom Namen des Erleuchteten. Auch ich betete, dass ich ihn jetzt nicht enttäuschte. Es war dunkler als in jener Nacht, in der Jato in seiner Hand mein Leben gerettet hatte.

Ich hob das Schwert, spürte den dumpfen Schmerz im Handgelenk und bat Shigeru um Vergebung. Das Schlangenschwert sprang und biss und entließ seinen Herrn mit seiner letzten Diensthandlung in die nächste Welt.

Die Stille der Nacht war vollständig. Das heraussprudelnde Blut klang ungeheuer laut. Wir nahmen den Kopf, badeten ihn im Fluss und hüllten ihn in die Kapuze; wir hatten beide trockene Augen, waren jenseits von Gram oder Reue.

Unter der Wasseroberfläche bewegte sich etwas, und Sekunden später tauchte Yuki auf wie ein Otter. Mit ihrer scharfen Nachtsicht erfasste sie die Szene, kniete sich neben die Leiche und betete kurz. Ich hob Shigerus Kopf – wie schwer er war! – und legte ihn in ihre Hände.

»Bring ihn nach Terayama«, sagte ich. »Dort werde ich zu dir stoßen.«

Sie nickte, und ich sah ihre Zähne aufblitzen, als sie lächelte.

»Wir müssen jetzt alle gehen«, zischte Kenji. »Es war gut gemacht, aber es ist vorbei.«

»Zuerst muss ich seinen Körper dem Fluss übergeben.« Ich ertrug es nicht, ihn unbegraben am Ufer zu lassen. Ich holte Steine aus der Mündung des Kanals und band sie in das Lendentuch, Shigerus einzige Bekleidung. Die anderen halfen mir, ihn ins Wasser zu tragen. Ich schwamm zum tiefsten Teil des Flusses und ließ ihn los, wobei ich den Zug und die Strömung spürte, als der Körper sank. Blut stieg an die Oberfläche, dunkel gegen den weißen Nebel, doch der Fluss trug es fort.

Ich dachte an das Haus in Hagi, wo der Fluss immer vor der Tür war, und an den Reiher, der jeden Abend in den Garten kam. Jetzt war Otori Shigeru tot. Meine Tränen flossen, und der Fluss trug auch sie fort.

Aber für mich war die Arbeit dieser Nacht noch nicht erledigt. Ich schwamm zum Ufer zurück und nahm Jato auf. An der Klinge war eine blutige Spur. Ich wischte das Schwert ab und steckte es zurück in die Scheide. Ich wusste, dass Kenji recht hatte – es würde mich beim Klettern behindern –, aber jetzt brauchte ich Jato. Zu Kenji sagte ich kein Wort, zu Yuki nur: »Wir sehen uns in Terayama.«

Kenji flüsterte: »Takeo«, aber ohne Überzeugung. Er musste gewusst haben, dass nichts mich zurückhalten konnte. Kurz umarmte er Yuki. Erst da wurde mir klar, dass sie fraglos seine Tochter war. Er folgte mir zurück in den Fluss.

Kapitel 12

Kaede wartete auf die kommende Nacht. Sie wusste, dass ihr keine Wahl blieb, als sich zu töten. Ans Sterben dachte sie mit der gleichen Intensität, die sie auf alles verwandte. Die Ehre ihrer Familie hing von ihrer Hochzeit ab – so hatte es ihr der Vater erklärt. Jetzt, in der Verwirrung und Unruhe, die sie den ganzen Tag umgab, klammerte sie sich an die Überzeugung, dass sie ihren Familiennamen nur schützen konnte, indem sie selbst ehrenhaft handelte. Es war früh am Abend ihres geplanten Hochzeitstags.

Sie hatte immer noch die Gewänder an, die von den Tohandamen für sie vorbereitet worden waren. Noch nie hatte sie so etwas Prächtiges und Elegantes getragen, und sie fühlte sich darin so winzig und zerbrechlich wie eine Puppe. Die Augen der Frauen waren rot vom Weinen über Lady Maruyamas Tod gewesen, doch Kaede hatte bis nach dem Massaker an den Otorimännern nichts davon erfahren. Dann wurde ihr von einem Gräuel nach dem anderen erzählt, bis sie glaubte, vor Zorn und Leid verrückt zu werden.

Die Residenz mit ihren eleganten Räumen, ihren Kunstschätzen, ihren schönen Gärten war ein Ort der Gewalt und der Folter geworden. Von ihrer Mauer über dem Nachtigallenboden hing der Mann, den sie hätte heiraten sollen. Den ganzen Nachmittag hatte sie die Wachen gehört, ihren Spott und ihr gemeines Gelächter. Ihr Herz schien vor Schmerz zu brechen, und sie weinte ständig. Manchmal hörte sie, dass ihr Name erwähnt wurde, und es war ihr klar, dass ihr Ruf noch schlimmer geworden war. Sie hatte das Gefühl, an Lord Otoris Sturz schuld zu sein. Sie weinte um ihn, um seine schreckliche Demütigung durch Iida. Sie weinte um ihre Eltern und die Schande, die sie ihnen bereitete.

Gerade als sie glaubte, sie hätte ihre Augen trocken geweint, strömten ihr von neuem die Tränen übers Gesicht. Lady Maruyama, Mariko, Sachie ... sie alle waren fort, vom Strom der Tohangewalt davongetragen. Alle Menschen, an denen sie hing, waren entweder tot oder verschwunden.

Und sie weinte um sich, weil ihr Leben mit fünfzehn Jahren vorbei war, bevor es begonnen hatte. Sie betrauerte den Ehemann, den sie nie kennen, die Kinder, die sie nie gebären würde, die Zukunft, der das Messer ein Ende machen sollte. Ihr einziger Trost war das Bild, das Takeo ihr geschenkt hatte. Sie hielt es in der Hand und betrachtete es unausgesetzt. Bald würde sie frei sein wie der kleine Bergvogel.

Shizuka ging in die Küche, um ein wenig Essen bringen zu lassen, und beteiligte sich im Vorbeigehen scheinbar herzlos an den Scherzen der Wache. Als sie zurückkam, ließ sie die Maske fallen. Ihr Gesicht war von Kummer gezeichnet.

»Lady«, sagte sie, und ihre helle Stimme täuschte über ihre

wahren Gefühle hinweg, »ich muss Ihr Haar kämmen. Es ist ganz wirr. Und Sie müssen Ihre Kleider wechseln.«

Sie half Kaede beim Ausziehen und rief die Dienstmädchen, damit sie die schweren Hochzeitsgewänder wegbrachten.

»Ich ziehe jetzt mein Nachtgewand an«, sagte Kaede. »Heute will ich niemanden mehr sehen.«

In dem leichten Baumwollhemd saß sie am offenen Fenster auf dem Boden. Es regnete leicht, auch war es etwas kühler. Der Garten tropfte vor Feuchtigkeit, als wäre auch er in tiefster Trauer.

Shizuka kniete sich hinter sie, hob das schwere Haar hoch und fuhr mit den Fingern hindurch. Sie flüsterte Kaede ins Ohr: »Ich habe eine Botschaft zum Haus der Mutos in der Stadt geschickt. Gerade habe ich Antwort von ihnen bekommen. Takeo war dort verborgen, wie ich es angenommen hatte. Sie werden ihm erlauben, Lord Otori zu holen.«

»Ist Lord Otori tot?«

»Nein, noch nicht.« Shizukas Stimme brach. Sie zitterte vor Empörung. »Dieses Verbrechen«, murmelte sie, »diese Schande. Er kann dort nicht bleiben. Takeo muss ihn holen.«

Kaede sagte: »Dann wird auch er heute sterben.«

»Mein Bote versucht, auch Arai zu erreichen«, flüsterte Shizuka. »Aber ich weiß nicht, ob er rechtzeitig kommen und uns helfen kann.«

»Ich habe nie geglaubt, dass jemand die Tohan herausfordern könnte«, sagte Kaede. »Lord Iida ist unbesiegbar. Seine Grausamkeit gibt ihm Macht.« Sie schaute aus dem Fenster auf den Regen, den grauen Nebel, der die Berge verhüllte.

»Warum haben Männer eine so harte Welt gemacht?«, fragte sie leise.

Ein Zug wilder Gänse flog mit klagenden Schreien über sie hinweg. In der Ferne jenseits der Mauern bellte ein Hirsch.

Kaede legte sich die Hand auf den Kopf. Ihr Haar war nass von Shizukas Tränen. »Wann kommt Takeo?«

»Wenn er kommt, dann spät in der Nacht.« Nach einer langen Pause setzte Shizuka hinzu: »Es ist ein hoffnungsloses Unterfangen.«

Kaede antwortete nicht. *Ich werde auf ihn warten,* versprach sie sich. *Ich werde ihn noch einmal sehen.*

Sie befühlte den kühlen Messergriff in ihrem Gewand. Shizuka bemerkte die Bewegung, zog Kaede an sich und umarmte sie. »Haben Sie keine Angst. Was immer Sie tun, ich bleibe bei Ihnen. Ich werde Ihnen in die nächste Welt folgen.«

Lange umarmten sie sich. Von ihren Gefühlen erschöpft, glitt Kaede in den Zustand der Verwirrung, der mit dem Kummer einhergeht. Ihr war, als würde sie träumen und hätte eine andere Welt betreten, wo sie furchtlos in Takeos Armen lag. *Nur er kann mich retten. Nur er kann mich ins Leben zurückbringen.*

Später sagte sie zu Shizuka, sie würde gern baden, und bat sie, ihr Stirn und Augenbrauen zu zupfen sowie Füße und Beine glatt zu schrubben. Sie aß ein wenig und saß dann äußerlich gelassen und still da, meditierte über das, was sie als Kind gelehrt worden war, und erinnerte sich an das heitere Gesicht des Erleuchteten in Terayama.

»Hab Mitleid mit mir«, betete sie. »Hilf mir, mutig zu sein.«

Die Dienstmädchen kamen und breiteten die Betten aus. Kaede machte sich zum Schlafen bereit; das Messer hatte sie unter die Matratze gelegt. Es war bereits die Stunde der Ratte, und in der Residenz herrschte Stille bis auf das ferne Gelächter der Wachen. Da hörte sie Schritte, die den Boden zirpen ließen. Jemand klopfte an die Tür. Shizuka öffnete und sank sofort auf den Boden. Kaede hörte Lord Abes Stimme.

Entsetzen überkam sie. *Er will Shizuka festnehmen.*

Shizuka sagte: »Es ist sehr spät, Lord. Lady Shirakawa ist erschöpft.« Doch Abes Stimme klang hartnäckig. Seine Schritte entfernten sich. Shizuka hatte gerade noch Zeit, Kaede zuzuflüstern: »Lord Iida wünscht, Sie zu besuchen«, da sang der Boden wieder.

Iida kam ins Zimmer, gefolgt von Abe und dem Einarmigen, der Ando hieß.

Kaede schaute kurz in ihre Gesichter, die rot vom Wein und vom Triumph ihrer Rache waren. Sie sank auf den Boden, ihr Kopf drückte sich an die Matte, ihr Herz raste.

Iida ließ sich mit gekreuzten Beinen nieder. »Setzen Sie sich auf, Lady Shirakawa.«

Unwillig hob sie den Kopf und betrachtete ihn. Er war nachlässig in sein Nachtgewand gekleidet, trug aber sein Schwert in der Schärpe. Die beiden Männer, die hinter ihm knieten, waren ebenfalls bewaffnet. Sie setzten sich jetzt auch auf und musterten Kaede mit beleidigender Neugier.

»Verzeihen Sie mir diese späte Störung«, sagte Iida. »Aber ich fand, der Tag sollte nicht zu Ende gehen, ohne dass ich Ihnen mein Bedauern über Ihre unglückliche Lage ausdrücke.« Er lächelte ihr zu, zeigte dabei seine großen Zähne und sagte über die Schulter zu Shizuka:

»Geh.«

Kaedes Augen wurden groß, und ihr Atem kam stoßweise, doch sie wagte nicht, den Kopf zu drehen und Shizuka anzuschauen. Sie hörte, wie die Tür zuglitt, und nahm an, dass das Mädchen irgendwo in der Nähe auf der anderen Seite war. Sie saß regungslos mit gesenktem Blick und wartete darauf, dass Iida fortfuhr.

»Ihre Hochzeit, von der ich glaubte, sie würde ein Bündnis mit den Otori schließen, scheint ein Vorwand für Nattern gewesen zu sein, mich zu beißen. Aber ich glaube, ich habe die Brut ausgerottet.« Er schaute sie unverwandt an. »Sie waren mehrere Wochen lang mit Otori Shigeru und Maruyama Naomi unterwegs. Haben Sie nie vermutet, dass sie sich gegen mich verschworen?«

»Ich wusste nichts, Lord«, sagte sie und fügte leise hinzu: »Wenn es eine Verschwörung gab, konnte sie nur dank meiner Unwissenheit gelingen.«

»Hm«, brummte er. Nach einer langen Pause fragte er: »Wo ist der junge Mann?«

Sie hatte nicht geglaubt, dass ihr Herz schneller schlagen könnte, aber jetzt raste es; der Puls klopfte in ihren Schläfen und nahm ihr fast das Bewusstsein. »Welcher junge Mann, Lord Iida?«

»Der sogenannte Adoptivsohn, Takeo.«

»Ich weiß nichts von ihm«, antwortete sie; es klang verwirrt. »Wie sollte ich?«

»Wie würden Sie ihn beschreiben?«

»Er war jung, sehr still. Er wirkte weltfremd; er malte und zeichnete gern.« Sie zwang sich zu einem Lächeln. »Er war unbeholfen und … vielleicht nicht sehr tapfer.«

»So sah ihn Lord Abe. Wir wissen jetzt, dass er einer der Verborgenen war. Vor einem Jahr entkam er der Hinrichtung. Warum sollte Shigeru einen solchen Verbrecher nicht nur aufnehmen, sondern adoptieren, wenn es ihm nicht darum ging, mich zu kränken und zu beleidigen?«

Kaede konnte nicht antworten. Das Netz der Intrige kam ihr unentwirrbar vor.

»Lord Abe glaubt, dass der junge Mann floh, als Ando ihn erkannte. Er scheint ein Feigling zu sein. Wir werden ihn früher oder später fassen, und ich werde ihn neben seinem Adoptivvater aufhängen.« Iidas Blick tastete sie ab; sie antwortete nicht. »Dann wird meine Rache an Shigeru vollständig sein.« Seine Zähne glänzten, als er grinste. »Doch drängender ist die Frage, was aus Ihnen werden soll. Kommen Sie näher.«

Kaede verneigte sich und rutschte vor. Ihr Herzschlag verlangsamte sich, fast schien er auszusetzen. Auch die Zeit verging langsamer. Die Nacht wurde stiller. Der Regen war nur noch ein leises Zischen. Eine Grille zirpte.

Iida beugte sich vor und musterte sie. Das Lampenlicht beschien sein Gesicht, und als sie den Blick hob, sah sie, dass seine räuberischen Züge vor Begierde erschlafften.

»Ich bin im Zwiespalt, Lady Shirakawa. Sie sind durch diese Ereignisse endgültig belastet, doch Ihr Vater war mir gegenüber loyal, und ich spüre eine gewisse Verantwortung für Sie. Was soll ich tun?«

»Mein einziger Wunsch ist zu sterben«, antwortete sie. »Erlauben Sie mir, das auf ehrenhafte Weise zu tun. Mein Vater wird damit zufrieden sein.«

»Da ist aber noch die Sache mit dem Maruyamaerbe«, sagte er. »Ich habe selbst daran gedacht, Sie zu heiraten. Das würde die Frage klären, was mit der Domäne geschieht, und würde diese Gerüchte über Ihre gefährliche Wirkung auf Männer beenden.«

»Die Ehre wäre zu groß für mich«, entgegnete sie. Er lächelte und fuhr mit einem langen Fingernagel über seine Schneidezähne. »Ich weiß, dass Sie zwei Schwestern haben. Vielleicht heirate ich die ältere. Alles in allem halte ich es für besser, wenn Sie sich das Leben nehmen.«

»Lord Iida.« Sie verbeugte sich bis zum Boden.

»Sie ist ein wunderbares Mädchen, nicht wahr?«, sagte Iida über die Schulter zu den Männern hinter ihm. »Schön, klug, tapfer. Und das soll alles vergeudet werden.«

Sie setzte sich wieder auf und wandte das Gesicht ab, entschlossen, ihm keine Regung zu zeigen.

»Ich nehme an, du bist Jungfrau.« Er streckte die Hand aus und berührte ihr Haar. Jetzt merkte sie, dass er wesentlich betrunkener war, als sie geglaubt hatte. Sie konnte den Wein in seinem Atem riechen, als er sich zu ihr beugte. Wütend merkte sie, dass die Berührung sie zittern ließ. Er sah es und lachte. »Es wäre eine Tragödie, als Jungfrau zu sterben. Du solltest wenigstens eine Liebesnacht erleben.«

Kaede starrte ihn ungläubig an. Jetzt sah sie ihn in all seiner Verdorbenheit, erkannte, wie weit er in die Grube der Lust und der Grausamkeit gesunken war. Seine Machtfülle hatte ihn arrogant und korrupt werden lassen. Sie fühlte sich wie in einem Traum, in dem sie sah, was geschehen würde, es aber nicht verhindern konnte. Sie mochte seine Absichten nicht glauben.

Er nahm ihren Kopf in beide Hände und beugte sich über sie. Kaede drehte das Gesicht weg, und seine Lippen streiften ihren Hals.

»Nein«, sagte sie. »Nein, Lord. Schänden Sie mich nicht. Lassen Sie mich nur sterben!«

»Es ist keine Schande, mich zu erfreuen«, sagte er.

»Ich flehe Sie an, nicht vor diesen Männern!«, rief sie und sank in sich zusammen, als würde sie nachgeben. Ihr Haar fiel nach vorne und bedeckte sie.

»Verlasst uns«, befahl er ihnen kurz. »Niemand soll mich vor dem Morgengrauen stören.«

Kaede hörte die beiden Männer gehen, hörte, wie Shizuka mit ihnen sprach, wollte aufschreien, wagte es aber nicht. Iida kniete sich neben sie, hob sie auf und trug sie zur Matratze. Er band ihren Gürtel auf, und ihr Gewand öffnete sich. Er lockerte seine eigene Kleidung und legte sich neben sie. Vor Angst und Ekel überlief sie eine Gänsehaut.

»Wir haben die ganze Nacht«, sagte er. Es waren seine letzten Worte. Als er seinen Körper an den ihren presste, wurde in Kaede die Erinnerung an den Wachtposten im Noguchischloss lebendig. Sein Mund an dem ihrigen trieb sie fast in den Wahnsinn vor Ekel. Sie warf die Arme über den Kopf zurück, und er grunzte beifällig, als sich ihr Körper dem seinigen entgegenbog. Mit der linken Hand fand sie die Nadel in ihrem rechten Ärmel. Als Iida sich auf sie legte, bohrte sie ihm die Nadel ins Auge. Sein Schrei war von einem leidenschaftlichen Stöhnen nicht zu unterscheiden. Mit der rechten Hand zog sie das Messer unter der Matratze hervor und stieß es hoch. Er fiel vorwärts und drückte sich mit seinem Gewicht die Klinge ins Herz.

Kapitel 13

Ich war durchnässt vom Fluss und vom Regen, Wasser hing in meinen Haaren und Wimpern, ich tropfte wie die Binsen, wie Bambus und Weiden. Und obwohl man es auf meiner dunklen Kleidung nicht sah, war ich auch von Blut durchnässt. Der Nebel war jetzt noch dichter. Kenji und ich bewegten uns in einer Scheinwelt, körperlos und unsichtbar. Ich fragte mich, ob ich gestorben war, ohne es zu wissen, und als Racheengel zurückgekehrt war. Wenn die Arbeit dieser Nacht getan wäre, würde ich in die Unterwelt zurückkehren. Und die ganze Zeit sang in meinem Herzen das Leid sein schreckliches Lied, aber noch konnte ich nicht zuhören.

Wir stiegen aus dem Schlossgraben und erkletterten die Mauer. Ich spürte Jatos Gewicht an meiner Seite, als würde ich Shigeru tragen. Mir war, als wäre sein Geist in mich eingegangen und hätte sich in meine Knochen geprägt. Oben auf der Gartenmauer hörte ich die Schritte einer Patrouille. Die Wachtposten klangen besorgt; sie vermuteten Eindringlinge, und als sie die Seile sahen, die Yuki durchschnitten hatte, blieben sie stehen, schrien erstaunt auf und schauten hinauf zu den Eisenringen, an denen Shigeru gehangen hatte.

Jeder von uns stürzte sich auf zwei der Männer. Nach vier Schlägen, bevor sie wieder hinunterschauen konnten, waren sie tot. Shigeru hatte recht gehabt. Das Schwert sprang in meine Hand, als ob es einen eigenen Willen hätte oder seine eigene Hand es schwingen würde. Kein Mitleid, keine Schwäche von mir behinderten es.

Das Fenster über uns war noch offen, die Lampe brannte noch schwach. Die Residenz war still, gehüllt in den Schlaf der Stunde des Ochsen. Als wir hineinstiegen, fielen wir über die Leichen der Wachen, die Yuki zuvor getötet hatte. Kenji stieß einen schwachen, beifälligen Laut aus. Ich ging zur Tür zwischen Gang und Wachraum. Ich wusste, dass vier solche kleinen Räume an dem Gang lagen. Die erste Tür war offen und führte in das Vorzimmer, in dem ich mit Shigeru gewartet und die Kranichbilder betrachtet hatte. Die anderen drei waren hinter den Wänden von Iidas Wohnräumen verborgen.

Der Nachtigallenboden lief um die ganze Residenz und durch ihre Mitte, trennte die Männerräume von den Gemächern der Frauen. Still und schwach glänzend im Lampenlicht lag er vor mir.

Ich duckte mich in die Schatten. Aus der Ferne, fast vom Ende des Gebäudes, hörte ich Stimmen; es waren mindestens zwei Männer und eine Frau.

Shizuka.

Nach wenigen Sekunden merkte ich, dass die Männer Abe und Ando waren. Die Anzahl der Wachen konnte ich nur schätzen: vielleicht zwei mit den Lords und etwa zehn, die in den Geheimzimmern verborgen waren. Die Stimmen kamen aus dem letzten, aus Iidas eigenem Raum. Vermutlich warteten die Lords dort auf ihn. Aber wo war er, und warum war Shizuka bei ihnen?

Ihre Stimme klang munter, fast kokett, die Männer hörten sich müde, gähnend, ein wenig betrunken an.

»Ich hole noch Wein«, sagte Shizuka.

»Ja, es sieht so aus, als würde es eine lange Nacht«, gab Abe zurück.

»Die letzte Nacht auf Erden ist immer zu kurz«, entgegnete Shizuka mit einem Stocken in der Stimme.

»Es muss nicht deine letzte Nacht sein, wenn du dich richtig verhältst.« Abe klang bewundernd. »Du bist eine hübsche Frau, und du kennst dich aus. Ich werde dafür sorgen, dass man sich um dich kümmert.«

»Lord Abe!« Shizuka lachte leise. »Kann ich Ihnen vertrauen?«

»Hol Wein, und ich zeige dir, wie sehr.«

Der Boden sang, als sie aus dem Zimmer kam und darauftrat. Schwerere Schritte folgten ihr, und Ando sagte:

»Ich will noch mal sehen, wie Shigeru tanzt. Ein Jahr lang habe ich darauf gewartet.«

Während sie durch die Residenzmitte gingen, lief ich über den Boden an der Seite und duckte mich neben die Vorzimmertür. Unter meinen Füßen war der Boden still geblieben. Shizuka lief an mir vorbei, und Kenji ließ sein Grillenzirpen hören. Sie verschwand in den Schatten.

Ando trat ins Vorzimmer und ging in den Wachraum. Wütend schrie er die Männer an, sie sollten aufwachen, und dann hatte ihn Kenji in seinem eisernen Griff. Ich ging hinein, nahm die Kapuze ab und hielt die Lampe hoch, damit Ando mein Gesicht erkennen konnte.

»Siehst du mich?«, flüsterte ich. »Kennst du mich? Ich bin der Junge aus Mino. Das ist für meine Leute. Und für Lord Otori.«

In seinen Augen las ich Unglauben und Wut. Für ihn würde ich Jato nicht gebrauchen. Ich nahm die Garrotte und tötete ihn damit, während Kenji ihn festhielt und Shizuka zusah.

Ich flüsterte ihr zu: »Wo ist Iida?«

»Bei Kaede. Es ist das letzte Zimmer auf der Frauenseite. Ich werde Abe ablenken, während du hingehst. Iida ist allein mit ihr. Wenn es hier Ärger gibt, werde ich mich mit Kenji darum kümmern.«

Ich nahm ihre Worte kaum auf. Ich hatte geglaubt, mein Blut sei kalt, aber jetzt verwandelte es sich in Eis. Ich atmete tief ein, ließ die Kikutaschwärze in mir aufsteigen und mich völlig überwältigen, dann lief ich hinaus auf den Nachtigallenboden.

Regen rauschte sanft unten im Garten. Frösche quakten in den Teichen und im Sumpfland. Die Frauen atmeten tief im Schlaf. Ich roch den Blumenduft, das Zypressenholz des Badehauses, den beißenden Gestank aus den Aborten. Gewichtslos wie ein Geist glitt ich über den Boden. Hinter mir ragte das Schloss auf, vor mir strömte der Fluss. Iida wartete auf mich.

Im letzten Zimmer der Residenz brannte eine Lampe. Die hölzernen Schiebetüren waren offen, die aus Papier aber geschlossen, und im orangefarbenen Schein der Lampe sah ich den Schatten einer Frau, die bewegungslos dasaß, eingehüllt in ihr Haar.

Mit Jato in der Hand schob ich die Tür auf und sprang ins Zimmer.

Kaede war mit dem Schwert in der Hand sofort auf den Füßen. Sie war mit Blut bedeckt.

Iida lag zusammengesackt auf der Matratze, das Gesicht nach unten. Kaede sagte: »Es ist am besten, einen Mann zu töten und sein Schwert zu nehmen. Das hat Shizuka gesagt.«

Ihre Augen waren vom Schock geweitet, und sie zitterte. An der Szene war etwas fast Übernatürliches: das Mädchen, so jung und zart, der Mann, massig und mächtig, selbst im Tod, das Rauschen des Regens, die Stille der Nacht.

Ich legte Jato nieder. Sie senkte Iidas Schwert und trat auf mich zu. »Takeo«, sagte sie, als würde sie aus einem Traum erwachen. »Er hat versucht … ich habe ihn getötet …«

Dann lag sie in meinen Armen. Ich hielt sie, bis sie nicht mehr zitterte.

»Du bist ganz nass«, flüsterte sie. »Frierst du nicht?« Ich hatte es nicht gespürt, aber jetzt schauderte ich vor Kälte fast so sehr wie sie. Iida war tot, aber ich hatte ihn nicht umgebracht. Ich hatte das Gefühl, um meine Rache betrogen zu sein, aber ich konnte nicht mit dem Schicksal hadern, das ihn durch Kaedes Hände beseitigt hatte. Ich war zugleich enttäuscht und übermütig vor Erleichterung. Und ich hielt Kaede in den Armen, wie ich es mir seit Wochen gewünscht hatte.

Was als Nächstes geschah, lässt sich nur damit erklären, dass wir verzaubert waren seit Tsuwano. Kaede sagte: »Ich habe damit gerechnet, heute Nacht zu sterben.«

»Ich glaube, wir sterben beide«, entgegnete ich.

»Aber wir werden zusammen sein«, flüsterte sie mir ins Ohr. »Niemand wird vor dem Morgengrauen hereinkommen.«

Ihre Stimme, ihre Berührung machten mich schwach vor Liebe und Begehren.

»Willst du mich?«, fragte sie.

»Das weißt du.« Wir fielen auf die Knie und umarmten uns dabei immer noch.

»Du hast keine Angst vor mir? Vor dem, was meinetwegen Männern zustößt?«

»Nein. Mich wirst du nie gefährden. Hast du Angst?«

»Nein.« Eine Art Staunen lag in ihrer Stimme. »Ich will mit dir zusammen sein, bevor wir sterben.«

Ihr Mund fand den meinen. Sie löste ihren Gürtel, und ihr Gewand öffnete sich. Ich zog meine nassen Sachen aus und spürte die Haut, nach der ich mich gesehnt hatte. Mit der Tollheit und dem Ungestüm der Jugend stürzten sich unsere Körper aufeinander.

Ich wäre glücklich gewesen, danach zu sterben, aber wie der Fluss zog uns das Leben weiter. Eine Ewigkeit schien vergangen, doch es konnten nicht mehr als fünfzehn Minuten gewesen sein, denn ich hörte den Boden singen und Shizuka zu Abe zurückkehren. Im Zimmer neben uns sagte eine Frau etwas im Schlaf und lachte dann so bitter, dass sich meine Nackenhaare sträubten.

»Was macht Ando?«, fragte Abe.

»Er ist eingeschlafen.« Shizuka kicherte. »Er verträgt den Wein nicht so gut wie Lord Abe.«

Die Flüssigkeit sprudelte aus der Flasche in die Schale. Ich hörte Abe schlucken. Mit den Lippen berührte ich Kaedes Lider und Haare. »Ich muss zurück zu Kenji. Ich kann ihn und Shizuka nicht schutzlos lassen«, flüsterte ich.

»Warum sterben wir jetzt nicht zusammen«, fragte sie, »solange wir glücklich sind?«

»Er ist meinetwegen mitgekommen«, antwortete ich. »Wenn ich ihm das Leben retten kann, muss ich es tun.«

»Ich gehe mit dir.« Sie stand rasch auf, schloss ihr Gewand und hob das Schwert auf. Die Lampe blakte, sie war fast niedergebrannt. In der Ferne hörte ich das erste Hahnenkrähen aus der Stadt.

»Nein. Bleib hier, während ich Kenji hole. Wir holen dich hier ab und fliehen durch den Garten. Kannst du schwimmen?«

Sie schüttelte den Kopf. »Das habe ich nie gelernt. Aber im Graben sind Boote. Vielleicht können wir eins davon nehmen.«

Ich zog meine nassen Sachen an und schauderte, als sie feuchtkalt an meiner Haut klebten. Ich hob Jato auf und spürte wieder den Schmerz im Handgelenk. Einer der Schläge in der Nacht musste es erneut gezerrt haben. Jetzt musste Iida geköpft werden; ich sagte Kaede, sie solle ihn an den Haaren fassen und seinen Hals strecken. Sie zuckte zurück, doch sie gehorchte.

»Das ist für Shigeru«, flüsterte ich, als Jato den Hals durchschlug. Iida hatte bereits stark geblutet, so dass es jetzt keinen großen Blutschwall gab. Ich zerschnitt sein Gewand und wickelte den Kopf hinein. Er war so schwer, wie der von Shigeru gewesen war, als ich ihn Yuki reichte. Ich konnte nicht glauben, dass es noch dieselbe Nacht war. Ich ließ den Kopf auf dem Boden liegen, umarmte Kaede ein letztes Mal und ging zurück, wie ich gekommen war.

Kenji wartete noch im Wachraum, und ich hörte, wie Shizuka mit Abe schäkerte. Kenji flüsterte: »Die nächste Patrouille muss jede Minute kommen. Sie werden die Leichen finden.«

»Es ist getan«, sagte ich. »Iida ist tot.«

»Dann lass uns gehen.«

»Ich muss mich noch um Abe kümmern.«

»Überlass ihn Shizuka.«

»Und wir müssen Kaede mitnehmen.«

Er sah mich in dem trüben Licht scharf an. »Lady Shirakawa? Bist du verrückt?«

Sehr wahrscheinlich war ich es. Ich gab keine Antwort. Stattdessen trat ich schwer und entschlossen auf den Nachtigallenboden.

Er schrie sofort auf. Abe rief: »Wer ist da?«

Er lief aus dem Zimmer, sein Gewand gelockert, das Schwert in der Hand. Hinter ihm kamen zwei Wachen, einer hielt eine Fackel. Abe sah mich in ihrem Licht und erkannte mich. Sein Gesicht war zuerst erstaunt, dann wütend. Er ging auf mich zu und ließ den Boden dabei laut singen. Hinter ihm stürzte sich Shizuka auf einen der Wachmänner und schnitt ihm die Kehle durch. Der andere drehte sich verblüfft um, zog sein Schwert und ließ dabei die Fackel fallen.

Abe rief um Hilfe. Wie ein Wahnsinniger kam er mit dem großen Schwert in der Hand auf mich zu. Er hieb auf mich ein, und ich parierte den Schlag, aber seine Kraft war enorm und mein Arm vom Schmerz geschwächt. Ich duckte mich unter seinem zweiten Schlag und wurde kurz unsichtbar. Seine Heftigkeit und seine Gewandtheit überraschten mich.

Kenji war neben mir, aber jetzt kamen die übrigen Wachtposten aus ihren Verstecken. Shizuka nahm sich zwei von ihnen vor; Kenji ließ sein zweites Ich unter dem Schwert des einen und erstach ihn dann von hinten. Ich war ganz auf Abe konzentriert, der mich über den Nachtigallenboden zum Ende des Gebäudes trieb. Die Frauen waren aufgewacht, schreiend rannten sie heraus und lenkten Abe ab, während sie an ihm vorbeiliefen. So konnte ich wieder zu Atem kommen. Ich wusste, dass wir mit den Wachen fertigwürden, sowie ich Abe beseitigt hatte. Doch zugleich wusste ich, dass er viel gewandter und erfahrener war als ich.

Er drängte mich in die Ecke, wo ich ihm nicht ausweichen konnte. Ich wurde wieder unsichtbar, aber er wusste, dass es für mich keinen Ausweg gab. Ob ich unsichtbar war oder nicht, sein Schwert konnte mich trotzdem zweiteilen.

Dann, als es aussah, als wäre ich ihm ausgeliefert, zögerte er und riss den Mund auf. Entsetzt schaute er über meine Schulter.

Ich folgte nicht seinem Blick, sondern stieß Jato in diesem Augenblick der Unaufmerksamkeit nach unten. Das Schwert fiel mir aus der Hand, als mein rechter Arm versagte. Abe taumelte vorwärts, das Gehirn quoll aus dem großen Spalt in seinem Schädel. Ich wich ihm aus, drehte mich um und sah

Kaede am Eingang stehen, von hinten beleuchtet. In einer Hand hielt sie Iidas Schwert, in der anderen seinen Kopf.

Seite an Seite kämpften wir unseren Weg zurück über den Nachtigallenboden. Bei jedem Schlag zuckte ich vor Schmerz zusammen. Ohne Kaede neben mir wäre ich jetzt gestorben.

Alles wurde verschwommen und undeutlich vor meinen Augen. Ich glaubte, der Nebel vom Fluss sei in die Residenz eingedrungen, aber dann hörte ich Knistern und roch Rauch. Die Fackel, die vom Wachmann fallen gelassen worden war, hatte die Holztüren in Brand gesetzt.

Angst- und Schreckensschreie wurden laut. Die Frauen und die Dienstboten flohen vor dem Feuer aus der Residenz und ins Schloss, während Wachen vom Schloss durch das enge Tor in die Residenz drängten. In dem Durcheinander und dem Rauch kämpften wir vier uns den Weg in den Garten frei.

Inzwischen stand die Residenz in Flammen. Niemand wusste, wo Iida war, ob er lebte oder tot war. Niemand wusste, wer das angeblich uneinnehmbare Schloss angegriffen hatte. Waren es Männer oder Dämonen? Shigeru war verschwunden. Hatten ihn Männer oder Engel weggebracht?

Der Regen hatte nachgelassen, doch der Nebel wurde im Morgengrauen dichter. Shizuka führte uns durch den Garten zum Tor und die Treppen zum Schlossgraben hinunter. Die Wachen hier wollten gerade hinauf in die Residenz. Verwirrt und erregt, wie sie waren, setzten sie sich kaum zur Wehr. Wir entriegelten das Tor mühelos von innen, stiegen in eins der Boote und machten die Leine los. Der Graben war durch das Sumpfland, das wir zuvor überquert hatten, mit dem Fluss verbunden. Hinter uns hob sich das Schloss dunkel von den Flammen ab. Asche trieb herüber und fiel uns aufs Haar. Die hohen Wellen des Flusses schaukelten das hölzerne Vergnügungsboot, während die Strömung uns hineintrug. Unser Fahrzeug war kaum mehr als ein Stocherkahn, und ich fürchtete, dass es kentern würde, wenn das Wasser noch heftiger strudelte. Vor uns tauchten plötzlich die Brückenpfeiler auf. Einen Augenblick glaubte ich, wir würden dagegengeschleudert, doch das Boot fuhr mit dem Bug voraus durch, und der Fluss trug uns weiter, an der Stadt vorbei. Keiner von uns sagte viel. Wir keuchten alle, belastet von der nahen Begegnung mit dem Tod, vielleicht auch bedrückt durch die Erinnerung an jene, die wir in die nächste Welt geschickt hatten, aber zutiefst und schmerzhaft glücklich darüber, dass wir nicht unter ihnen waren.

Zumindest ich empfand es so.

Ich ging zum Heck des Bootes und nahm das Ruder, doch die Strömung war zu stark, um dagegen anzukommen. Wir mussten fahren, wohin sie uns trug. Der Nebel wurde weiß, während das Tageslicht zunahm, aber unsere Augen konnten ihn nicht besser durchdringen als zuvor den dunklen Nebel. Abgesehen von dem Flammenschein am Schloss war alles andere verschwunden. Über dem Lied des Flusses hörte ich jedoch ein merkwürdiges Geräusch. Es klang wie lautes Summen, als würde sich ein riesiger Insektenschwarm auf die Stadt niederlassen.

»Hörst du das?«, fragte ich Shizuka. Sie runzelte die Stirn. »Was ist das?«

»Ich weiß nicht.«

Die Sonne schien kräftiger und löste den Nebel auf. Das Summen und Klopfen vom Ufer steigerte sich, bis ich das Geräusch plötzlich erkannte. Es war das Trampeln von Tausenden von Männer- und Pferdefüßen, das Rasseln von Rüstungen, das Klirren von Stahl. Farben blitzten durch die zerrissenen Nebelfetzen, die Wappen und Banner der westlichen Clans.

»Arai ist hier!«, rief Shizuka.

Es gibt genug Aufzeichnungen über den Fall von Inuyama, und ich nahm nicht weiter teil daran, deshalb brauche ich ihn hier nicht zu beschreiben.

Ich hatte nicht damit gerechnet, diese Nacht zu überleben. Ich hatte keine Ahnung, was ich als Nächstes tun sollte. Mein Leben gehörte von nun an dem Stamm, so viel war mir klar, aber immer noch gab es Pflichten, die ich für Shigeru erfüllen musste.

Kaede wusste nichts von meinem Handel mit den Kikuta. Als Otori, als Shigerus Erbe war es meine Pflicht, sie zu heiraten, und nichts wünschte ich mir sehnlicher. Wenn ich jedoch Kikuta wurde, war Lady Shirakawa für mich so unerreichbar wie der Mond. Was zwischen uns geschehen war, kam mir jetzt vor wie ein Traum. Wenn ich daran dachte, hatte ich das Gefühl, mich deshalb schämen zu müssen, und so verdrängte ich es wie ein Feigling. Wir gingen zuerst zum Wohnhaus der Muto, wo ich versteckt gewesen war, wechselten unsere Kleidung und verschafften uns ein wenig zu essen. Shizuka ging sofort zu Arai, mit dem sie reden wollte, und ließ Kaede bei den Frauen des Hauses zurück.

Ich wollte weder mit Kaede noch mit sonst jemandem sprechen. Ich wollte nach Terayama, Shigeru begraben und Iidas Kopf auf das Grab legen. Das musste ich schnell erledigen, bevor die Kikuta ganz über mich bestimmten.

Mir war klar, dass ich bereits ungehorsam gegenüber meinem Familienoberhaupt gewesen war, als ich zum Schloss zurückging. Ich hatte Iida nicht getötet, aber jeder würde annehmen, ich hätte es getan und damit gegen die ausdrücklichen Wünsche des Stamms verstoßen. Wenn ich es abstritt, würde ich Kaede ungeheuer belasten. Ich hatte nicht vor, immer den Gehorsam zu verweigern. Ich brauchte nur etwas mehr Zeit.

Es fiel mir leicht, im Durcheinander dieses Tages aus dem Haus zu schlüpfen. Ich ging zu dem Gästehaus, in dem ich mit Shigeru gewohnt hatte. Die Eigentümer waren vor Arais Armee geflohen und hatten fast alle ihre Habe mitgenommen, doch viele unserer Sachen waren noch in den Zimmern, darunter die Skizzen, die ich in Terayama gemacht hatte, und der Schreibkasten, auf dem Shigeru mir seinen letzten Brief geschrieben hatte. Traurig betrachtete ich die Dinge. Das Klagelied des Leids wurde immer lauter in mir und schrie nach Aufmerksamkeit. Es kam mir vor, als könne ich Shigeru im Zimmer spüren, ihn an der offenen Tür sitzen sehen, während es Nacht wurde und ich nicht zurückkam.

Ich nahm nicht viel mit, Kleidung zum Wechseln, ein wenig Geld; dann holte ich Raku, mein Pferd, aus dem Stall. Shigerus Rappe, Kyu, war verschwunden wie die meisten Otoripferde, aber Raku war noch da; er war störrisch und nervös wegen des Brandgeruchs über der Stadt und jetzt erleichtert, mich zu sehen. Ich zäumte ihn auf, band den Korb mit Iidas Kopf an den Sattelbügel und ritt aus der Stadt, wobei ich mich unter die Menschenmengen auf der Straße mischte, die vor den näher rückenden Soldaten flohen.

Ich ritt schnell und schlief nachts nur wenig. Das Wetter hatte aufgeklart, die Luft war frisch und leicht herbstlich. Täglich hoben sich die Berge klar umrissen von einem strahlend blauen Himmel ab. Einige Bäume hatten schon goldene Blätter. Klee und Pfeilwurz blühten. Vermutlich war es schön, doch ich sah nirgendwo Schönheit. Ich wusste, dass ich über meine nahe Zukunft nachdenken sollte, doch ich ertrug es nicht, mich mit meiner jüngsten Vergangenheit zu beschäftigen. Ich war in einem Zustand des Leids, in dem ich es nicht aushielt vorwärtszugehen. Ich wollte nur zurück, zurück zu dem Haus in Hagi, zurück in die Zeit, als Shigeru lebte, bevor wir nach Inuyama gingen.

Am Nachmittag des vierten Tages, als ich gerade durch Kushimoto geritten war, wurde mir bewusst, dass die Reisenden auf der Straße mir jetzt entgegenkamen. Einem Bauern, der ein Packpferd führte, rief ich zu: »Was ist dort vorn los?«

»Mönche! Krieger!«, schrie er zurück. »Sie haben Yamagata erobert. Die Tohan fliehen. Sie sagen, Lord Iida ist tot!«

Ich grinste. Was würden sie wohl tun, wenn sie in das grausige Gepäck an meinem Sattel schauten? Ich war in Reisekleidung ohne jedes Wappen. Niemand wusste, wer ich war, und ich ahnte nicht, dass mein Name bereits berühmt geworden war.

Bald hörte ich den Lärm bewaffneter Männer auf der

Straße vor mir und lenkte Raku in den Wald. Ich wollte ihn nicht verlieren, wollte auch nicht in Scharmützel mit den zurückweichenden Tohan verwickelt werden. Sie waren in Eile und hofften offenbar, Inuyama zu erreichen, bevor die Mönche sie einholten, aber ich nahm an, dass sie am Pass von Kushimoto aufgehalten würden und dort wahrscheinlich gegen sie kämpfen müssten.

Fast den ganzen Tag zogen sie vorbei, während ich mich durch den Wald nordwärts schlug und ihnen nach Möglichkeit auswich, doch zweimal musste ich mich und mein Pferd mit Jato verteidigen. Mein Handgelenk plagte mich immer noch, und als die Sonne unterging, nahm mein Unbehagen zu – nicht wegen meiner eigenen Sicherheit, sondern aus Angst, meine Mission nicht durchführen zu können. Es schien mir zu gefährlich einzuschlafen. Der Mond leuchtete hell, und ich ritt die ganze Nacht in seinem Licht; Raku lief leichtfüßig wie immer, ein Ohr nach vorn, eins nach hinten gestreckt.

Im Morgengrauen sah ich in der Ferne den Umriss der Berge rund um Terayama. Vor dem Abend würde ich dort sein. Ich bemerkte einen Teich unterhalb der Straße und hielt an, damit Raku trinken konnte. Die Sonne ging auf, und in ihrer Wärme wurde ich plötzlich schläfrig. Ich band das Pferd an einen Baum, nahm mir den Sattel als Kopfkissen, legte mich nieder und schlief sofort ein.

Ich wachte auf, weil die Erde unter mir bebte. Einen Augenblick blieb ich liegen, betrachtete die Lichtflecken auf dem Teich, horchte auf das Wasserrieseln und die Schritte von Hunderten von Füßen, die über die Straße näher kamen. Ich stand auf, um Raku tiefer im Wald zu verstecken, doch als ich hochschaute, sah ich, dass die Truppen nicht die Nachhut der Tohan waren. Die Männer trugen Rüstungen und Waffen, doch die Banner waren die der Otori und des Tempels in Terayama. Wer ohne Helm war, hatte einen rasierten Kopf, und in der ersten Reihe erkannte ich den jungen Mann, der uns die Gemälde gezeigt hatte.

»Makoto!« Ich kletterte den Damm hinauf zu ihm.

Er drehte sich um, erfreut und überrascht zugleich.

»Lord Otori? Bist du das wirklich? Wir haben befürchtet, dass du ebenfalls tot bist. Wir wollen Lord Shigeru rächen.«

Ich antwortete: »Ich bin auf dem Weg nach Terayama. Ich bringe ihm Iidas Kopf, wie er es mir befohlen hat.«

Er machte große Augen. »Iida ist schon tot?«

»Ja, und Inuyama wurde von Arai besiegt. Ihr werdet die Tohan in Kushimoto einholen.«

»Willst du nicht mit uns reiten?«

Ich starrte ihn an. Seine Worte erschienen mir sinnlos. Meine Arbeit war fast getan. Ich musste meine letzte Pflicht gegenüber Shigeru erfüllen, dann würde ich in der geheimen Welt des Stamms verschwinden. Aber Makoto konnte natürlich nicht wissen, wofür ich mich entschieden hatte.

»Ist alles in Ordnung?«, fragte er. »Du bist nicht verwundet?«

Ich verneinte. »Ich muss den Kopf auf Shigerus Grab legen.«

Makotos Augen funkelten. »Zeig ihn uns!«

Ich holte den Korb und öffnete ihn. Der Geruch war stärker geworden, und Fliegen hatten sich auf das Blut gesetzt.

Die Haut war wächsern grau, die Augen stumpf und blutunterlaufen.

Makoto fasste den Kopf am Haarknoten, sprang auf einen Stein neben der Straße und zeigte ihn den umstehenden Mönchen. »Seht, was Lord Otori getan hat!«, rief er, und die Männer brachen in lautes Hurrageschrei aus. Eine Welle der Erregung erfasste sie. Ich hörte, wie mein Name ständig wiederholt wurde, während zuerst einer nach dem anderen, dann alle gleichzeitig vor mir in den Staub knieten und sich bis zum Boden verbeugten. Kenji hatte recht: Die Menschen hatten Shigeru geliebt – die Mönche, die Bauern, die meisten aus dem Clan der Otori –, und weil ich ihn gerächt hatte, wurde diese Liebe auf mich übertragen.

Es schien meine Bürden zu vermehren. Ich wollte diese Schmeichelei nicht. Ich verdiente sie nicht und war nicht in der Lage, ihr gerecht zu werden. Ich verabschiedete mich von den Mönchen, wünschte ihnen Erfolg und ritt weiter, der Kopf lag wieder im Korb.

Sie wollten mich nicht allein gehen lassen, deshalb kam Makoto mit mir. Er berichtete, wie Yuki mit Shigerus Kopf angekommen war und sie die Trauerfeier vorbereiteten. Das Mädchen musste Tag und Nacht gereist sein, um so bald einzutreffen, und ich dachte mit großer Dankbarkeit an sie.

Am Abend waren wir im Tempel. Unter der Leitung des alten Priesters sangen die Mönche die Sutren für Shigeru, und der Stein war bereits über der Stelle errichtet, wo der Kopf begraben war. Ich kniete mich daneben und legte den Kopf seines Feindes vor ihn. Es war Halbmond. In seinem zarten Licht sahen die Felsen im Sesshugarten aus wie betende Männer. Das Rauschen des Wasserfalls wirkte lauter als am Tag. Darunter konnte ich die Zedern seufzen hören, während die Nachtbrise sie bewegte. Grillen schrillten, und Frösche quakten in den Teichen unter der Kaskade. Flügel schlugen, und ich sah die scheue Sperbereule durch den Friedhof gleiten. Bald würde sie wieder fortziehen, bald würde der Sommer vorbei sein.

Ich fand, dass es ein schöner Ruheort für Shigerus Geist war. Lange blieb ich am Grab, lautlos flossen die Tränen. Er hatte mir gesagt, dass nur Kinder weinen. Männer ertragen, hatte er gesagt, aber was mir undenkbar erschien, war die Vorstellung, dass ich seinen Platz einnehmen sollte. Ich hätte ihm den tödlichen Schlag nicht versetzen dürfen! Davon war ich überzeugt, und das quälte mich. Ich hatte ihn mit seinem eigenen Schwert enthauptet. Ich war nicht sein Erbe. Ich war sein Mörder. Sehnsüchtig dachte ich an das Haus in Hagi mit seinem Lied vom Fluss und von der Welt. Ich wünschte mir, dass meine Kinder dieses Lied hören würden. In seinem sanften Schutz sollten sie aufwachsen. Ich träumte, dass Kaede den Tee in dem Raum bereitete, den Shigeru gebaut hatte, und dass unsere Kinder versuchten, den Nachtigallenboden zu überlisten. Abends würden wir den Reiher beobachten, der in den Garten kam und groß und grau geduldig im Bach stand.

In den Tiefen des Gartens spielte jemand Flöte. Die melodischen Töne durchbohrten mein Herz. Ich glaubte nicht, dass ich je von meinem Schmerz befreit würde.

Die Tage vergingen, und ich konnte den Tempel nicht verlassen. Ich wusste, dass ich eine Entscheidung treffen und gehen musste, aber jeden Tag verschob ich es. Ich merkte, dass der alte Priester und Makoto sich Sorgen um mich machten, doch sie ließen mich allein und kümmerten sich nur in praktischer Hinsicht um mich, erinnerten mich daran, zu essen, zu baden, zu schlafen.

Jeden Tag kamen Menschen, um an Shigerus Grab zu beten. Zuerst war es ein Rinnsal, dann ein Strom zurückkehrender Soldaten, Mönche, Bauern und Landarbeiter, die ehrfürchtig zum Grab gingen und sich davor niederwarfen, ihre Gesichter waren nass von Tränen. Shigeru hatte recht gehabt: Er war im Tod noch mächtiger, wurde mehr geliebt als im Leben.

»Er wird ein Gott werden«, prophezeite der alte Priester. »Er wird zu den anderen im Schrein kommen.«

Nacht um Nacht träumte ich von Shigeru, wie ich ihn zuletzt gesehen hatte, das Gesicht von Wasser und Blut überströmt, und wenn ich erwachte, hämmerte mein Herz vor Entsetzen. Ich hörte die Flöte. Wenn ich schlaflos dalag, sehnte ich mich nach den traurigen Tönen. Ich fand die Musik schmerzlich und tröstlich zugleich.

Der Mond nahm ab; die Nächte wurden dunkler. Von den zurückkehrenden Mönchen hörten wir vom Sieg in Kushimoto. Das Leben im Tempel normalisierte sich, die alten Rituale schlossen sich wie Wasser über den Köpfen der Toten. Dann kam die Nachricht, dass Lord Arai, jetzt Herr über fast die Gesamtheit der Drei Länder, nach Terayama kommen werde, um Shigerus Grab seine Verehrung zu erweisen.

Als ich in dieser Nacht die Flötenmusik hörte, machte ich

mich auf die Suche nach dem Spieler. Es war, wie ich halb vermutet hatte, Makoto. Ich war sehr gerührt, weil er über mich gewacht und mich in meiner Trauer begleitet hatte.

Er saß am Teich, wo ich ihn manchmal am Tag gesehen hatte, wenn er den goldenen Karpfen fütterte. Er beendete die Weise und legte die Flöte beiseite.

»Du wirst zu einer Entscheidung kommen müssen, sobald Arai hier ist«, sagte er. »Was wirst du tun?«

Ich setzte mich neben ihn. Der Tau fiel, und die Steine waren nass. »Was soll ich tun?«

»Du bist Shigerus Erbe. Du musst sein Vermächtnis antreten.« Er schwieg einen Augenblick, dann fuhr er fort: »Aber es ist nicht so einfach, nicht wahr? Etwas anderes ruft dich.«

»Es ruft mich nicht gerade. Es befiehlt mir. Ich habe eine Verpflichtung … Es lässt sich schwer erklären.«

»Versuch es«, sagte er.

»Du weißt, dass ich ein scharfes Gehör habe. Wie ein Hund, hast du einmal gesagt.«

»Das hätte ich nicht sagen sollen. Es hat dich verletzt. Verzeih mir.«

»Nein, du hattest recht. Nützlich für deine Herren, hast du gesagt. Nun, ich bin für meine Herren nützlich, und sie sind nicht die Otori.«

»Der Stamm?«

»Du kennst ihn?«

»Nur ein wenig«, sagte er. »Unser Abt hat ihn erwähnt.«

Einen Augenblick lang dachte ich, er werde noch etwas sagen, er werde auf meine Frage warten. Aber damals fiel mir die richtige Frage nicht ein, ich war zu sehr in meine Gedanken versunken und in mein eigenes Bedürfnis, sie zu erklären.

»Mein Vater gehörte zu dem Stamm, und meine Talente habe ich von ihm. Der Stamm hat Anspruch auf mich erhoben und glaubt sich im Recht. Ich habe mit den Leuten vereinbart, dass sie mir erlauben, Lord Shigeru zu retten; als Gegenleistung komme ich danach zu ihnen.«

»Welches Recht haben sie, das von dir zu verlangen, wenn du Shigerus gesetzlicher Erbe bist?«, fragte Makoto ungehalten.

»Wenn ich versuche, ihnen zu entfliehen, werden sie mich töten«, antwortete ich. »Sie glauben, dieses Recht zu haben, und weil ich mit der Abmachung einverstanden war, glaube ich es auch. Mein Leben gehört ihnen.«

»Du musst diese Übereinkunft unter Druck eingegangen sein«, sagte er. »Niemand wird erwarten, dass du sie erfüllst. Du bist Otori Takeo. Ich glaube, dir ist nicht klar, wie berühmt du geworden bist, wie viel dein Name bedeutet.«

»Ich habe ihn getötet.« Zu meiner Beschämung spürte ich wieder die Tränen aufsteigen. »Ich kann mir nie verzeihen. Ich kann nicht seinen Namen und seine Lebensweise annehmen. Er ist durch meine Hand gestorben.«

»Du hast ihm einen ehrenhaften Tod geschenkt«, flüsterte Makoto und nahm meine Hände in die seinen.

»Du hast jede Pflicht erfüllt, die ein Sohn gegenüber seinem Vater hat. Überall wirst du dafür bewundert und gelobt. Und du hast auch Iida getötet. Das ist Stoff für Legenden.«

»Ich habe nicht jede Pflicht erfüllt«, entgegnete ich.

»Seine Onkel planten mit Iida seinen Tod, und sie gehen straflos aus. Und er gab mir den Auftrag, mich um Lady Shirakawa zu kümmern, die ohne eigene Schuld schrecklich gelitten hat.«

»Das sollte keine zu große Last sein.« Er betrachtete mich ironisch, und ich spürte, wie mir das Blut zu Kopf stieg. »Ich habe bemerkt, wie eure Hände sich berührten«, sagte er. Dann fügte er hinzu: »Ich bemerke alles an dir.«

»Ich will seine Wünsche erfüllen, doch ich fühle mich unwürdig. Und ich bin sowieso durch meinen Eid an den Stamm gebunden.«

»Der Eid könnte gebrochen werden, wenn du es willst.«

Vielleicht hatte Makoto recht. Andererseits würde mich der Stamm vielleicht nicht leben lassen. Und außerdem musste ich mir eingestehen: Ich fühlte mich auch zu ihnen hingezogen. Immer wieder erinnerte ich mich daran, wie ich gespürt hatte, dass Kikuta mein Wesen verstand, wie dieses Wesen auf die dunklen Fähigkeiten des Stamms reagiert hatte. Mir war nur zu bewusst, dass ich im Innern tief gespalten war. Ich wollte Makoto mein Herz öffnen, aber das würde bedeuten, ihm alles zu erzählen, und ich konnte einem Mönch, Anhänger des Erleuchteten, nicht enthüllen, dass ich in die Verborgenen hineingeboren worden war. Wie oft hatte ich gegen alle Gebote verstoßen! Ich hatte viele Male getötet.

Während wir in dem dunklen Garten, wo die Stille nur durch das plötzliche Platschen von Fischen oder das ferne Rufen der Eulen unterbrochen wurde, miteinander flüsterten, war das Gefühl zwischen uns intensiver geworden. Jetzt umarmte mich Makoto und drückte mich an sich. »Wofür du dich auch entscheidest, du musst deine Trauer loslassen«, sagte er. »Du hast dein Bestes getan. Shigeru wäre stolz auf dich gewesen. Jetzt musst du dir vergeben und stolz auf dich sein.«

Bei seinen liebevollen Worten, seiner Berührung flossen wieder die Tränen. Ich spürte, wie mein Körper unter seinen Händen lebendig wurde. Er zog mich vom Abgrund zurück und weckte erneut meine Lebenskraft. Danach schlief ich tief und traumlos.

Arai kam mit wenigen Gefolgsleuten und etwa zwanzig Mann; den Großteil seines Heers ließ er im Osten, um dort den Frieden zu sichern. Er wollte weiterreiten und die Grenzen festlegen, bevor der Winter kam. Nie war er geduldig gewesen; jetzt zeigte er sich als Besessener. Er war jünger als Shigeru, etwa sechsundzwanzig, im besten Mannesalter, ein großer Mensch mit aufbrausendem Temperament und eisernem Willen. Ich wollte ihn nicht zum Feind haben, und er machte kein Geheimnis daraus, dass er mich gern zum Verbündeten hätte und mich gegen die Otorilords unterstützen würde. Darüber hinaus hatte er bereits beschlossen, dass ich Kaede heiraten solle.

Er hatte sie mitgebracht, weil sie der Tradition gemäß Shigerus Grab besuchen sollte. Arai fand, wir sollten beide im Tempel bleiben, während die Hochzeit vorbereitet wurde. Shizuka begleitete Kaede und fand eine Gelegenheit, vertraulich mit mir zu reden.

»Ich wusste, dass wir dich hier antreffen würden«, sagte sie. »Die Kikuta waren wütend, aber mein Onkel hat sie überredet, dir ein wenig mehr Spielraum einzuräumen. Doch jetzt läuft die Zeit dafür ab.«

»Ich bin bereit, zu ihnen zu gehen.«

»Sie werden dich heute Nacht holen.«

»Weiß Lady Shirakawa das?«

»Ich habe versucht, sie zu warnen, und ich habe versucht, Arai zu warnen.« Shizukas Stimme klang schwer enttäuscht.

Denn Arai hatte ganz andere Pläne. »Sie sind Shigerus gesetzlicher Erbe«, sagte er zu mir, nachdem er dem Grab seinen Besuch abgestattet hatte und wir im Gästeraum des Tempels saßen. »Es ist völlig angemessen, dass Sie Lady Shirakawa heiraten. Wir werden ihr die Domäne Maruyama sichern und uns im nächsten Frühjahr um die Otori kümmern. Ich brauche einen Verbündeten in Hagi.« Prüfend betrachtete er mich. »Ich sage Ihnen offen, Ihr Ruf macht Sie zu einem wünschenswerten Kandidaten.«

»Lord Arai ist zu großzügig«, entgegnete ich. »Doch es gibt andere Umstände, die mich davon abhalten könnten, Ihre Wünsche zu erfüllen.«

»Seien Sie kein Tor«, sagte er kurz. »Ich glaube, meine Wünsche und die Ihrigen verbinden sich sehr gut miteinander.«

Mein Kopf war leer geworden. Alle meine Gedanken waren weggeflogen wie Sesshus Vögel. Ich wusste, dass Shizuka draußen horchte. Arai war Shigerus Verbündeter gewesen, er hatte Kaede beschützt; jetzt hatte er fast die Gesamtheit der Drei Länder erobert. Wenn ich jemandem Bündnistreue schuldete, dann ihm. Ich konnte nicht einfach verschwinden, ohne ihm eine Erklärung zu geben.

»Bei allem, was ich erreicht habe, hat mir der Stamm geholfen«, sagte ich langsam.

Zorn zeigte sich auf seinem Gesicht, doch er schwieg.

»Ich habe einen Pakt mit ihnen geschlossen, und um meinen Teil zu erfüllen, muss ich den Otorinamen aufgeben und mit ihnen gehen.«

Er explodierte. »Wer ist der Stamm? Überall begegne ich diesen Leuten. Sie sind wie Ratten im Kornspeicher. Selbst die mir am nächsten Stehenden …!«

»Ohne ihre Hilfe hätten wir Iida nicht besiegen können«, sagte ich.

Er schüttelte den großen Kopf und seufzte. »Ich will diesen Unsinn nicht hören. Sie wurden von Shigeru adoptiert, Sie sind ein Otori, Sie werden Lady Shirakawa heiraten. Das ist mein Befehl.«

»Lord Arai.« Ich verneigte mich bis zum Boden, wissend, dass ich ihm nicht gehorchen konnte.

Nachdem Kaede das Grab besucht hatte, kehrte sie ins Gästehaus der Frauen zurück, und ich hatte keine Möglichkeit, mit ihr zu reden. Ich sehnte mich danach, sie zu sehen, doch ich fürchtete mich auch davor. Ich hatte Angst vor ihrer Macht über mich und meiner Macht über sie. Ich hatte Angst, sie zu verletzen und, schlimmer, das nicht zu wagen. In dieser Nacht konnte ich nicht schlafen, ich setzte mich wieder in den Garten, wünschte mir Stille und horchte dennoch ständig. Ich wusste, dass ich mit Kikuta gehen würde, wenn er in dieser Nacht kommen würde, aber ich konnte Kaedes Bild und die Erinnerung an sie nicht loswerden; ich sah sie neben Iidas Leiche sitzen, spürte ihre Haut an meiner, ihre Zartheit, als ich in sie eindrang. Der Gedanke, das nie wieder zu empfinden, war so schmerzhaft, dass er mir den Atem aus den Lungen nahm.

Dann hörte ich den leichten Schritt weiblicher Füße. Shizuka legte mir die Hand, die in Form und Struktur so sehr der meinen glich, auf die Schulter und flüsterte:

»Lady Shirakawa wünscht, dich zu sehen.«

»Das darf ich nicht«, antwortete ich.

»Die Abgesandten des Stamms werden vor Tagesanbruch hier sein. Ich habe Lady Shirakawa gesagt, dass der Stamm seinen Anspruch auf dich nie aufgeben wird. Wegen deines Ungehorsams in Inuyama hat der Meister bereits entschieden, dass du stirbst, wenn du heute Nacht nicht mit ihnen gehst. Lady Shirakawa will sich verabschieden.«

Ich folgte Shizuka. Kaede saß am anderen Ende der Veranda; der untergehende Mond beleuchtete schwach ihre Gestalt. Ich war davon überzeugt, sie überall zu erkennen, die Form ihres Kopfs, die typische Bewegung, mit der sie mir das Gesicht zuwandte.

Das Mondlicht schimmerte in ihren Augen wie in schwarzen Bergwasserteichen, wenn Schnee das Land bedeckt und die Welt weiß und grau ist. Ich fiel vor ihr auf die Knie. Das silbrige Holz roch nach Wald und Schrein, nach Harz und Weihrauch.

»Shizuka sagt, du musst mich verlassen, wir können nicht heiraten.« Es klang leise und verwirrt.

»Der Stamm erlaubt mir nicht, dieses Leben zu führen. Ich bin kein Lord des Otoriclans und kann es jetzt nie mehr sein.«

»Aber Arai wird dich beschützen. Er will es. Nichts braucht uns im Weg zu stehen.«

»Ich habe eine Abmachung mit dem Mann, der das Oberhaupt meiner Familie ist«, sagte ich. »Mein Leben gehört von jetzt an ihm.«

In diesem Augenblick, in der Stille der Nacht, dachte ich an meinen Vater, der versucht hatte, seiner Bestimmung zu entfliehen, und deshalb ermordet worden war. Ich hatte geglaubt, meine Traurigkeit könnte nicht tiefer sein, aber mit diesem Gedanken erreichte sie einen neuen Abgrund.

Kaede sagte: »In meinen acht Jahren als Geisel habe ich nie jemanden um etwas gebeten. Iida Sadamu befahl mir, mich selbst zu töten. Ich verteidigte mich nicht. Er wollte mich vergewaltigen. Ich bat nicht um Gnade. Aber jetzt bitte ich dich: Verlass mich nicht. Ich bitte dich, mich zu heiraten. Ich werde nie mehr jemanden um etwas bitten.«

Sie warf sich vor mir auf den Boden, ihr Haar und ihr Gewand berührten mit seidigem Rauschen die Bretter. Ich konnte ihr Parfüm riechen. Ihr Haar war so nahe, dass es meine Hände streifte.

»Ich habe Angst«, flüsterte sie. »Ich habe Angst vor mir selbst. Ich bin nur bei dir sicher.«

Es war noch schmerzhafter, als ich es vorausgesehen hatte. Und dazu kam das Wissen, dass jeder Schmerz aufhören würde, wenn wir nur wieder beisammenlägen, Haut an Haut.

»Der Stamm wird mich töten«, sagte ich schließlich.

»Es gibt Schlimmeres als den Tod! Wenn sie dich töten, werde ich mich töten und dir folgen.« Sie nahm meine Hände in die ihren und beugte sich zu mir. Ihre Augen brannten, ihre Hände waren trocken und heiß, die Knochen so zart wie die eines Vogels. Ich spürte das Blut unter der Haut rasen. »Wenn wir nicht zusammen leben können, sollten wir zusammen sterben.«

Ihre Stimme klang drängend und erregt. Die Nachtluft schien plötzlich eisig. In Liedern und Liebesgeschichten gingen Paare aus Liebe gemeinsam in den Tod. Mir fiel ein, was Kenji zu Shigeru gesagt hatte: *Du bist in den Tod verliebt wie deine ganze Klasse.* Kaede gehörte der gleichen Klasse an, sie hatte den gleichen Hintergrund, ich aber nicht. Ich wollte nicht sterben. Ich war noch nicht einmal achtzehn Jahre alt.

Mein Schweigen war ihr Antwort genug. Ihr Blick forschte in meinem Gesicht. »Ich werde nie einen anderen als dich lieben«, sagte sie.

Wir hatten uns kaum je gerade angeschaut. Unsere Blicke waren immer verstohlen und heimlich gewesen. Jetzt, da wir uns trennten, konnten wir uns ungeachtet aller Sittsamkeit und Scham offen in die Augen sehen. Ich spürte ihren Schmerz und ihre Verzweiflung. Ich wollte ihr Leiden mildern, aber ich konnte nicht tun, worum sie mich gebeten hatte. Während ich ihre Hände hielt und ihr tief in die Augen schaute, kam aus meiner Verwirrung eine Art Kraft. Ihr Blick wurde intensiver, so, als ertrinke sie. Dann seufzte sie und schloss die Augen. Ihr Körper schwankte. Shizuka sprang aus dem Schatten und fing die Fallende auf. Gemeinsam legten wir sie vorsichtig auf den Boden. Sie schlief tief, so wie ich damals unter Kikutas Augen im Versteck.

Ich schauderte, plötzlich fror ich entsetzlich.

»Das hättest du nicht tun sollen«, flüsterte Shizuka. Ich wusste, dass meine Cousine recht hatte.

»Ich wollte es nicht. Ich habe es nie zuvor bei einem Menschen getan. Nur bei Hunden.«

Sie schlug mir auf den Arm. »Geh zu Kikuta. Geh und lerne, deine Fähigkeiten zu beherrschen. Vielleicht wirst du dort erwachsen.«

»Wird mit ihr alles in Ordnung sein?«

»Ich kenne mich mit diesen Kikutadingen nicht aus«, sagte Shizuka.

»Ich habe vierundzwanzig Stunden lang geschlafen.«

»Wahrscheinlich haben deine Einschläfer gewusst, was sie machten«, gab sie zurück.

Aus weiter Ferne unten am Bergpfad hörte ich Leute näher kommen. Zwei Männer gingen leise, aber nicht leise genug für mich.

»Sie kommen.«

Shizuka kniete sich neben Kaede und hob sie mit der ihr eigenen Gewandtheit hoch. »Leb wohl, Cousin.« Es klang immer noch wütend.

»Shizuka«, fing ich an, als sie zum Zimmer ging. Sie blieb einen Augenblick stehen, drehte sich aber nicht um.

»Mein Pferd, Raku – wirst du dich darum kümmern, dass Lady Shirakawa es nimmt?« Ich hatte sonst nichts, was ich ihr geben konnte.

Shizuka nickte und verschwand in den Schatten. Ich hörte, wie die Tür aufgeschoben wurde, ihren Schritt auf den Matten, das leise Knarren des Bodens, als sie Kaede niederlegte.

Ich ging zurück in mein Zimmer und suchte meine Sachen zusammen. Ich besaß so gut wie nichts: den Brief von Shigeru, mein Messer und Jato. Dann ging ich zum Tempel, wo Makoto meditierend kniete. Ich berührte ihn an der Schulter; er stand auf und ging mit mir hinaus.

»Ich gehe«, flüsterte ich. »Sag es keinem vor dem Morgen.«

»Du könntest hierbleiben.«

»Es ist unmöglich.«

»Dann komm zurück, wenn du kannst. Wir können dich hier verbergen. Es gibt so viele Verstecke in den Bergen. Niemand wird dich je finden.«

»Vielleicht brauche ich das eines Tages. Ich möchte, dass du mein Schwert für mich aufbewahrst.«

Makoto nahm Jato. »Jetzt weiß ich, dass du zurückkommst.« Er streckte die Hand aus und fuhr den Umriss meines Mundes nach, des Wangenknochens, des Nackens.

Ich war leicht benommen vor Schlaflosigkeit, vor Leid und Begierde. Ich wollte mich hinlegen und von jemandem gehalten werden, doch die Schritte überquerten jetzt den Kies.

»Wer ist da?« Makoto drehte sich um, das Schwert schlagbereit in der Hand. »Soll ich den Tempel wecken?«

»Nein! Das sind die Leute, mit denen ich gehen muss. Lord Arai darf es nicht wissen.«

Die beiden, mein früherer Lehrer Muto Kenji und der Kikutameister, warteten im Mondlicht. Sie waren in Reisekleidung und wirkten unauffällig, ziemlich ärmlich, wie zwei Brüder vielleicht, Gelehrte oder erfolglose Kaufleute. Wer sie kannte wie ich, bemerkte die gespannte Haltung, die straffen Muskeln, die große körperliche Kraft verrieten, die wachsamen Ohren und Augen, die überragende Intelligenz, die Kriegsherren wie Iida und Arai brutal und unbeholfen erscheinen ließen.

Ich fiel vor dem Kikutameister zu Boden und beugte den Kopf in den Staub.

»Steh auf, Takeo«, sagte er, und zu meiner Überraschung umarmten mich beide, er und Kenji.

Makoto drückte mir die Hände. »Leb wohl, ich weiß, dass wir uns wiedersehen. Unsere Leben sind miteinander verbunden.«

»Zeig mir Lord Shigerus Grab«, sagte Kikuta freundlich, so, wie ich ihn in Erinnerung hatte: als einen, der mein wahres Wesen verstand.

Wenn du nicht gewesen wärst, läge er nicht darin, dachte ich, aber ich sprach es nicht aus. Im Frieden der Nacht begann ich einzusehen, dass es Shigeru bestimmt gewesen war, so zu sterben, wie er es getan hatte, ebenso, wie es ihm jetzt bestimmt war, ein Gott zu werden, ein Held für viele Menschen, die hierher zum Schrein kommen würden, um zu ihm zu beten, seine Hilfe zu suchen, und das noch in künftigen Jahrhunderten – solange es Terayama gab, vielleicht immer.

Wir standen mit gesenkten Köpfen vor dem frisch gemeißelten Stein. Was mochte in den Herzen Kenjis und Kikutas vorgehen? Ich bat Shigeru um Vergebung, dankte ihm wieder dafür, dass er mir in Mino das Leben gerettet hatte, und verabschiedete mich von ihm. Ich glaubte, seine Stimme zu hören und sein offenherziges Lächeln zu sehen.

Der Wind rauschte in den uralten Zedern. Die Nachtinsekten sangen ihr beharrliches Lied. So würde es immer sein, Sommer um Sommer, Winter um Winter, wenn der Mond im Westen sank und die Nacht den Sternen zurückgab, die in einer Stunde oder zwei der strahlenden Sonne weichen würden.

Die Sonne würde über die Berge ziehen und die Schatten der Zedern verlängern, bis sie wieder unter den Rand der Hügel sank. So war der Lauf der Welt, und die Menschheit lebte darin, so gut sie konnte, zwischen Dunkel und Licht.

Danksagung

Die Hauptpersonen Takeo und Kaede kamen mir bei meiner ersten Japanreise 1993 in den Sinn. Viele Menschen haben mir geholfen, ihre Geschichte zu recherchieren und umzusetzen. Ich danke der Asialink Foundation, die mich 1999 mit einem Stipendium für einen dreimonatigen Aufenthalt in Japan auszeichnete, dem Australia Council, dem Department of Foreign Affairs and Trade und der australischen Botschaft in Tokio sowie ArtsSA, dem Kulturministerium der südaustralischen Regierung. In Japan wurde ich vom Yamaguchi Prefecture's Akiyoshidai International Arts Village unterstützt, dessen Mitarbeiter mir unschätzbare Hilfe bei der Erkundung von Landschaft und Geschichte Westhonshus leisteten. Besonders danke ich Mr Kori Yoshinori, Ms Matsunaga Yayoi und Ms Matsubara Manami. Mrs Tokorigi Masako schulde ich vor allem Dank dafür, dass sie mir die Bilder und Gärten von Sesshu zeigte, Miki, ihrem Mann, für Informationen über Pferde im Mittelalter.

Dass ich in Japan Zeit mit zwei Theatertruppen verbringen konnte, vermittelte mir viele Einblicke – tiefsten Dank an Kazenoko in Tokio und Kyushuu und Gekidan Urinko in Nagoya sowie an Ms Kimura Miyo, eine wunderbare Reisegefährtin, die mich nach Kanazawa und zum Nakasendo brachte und mir viele Fragen über Sprache und Literatur beantwortete.

Mr Mogi Masaru und Mrs Mogi Akiko danke ich für ihre Hilfe bei der Recherche, für ihre Namensvorschläge und vor allem für ihre bleibende Freundschaft.

In Australien danke ich meinen beiden japanischen Lehrerinnen Mrs Thuy Coombes und Mrs Etsuko Wilson, Simon Higgins, der einige äußerst wertvolle Anregungen gab, meiner Agentin Jenny Darling, meinem Sohn Matt, dem ersten Leser aller drei Bücher, und meiner übrigen Familie, die meine Obsessionen nicht nur ertragen, sondern geteilt hat.

Außerdem gilt mein Dank den Erkenntnissen und dem Expertenwissen des Archivs der Samuraigeschichte im Internet sowie den Teilnehmern des Diskussionsforums.

Lian Hearn 2002

Leseprobe aus Band 2:

Der Clan der Otori.

Der Pfad im Schnee

Kapitel 1

Shirakawa Kaede lag in dem tiefen, der Bewusstlosigkeit nahen Schlaf, den Angehörige der Familie Kikuta durch ihren Blick bewirken konnten. Die Nacht verging, die Sterne verblassten im Morgengrauen, die Geräusche des Tempels um Kaede herum schwollen an und nahmen ab, doch sie regte sich nicht. Sie hörte nicht, wie ihre Begleiterin Shizuka sie immer wieder besorgt beim Namen rief, um sie zu wecken. Sie spürte nicht Shizukas Hand auf der Stirn. Sie hörte nicht, wie Lord Arai Daiichis Männer mit wachsender Ungeduld zur Veranda kamen und Shizuka mitteilten, der Kriegsherr warte darauf, mit Lady Shirakawa zu sprechen. Kaedes Atem ging friedlich und ruhig, ihre Züge waren so unbewegt wie die einer Maske.

Gegen Abend schien sich ihr Schlaf zu verändern. Kaedes Lider zuckten und auf ihren Lippen lag ein Lächeln. Die Finger, die sich locker zu den Handflächen gebogen hatten, streckten sich.

Hab Geduld. Er wird dich holen.

Kaede träumte, dass sie in Eis verwandelt worden war. Die Worte klangen hell in ihrem Kopf wider. In ihrem Traum gab es keine Angst, nur das Gefühl, von etwas Kühlem und Weißem in einer stillen, gefrorenen und verzauberten Welt gehalten zu werden.

Sie öffnete die Augen.

Es war noch hell. Die Schatten sagten ihr, dass es Abend sei. Ein Glockenspiel erklang leise, dann war die Luft wieder ruhig. Der Tag, an den sich Kaede nicht erinnerte, musste warm gewesen sein. Ihre Haut unter dem Haar war feucht. Vögel zwitscherten vom Dachgesims und Schwalben klapperten mit den Schnäbeln, während sie die letzten Insekten des Tages fingen. Bald würden sie nach Süden fliegen. Es war schon Herbst.

Die Geräusche der Vögel erinnerten Kaede an das Bild, das Takeo ihr hier vor vielen Wochen geschenkt hatte, eine Skizze von einem Waldvogel, der sie damals an Freiheit denken ließ. Sie hatte die Zeichnung und alles, was ihr sonst noch gehörte, ihre Hochzeitsgewänder und alle anderen Kleider, beim Schlossbrand in Inuyama verloren. Jetzt besaß sie nichts mehr. Shizuka war es gelungen, in dem Haus, in dem sie gewohnt hatten, ein paar alte Kleider für sie aufzutreiben und Kämme und andere Sachen zu leihen. Nie zuvor war Kaede an einem solchen Ort gewesen, im Haus eines Händlers, wo es nach gärender Soja roch und sich viele Leute befanden, denen sie fernzubleiben versuchte, obwohl hin und wieder die Dienerinnen kamen und durch die Ritzen der Wandschirme nach ihr spähten.

Kaede fürchtete, dass jeder ihr ansah, was in der Nacht, als das Schloss zerstört wurde, mit ihr geschehen war. Sie hatte einen Mann getötet, sie hatte einem anderen beigelegen, sie hatte neben ihm gekämpft und dabei das Schwert des Toten geschwungen. Sie konnte nicht glauben, dass sie das alles getan hatte. Manchmal fürchtete sie, verflucht zu sein, wie die Leute behaupteten. Sie sagten über sie, dass jeder Mann, der sie begehrte, starb – und das stimmte. Männer waren gestorben. Aber nicht Takeo.

Seit sie als Geisel auf Schloss Noguchi von einem Wachtposten angegriffen worden war, fürchtete sie sich vor allen Männern. Ihre Furcht vor Iida war so groß gewesen, dass sie sich gegen ihn verteidigt hatte; doch vor Takeo hatte sie sich nicht geängstigt. Ihm wollte sie nur näher sein. Seit ihrer ersten Begegnung in Tsuwano hatte ihr Körper sich nach seinem gesehnt. Sie hatte sich gewünscht, seine Haut an ihrer zu fühlen. Jetzt, als sie sich an diese Nacht erinnerte, wurde ihr erneut unmissverständlich klar, dass sie keinen anderen als ihn heiraten könne, keinen anderen als ihn lieben werde. *Ich werde geduldig sein*, versprach sie. Doch woher waren diese Worte gekommen?

Sie drehte leicht den Kopf und sah den Umriss von Shizukas Gestalt am Rand der Veranda. Dahinter ragten die uralten Bäume des Schreins empor. Die Luft roch nach Zedern und Staub. Die Tempelglocke schlug die Abendstunde. Kaede sagte nichts. Sie wollte mit niemandem sprechen, keine Stimme hören. Sie wollte zurück zu diesem eisigen Ort, an dem sie geschlafen hatte. Dann bemerkte sie etwas jenseits der winzigen Staubteilchen, die in den letzten Sonnenstrahlen flirrten: ein Geist, dachte sie, doch mehr als ein Geist, weil es Substanz hatte; es war da, unleugbar und tatsächlich, leuchtend wie frischer Schnee. Kaede starrte wie gebannt hin und richtete sich dabei halb auf, doch sowie sie die Erscheinung erkannt hatte, die Weiße Göttin, die große Mitfühlende, die große Gnädige, war sie verschwunden.

»Was ist?« Shizuka hörte, dass sich etwas bewegte, und lief zu ihr. Kaede schaute Shizuka an und sah die tiefe Besorgnis in ihren Augen. Sie erkannte, wie wichtig diese Frau für sie geworden war, ihre engste, eigentlich ihre einzige Freundin.

»Nichts. Ein Halbtraum.«

»Geht es Ihnen gut? Wie fühlen Sie sich?«

»Ich weiß nicht. Ich fühle …« Kaedes Stimme erstarb. Sie betrachtete Shizuka einige Augenblicke. »Habe ich den ganzen Tag geschlafen? Was ist mit mir passiert?«

»Er hätte Ihnen das nicht antun sollen.« Shizukas Ton war scharf vor Sorge und Wut.

»War es Takeo?«

Shizuka nickte. »Ich hatte keine Ahnung, dass er über diese Fähigkeit verfügt. Es ist eine Begabung der Kikutafamilie.«

»Das Letzte, an das ich mich erinnere, sind seine Augen. Wir haben einander angeschaut und dann bin ich eingeschlafen.«

Nach einer Pause sagte Kaede: »Er ist fort, nicht wahr?«

»Mein Onkel Muto Kenji und das Familienoberhaupt der Kikuta, Kotaro, haben ihn letzte Nacht abgeholt«, antwortete Shizuka.

»Und ich werde ihn nie wiedersehen?« Kaede dachte an ihre Verzweiflung in der vergangenen Nacht, vor dem langen, tiefen Schlaf. Sie hatte Takeo gebeten, sie nicht zu verlassen. Sie hatte sich vor der Zukunft ohne ihn geängstigt, war wütend und gekränkt gewesen, weil er sie zurückwies. Doch dieser ganze Sturm hatte sich gelegt.

»Sie müssen ihn vergessen.« Shizuka nahm Kaedes Hand und streichelte sie sanft. »Von jetzt an können sein und Ihr Leben einander nicht berühren.«

Kaede lächelte schwach. *Ich kann ihn nicht vergessen*, dachte sie. *Und er kann mir nie genommen werden. Ich habe im Eis geschlafen. Ich habe die Weiße Göttin gesehen.*

»Geht es Ihnen gut?«, fragte Shizuka wieder, diesmal drängend. »Nicht viele Menschen überleben den Kikutaschlaf – die meisten werden getötet, bevor sie wieder daraus erwachen können. Ich weiß nicht, wie er auf Sie gewirkt hat.«

»Er hat mir nicht geschadet. Aber er hat mich in gewisser Weise verändert. Ich habe das Gefühl, nichts zu wissen. Als müsste ich alles neu lernen.«

Shizuka kniete sich verwirrt vor sie, forschend betrachtete sie Kaedes Gesicht. »Was werden Sie jetzt tun? Wohin werden Sie gehen? Werden Sie mit Arai nach Inuyama zurückkehren?«

»Ich glaube, ich sollte nach Hause, zu meinen Eltern. Ich muss meine Mutter sehen. Ich habe solche Angst, dass sie gestorben ist, während wir die ganze Zeit in Inuyama aufgehalten wurden. Ich werde am Morgen aufbrechen. Wahrscheinlich solltest du Lord Arai davon unterrichten.«

»Ich verstehe Ihre Sorge«, entgegnete Shizuka.

»Aber Arai möchte Sie vielleicht nicht gehen lassen.«

»Dann werde ich ihn überreden müssen«, sagte Kaede ruhig. »Zuerst muss ich etwas essen. Lässt du mir eine Kleinigkeit zubereiten? Und bring mir Tee, bitte.«

»Lady.« Shizuka verneigte sich vor ihr und verließ die Veranda. Während sie davonging, hörte Kaede die klagenden Klänge einer Flöte, die jemand, der nicht zu sehen war, im Garten hinter dem Tempel spielte. Sie glaubte den Musiker, einen der jungen Mönche, von ihrem ersten Besuch im Tempel zu kennen, aber sie erinnerte sich nicht an seinen Namen. Damals hatten sie sich die berühmten Gemälde von Sesshu angesehen. Die Musik machte ihr das Unvermeidliche von

Leiden und Verlust klar. Die Bäume rauschten im aufkommenden Wind und Eulenrufe tönten vom Berg herab.

Shizuka kam mit dem Tee zurück und goss Kaede eine Tasse ein. Kaede trank, als würde sie zum ersten Mal Tee kosten, jeder Tropfen offenbarte ihrer Zunge seinen eigenen unverkennbaren, rauchigen Geschmack. Und als die alte Frau, die sich um Gäste kümmerte, Reis und Gemüse mit Bohnenmus brachte, war es, als hätte Kaede noch nie zuvor Essen geschmeckt. Sie staunte im Stillen über die neuen Kräfte, die in ihr geweckt worden waren.

»Lord Arai wünscht, Sie zu sprechen, bevor der Tag zu Ende geht«, sagte Shizuka. »Ich habe ihm erklärt, dass Sie sich nicht wohl fühlen, aber er hat darauf bestanden. Wenn Sie ihn jetzt nicht sehen möchten, richte ich ihm das aus.«

»Ich weiß nicht, ob wir uns gegenüber Lord Arai so verhalten können«, sagte Kaede. »Wenn er es befiehlt, muss ich zu ihm gehen.«

»Er ist sehr wütend«, sagte Shizuka leise. »Dass Takeo verschwunden ist, hat ihn beleidigt und erzürnt. Er sieht darin den Verlust von zwei wichtigen Verbündeten. Jetzt ist fast sicher, dass er ohne Takeo an seiner Seite gegen die Otori kämpfen muss. Er hatte auf eine rasche Hochzeit zwischen Ihnen gehofft …«

»Sprich nicht davon«, unterbrach sie Kaede. Sie aß den letzten Reis, legte die Stäbchen auf das Tablett und verneigte sich zum Dank für das Essen.

Shizuka seufzte. »Arai versteht den Stamm nicht richtig, er weiß nicht, wie er organisiert ist, welche Forderungen er an die stellt, die ihm angehören.«

»Hat er niemals bemerkt, dass du eine vom Stamm bist?«

»Er wusste, dass ich mich darauf verstehe, Dinge in Erfahrung zu bringen, Botschaften weiterzugeben. Er nutzte mit Vergnügen meine Fähigkeiten, als es darum ging, eine Allianz mit Lord Shigeru und Lady Maruyama zu bilden. Er hatte vom Stamm gehört, doch wie die meisten Leute dachte er, das sei wenig mehr als eine Gilde.

Dass der Stamm in Iidas Tod verstrickt gewesen sein sollte, erschreckte ihn zutiefst, obwohl er davon profitierte.« Sie hielt inne und sagte dann ruhig: »Er hat jedes Vertrauen zu mir verloren – ich glaube, er fragt sich, wie er so häufig mit mir schlafen konnte, ohne selbst ermordet zu werden. Nun, wir werden jedenfalls nie mehr miteinander schlafen. Das ist vorbei.«

»Hast du Angst vor ihm? Hat er dich bedroht?«

»Er ist mir böse«, antwortete Shizuka. »Er hat das Gefühl, ich hätte ihn betrogen und, schlimmer, hätte ihn zum Narren gemacht. Ich glaube nicht, dass er mir je verzeiht.« Ein bitterer Ton schlich sich in ihre Stimme. »Ich war seine engste Vertraute, seine Geliebte, seine Freundin, seit ich wenig mehr als ein Kind war. Ich habe ihm zwei Söhne geboren. Doch er würde mich sofort töten lassen, wenn Sie nicht da wären.«

»Ich werde jeden Mann töten, der versucht, dir etwas anzutun«, sagte Kaede.

Shizuka lächelte. »Wie grimmig Sie aussehen, wenn Sie das sagen!«

»Männer sterben leicht.« Kaedes Stimme war ausdruckslos.

»Durch einen Nadelstich, durch einen Messerstoß. Du hast mir das beigebracht.«

»Aber ich hoffe, diese Fertigkeiten müssen Sie noch erproben«, entgegnete Shizuka. »Obwohl Sie sich in Inuyama gut geschlagen haben. Takeo verdankt Ihnen sein Leben.«

Kaede schwieg einen Moment. Dann sagte sie leise: »Ich habe mehr getan, als mit dem Schwert zu kämpfen. Du weißt nicht alles.«

Shizuka starrte sie an. »Was sagen Sie mir da? Dass Sie es waren, die Iida getötet hat?«, flüsterte sie.

Kaede nickte. »Takeo hat ihm den Kopf abgeschlagen, aber da war er schon tot. Ich habe getan, was du mich gelehrt hast. Er wollte mich vergewaltigen.«

Shizuka packte Kaedes Hände. »Lassen Sie das nie jemanden wissen! Keiner dieser Krieger würde Sie am Leben lassen, noch nicht einmal Arai.«

»Ich empfinde weder Schuld noch Reue«, sagte Kaede. »Nie habe ich etwas getan, was weniger schändlich war. Ich habe mich nicht nur geschützt, ich habe auch den Tod von vielen gerächt: Lord Shigeru, meine Verwandte Lady Maruyama und ihre Tochter und alle die Unschuldigen, die Iida gefoltert und ermordet hat.«

»Trotzdem, wenn das allgemein bekannt würde, würden Sie dafür bestraft. Männer würden glauben, die Welt steht auf dem Kopf, wenn Frauen nach Waffen greifen und Rache üben.«

»Meine Welt steht bereits auf dem Kopf«, sagte Kaede. »Dennoch muss ich gehen und Lord Arai aufsuchen. Bring mir …« Sie unterbrach sich und lachte.

»Ich wollte sagen, bring mir etwas zum Anziehen, aber ich habe nichts. Ich habe gar nichts!«

»Sie haben ein Pferd«, entgegnete Shizuka. »Takeo hat Ihnen das graue dagelassen.«

»Er hat mir Raku dagelassen?« Kaede lächelte, ein richtiges Lächeln, das ihr Gesicht leuchten ließ. Sie schaute in die Ferne, ihre Augen waren dunkel und nachdenklich.

»Lady?« Shizuka berührte sie an der Schulter.

»Kämme mir das Haar und schicke Lord Arai eine Nachricht, dass ich ihn sogleich aufsuchen werde.«

Es war fast völlig dunkel, als sie die Frauengemächer verließen und zum Hauptgästehaus gingen, wo Arai und seine Männer untergebracht waren. Lichter leuchteten vom Tempel her und weiter oben am Hang unter den Bäumen standen Männer mit lodernden Fackeln um Lord Shigerus Grab. Selbst zu dieser Stunde kamen Menschen hierher mit Weihrauch und Opfergaben, stellten Laternen und Kerzen rund um den Stein auf den Boden und suchten Hilfe bei dem Toten, der täglich mehr zu einem ihrer Götter wurde.

Er schläft unter einer Flammendecke, dachte Kaede und betete lautlos zu Shigerus Geist um Rat, während sie überlegte, was sie zu Arai sagen sollte. Sie war die Erbin von Shirakawa und Maruyama; sie wusste, dass Arai ein starkes Bündnis mit ihr anstrebte, vielleicht eine Heirat, die sie einband in die Macht, die er ständig vergrößerte. Sie hatten ein paarmal miteinander geredet während ihres Aufenthaltes in Inuyama und dann wieder auf der Reise, doch damals galt Arais Aufmerksamkeit der Sicherung des Landes und seinen Strategien für die Zukunft. Er hatte nicht mit ihr darüber gesprochen, er

– Leseprobe –

hatte lediglich den Wunsch geäußert, dass die Otorihochzeit stattfinden möge. Einst, vor einer Ewigkeit, wie es Kaede jetzt vorkam, hatte sie mehr sein wollen als ein Pfand in den Händen der Krieger, die ihr Schicksal bestimmten. Jetzt, mit der neugefundenen Kraft, die der eisige Schlaf ihr geschenkt hatte, beschloss sie erneut, ihr Leben selbst zu bestimmen. *Ich brauche Zeit*, dachte sie. *Ich darf nichts überstürzen. Ich muss nach Hause reisen, bevor ich irgendwelche Entscheidungen treffe.*

Einer von Arais Männern – sie erinnerte sich, dass er Niwa hieß – begrüßte sie am Rand der Veranda und führte sie zur Tür. Die Läden waren alle geöffnet. Arai saß mit drei Männern seines Gefolges hinten im Raum. Niwa nannte Kaedes Namen, und der Kriegsherr schaute zu ihr auf. Einen Augenblick musterten sie einander. Sie hielt seinem Blick stand und spürte die Kraft in ihren Adern pulsieren. Dann sank sie auf die Knie und verneigte sich vor ihm; die Geste war ihr unangenehm, doch sie wusste, dass sie fügsam erscheinen musste.

[…]

Der Clan der Otori. Der Pfad im Schnee

Die australische Originalausgabe erschien 2003 unter dem Titel
»Tales of the Otori 2 – Grass for his Pillow«
bei Hodder Headline Australia Pty Limited, Sydney.

Hedderichstraße 114, D-60596 Frankfurt am Main
ISBN 978-3-7335-0903-3
Erscheint am 30. 07. 2025